武汉大学中国文艺评论基地项目阶段性成果

武汉大学人文社会科学研究自主项目成果

珞珈戏剧影视学丛书

与艺术相遇
——彭万荣自选集

彭万荣◎著

中国社会科学出版社

图书在版编目(CIP)数据

与艺术相遇:彭万荣自选集/彭万荣著. —北京:中国社会科学出版
社,2017.1

(珞珈戏剧影视学丛书)

ISBN 978 - 7 - 5161 - 9386 - 0

Ⅰ.①与… Ⅱ.①彭… Ⅲ.①文艺学—文集 Ⅳ.①I0 - 53

中国版本图书馆 CIP 数据核字(2016)第 281186 号

出 版 人	赵剑英
责任编辑	熊 瑞
责任校对	王 斐
责任印制	戴 宽

出 版	中国社会科学出版社
社 址	北京鼓楼西大街甲 158 号
邮 编	100720
网 址	http://www.csspw.cn
发 行 部	010 - 84083685
门 市 部	010 - 84029450
经 销	新华书店及其他书店

印 刷	北京君升印刷有限公司
装 订	廊坊市广阳区广增装订厂
版 次	2017 年 1 月第 1 版
印 次	2017 年 1 月第 1 次印刷

开 本	710 × 1000 1/16
印 张	24.25
插 页	2
字 数	353 千字
定 价	108.00 元

凡购买中国社会科学出版社图书,如有质量问题请与本社营销中心联系调换
电话:010 - 84083683

目　　录

目录

第三辑　戏剧本体、剧本、身体与叙事

第四辑　影像阅读与影像感知

第五辑 相遇:感性冲动与理性规约之建构

第一辑

艺术现象:
注视之后,凝思之中

艺术被重新建构，人陷入凝思状态。于是，人成了新人，艺术成了新艺术，艺术经由意向性凝思而变成了全新的东西……

中国当代流行文化的生成机制
及其选择策略

    中国当代流行文化是指发生在当代中国一定时期、一定地域、一定人群所遵从的价值系统，包括一种思想、情感、语言、行为和生活方式。比如摇滚乐、卡拉 OK、MTV、麦当劳、足球、选美、超短裙、染发、酷、好莱坞电影、非常男女、后现代、上网等。中国当代流行文化正以其流行范围的广阔、层次的丰富和形式的多样在中国迅速传播，极大地改变着当代中国文化的生态环境，对正在重新崛起的中国文化走向产生深刻影响，亟须我们从理论上进行反思。本文主要考察中国当代流行文化的生成机制问题，也会对流行文化特征给予考察，最后对流行文化的选择策略进行判断。

    流行文化总是一定社会的发展产物，反映一定社会的结构、特征和要求。中国当代流行文化面临两个基本的社会生存环境：一个是中国本土的社会生存环境，另一个是国际外来的社会生存环境。在这两种社会生存环境中，本土文化是一种弱势文化，而外来文化是一种强势文化，尤其是西方发达国家的文化，如经济、军事、教育、科技、体制文化发展到了一个新的高度。在强势文化与弱势文化的交流、对峙与融合的过程中，强势文化更容易同化弱势文化，影响并制约着弱势文化的发展，而弱势文化主要表现为对强势文化的顺应，在有限的范围和程度上对强势文化进行着反抗。如果它没有能力成为强势文化的一部分，或者把自己也变成强势文化，那么它就难以改变被强势文化奴役或同化的命运，除非弱势文化人为地把自身与强势文化隔绝开来。这便是在一个系统中文化生成学所遵循的规则之一，一种文化的价值判断取决于这种文化的总体优势，而不取决于它的局部优势。

主流文化衍生出来的流行文化也承续了主流文化的规则，即强势文化发展出来的流行文化比弱势文化发展出来的流行文化更容易受到人们的青睐，也更容易被传播。如欧美、日本、港台的流行文化比内地的流行文化更容易风靡中国的南北东西。这表明一个社会或地区的流行文化的传播取决于其主流文化的发展轨迹与内在要求，也可以说，一个社会的流行文化与其主流文化之间具有一种结构上的同源性，一定的主流文化会产生与之相应的流行文化，主流文化制约着流行文化的形态或方式，流行文化的特点与要求会在它的主流文化中反映出来。好莱坞影片便是在高技术和高投入的基础上产生出来的，没有雄厚的经济实力和数码技术的支持便没有《泰坦尼克号》，《泰坦尼克号》的影像特征便打上了美国科学技术与经济基础等在内的主流文化的深刻印记。

中国当代流行文化除了受制于主流文化的现实与客观要求，同时还受制于人们的理想与主观选择，受制于人们对某一种主流文化的态度、价值判断和心理因素。如果纯粹就流行文化而言，很难说哪一种流行文化更先进，因为流行文化是主流文化的一种映射，它虽然与主流文化有着密不可分的关系，但它不是主流文化本身。中国当代流行文化的形成并不会如此理性，相反它是盲目的、非反思的。我们在接受西方、港台的主流文化或体制文化的同时，较少分辨和批判地接受它们的流行文化。之所以出现这种接受上的盲目性，主要是因为流行文化的生成机制暗含着这么一种逻辑：主流文化或体制文化是先进的，那么它的流行文化也必然是先进的。然而事实果真如此吗？

我们不妨将中西文化进行一番比较分析，那么流行文化的心理生成机制便会清晰地显现出来。比如麦当劳与中餐、超短裙与旗袍、染发与不染发、摇滚与京剧、《星球大战》与《阳光灿烂的日子》，这两种文化我们是难以断定谁比谁更有价值的。作为一种消费或者消费品，它们的差别仅仅表现为类的不同，至多只是一种程度上的差异，然而现实的情形则表现为麦当劳、超短裙、染发、摇滚、《星球大战》却可以在中国成为流行文化，而中餐、旗袍、京剧、《阳光灿烂的日子》却并不能成为西方的流行文化。对当代中国而言，中餐、旗袍、不染发、京剧、《阳光灿烂的日子》仅仅构成了麦当劳、超短裙、染发、摇滚、《星球大战》的一个流行背景，一个证明。因为流行文化不可能成为一种全民的行为，流行仅仅是一部分人、一部分地区、一定的时间所特有的现象。由此可见，中国文化提供了一种流行文化的比较价值。

西方流行文化得以成为中国当代流行文化，其原因在于中国文化的比较价值，也就是说，西方流行文化被赋予了某种优越性。我们预设或承认了西方流行文化为一种现代的、发达的、时髦的文化，同时也预设或承认了中国文化为一种不那么现代的、保守的、陈旧的文化。我们在心理上完全接受或认同了中西文化的这种比较价值，这便是西方流行文化得以在中国流行的根本原因。比如，武汉的孩子称妈妈为姆妈，香港的孩子称妈妈为妈咪，于是武汉的孩子则流行称妈妈为妈咪，可是反过来，香港的孩子却学武汉的孩子称妈妈为姆妈。这倒不是说妈咪比姆妈更先进、更发达、更有价值，而是香港的经济、科技、教育、管理所体现的文化比武汉的文化更先进、更发达、更有价值。

流行文化主要是一种消费文化，它是有用的、方便的、实用的并且可以转化为生活或生活的一部分。但这只是流行文化的物质性，它必须获得一定人群的理解、欣赏、认同，也就是说，它必须转化为一定人群的精神属性，即人们的价值取向才能成为流行文化。人们在消费一种流行文化的同时也必然体现出他的思想态度和情感倾向，甚至为了体现出一定的思想态度和情感倾向他才会选择一种流行文化进行消费。第一个穿超短裙的姑娘就是想显示她的个性，她与别的女孩子不一样的气质，她对传统大胆的叛逆，后来别的女孩子也都穿上了超短裙，从而使她的个性被淹没了，这是流行文化本身发展的必然归宿——流行文化的消费开始大多是为了张扬个性，可是它的最终结果总是表现为个性的丧失。

所以流行文化的消费需求表现为两个方面，一个是物质的层面；另一个是精神的层面，而且精神层面比物质层面的需求更为强烈，甚至成为一种起主导意义的层面。如果纯粹为了吃饱,可以有很多种消费方式,不一定非得去吃麦当劳。人们选择吃麦当劳实际上是选择一种吃的感觉和气氛,一种与平常不一样的感觉,一种对麦当劳消费理念的认同感,也许还有一些人为附加的优越感,总之,人们赋予了麦当劳许多的价值判断:外国的、先进的、清洁的、简便的。姑且不论这里包含着多少接受或消费的误区,即便不喜欢汉堡包,也不妨碍一次又一次地光临麦当劳,吃中餐只有一种吃的感觉,但吃麦当劳却不只感觉在吃。吃麦当劳是有的家庭每月一次的消费仪式,麦当劳餐厅也成了年轻人经常浪漫欢聚的场所。

从以上的分析中我们不难得出如下结论:第一,中国当代流行文化受到中国主流文化发展的深刻影响,本土流行文化基本上不具有原创性,或者说这种原创性受到了严重制约;西方发达国家提供了流行文化的方式和标准,中国当代流行文化只是对西方流行文化的响应。第二,中国当代流行文化越发达的地区或城市,其主流文化也越发达,与国际大都市的特征也越来越接近,其个性特征也越来越模糊。这不能不引起我们对当代中国流行文化发展命运的严重关切。这里涉及两个问题:其一,西方主流文化和流行文化能否在中国当代获得选择性的发展?其二,如何保持中国当代流行文化的个性?

这两个问题的答案都与另一个问题有关,即流行文化中是否存在"霸权主义"?"霸权"一词在近几年中国学术界颇为流行,仿佛近现代中国的一切问题都可以归结为西方的霸权主义,这主要是受西方后殖民主义和第三世界文化理论的影响所致。但笔者认为,"霸权"这个词用于分析中国当代流行文化十分可疑,当下在国际上有政治霸权,军事霸权,经济霸权,但我认为在流行文化中不存在"霸权"。所谓霸权是指一方对另一方权威或权力的单方面的强制,不需要顾及对方意愿便可采取的措施。显然在流行文化中的情况并非如此,从上面对流行文化生成机制的分析可以看出,一种流行文化如果没有接受者自觉自愿的模仿或者认同,这种文化注定是无法流行开来的。比如在一个封闭的国家里,外国的流行文化是根本无法侵入的;对一个十分保守的女士而言她会拒绝穿超短裙;对于迷恋古典音乐的人他会逃避摇滚乐，因为摇滚乐使他无法保持心灵的平和与宁静。所以，流行文化得以流行，遵循的原则是自愿原则。

流行文化所遵循的另一个原则是互动原则。中国当代流行文化虽然主要来自西方发达国家的流行文化，但这不表明这种流行文化在中国的流行范围、程度与西方国家完全一致，也不表明中国本土文化在对西方流行文化彻底、被动地模仿。相反，一个国家的流行文化在另一个国家里流行，这个过程是互动的。一方面，外来文化会对本土文化施加影响；另一方面，本土文化会对外来文化进行改造。选择什么，不选择什么，改造什么，不改造什么，这就取决于本土文化自身的环境，对外来文化的认知与理解，以及这种认知与理解的水平和能力。目前，麦当劳在中国各大城市十分流行，看上去这与西方的麦当劳没有什么区别，然而只要深入去了解便会发现还有很大不同。北京、武汉、重庆的麦当劳的口味并不是完全一样的，各地的麦当劳会把他们本地的风味、传统和习惯加进去，以便当地人更容易接受。总之，西方流行文化进入中国之后，我们会把自己的很多东西包括我们的传统、信仰、个性、尊严渗透其中，形成具有中国风格和特点的流行文化。当然，从当前的情形来看，西方流行文化对我们的影响程度比我们对西方流行文化的改造程度要大。

从这两个原则我们可以看出，流行文化中不存在所谓的"霸权"，如果真有什么"霸权"，那这种"霸权"也是我们自己赋予的。所以，把西方流行文化在中国的发展归结为文化霸权的结果，一方面表明我们对流行文化的发生机制并没有一个理性的判断；另一方面也可以说是在推卸我们对中国流行文化所负有的责任。现在我们可以清理一下我们的思路了：中国当代流行文化滥觞于西方当代流行文化，西方流行什么，中国往往也跟着流行什么，这主要是由于当代中国社会主流文化的发展水平所致，然而流行文化本身并没有优劣之分，而且西方流行文化并不会自动在中国流行，它之所以得以在当代中国流行，根本的动因在于中国人自己的选择。由此我们便清楚地看到了中国的发展水平在世界上的位置，看到了中国人正在把西方世界的文化标准或方式作为自己的发展方向，看到了中国传统文化在汇入世界文化的总体背景下的衰弱趋势。更重要的是,当代中国对西方流行文化的盲目跟进所反映出来的态势值得思考,既然流行文化不存在优劣之分,既然主流文化与流行文化都是一个可以选择的问题,那我们为什么发展不起来属于自己的流行文化?或者说为什么我们的流行文化的原创性正在严重丧失?这表明当代中国对流行文化的理性判断、心理判断和价值判断存在着严重的失衡,最重要的是我们失去了康德所倡导的理性启蒙精神,它主要不表现在智力开发或知识的传授,而是一种道德的力量,一种信仰的力量,那就是作为一个个体对自己力量和前途的自信,一个民族对自己力量和前途的自信。我们与发达国家存在差距,我们首先要有勇气承认这些差距,同时我们对缩小这种差距拥有足够的自信,能甄别出外来的精华与糟粕,更不会亦步亦趋盲从跟进,我们应根据我们的国情发展出属于自己的流行文化,因为这体现出我们在现代化进程中应有的自信、尊严、高贵和成熟。

(原载《文艺研究》2001 年第 5 期)

艺术、欣赏者与欣赏

一 艺术是什么?

这个问题是哲学家和艺术理论家特别感兴趣的问题,无数人解答过它,可至今也没有一个肯定的答案。这不是这些理论家们没有智慧回答这个问题,而是他们对待艺术的方式错了。艺术并不适合理性地对待,尤其是这种提问题的方式。提问的方式,理性的方式,这是从学理上探索一门学科的本质,探讨一门学科的原理或原则、规律及其特征。穷根究底对其他学科或许适合,但对艺术却不行。艺术诉诸人的各种感觉、知觉、直觉和想象,它需要的是感性对待,而不是理智的分析。对一个具体的艺术现象进行理论化分析,这是艺术学的任务,而艺术学与艺术是根本不同的,绘画与绘画的本质是两回事,了解绘画的本质也许有助于欣赏绘画,但它绝对不能代替对绘画的欣赏,绘画大于对它的理智规定,绘画永远超出绘画的本质。古典画与现代画是很不相同的,达·芬奇的画与毕加索的画虽然都叫画,但那是很不相同的。一个时期的绘画理论属于某个特定历史时期的绘画,它并不能涵盖全部的绘画的历史。所以艺术是一个动态的发展过程,永远处于变化之中,而理论永远落后于艺术活动本身。

那么,理论对于我们究竟有什么用?或者"艺术是什么"的命题对我们有什么价值?

这种价值到目前为止更多的是理论价值、认识价值,是人类对艺术经验的反思与总结，它毋庸置疑地具有学科的专业价值，然而，它对艺术的发展与艺术的欣赏并不可做出过高的估计。请问有多少人看了康德的《实践理性批判》去生活？又有多少人看了他的《判断力批判》去欣赏艺术？我们又从哪里知道《实践理性批判》是对生活的真知灼见？谁又能证明《判断力批判》是艺术的知音？笔者并无否定理论价值的意思，笔者只想说，艺术理论对我们进行艺术欣赏活动并不是充分必要的。也许艺术理论在总结艺术现象或艺术经验时会涉及艺术的特征，也包括一些艺术的感觉、直觉、材料和结构，这些东西在我们进行艺术欣赏时会起作用，但是这种作用仍然不是艺术经验本身。艺术经验是充分个体化的，不能相互取代，感动必须经由一个具体的个体来完成，况且感动他人的东西不一定能感动你，他人的艺术感动只是你看到的艺术感动的结果，而不是感动本身。所以艺术理论作为一种间接经验的价值不宜作过高估计，它的价值只是艺术欣赏活动的一个准备，我们可称之为"准备价值"。

那么，艺术是什么？艺术不是抽象的理论命题，而是具体的活生生的富于感召力的感性现象，是一首诗、一幅画、一部电影、一首乐曲、一部戏剧、一个舞蹈或一幢建筑。当我们把一首诗或一个舞蹈抽象时，这首诗和这个舞蹈就不存在了，而成了完全令我们陌生的东西，文字化或概念性的东西，一种理智化的结果，它们的存在方式或存在形态完全不可相提并论，所以，我们说出的东西和我们说的东西完全是两件事情。贝尔说"艺术是有意味的形式"，苏珊·朗格说"艺术是有生命的形式"，我们从这两个命题中能得到什么？我们能得到关于艺术是什么吗？我们能从中了解诗或者绘画或者舞蹈或者音乐吗？笔者的回答是否定的。所以，从这样的命题中我们得不到艺术本身的东西，只能得到关于艺术的理论化的说明。对艺术经验而言，这样的命题等于什么也没说。即使从理论上来说，"艺术是有意味的形式"，那就是说诗是有意味的形式，绘画是有意味的形式，电影是有意味的形式，音乐也是有意味的形式，那么，绘画、音乐和电影作为一种独立的艺术存在的特性在这种抽象中不存在了。所以理论抽象只能把我们引入理论或者知识，不能使我们进入艺术，艺术只能通过面对才能走进艺术，读诗诗才成为诗，看画画才成为画，听歌歌才成为歌。

对欣赏者而言，艺术是什么，这个命题是没有多大价值的，它根本就不是欣赏。在欣赏者那里，只有一首具体的诗，由意象与节奏构成诗，由色彩与线条构成画，由旋律与和声构成音乐，由光与影构成电影。因此，想读懂一首诗，就必须了解意象与节奏；想看懂一幅画，就必须了解色彩与线条；想听懂一段音乐，就必须了解旋律与和声。每一种艺术都有其自身的特性，也就是它的构成性，它的形式感，离开了这个东西，艺术就不复存在。说艺术是什么？这是废话！不如反过来说，诗是艺术，这已接近诗了，说"诗表现为意象与节奏"，就更接近了，但这样也还不是一首诗。你必须去读诗，体会诗，这首诗才存在。你必须去看画，体会画，画才存在。所以画本身不是画，有人看画画才存在。一幅画没有人看，它就什么也不是。画只有通过欣赏才能获得存在，画是被唤醒的存在。

现在笔者来定义艺术是什么，虽然这很危险。艺术是被唤醒的感性的存在，这个感性在哪里呢？这个感性不在艺术里，艺术哪里有什么感性？感性只能在欣赏者那里，在欣赏者对艺术的欣赏中。

二　欣赏者

欣赏者的感性由艺术唤醒，但不同的欣赏者却体验到不同的感性，在很多情况下欣赏者的感性是自相矛盾的，而且这种矛盾往往由同一件艺术品所引起。不同时代、不同民族、不同地域的欣赏者，他们欣赏同一件艺术品的经验也大相径庭，这已为艺术史反复证明。不仅如此，即使是同一个欣赏者，面对同一件艺术品，他今天的心情和明天的心情可能很不一样，他赋予同一件艺术品的感性也会截然不同，难道是艺术品发生变化了吗？这是不可能的事情，那就只能是欣赏者。这个欣赏者究竟怎么了？我们必须追问：什么是欣赏者？这似乎不太礼貌，那我们就换个问法：何为欣赏者？

所谓欣赏者，就是面对艺术品的人，他必须对艺术品进行艺术感觉、判断和体验，他才可能成为一个欣赏者。欣赏者，不是曾经欣赏过艺术的人,不是处身画廊或音乐厅的人,甚至不是进行艺术评论的人,而是此刻正在欣赏艺术品的人。一个在读、在看、在听、在感觉的人,不是仿佛在读、在看、在听、在感觉的人。此刻,面对艺术品,他全身心地投入、注意力高度集中,不计较、无功利,甚至无目的地在接受,他身上有什么,艺术品就会唤起什么,他是个什么样的人,艺术品会把他塑造成什么样的人。他的艺术直觉、感觉、天赋、形式感,他具备多少艺术品就会唤起多少,他被唤起得越多,就会被感染得越深,他也就越是一个欣赏者。

欣赏者是艺术品感性或美感的源泉,艺术品自身不具有美感,也许艺术品有美的结构、内容和形式,也就是说,艺术品具有美的客观构造,但这不是美感本身。美感是欣赏者对艺术品的判断,是欣赏者对艺术品的直觉赋予。欣赏者的判断力如此重要,他可以将艺术品判断为艺术品,也可以将艺术品判断为非艺术品。如安格尔的《泉》,有人将它判断为纯洁的象征,有人将它判断为淫欲的对象。《泉》作为一件艺术品已客观地存在了,它本身不会再改变,能够改变它的是欣赏者的眼光与态度。即使是将《泉》判断为艺术品的欣赏者,可能在另外的场合与另外的时间将它判断为非艺术品。这就表明欣赏者并不是固定的,他在不断地发生变化,欣赏者不是一种身份,不是一个证明,而是一种立场和态度。欣赏者只能以艺术的态度来对待艺术品,才能保证艺术品的性质不致受到损害。否则他就不是欣赏者,而是别的什么人。这是否表明欣赏者握有对艺术品的生杀大权呢?笔者不这样看,对艺术品而言,欣赏者是扼杀不了艺术的,也就是说,艺术品是亵渎不了的,所能亵渎是欣赏者自己,他将自己由一个欣赏者蜕变为一个亵渎者。不仅如此,欣赏者又是千差万别的,每个人都有其自身的经历、修养、情趣或标准,这就使得艺术品在被欣赏的过程中被判为完全不同的艺术品,所谓一千个读者就有一千个哈姆雷特,在这里,究竟哪个读者的哈姆雷特是最接近原著《哈姆雷特》或莎士比亚的?在笔者看来,从来没有最接近的一个,对哈姆雷特,许多人都鉴赏过——琼生、柯尔律治、歌德、史雷格尔、雨果、别林斯基,很难说谁的欣赏是最好的欣赏,只能说,在欣赏过程中,欣赏者之间存在着巨大的差异性，这个差异性又是由个体性所决定的，因此，只有保证欣赏过程的独特性，才能保证欣赏的存在，最终才能保证对艺术品的欣赏。

为什么笔者如此强调欣赏者？因为欣赏者是艺术品的最终完成者。我们以前总有一个误解，以为艺术品的最终完成者是艺术家，其实不是。艺术家只是完成了他自己的工作，艺术品是不是艺术品，最终取决于欣赏者。演员在舞台上表演，只是完成了艺术品的显现，就像画家运用画笔和颜料完成创作一样，此时的画还不能算作真正的艺术品。就表演而言也是如此，表演必须取得与观众的交流，才能称得上真正的表演，没有观众的参与和观众的欣赏，表演没有意义。所以，观众是表演的构成性要素，观众是表演作为艺术品的完成者。杜夫海纳说："作品期待于欣赏者的，既是对它的认可又是对它的完成。""作品期待于欣赏者的首先是完成作品。艺术家正是为了完成作品才需要欣赏者的合作。"①

但欣赏者不是欣赏他自己，他必须通过艺术对象才能成为欣赏者。审美对象提供了欣赏的契机，欣赏者赋予审美对象以美感或感性，所以感性不是审美对象固有的，而是被赋予的，是一种态度、立场或状态，总之是主观性的东西。杜大海纳说："审美对象不是别的，而是灿烂的感性。""美只出现在感性的客体之中，感性是唯一的判官。"他还说："美既非自在的理念，也非存在于对象中的理念，既不是客观上可以确定的概念，也不是对象的客观属性。美是我们为了表达自己的某种经验而赋予对象的某种性质，这经验是由我们的愉快所证实的某种主观性的状态所构成的。"② 但这个主观性必须说明，它不是回忆，也不是想象，我们说这个表演具有美感，不是在回忆或想象一种表演，而是这个表演就在我们的注意之中，就在我们面前，就在我们的意识状态中。我们感觉到维纳斯是美的，一定是我们正在欣赏维纳斯，除此之外，我们谈论维纳斯都与美感无关。美感是一种经验，是

---

① ［法］杜夫海纳：《审美经验现象学》，韩树站译，文化艺术出版社1996年版，第74页。
② ［法］杜夫海纳：《美学与哲学》，孙非译，中国社会科学出版社1985年版，第54页。

不能说的，能说的东西肯定是另外的事情，而不是美感本身。所以，我们谈论维纳斯只是在陈述一个事实，陈述一次美的体验，并不是美感本身。但人们常常将美感与美的经历混为一谈，将正在经历的美与事后的美当成一件事情，这实际上是对美感的极大误解。美感是什么，美感是美的对象与美的欣赏者的相遇。

三　欣赏

前面谈到两个问题：一个是欣赏对象，另一个是欣赏者。接下来的问题就顺理成章了，即欣赏。什么是欣赏？欣赏者与欣赏对象的相遇就是欣赏。

笔者已经说过了，欣赏对象不具有美感，欣赏者也不是美感本身，美感必定是欣赏者与欣赏对象相遇，也就是欣赏者与欣赏对象的面对面，欣赏者在注视欣赏对象，欣赏对象被欣赏者所体验。所谓相遇就是欣赏对象——艺术与欣赏主体——欣赏者的碰面，显然笔者是从现象学的角度来理解相遇的。相遇即意味着一种关系，这关系首先表现为此刻存在，这个存在不是说欣赏对象的存在，也不是欣赏者的存在，而是欣赏对象与欣赏者彼此相处在一起。这很重要，在欣赏中没有单纯的欣赏者，也没有单纯的欣赏对象，也就是说，没有纯粹的主体，也没有纯粹的客体，企图单纯地从主体或者客体来理解欣赏是一条死路。许多美学家都在这条路上走，其结果必然导致美学的方向性错误。我们应该回到事实本身上来，这个事实是：欣赏者在欣赏审美对象。这意味着欣赏者是欣赏对象的欣赏者，欣赏对象是欣赏者眼中的欣赏对象，这两个要素缺少其中任何一个都不能构成欣赏。

欣赏是一种直觉的感性活动。在欣赏过程中，最容易碰到的一个问题是：这是什么意思？这首诗是什么意思？这幅画是什么意思？这部电影是什么意思？这部音乐是什么意思？曾经有人问贝克特，你的《等待戈多》是什么意思？贝克特说："如果我知道什么意思，早就写出来了。"这是欣赏中的一个严重误区。这是从功利的、实用的或有用的角度来提问题。欣赏不是认识论，不是从艺术品中得出一个甲乙丙丁，得出一个本质、意义和价值来。你愉快了、流泪了、被感动了或者被震撼了，这就够了。因为欣赏不是理智活动，也不形成概念，而是"灿烂感性"的显现。欣赏可以从感觉开始至感觉结束，也可以从感觉开始至理智结束，但不能从理智开始至理智结束。所以欣赏者要用直觉、感觉或感性去拥抱欣赏对象，在这个过程中，欣赏者通过欣赏对象把自己打开，他是松弛的、忘我的和愉悦的，为什么艺术使人纯洁与纯粹？为什么艺术能使人获得陶冶或沉醉？为什么艺术使人感觉到自由和舒畅？就因为艺术把人们从现实的、世俗的、功利的、烦心的世界中解脱出来，使人们感觉到不一样的存在，一个是现实的世界，一个是艺术的世界。

在欣赏中，欣赏对象与欣赏者是相互指涉的。所谓指涉不是对立，而是对峙，你面对我，我面对你，你中有我，我中有你。以表演为例，表演不能离开观众而存在，观众也不能离开表演去欣赏。表演与观众相互依存，它们因为对方而存在，也为了对方而存在。表演与观众相互指涉，一方面是指表演与观众是指向对方的，表演与观众互为目的，这个目的不是功利性或有用性，而是精神的指向性。一个是为了呈现"灿烂的感性"，另一个是为了欣赏"灿烂的感性"，它们都通过对方达成一种感性的"完美"（perfect）。另一方面，表演与观众是相互进入的。表演在舞台上呈现为活泼的感性，它既是舞台上的知觉对象，又是观众视野里感觉到的知觉，观众打开他的眼帘就是整个舞台，表演没有障碍地被捕捉。同时，观众的各种感觉或知觉进入到表演的结构、动作与形式中，虽然他们的肉身不在舞台上，但他的知觉在舞台上被对象化，他们的很多杂念与私欲被弃置一旁，他的意识只是关于表演的意识。然而我们不能由此认为，观众看到的是同一个东西。实际上每个观众看的东西是同一个，而看出的东西却是无数个。表演与观众的关系可以这样来描述：观众在看戏，戏也在看观众；观众在戏中看到的不是别的，而是观众自己。他是个什么样的人，就会看出什么样的戏。戏只有一出，观众却有很多个，观众看出的是他的个体性。此外，表演与观众是相互影响的，准确地说是改变的。观众来到剧场，他把自己变得空空荡荡，等待表演来充实，本来他是这么个人，在欣赏过程中却变成了另外一个人。他本来不想哭，可他却哭了，本来不想笑，可他却笑了。表演在观众的参与中也在发生着微妙的变化，表演不是一成不变的，会随着时间、地点、地域、种族、身份随机地发生改变，所以没有两次完全相同的表演。这样，表演中就出现了一个新的存在，它是欣赏者与欣赏对象在欣赏过程中结成了处境。

所谓处境，就是在欣赏过程中，欣赏者与欣赏对象结成的关系，它是主观和客观相互作用之后的新存在，这种存在是纯粹的、无目的的和无功利的，是美好的、诗意的和感觉化的，同时也是充满无限可能的。比如一个男孩子碰到一个女孩子，他就成了女孩子目光下的男孩子；如果他碰到太阳，他就成了太阳照射下的男孩子；如果他正在面对一幅画，他就成了画前的男孩子。这个男孩子还是那个男孩子吗？非也，他成了不同处境中的男孩子，是被各种感觉、知觉和直觉所灌注的新的男孩子，是男孩子与他的对象的相遇——人因为与艺术的相遇便产生了奇迹，这正是人世间最美好和最珍贵的东西，因为它是创造的源泉。

那就让我们去看、去听、去感觉、去体验、去拥抱艺术吧。

（本文为 2005 年在湖北省艺术教育科学论文奖颁奖会上的演讲，原载《珞珈艺术评论》2006 年第 2 辑）

对文学史的哲学思考

什么是文学史或文学史是什么，即 P 是 Q 的命题是难以回答的，甚至是不可能回答的，这一方面是由于文学史具有一个永远只可接近而不可穷尽的本质；另一方面，每一个文学史家总是以各不相同的兴趣、理想、愿望乃至偏见在谈论文学史。尽管如此，我们却不可能摒弃这种命题形式，否则，我们将对"历史是文献"或"历史是事实"之类的肤浅论断束手无策，甚至，我们将因失去这种命题形式比现在更加无知。可以说，理智似乎就是这样的一种东西：在不能论断的地方予以论断，对不能规定的对象予以规定。

一

任何对历史的思考和考察都离不开时间的概念。克罗齐说，思索历史就是把历史分期①，但是分期并不为历史本身所固有，与其说是内在于思想的，不如说是由目的、需要和方法所决定的；另外，任何分期都不可避免地将历史分割为许多片段，然而，历史却是一个整体或系统，一种不容分割也不可分割的东西。因此，整体的观念更切近历史的存在状态。当我们在文学史中引进"时间性"概念，即包含过去、现在和未来这三个时间维度的概念，就是为了获得对历史的整体或系统的切合性认识。但这三个时间维度并不像"分期"那样是自行封闭的，而是相互融通的、开放的。

---

① ［意］克罗齐：《历史学的理论和实际》，商务印书馆 1982 年版，第 86 页。

　　检视那些汗牛充栋的形形色色的文学史，就会发现其焦点几乎毫无例外地对准"过去的文学事实"，对"现在的文学事实"或者无暇顾及，或者置之度外，当然理由会有许多。随便一部《中国文学史》总是将中国文学从上古起分为战国文学、秦汉文学、魏晋南北朝文学、隋唐五代文学、宋代文学、元代文学、明代文学和清代文学，这种描述极为系统丰富地向人们提供了关于中国文学的材料或知识，但并不能帮助我们去把握宏阔的文学历史的内部结构。其实"历史"并不是雅斯贝斯所说的"回忆"，因为它忽视了即将成为"过去"的"现在"。这种文学史观一方面机械地割裂了整个文学，各个时代的文学被描述成封闭的、僵化的、凝固的片段，文学史变得支离破碎；另一方面，它显然抛弃了另外一部分文学事实，譬如"现代文学"和"当代文学"就被人为地阉割，更不用说"现在的文学事实"，尽管它被人描述成"轰轰隆隆"或"空前繁荣"的。对于忽视了一部分重要文学事实的文学史，显然并不完整，而完整性对文学史简直是不可或缺的，因为局部依赖于整体而存在，只有在整体中，局部才可能被理解。汤因比说："为了便于了解局部，我们一定要把注意的焦点对准整体，因为只有这个整体才是一种可以自行说明问题的研究范围。"① 因此，"过去的文学事实"并不是文学史考察的全部内容，更不是唯一的内容，"过去"并没有终点，"过去的文学事实"并没有中断，而且，它不可避免地要接受"现在的文学事实"的挑战与刺激；随着"现在的文学事实"的加入，既定的结构就会得到重新调整、组建："在新的作品出现之前，现成的体系是完整的；在添加了新的作品后也要维持其体系的绵延不绝，整个现成的体系，必须有所改变，哪怕是很小的改变。"② "现在的文学事实"是文学史中不可低估和忽视的因素，它往往左右着一部文学史的发展运动轨迹。在亨利·詹姆斯以前，"过去的文学事实"基本上采取两种叙述方式，一种是"全知叙

---

　　① ［英］汤因比:《历史研究》,曹未风等译,上海人民出版社 1986 年版,第 7 页。
　　② ［英］艾略特:《托·史·艾略特论文选》,周煦良等译,上海文艺出版社 1962 年版,第 3 页。

述"方式，另一种是"自传体叙述"方式，詹姆斯首创了"意识中心"的叙述方式，即既不从那个无所不知的作者，也不从第一人称"我"的视点来叙述故事，而是使整个叙述线索来自作品中的某一角色，一切叙述、描写都从这个角色的经验和感知出发。[①] 这种叙述方式的改变，促使20世纪的小说从对外部世界的真实摹写转到对心灵世界的精细刻画。构成一部小说必不可少的因素不再完全是戏剧性的冲突和高潮性的情节，而是人物敏锐纤细的心态活动或情景。可以说，亨利·詹姆斯改变了美国小说乃至整个英语文学的发展方向。自此以后，拉康德、劳伦斯、乔伊斯、沃尔夫以及海明威、福克纳无不受其影响。所以，历史不是回忆，文学史不是回顾"过去的文学事实"，相反，它必须注视"未来的文学事实"。因为"过去的文学事实"并不能说明自身，只有纳入"未来的文学事实"中才能说明，从某种意义上说，文学史永远是一个趋向无限的过程，也就是"未来的文学事实"不断加入的过程。但"未来的文学事实"是一种尚未凝结成型的东西，它具有无限多样的可能性，或者说它是不可知的，"过去"所承担不了的使命，"未来"也无法胜任。而且，"未来"并不是自由自在的，它虽然具有选择的无穷多样性，却只能以一种选择的面目出现，选择即限制，所以，"未来"是伴随着限制而诞生的，它无法斩断自己与"过去"的联系，凭空地梦幻般地创造自己。这样，"过去"、"现在"和"未来"都具有一种"超越自身"的性质，它们总是尽可能地深入到自己以外的对象上去而呈现着一种共时性结构，即"过去"、"现在"和"未来"并没有规定的所谓时间界限，而是一种同一不二的东西，它们相互渗透，相互交融，过去流向现在、现在流向未来，未来返回现在、现在返回过去，共同构成了一个庞大的有机的系统。所以，无论"过去的文学事实"，"现在文学事实"，还是"将来的文学事实"都不能决定自身的意义和价值，只有在这个系统中才能解释或被解释。

---

① 参见侯维瑞《现代英国小说史》，上海外语教育出版社1985年版，第35—37页。

二

文学史就在这庞大的系统中建构着自己纷繁复杂的关系。

文学史并非文学现象与现象的简单相加或集合，即韦勒克所否定的"材料史"，这种"材料史"缺乏文学史所必备的整体性与连贯性，文学现象与现象是互相游离的，自生自灭的原始状态，它并没有告诉什么或揭示什么，它仍然是它，是物，是始终外在于我们保持自身规定性永不变更的它。维特根斯坦说："世界是事实的总和，而不是物（das Ding）的总和。"① 所谓"材料史"就是"物的总和"，而真正意义上的文学史则是"事实的总和"；所谓"事实，就是原子事实的存在"，即"各客体（事物［sache］物）的结合"②。"事实"一词，揭示出事物存在的真谛和可能性，即任何事物都不是孤立地持存着，它总是与这个或那个事物保持着联系或关系，否则它就只是"物"。文学史中的任何一部作品都是这种事实，它不能脱离别的作品获得存在的可能性，不能脱离文学史显示自身存在的意义和价值。所以，任何文学事实必然与其他文学事实发生关系，或者说关系就是它的生命形式。黑格尔说："凡一切实在的事物都存在于关系中，而这种关系乃是每一实在的真实性质。因此实际存在着的东西不是抽象的孤立地，而只是一个在它物之内的。"③ 这样，每一文学事实都从其他文学事实中获得自身的存在形式，同时，它又赋予其他文学事实以存在形式。这种失去一方就不可能存在的联系形式，即既容纳对方又排斥对方的形式，就是维特根斯坦所说的"依赖性形式"。所以，整个文学史中的文学事实之间早已相互渗透了。《楚辞》中的《九歌》就鲜明地体现着楚国各地民间祭神歌曲的影响，而《离骚》中广泛运用的比兴手法更是直接受惠于《诗经》，可以说，民间文学滋养了《离骚》，而《离骚》照亮了民间文学。《楚辞》与民间文学都从对方中找到了自己

---

① ［奥］维特根斯坦：《逻辑哲学论》，郭英译，商务印书馆1985年版，第22页。

② 同上。

③ ［德］黑格尔：《小逻辑》，贺麟译，商务印书馆1986年版，第281页。

存在的根据，它们彼此都被"同化"了。但就某一文学事实在可能性情况下的发生而言，它是独立的，与其他文学事实势不两立，或者说，它具有自己存在的"格局"，并以此来排斥对方又为对方所排斥，因此，它务必防止被对方所消灭，这就要求在其形成的过程中，具有"自我调节"的功能①，即某一文学事实在其他文学事实的作用或刺激下，引起原有"格局"发生内在的变化和更新，以适应整个文学史。必须承认，李白的愤激与屈原的忧愤，李白的飘逸潇洒与庄周的清静无为确有某种同构关系，倘若他不以自己的粗犷放浪正视这种同构关系，他就可能被完全"同化"，而创造不出属于他的"清水出芙蓉，天然去雕饰"的形式。所以，"调节"预示着创造，预示着这一文学事实与那一文学事实取得联系方式的可能性。

这样，一部作品并不能决定自身存在的方式，而必须由别的作品的参与来决定，由充满各种复杂关系的文学史来决定。任何文学事实都有自己产生、发展的历史，它是一种历时性的存在，它被阅读或者传抄，编入教材或者被评论都是外在于文学史的身份不明之物，它必须获得共时性存在才能加入文学史，或者加入文学史才能获得共时性存在。这就迫使它在文学中找到自己与别的文学事实的关系，只有这种关系才能使它明白自身的存在意义及其在文学史中的地位。

三

文学史的任何关系必须通过观念和概念才能被揭示出来，一部文学史实质上是文学观念或概念发展嬗变的历史，或者说构成文学史的是关于文学的观念或概念。在克罗齐看来，"历史不推寻法则；也不形成观念，它不用归纳，也不用演绎，它只管叙述，不管推证；它不建立一些共相或抽象品，只安排一些直觉品"②。克罗齐的诊断至少难以消弭以下两个纰漏：首先，这种历史考察是建筑在个体或直觉品之上的，而断然抹杀了这个直觉品与那个直觉品的千丝万缕的联系；其

---

① 参见皮亚杰《发生认识论原理》，商务印书馆 1986 年版。

② ［意］克罗齐：《美学原理 美学纲要》，朱光潜译，外国文学出版社 1983 年版，第 34 页。

次，如果没有一个共相或普遍概念，我们就缺乏解析每一具体直觉品所必需的标准。帕克在《艺术的性质》中提出了极有见地的假设，尽管"一件艺术品都有其独特风格，一种只可意会，不可言传的东西使其与其他任何作品都难以同日而语的东西。但另一方面，却又有着某一种或某一类的标志，它们只要适用于任何一件艺术品，就必定适用于一切艺术品"①。这表明，任何文学事实虽然存在着差别，是一种各自不同的东西，但同时又贯穿着一种保持不变的共同点。应该说，庄周、阮籍、陶潜、王维、苏轼、周作人直至阿城的作品都是不可同日而语的文学事实，然而，我们正是依赖"心斋的虚、静、明"（徐复观语）这一共同点才将它们组织、归聚在一起，予以比较或评骘的。

我们说，文学史是由观念或概念组成的，就是把文学史当作一种自足体或实体来对待；文学事实是分散的、零落的，它们以联系方式有机地统一于实体。这种联系方式或关系不是自然地呈现的，而是提炼并表达出来的，但表达必须排除任何缺乏严格规范的描述性语言，必然借助观念或概念。可以说，我们所理解和谈论的文学史并不是文学事实，而是一种概括和规定出来的东西，即文学的观念或概念。实际上，文学事实是谈论不了理解不尽的。当然，这种观念或概念不是凭空杜撰或人为附加的，而是生发于文学事实之内。黑格尔说："概念乃是内蕴于事物本身的东西，事物之所以是事物，即由于其中包含概念。"② 不仅如此，单就每一文学事实而言，无论在其形成之后或形成之中，都内含着观念或概念。卢森堡在《艺术和语言》中写道："艺术是依照一套规则而创造出来的"，我们不能"无视艺术品所依据的概念构架"。这就促使理查德·赫尔兹设定了一个极为重要的艺术（或文学）公理："观念本身与这些观念在实践中的实现同样重要。"③因此，危害文学的并不是观念本身，而是人们对它的理解、驾驭和实现的能力。总而言之，文学史的观念或概念是种内蕴于文学事实的东

---

① 转引自 M. 李普曼《当代美学》，邓鹏译，光明日报出版社 1983 年版，第 222 页。

② ［德］黑格尔：《小逻辑》，贺麟译，商务印书馆 1986 年版，第 339 页。

③ 《马克思主义文艺理论研究》编辑部：《美学文艺学方法论》（上），文化艺术版社 1985 年版，第 311、229 页。

西，它是从诸文学事实中抽象出来的共同点或共性。

也许，文学史不可避免地要进行描述、阐释和判断，但这种描述、阐释和判断必须形成对文学的观念或概念，这是理性和逻辑的内在要求。英国哲学家沃尔什认为："历史学家的任务不仅是对过去发生的事件作出一般的叙述，而是要作出表达意义的叙述。"① 显然，这种叙述已区别于一般的叙述。所谓叙述，就是力图恢复历史事实的原始状态，然而文学事实是恢复不了的，文学事实永远呈现这样的情势，即恢复了的文学事实与恢复不了的文学事实之和。试图通过对文学事实的叙述来获得对文学史的切合性认识是毫无结果或所获甚微的。关键还是要"作出表达意义的叙述"，也就是说，要作出有价值判断的叙述。文学史无法回避对文学的阐释，但阐释并不是文学史的终极目的，即使作为手段它也不堪重负。因为阐释难以规避这种或那种因果关系，即如作为"创造性的产物"或"文化世界的产品"是受制于作者的人格因素或者决定这种人格的环境因素，而随着文学作品的不同，制约它的因素也不尽相同。因此我们就难以获得对文学史的统一性认识或规律，法国历史学家雷蒙·阿隆说："规律的概念和因果的概念本来是毫无共同之处的"，自杀的原因并不涉及自杀的规律。② 所以，阐释的价值取决于是否形成观念或概念，因为只有观念或概念才能揭示事物的共相或普遍规律。至于判断，无论在它之前或之后都不能缺乏概念，概念既是它的对象，又是它的结果。我们无法离开判断获得概念，也无法离开概念形成判断。判断就是"对概念加以内在的区别和规定"（黑格尔语），而"所有的概念都必须分解成若干判断"（李凯尔特语）。可是，当文学史形成观念或概念之后，"史"就消失了，或者它已"返回到自身"。"史"只是在人们反思或重新营造观念或概念时才出现。

美国著名比较文学教授保罗·德曼就曾注意到"文学史由观念构成"这一事实，他说："要做一个好的文学家，就要记住我们所说的

---

① 《现代西方历史哲学译文集》，上海译文出版社1984年版，第208页。
② 同上书，第59页。

文学史和文学很少或者全无瓜葛,构成文学史的是对文学的阐释——那些有见地的阐释。"① 所谓有见地的阐释,同样不是一般意义的阐释,而是一种观念的东西。但保罗·德曼似乎更阈限于文学批评的范围,而忽视乃至无视文学史的对象是文学事实,尤其是新的文学事实。诚然,文学史是观念的历史,但这种观念必须是对文学事实的观念,而不是至少不全是观念的观念。

四

文学史的观念或概念不是封闭的,永久保持自身的内在规定性,它同样呈现着时间性的过程,所以,它是一种共时性的观念或概念。这一方面依赖于过去的文学事实的重新发掘,更重要的是新的文学事实的加入;另一方面,随着新的文学事实的被接纳,文学史为保持自己的系统性,必然进行自我调整,自我更新,以适应其发展着的观念或概念。

因此,新的文学事实是文学史中最活跃、最富刺激性的因素,文学史必须准备随时接受它的挑战与冲击,新的文学事实不但为文学史进行数量的积累,而且它增添着文学的语言形式、写作技巧、表现手段和风格类型,从而促进文学史的观念或概念发生深刻的内在嬗变。当这种嬗变既经完成,大大小小的作品就会发生位移,显赫一时的作品可能黯然失色,而湮没无闻的作品可能声名大噪。乔伊斯的意识流小说备受冷落后被现代作家们视为圭臬,司汤达的《红与黑》也曾遭遇过被冷落的命运。文学史操持着无情的淘汰法则——它并不如实记录所发生的一切文学事实,而必须有所选择,这选择的箴规就是文学史的观念或概念,它将形成或契合观念或概念的事实吸收进来,而将另一部分事实驱逐出去;一些文学事实由于对后来的文学事实发展产生了极为重要的影响,或者明显地启示和预示了随后发生的文学事实,文学史将给以突出的地位。从某种意义上说,文学史不是越写越厚,而是越写越薄。

---

① 《读书》1987 年第 7 期。

　　所以，新的文学事实若要跻身于文学史，必须对文学史的观念或概念进行冲击，从而完成对文学史的重新构建与组合。冲击程度越强烈，就越具破坏性或创造性，便越具有价值，甚至，很可能因为它的出现而篡改整个文学史。因此，新的文学事实必须尽可能地使自己与文学史"陌生化"，相对于《楚辞》，唐诗是陌生的，相对于唐诗，宋词是陌生的，相对于宋词，元曲是陌生的，而每一次形式上的大变更都必然是对既定的文学概念的大摧毁。米歇尔·布托尔就深有感触："小说形式的任何真正的改变，在这方面任何富有成果的探索，都只能依赖于文学概念本身的改变。"① 自从陀思妥耶夫斯基的小说和弗洛伊德的学说诞生之后，心理分析小说广为风行，作家们竞相捕捉灵魂深处的"本我"或潜意识，普鲁斯特就"试图达到真相存在的最深层，即真实的境界"，新小说派的作家们如娜塔丽·萨洛特却认为"并不存在什么'最深层'，所谓'深层'只不过是一个表面而已"②。让·罗伯-格里耶的小说总是努力规避着人物的"自我意识"，在小说《嫉妒》中，一个丈夫在家里，在阳台上或餐桌旁，精细入微地观察他的妻子以及她与邻居弗兰克的关系，人物不再是一个分外敏感的"介入者"，而是一个极度冷静的"观察者"，小说写的是嫉妒，却又根本没有嫉妒，在此前的小说中哪里出现过这样的表述？罗伯-格里耶从电影视觉的表现功能受到启示，把他的人物直接恢复到动作本身，甚至恢复到纯粹客观的物件状态，试图"制造一个更实体、更直观的世界，以代替现有的心理的功能意义的世界。让物件与姿态首先以它们的存在去发生作用"③。这显然是对过去文学观念的根本挑战与背离。罗伯-格里耶获得了极大成功，《嫉妒》成为法国新小说派"里程碑"式的作品。

　　必须指出，新的文学事实本身并不能形成新的文学观念或概念，也不是通过新的文学观念或概念完成对文学史观念或概念的冲击，它

---

　　① 柳鸣九主编：《新小说派研究》，中国社会科学出版社 1986 年版，第 93 页。
　　② 同上书，第 3 页。
　　③ 同上书，第 63 页。

必须把自己纳入到整个文学史中，形成一种不可分性或整一性，然后才能实现对文学史观念或概念的变更。当然，新的文学事实在摧毁文学史观念或概念之后，又会形成新的文学史观念或概念，而这种观念或概念同样摆脱不了最后被摧毁的命运：更新的文学事实即将诞生。

也许，文学史永远处于娜塔丽·萨洛特所说的"怀疑的时代"。

（原载《荆州师专学报》1988 年第 1 期，发表时署名广湛）

现象学诗学纲要

Ⅰ 元意识

Ⅰ.1.1. 自我意识

对作为独立精神的实体的自我意识我们必须进行两种澄清：第一，澄清自我与自在的界限，即把自我从自在中离析出来；第二，澄清自我与他人的界限，即把个体从类型中抽身。在哲学史上，笛卡尔是进行这种澄清的第一人，他的"我思故我在"作为哲学的"第一原理"在真正意义上促进了人的觉醒和独立。在此之前的哲学家虽然也谈到人以及人的思想或灵魂，但他们在谈论的时候有一个重大的漏洞，就是将谈论者本体排除在谈论之外。笛卡尔的突出贡献在于他将自我意识纳入本体论的思考与建构之中，他通过对一切未经检验的知识体系的怀疑和对人的知识活动或认识能力的怀疑而建立起他的自我意识观念。尽管笛卡尔怀疑一切，可对自我意识，他却毫不怀疑，他的对自我意识的充分肯定成为对一切充分否定的前提，这种怀疑的直接后果必然导致心与物的对峙与分裂，这是我们建立现象诗学所要竭力抵制的。实质上，笛卡尔的怀疑是一种反省或反思，他的自我意识就是反省意识，为了达到对一切的反省，就必须寻求这种反省的立足点或根据，这种根据就是反省本身。由此出发，其他的一切均是作为被拷问的对象出现的，于是心与物的二元论的出现就不可避免。

Ⅰ.1.2. 前反省意识

在自我意识之中，除了反省意识之外，还有一种非反省意识。尼采曾指出:"意识仅仅触及到了表面,最伟大最基本的活动是无意识。"①
对无意识作出最富有成效的研究者当推弗洛伊德,他说:"无意识不
但指一般潜伏的观念,而且特别指那些具有一定动态性质的观念,是
那些尽管强烈而有活性却仍然不会进入意识的观念。"② 弗洛伊德认
为,无意识是精神长期压抑的结果,他通过对梦所作的卓有成效的解
析指出,无意识往往以伪装的方式,曲折地、意外地出现在梦中,梦
成为无意识隐秘宣泄的渠道,这种非反省意识在萨特那里就是前反省
意识。这样,自我意识包含了笛卡尔提出的反省意识,也包含了前反
省意识,而且,前反省意识比反省意识更为基本,更为普遍,更为原
始。萨特说:"反思一点也不比被反思意识更为优越:并非反思向自
己揭示出被反思意识。恰恰相反,正是非反思的意识使反思成为可能;
有一个反思前的我思作为笛卡尔我思的条件。"③ 反省意识是对意识活
动状态进行反思,也就是说,意识活动和状态是作为反省意识的对
象出现的。然而,前反省意识没有主体和客体的区分,自我也没有
被规定为意识的对象,就是说,自我没有出现。比如,一个人正专
心致志地阅读一首诗,此时,阅读者的意识活动在诗的物象指向范
围,阅读者处于一种阅读的活动中,因而前反思意识中的自我并没
有成为意识的对象,这就是前反思的意识,但是,当阅读者的意识
活动指向阅读者的意识活动本身时,自我就成为反省意识的对象,
这就是反省意识。萨特的前反省意识概念是对人类存在的一个杰出
贡献,它使人类对本原、太一及其状态和力量的把握成为可能,使
哲学由本体论向存在论的转向成为可能,使自笛卡尔以来的关于物
质和意识、主体和客体、自在和自为的二元分裂问题的彻底解决成
为可能。由于我们的讨论不关涉我思或反省意识,所以,我们将这
种最普遍、最基本、最原始的前反思意识称为原初意识或元意识。

---

① 滕守尧:《审美心理描述》,中国社会科学出版社1985年版,第397页。

② [美]约翰·里克曼编:《弗洛伊德著作选》,贺明明译,四川人民出版社1986年版,
第63页。

③ [法]萨特:《存在与虚无》,陈宣良等译,生活·读书·新知三联书店1987年版,第
11页。

元者，天地万物之本原也，初始之谓也。《春秋繁露·重政》云："故元者为万物之本，而人之元在焉。"元意识构成了现象学诗学的基本"与料"，它是我们诗学哲学的内在根据和出发点。

Ⅰ.2.1. 意向性及其结构

意向性及其结构将使我们对元意识的领会获得进展。意向性这一概念是布伦塔诺创造，并经胡塞尔进一步发挥而成为现象学的核心理论的。意向性一词源于拉丁文 intender，意为"指向"，胡塞尔把意向性"作为'对某物的意识'的心理过程的特性"，也就是说，"意向的心理过程就是对某物的意识"，他进一步指出，"认识体验具有一种意向（intertio），这属于认识体验的本质，它意指某物，它们以这种或那种方式与对象发生关系"①。由此可见，意识是关于某个对象的意识，意识必然具有意向性，它总是指向一个意识以外的某个对象，但是在许多时候意识所意向的对象并不真正存在，比如说虚构或者幻想，然而，意识及其所具有的意向性仍然存在，这表明，意识具有摆脱对象实在性的属性，意识的对象并不存在于意识之中，因此，意识本是一个自足的自明性的存在。这样，意识的内容就体现为两个方面：实在的内容和非实在的即意向性的内容。所谓实在的内容就是意识与本真的对象的关系的结果，在这里，意识与实在的关系是认识关系，由此形成物理学、生物学和化学等自然科学。所谓意向性内容指的是意识与非实在的对象关系的结果。这个对象不是首先就存在的，而是意识的意向性活动直接创生出来的，或者说，它的内容是意向性授予的。因此，这个对象与意识的关系就是非认识的关系，由此而诞生形而上学和诗学。当然，意识的实在性内容可以向意向性内容转化，但它必须摆脱对对象的任何分析性成分所结成的关系，也就是须对对象作虚无化的处理。实在的内容为意识所把握，非实在的内容由前反思意识所把握。

Ⅰ.2.2. 意识与意向内容的关系

意识与意向内容的关系是非认识关系，因为意向内容本身就是我

---

① ［德］胡塞尔：《现象学的观念》，倪梁康译，上海译文出版社1986年版，第48页。

思,我思无法通过我思来证明我思,否则我们就会陷入没有结果的恶性的无限循环中:"我思——我思我思——我思我思我思……"萨特说:"如果我们想避免无穷后退,意识就必须是自我与自我之间一种直接的、非认识的关系。"① 这是一个方面,另一方面,意识内容是一种普遍的含义,不同的意向行为拥有不同的含义,认识无法穷尽,这是一个绝对,所以,意识能体悟意向内容,但不可认识,只能描述,不可阐释。比如,有这样一首诗:

> 一只柚子
> 在正午恹恹的光线里
> 昏昏沉沉
> 它溜圆的身体已沉睡了不止十个通宵
> 作为果实
> 又由一只充满敌意的手拿起
> 它是金黄的,柚子家族中
> 最走运的一个
> 别的不说
> 在它通体透亮的、完美的身躯上
> 找不到一处虫害的痕迹 (小海《一只柚子》)

这只柚子显然不是本真实在的柚子,而是意识意向行为产生的柚子,是现象学意义上的柚子。因此,任何从词句中捕捉和揭示这只柚子在认识论上的企图都是徒劳的。也许有人会说,这首诗讲的就是柚子的命运,柚子的幸运与悲哀,但这就是它所要表达的意义吗?如果真是这样,那又有多大价值呢?于是就有人可能由指责这首诗的价值而否定这首诗本身。这不仅是对这首诗,也是对所有诗的误读。这种误读的根源在于对诗作认识论或价值论的判断,然而这只柚子根本就

---

① 〔法〕萨特:《存在与虚无》,陈宣良等译,生活·读书·新知三联书店1987年版,第10页。

不是认识论上的柚子，而是存在论上的柚子，是意识的意向活动之中的柚子。所以，我们只能对它进行体悟，而不是进行认识，体悟所获得的东西将比我们分析所得到的东西更丰富，更接近这只柚子本身，也更接近意向行为的存在状态。

Ⅰ.3.1. 现象学认为，一切意识都是关于某物的意识，萨特说："意识是对世界的位置性意识，所有意识在超越自身以图达到对象时都是位置性的，毋宁说它干脆就是这个位置。"① 所谓位置性就是说意识为了达到一个对象，总要超越它自身。但这种超越实际上是把对象当作处在自身而被设定的东西，也就是说，意识在超越自身时又深深地坚执着某种属己的东西，因此，意识才没有沦为某物或等同于某物。由此可见，意识在超越与回归之间徘徊。

Ⅰ.3.2. 意识的意向行为总是踟蹰在意识与物质，主体与客体，自由与必然之间，意向行为是由联系或关系构成的。而纯粹的存在是不存在的。推论一，没有纯粹的客体。我们谈论意识和物质的关系时，就已经承认了一个最基本的事实，也就是说，我们的一切谈论是在意识之内进行的。我们不可能在意识之外指称任何东西。康德认为，在我们的意识之外有一个物自体的存在，这个存在我们是无法认识的，然而这种谈论本身，首先就承认了意识作为谈论的先决条件，离开了意识，任何谈论都将不复存在。物自体对物自体自身没有意义，只是因为谈论才为意识所拥有，物自体是为意识所给予的。推论二，没有纯粹意识。意识总是对某物的意识，它是指向一个超越自身又为自身所缺乏的某物，因而，离开了对某物的指向，意识就不成其为意识。即使是非实在的某物，如虚无、幻想乃至空想，意识也仍然是有所指向的。总之，没有纯粹主体，也没有纯粹客体，客体是主体所意识到的客体，主体则是对客体有所意识的主体。主体与客体都蕴藏在对象之中，或者说，它们是以一种联系方式而出现的，这种联系方式不是因果联系，因而也就不存在谁决定谁的问题，准确地说，是主体和客体的"碰面"。

① ［法］萨特：《存在与虚无》，陈宣良等译，生活·读书·新知三联书店1987年版，第9页。

Ⅰ.4.活动　碰面就是与对象逼视,是彼此的见面或照面,它不是思考本身,也不提供思考,碰面就其存在的层面而言只是一种活动。维特根斯坦曾说:"哲学不是理论,而是活动。"① 而且,他还从终极的角度审视自己的哲学时取消了其哲学的目的论和意义论。"我的命题可以这样来说明:理解我的人,当他通过这些命题——根据这些命题——越过这些命题(他可以说是在爬上梯子之后把梯子抛掉了)时,终于会知道是没有意思的。"② 即使这些命题是无意思的,它的意义在于提出命题,它也仍然是一种活动。哲学是一种活动,诗在本质上说,更是一种活动,因为它不提供认识,但它比认识更为根本。我们力主诗即活动或运动,是对传统诗学或任何把诗静态化的企图的反动,当我们把活动或运动放在时间性(包括过去、现在和未来)这一范畴中去考察,则可看清诗的更为内在的存在。

Ⅰ.4.1.诗是不考虑未来的,或者说它对未来无能为力。未来蕴含着无限的可能性,但又是以唯一的可能性呈现的,未来就在这种无限和唯一的相互斗争中取消了。还有一种取消,即未来是不断消逝的现在,未来被现在表达,又被现在抛弃,从而沦为过去。所以,最习惯的说法就是,未来是不可知的。然而,诗无法超越现在,它居于现在本身,始终处身当下,因而也就根本无法抵达未来,它至多是向着未来而存在。所以,诗是一种现在的存在。在福克纳或普鲁斯特的小说中,其主人公是没有未来的存在物。

Ⅰ.4.2.然而,诗也不是一种过去的存在,诚然,在诗中有回忆或追述,而且,它不可能摆脱回忆或追述,但诗在其运动的过程中,对过去悄悄地作了处理。首先,过去已不再是原来的过去,它已被加工、改造或增删,这个成为已经的过去是被语言抓回来的,但过去不可能全部回来,抓回来的只是一部分,另一部分已死去。其次,过去被诗表达时,它重新被现在化了,也就是说,它是第二次经过现在,否则,它就不可能逃脱被搁置、被遗弃的存在状态。最后,过去回来

---

① [奥]维特根斯坦:《逻辑哲学论》,郭英译,商务印书馆1985年版,第44页。
② 同上书,第97页。

时，它不可能原样回来，它是被诗这种媒介按照其媒介特性回来的。所以，诗的存在没有过去。

Ⅰ.4.3. 诗否定了未来和过去之后必然进行现在的存在，即此在，或者说，它仅仅是此在，诗永远是一个现在时（present time）。一方面，它阻止时间趋向未来，延宕时间向未来的进程；另一方面，它又不断地把一个又一个过去化为现在，防止时间向过去沉沦。所以，诗的基本职能就是对时间的阻滞，反过来说，诗将现在恣意延长。诗的艺术就是阻滞时间的艺术，或者如萨特所说的，是对片刻的纯粹的本能知觉。这就决定了诗的本质是运动。所以我说，诗是一个活动，是当下的、此刻的、现时的活动。

Ⅱ 元意识存在论

Ⅱ.1.1. 元意识是纯粹的、绝对的、自明性的。我们已知道，意识不可能通过意识认识意识，它是自身，不是物或任何别的什么，任何叩问意识是什么的企图都必然把意识变成对象，即降低为物。这就使得纯粹变得混杂，绝对变成了相当，使意识变成了别的东西。因此，我们说意识是晦暗的、未知的、或然的，但分明是存在的，但它究竟是什么，我们的理性和知性无法认识，因为意识拒斥将自己沦为对象或物，它总是在将它变成对象的时候超越对象，此其一。其二，意识始终是一种意向行为，就是说，活动是意识的本质，它不可中断，中断就意味着停止了，对于一个停止了活动的意识显然不是意识。所以，意识是不断经过的意识。

Ⅱ.1.2. 意识就是意识，这是必须明确和端正的。我们知道，意识指向某物，但它不是某物，因为对象是独立于意识的。这表明，意识和它所意识的对象是存在距离的。萨特指出，意识是没有内容的。[①]甚至，他还否定了意识是装载任何东西的容器，因为被它所接纳的东西同时也漏掉了，只剩下一个巨大的虚无。所以说，意识完全是自明

---

① ［法］萨特：《存在与虚无》，陈宣良等译，生活·读书·新知三联书店1987年版，第8—9页。

性的,它不解释存在,也不揭示存在。意识是意识自身,是自在存在。

Ⅱ.2.1. 萨特在考察了存在的现象之后对自在存在作了三个规定:"存在存在,存在是自在的,存在是其所是。"① 所谓"存在存在"意味着存在不关涉到可能性与必然性问题,它不从必然中派生,也不归并到必然,如老子所言:"其上不皦,其下不昧,绳绳兮不可名,复归于无物,是谓无状之状,无物之象,是谓惚恍。"② 所谓"存在是自在的"就是指存在是一种自身充实的,不动不变的持存恒在,它不是肯定的,也不是否定的;不是主动的,也不是被动的。它就是它。所谓"存在是其所是",即是说存在本身不能是其所不是,它是实心的,没有任何奥秘,是完全孤立的,它与其他存在没有任何纠葛,它无限定地是它自身。萨特进而总结道:"自在的存在是非创造性的,它没有存在的理由,它是多余的因而不可理喻,是荒谬的。"③

Ⅱ.2.2. 得出如此结论与萨特所做的两种导引关系甚大。首先,他将自在存在引入理性或逻辑的推导之下,这就不可回避地要进行界说和分解,而在自在存在,由于其自明性是毋庸分解的,这一点萨特自己也十分明了。他说,自在"在某种意义下我们可能指明它是一个综合。但这是这一切综合中最不能分解的综合"④。其次,他将自在存在引入了人的现实的世俗生活,也就是引入到现象间和物质界,这就注定了对世界意义或现世人生的价值寻求,萨特的荒谬感、恶心盖源于此。

Ⅱ.2.3. 因此,我们必须纠正萨特的两种偏差,恢复元意识存在的绝对自明性。正是这种自明性决定了元意识的存在方式和存在状态。中国古代哲学于此有悟:它"无名无形,无问无应,其大无外,其小无内,莫可得而知,莫可知而行"⑤。它若有若无,若存若亡,或隐或显,绵绵不绝,这种境界就是坐忘。"堕肢体,黜聪明,离形去智,

---

① [法]萨特:《存在与虚无》,陈宣良等译,生活·读书·新知三联书店1987年版,第25—27页。
② 《道德经》第十四章。
③ [法]萨特:《存在与虚无》,陈宣良等译,生活·读书·新知三联书店1987年版,第25—27页。
④ 同上书,第26页。
⑤ (唐)施肩吾:《钟吕传道集》,上海古籍出版社1989年版,第6页。

同于大通。"① 据徐复观教授的阐释，"堕肢体"、"离形"，指摆脱由生理带来的欲望，"黜聪明"、"去智"，指摆脱所谓知识活动，而且在"堕"、"离"、"黜"、"去"诸种活动中，尤以"忘知"最为枢要。忘知就是忘掉分解性的、概念性的活动，剩下的就是虚而待物的，亦即徇耳目内通的纯知觉活动，这种纯知觉的活动就是美的观照。② 此刻，无意识摒除了自身以外的一切杂多性，呈现为纯粹的、绝对的自明性。既不向逻各斯的域限依附，也不向世俗生存和价值判断恭迎，它是完全为自身所充盈的存在；同时，它又是空虚的，蠢蠢蠕动，成为一切意识活动的渊薮，所谓"神思"、"神游"，此之谓也。请看顾城的《早晨的花》：

> 所有花都在睡去
> 风一点点走近篱笆
> 所有花都在睡去
> 风一点点走近篱笆
> 所有花都逐渐在草坡上
> 睡去，风一点点走近篱笆
> 所有花都含着蜜水
> 所有细碎的叶子
> 都含着蜜水
>
> 她们用花英鸣叫
> 她们用花英鸣叫
> 细细的舌尖上闪着蜜水
> 她用花心鸣叫
> 蜂鸟在我耳边轻轻啄着
> 她用花心鸣叫

---

① 《庄子·大宗师》。
② 徐复观：《中国艺术精神》，春风文艺出版社 1987 年版，第 63 页。

风在篱笆附近响着

这是全诗最精彩的片段，仿佛天籁一般，有一种似存在又非存在的东西荡漾其中，与其说顾城写出了一个"超现实的世界"，一个"童话世界"，不如说他写出了元意识存在的世界。知情义尽散，精气神俱收。一切知性活动都已瓦解，只有虚静、澄明。可惜顾城没有固守元意识存在，而被现实的、情感的诸多杂性所困扰，使一首非常纯粹的诗变得不那么纯粹了，只不过由于他使用了一系列伪装的手段，如象征、隐喻，我们的感悟不那么直接罢了。然而，正是这一系列手段暴露了作者还没有完全摆脱知性的理智牵制。请看威廉斯《红色手推车》：

那么多东西
依靠　一辆红色

手推车　雨水淋得它
晶亮　旁边是一群

百鸡

这是一首真正意义上的现象学诗歌，诗只是描述、观察、凝视，没有议论、推测和判断，而试图从现象学的角度去趋赴元意识的存在空间，这个空间就是由手推车、雨水、百鸡三个物象所构成，它们都不具备任何象征或隐喻的含义，更没有反讽，手推车就是手推车，而不是别的什么，一切都是清纯的、朴素的、自然的，然而我们循着这物象本身领悟到别一世界的存在，正是这种存在让我们瞑瞑然、茫茫然，恍兮惚兮，若有所失，若有所思。但这个思是没有内容的思，只是思思。

Ⅱ.3.1. 这个思就是妙悟。严羽说："大抵禅道惟在妙悟，诗道亦在妙悟。且孟襄阳学力下韩退之远甚，而其诗独出退之之上者，一味在妙悟故也。惟悟乃为当行，乃为本色。"① 严羽通过比较孟浩然和韩愈诗品高下而道出了把握诗道的根本途径或方法，不在学力在妙悟。也就是说，对一首诗的真正切近不在乎你做学问的功夫，不在乎你的理智、判断力和思考力，而取决于你的灵性，即是否能悟、善悟、妙悟。悟即领会、领悟，用柏格森的话来说，这种方法"不是相对地去认识实在，而是绝对地去把握产在，不是采取一些观点去对待实在，而是置身于实在之中，不是对实在作出分析，而是对实在采取直觉。总之，是不用任何辞句，任何转述或象征性的表述，直接掌握实在"②。

Ⅱ.3.2. 所谓悟，就是元意识对自身的透明的回顾、环视，是将自己慢慢打开，再细细品尝，就像一座房子和另一座房子对视，空空荡荡，无言无语。悟就是陷入，就是将悟者与外界隔离，这种封闭式的处理将使悟者绝对孤立，只是他感受不到这种孤立，或者他超越了这孤立。任何其他由物及己，或由己及物都是悟的失散形式。

Ⅲ 作为存在论的元意识在诗学中的位置

Ⅲ.1. 哲学：理性

Ⅲ.1.1. 无论哲学，还是诗，它们都关心形而上学的问题。所谓形而上学，指的就是关于存在的本质学问，以及关于宇宙整体的学问。从古希腊哲学开始直至康德，形而上学就成为哲学家们关心和研究的课题，康德就试图建立一种未来的形而上学。对于客观世界，康德认为："我们要以两种意义看待客体，即一方面可视之为现象，另一方面可视之为物自体本身。"③ 他还说："既然我们有理由把感官对象仅仅看作是现象，那么我们也就由之而承认了作为这些现象的基础的自在之物，虽然我们不知道自在之物是怎么一回事，而只知道它的现象，也就是只知道我们的感官被这个不知道的什么的东西所感染的方

---

① （宋）严羽：《沧浪诗话·诗辨》，中华书局1985年版，第2页。
② 洪谦主编：《西方现代资产阶级哲学论著选辑》，商务印书馆1982年版，第137页。
③ ［德］康德：《纯粹理性批判》，蓝公武译，商务印书馆1960年版，第17页。

式。"① 由此可见，物自体与现象是同一客观世界的两个不同方面，一方面是能从认识主体角度来观照的具体事物，即现象；另一方面是脱离主体认识形式，单就其本身来观照世界，即物自体。这个物自体就是指独立于主体意识的纯客观的事物。结论：第一，客观世界可分为现象和物自体；第二，主体能够意识的只是现象；第三，物自体是不可知的。然而，我们要知道的并不限于这些，我们还要知道：第一，不可知的或超验的东西是存在的；第二，理性是有限度的。

Ⅲ.1.2. 哲学一词，源出希腊文 philosophia，意即爱智慧。这一观点不时被后来的哲学家重新提出。如美国哲学家理查德·泰勒就明确指出："形而上学给予人的是什么呢？……它给人的不是对宇宙或对人类的精辟理解，而是智慧，仅仅是智慧。"② 因为这些问题除了形而上学是无法回答的，"我是什么，世界是什么？世界为什么是这个样子？为什么它不像月亮那样惨淡、荒芜、冰冷而毫无生气？怎么会有这样的东西存在？大脑是什么？大脑思考吗？欲望和意志是从哪里来的？它是自由的吗？它是不是跟我一起消亡？它可能永存吗？死亡是怎么回事？更奇怪的是，诞生是怎么回事？是开端？还是终结？……"③ 这些问题几乎是人与生俱来的、悬而未决的、不可知的，甚至永远不可知的。人类从未停止过对这些问题的探求，这就是形而上学产生的根据。

Ⅲ.1.3. 然而，哲学要解答这些问题几乎是不可能的。哲学所体现的特质就是它从未停止过对这些问题的解答，至于它能否解答清楚，那是另一回事。维特根斯坦认为不能解答，干脆就否定了这些命题，像"X 是世界的本原"这个陈述，他就认为它是无意义的。首先，这个陈述中的词的结合在逻辑上是不许可的；其次，"本原"是经验领域以外的东西，"世界"作为一个整体也非人们所能经验的④；最后，

---

① ［德］康德：《未来形而上学导论》，庞景仁译，商务印书馆 1997 年版，第 86 页。

② ［美］理查德·泰勒：《形而上学》，晓杉译，上海译文出版社 1984 年版，第 3 页。

③ 同上书，第 5 页。

④ 参见舒炜光《维特根斯坦哲学评述》，生活·读书·新知三联书店 1982 年版，第 240—241 页。

维特根斯坦得出了如下结论："凡是能够说的事情，都能够说清楚，而凡是不能说的事情，就应该沉默。"① 这就十分清楚地道出了逻辑的界限、理性的界限、哲学的界限。

Ⅲ.2. 形而上与形而下

《易·系辞上》："是故形而上者谓之道，形而下者谓之器。"朱熹解释曰："阴阳，气也，形而下者也。所以一阴一阳者，理也，形而上者也。道即理之谓也。" 这就是说，形而上指的是阴阳未判、蒙鸿未开、未形成的东西，形而下指的是阴阳既分、万物化生、已经成形的东西。对于形而上的东西，我们不能认识它，只能思维它，但这种思维不考察它的真理性。因此，这不是哲学所能胜任的，而诗歌所关注的恰好就是哲学不能胜任的东西，布鲁克斯宣称："诗是清晰的形而上学。"② 而形而下的东西，即现象，理性是可以不断地去把握的。比如数学、物理、化学等自然科学。而形而上的东西，则是诗歌的关注对象，诗的使命正在于此。

Ⅲ.3. 诗：元意识

Ⅲ.3.1. 物自体与现象，形而上与形而下，元意识与理性的界限就是诗与哲学的界限。关于本源问题（世界的本源、物质的本源、意识的本源），关于终极的问题，关于玄学的问题，这些理性无法把握的对象就是诗学的对象。理性是一种归纳知性，创生知性概念，建构范畴体系的统一的认识能力。理性在探讨世界的有限或无限，简单或复合，偶然或必然，原因或结果时，陷入不可解决的"二律背反"之中。正是这种不可调和的矛盾构成了诗的"终极关怀"。也就是说，一首诗的最基本的构成不在于知识的广博、情绪的复杂和语词的丰富，而在于它是否能够面临并追问这种"终极关怀"。

Ⅲ.3.2. 可能性　作为终极关怀的内容之一，它是一首诗构成一首诗的东西。物体存在就是一种肯定，物的存在性就是它的规定性，

---

① ［奥］维特根斯坦：《逻辑哲学论》，郭英译，商务印书馆1985年版，第20页。

② 深圳大学学报编辑部：《文化、神话、诗、画比较观》，深圳大学比较文学研究所1987年版。

它排除了其他可能性,因而,它是其所是的存在,是一种已经的存在,它就是它自己,已经无法改变它,否则,这种存在就不存在,而是另外的一种存在,这就决定了它是有限制的存在,这种存在是具体的、稳定的。还有一种存在,就是虚无的存在,它是一种否定性的存在,它的规定性就是它的没有被规定性,它是不断经过的存在,这就决定了它的无限性和丰富性,它是活跃的,不稳定的,存在着多种多样的可能性,它按照它是其所不是的样子存在。肯定了就是被限制了,当我们说"这张桌子是红色的"时候,那么这张桌子就被红色固定了,它永远是其所是,而当我们说"这张桌子不是红色的"时,那这张桌子的颜色就具有极大的包容性,它具有多种多样的可能性,或者白色,或者蓝色,或者黄色,所以肯定的存在的诞生就意味着死亡,而否定的存在不断地苏生,比如一根烟,烟燃烧着,产生了烟雾,烟头在不断死去,烟雾却获得了生命。而且,烟头因烟雾的不断升腾而苏醒。

Ⅲ.3.3. 诗是关于可能性的存在,可能就是选择,它是未知的、不可见的、晦暗的,只可意会不可言传的,诗从这种深邃的神秘中诞生,然而,诞生就是死亡,死去的是躯壳,而无意识内蕴于诗中,我们分明感悟到了它,可就是无言以对。比如,诗人看到一辆卡车,卡车吸引了他,他久久地、痴痴地注视着卡车,但在诗人的知觉里并不是这辆卡车,而是卡车以外的东西:

> ——夜已深沉
> 三辆卡车停在街心
> 那时,我正路过
> 三辆卡车满载木材
> 小雨继续下着
> 车灯灭了,毫无走的意思
> 其他车辆都已喝醉
> 在一个劲地狂奔
> 三辆卡车的驾驶室里一个人也没有
> 木材高高堆着,雨水淌着……

后来，遇见一位朋友，他说

我才将看见了卡车

一共三辆

如果诗人看到的仅仅是卡车，那诗人只需看一眼就够了，它何必一而再再而三地回视它呢？关键这卡车已不是现实世界中的卡车，而是被诗人还原到元意识领域里的纯粹物象，它已不在现实性上并具备现实性的功能，由此诗人通过语言抓住了它，展开他的元意识活动，并赋予它一种崭新的存在状态。可见，在卡车之外，还有一个世界存在，那是一个由诸可能性构成的世界，一个元意识的世界。

Ⅲ.3.4. 哲学说出了它能够说的或应该说的，它抽象、规范、综合，而这却是以舍弃一部分事实确凿为前提的，而导致这种舍弃的理由就在于它不可抽象、不可规范、不可综合。我们不妨从颜色的分类来例举说明，我们一般人能够说出的颜色品种不过几十种，人类知道的颜色不过几百种，然而实际的颜色种类比这多得多。"我们都知道色谱本身从黑到白中间是一个连续体，中间并无自然存在的清楚界限……这样的观念告诉我们，客观存在的世界，在本质上是一个不可分割的连续体，而我们的思想和文化的概念架构，可以说是对这个连续体的分割和模型。"① 而诗就是要打破这种人为的分割或屏障，复合事物的原生原态，将哲学所导致的明晰、具体、实在逐渐地模糊起来，让有无、因果等规范性的概念统统隐匿，让元意识直接地呈现出来。

Ⅳ 元意识何以被证明

Ⅳ.1. 注意

Ⅳ.1.1. 人始终在寻找自己，可人不但没有找到自己，反而越来越远离自己，越来越不认识自己。终其一生，人为世俗穷忙、琐事、烦畏所困扰，被生老病死、喜怒哀乐、功名利禄所纠缠。海德格尔是现代哲学史上发现这一事实的第一人，他说："'存在着'这个词究竟指什么？

---

① 陈其南：《文化的轨迹》，春风文艺出版社 1987 年版，第 39 页。

我们今天对这个问题有答案了吗？不。所以，我们要重新提出存在这一意义问题，我们今天之所以茫然失措，仅仅是因为不领会'在在'这个词？不。所以，现在首先要重新唤醒对这个问题的意义的领悟。"①可惜，他把存在引入生存，从时间性上阐释了向死亡行进的"烦忙"。萨特干脆就把他的哲学称作存在主义，他通过考察自在和自为的关系，进而考察自我和他我的关系，以及自由和责任的关系，得出了一个"他人是我的地狱"的结论，这就不足为奇。他们的这种偏失不在方法本身，而在他们根本就不应该使用这种方法。康德对此十分清醒，他认为，对这类本原之类的问题，我们只能思维它，但无法认识它。可是，古往今来的哲学家们却不断在这个问题失足，因为他们根本就没有停留在存在本身，而是停留在反思或反省上，追问或探寻上。这个世界其实不需要去反思的，当你注意到了它，它就存在了，但不是以概念和观念的形式存在的，而是以活动状态呈现出来的，但它拒绝抽象和反省。而这个状态的出现与否即在于注意。

Ⅳ.1.2. 注意就是精气神的全神贯注，即精气神的高度集中与专注，是纯粹的深度凝视。我们现有的知识体系与此相反，它使我们不断地分神和分心，虽然它也关注人，但它首先把人从整个世界中划分出来，从人与自然的关系，人与社会的关系，人与他人的关系上来探讨人，从人的生存境遇或状态来同情、关心和肯定人的痛苦与幸福，这些都不可否认是属人的，正因为是"属"，所以是外在性的，现实性的，而将人的内在性完全遗忘了。人的最内在东西是什么？就是元意识存在，意识、理性就是由它分化而来，但我们过多地信赖理性或反思，不假思索地补充和发展理性以建立起庞大体系，我们发现了主体和客体，发现了荣耀、梦想、法律、军队、建筑、广告、科学、金钱、美色……所以这一切都没有使我们集中与专注，而恰恰相反，我们被这个五彩缤纷的花花世界分散和消耗了大量的甚至全部的精气神，这就是沉沦。当我们在不停思考时，在吃穿住行时，我们将那个最根

① [德]海德格尔:《存在与时间》扉页，陈嘉映、王庆节译，生活·读书·新知三联书店1987年版。

本的元意识给悬搁起来了。现在我们只有通过注意，才能够唤醒沉睡的元意识存在。

　　Ⅳ.2.1. 注意，不发问，不思索，不反诘，此时，元意识开始复活，一种虚空状态出现了，所谓心境澄明是也。"内观于心，心无其心，外观于形，形无其形，远观于物，物无其物，三者莫得，唯见于空。"① 这里，没有主体，没有客体，谈不上和什么的关系，只有注意存在。于是，心神与外界得以相遇，诗便因此而产生。请看《车站印象》：

　　　　我站在火车旁边
　　　　看火车
　　　　一列一列走过

　　　　我站在火车旁边
　　　　看火车
　　　　一缕一缕散发着热气

　　　　火车的沉默
　　　　比呐喊更有力
　　　　比一场情感的风暴
　　　　更强劲地控制着我

　　　　火车不开门
　　　　不准人下来
　　　　不准人进去
　　　　火车有火车的意志

　　　　一个拎锤子的人

---

　　① 太上老君：《清静心经》，《道藏》第27册，天津古籍出版社1988年版，第156页。

沿火车走动
他不时被吸过去
射出焰火

火车启动时
发出巨大的声响
火车太庞大
不得不发出巨大的
声响

一列火车
从另一列火车
仄身而出
又一列火车开过
现出另一列火车

一列列火车
在车站运动起来
仿佛被掀开石板的
一条条蜈蚣

火车一列列走过
慢慢走过
越走越快,越走越快
我看着火车
像一束束光芒
被蓝天收去

这首诗它不揭示什么,也不反思什么,只是向我们提供了元意识
与车站的相遇,元意识是怎么一点一点把车站拓展出来,车站在元意

识的状态中又是如何呈现的过程。在这个过程中，注意起到了核心和关键的作用，车站也好，元意识也好，它们都已不是它自身，而是通过对象，在对象中去存在，这个存在就是诗的存在，是诗意涌现的存在。所以，我们说，没有注意就没有诗。

Ⅳ.2.2. 注意就是直观，是感性的直观，是现象学去掉意识的杂多性，回到事物本身之后最原始的、最朴素的活动状态。它是敏锐的、活跃的、澄明的，不悲不喜，无己无物，没有判断，没有思考。在这个时刻，就会出现前所未有的体验，觉察到前所未有的新鲜感觉，从前熟悉的东西变得陌生起来，物象在元意识里自由漂浮，一种新的东西在生长，它不是意识，不是概念，不是情绪，甚至它也不是物自身，我们只能用一种活动来命名它，这便是坐忘。"内不觉其一身，外不知乎宇宙，与道冥一，万物皆遗，故庄子云同于大道。"① 这便是所有诗或诗意的最本真的基础。

Ⅳ.3. 新世界，当元意识和它注意的对象都不是它自身时，那会是什么？此刻，个体意识、社会意识都被搁置了，只有那个元意识存在，但元意识在它注意对象的过程中已被开启，并且还会被对象不断地开启；对象在被元意识注意的过程中，也逐渐脱离开它原先的物的性质，而被赋予精神的特性。所以，在元意识和对象通过注意而获得联系时，新世界就开始出现了，这个新世界既不是元意识，也不是对象本身，而是元意识和对象在相遇过程中获得的彼此此前从未有过的东西，那完全是当下的，此刻的，现时的存在，是人类精神领域最原始、最幽暗和最深层部分，它们彼此交织，相互渗透，共同构成了一个崭新的存在。诗便是对这个存在的记录。这个世界既不是物质的，也不是精神的，既是物质的，也是精神的，是精神和物质不能分别的共同存在，这个存在就是活动，通过注意和相遇而产生，当这种相遇不再存在时，这个世界也就随之而消失。让我们通过《倾听》这首诗来记录这个活动。

---

① （唐）司马承祯：《坐忘记》，《道藏》第 27 册，天津古籍出版社 1988 年版，第 892 页。

他坐在草坡上

太阳一点一点向他渗透

他闭上眼睛

千万颗奔星旋转　离去

太阳紧紧挨着　吐出大气

一群蜜蜂伴随着金属般的声音

麦芒刺激

麦芒交织

他睁开眼

于是，一切纷纷扬扬

分崩离析

——一片空白

山远远着

河流缓慢地向东而去

1989 年 9 月初稿，1992 年删改。

（原载《外国文学研究》1992 年第 2 期，署名彭基博。本次收录时再行增删）

评李泽厚的主体性论纲

几年前，文学理论与批评界发生过一次关于文学主体性的论争，这场论争的意义远在论争的水准之上，它直接敦促了人们对文学主体性以至人的主体性的广泛关注和深入思考，但它的价值更多在现实层面和文化层面。就其引发论争的一方主体思想而言，不过是对人本主义和人道主义的一次现代复古，其思想和逻辑力度的贫弱标志着当代中国文学思想进入一个蜕变的过渡性阶段，它联系着传统与现代、理论与实践、继承与发展、保守与创新，从而成为所有这一切矛盾漩涡的中心；就其论争的另一方而言，它只不过是以一种片面在批评另一种片面，或者是以一种全面的片面在批评另一种全面的片面。因此，这场论争是在同一前提、同一理论基点上进行的，是同一身体上的左手和右手的语言的交锋与对峙，是辩证法内部一个方面和另一个方面各自立场的申诉；质而言之，是理论的自我论争。半个世纪以来的中国文学的论争、批评或批判大都属于此一性质。然而，关于引发这场论争的主体性思想并不是来自论争的双方，而是来自这场论争的沉默者，一个对中国思想史、美学和康德哲学颇有见解的人——李泽厚。

20 世纪 70 年代末 80 年代初，李泽厚对理论的独立思考、对中国历史的深入探求、对同时代的世界思想发展的敏感与关注是引人注目的。他的一些思想和观点的影响几乎遍及哲学、美学、思想史、文艺理论与批评等各个领域。他的全部研究成果都可以归结到人的理论，即主体性思想。这一思想不仅成为 20 世纪 80 年代中后期文学理论与批评界那场关于文学主体性的论争（至少是其中的一方）的思想源流，而且也反映出当代中国对主体性思想思考的深度和广度。那么，李泽厚的主体性思想的内涵、特征是什么？它是如何构成的？它关键的范畴是什么？这些范畴又具有怎样的特征？它的意义和价值在哪里？本文旨在对此作出评价。

一　结构主体性

李泽厚称自己的哲学为主体性实践哲学，或人类学本体论。在他的第一部有影响的书《批判哲学的批判》中，主体性这一概念及其思想就初见端倪，后来被他整理成专文《康德哲学与建立主体性论纲》发表①，并在《关于主体性的补充说明》一文中得到了系统阐释：

> "主体性"概念包括有两个双重内容和含义。第一个"双重"是：它具有外在的即工艺—社会的结构面和内在的即文化—心理的结构面。第二个"双重"是：它具有人类群体（又可区分为不同社会、时代、民族、阶级、阶层、集团等等）的性质和个体身心的性质。这四者相互交错渗透、不可分割。而且每一方又都是某种复杂的组合体。从这种复杂的子母结构系统中来看人类和个体的成长，自觉地了解它们，便是《论纲》提出"主体性"概念的原因。②

显然，李泽厚在这个概念里主要谈论的是一种结构关系：工艺—社会、文化—心理、群体、个体，这四种关系是相互渗透和相互影响的，但它们之间并不是对等的，而是存在着一种中心与边缘的关系。其中人类的工艺—社会结构是根本，是基础，是历史的原动力，是构成人类主体性的本体现实，它决定并制约着主体性的文化—心理结构的方向和性质，主体个体的身心位置、性质、价值和意义只有在这种

---

① 中国社会科学院哲学研究所编：《记康德黑格尔哲学》，上海人民出版社1981年版。
② 《李泽厚哲学美学文选》，湖南人民出版社1985年版，第164—165页。

双重结构中才能得到了解和把握。就主体性的主观方面——文化—心理而言，也有群体和个体两层结构，个体意识一方面受制于整个人类文化心理结构；另一方面又受制于群体意识或社会意识。李泽厚论证道："如果没有原始的巫术礼仪，没有群体性的语言和符号活动，也就不可能有区别于动物的人的心理。"① 所以，无论是作为群体的主体性，还是作为个体的主体性，都受制于这个坚实的、稳定的结构系统。虽然李泽厚在他的论著中苦心强调的是社会文化心理和具有丰富性和多样性的个体主体性，但这一切都处于一种历史和文化的前在结构之中，也就是说，人是处于一种结构中的人，群体是处于一种结构中的群体。比如一个婴儿还在母腹就受到了这种前在结构的浸染与影响，后人还没有开始活动前就受到了前人所创造的文化或文明的限定。因此，李泽厚所强调的主体性并不是自由与自在的，而是处于多重结构或关系之中的主体性，它的重心不在主体性本身的建构与发展上，而在处理与协调这种或那种关系的矛盾运动上。因为人类的主体性只有在人类历史发展的整体系统中才能得到说明，个体主体性也只有在人类主体性整体结构中才能得到确定。所以，单方面的主体性是不存在的，它必须和其他的方面构成一个整体或系统才能存在。这种主体性笔者称为结构主体性。

关于主体性的理论大凡有两种，一是人类主体性，二是个体主体性。如果仅仅强调前者，主体性就可能成为一个空洞的抽象，成为一种无主体性可言的东西，因为人类的主体性必须要由个体承担、落实、实现，但如果仅仅强调后者，则无法解释个体所受到的群体影响和文化心理所受到的社会工艺的制约，也无法解决此一主体性和彼一主体性的矛盾，而且容易导致由此而产生的极端个人主义。R. 多尔迈提出"交互主体性"的概念，就是为了试图解决这一难题，但他只是从哲学史上提出这一问题，并没有从理论上根本地解决。② 李泽厚的主体

① 《李泽厚哲学美学文选》，湖南人民出版社 1985 年版，第 166 页。
② 多尔迈用 intersubjectivity（可译为"交互主体性"）来指称普遍网络中主体性的暧昧性和复杂性，他亦反对个人主义。参见弗莱德·R. 多尔迈《主体性的黄昏》第 2 章，万俊人译，上海人民出版社 1992 年版。

性就具有这种"交互"的性质。一方面,他强调人类主体性对个体主体性的影响与制约;另一方面他也看到了感性的承担者、负载者是个体。所以他的主体性既不是人类主体性,也不是个体主体性,而是人类和个体在一个共同的整体中相互说明和相互影响的结构主体性,当然这种影响有主次之分、强弱之别。那么,这种主体性究竟能在多大程度上实现呢?严格说来,结构主体性首先强调的是"结构",其次才是"主体性",因此,它实际上就是一种限制性的主体性,不仅个体主体性受到这一结构的束缚,而且人类主体性也受到这一结构的钳制。因此,李泽厚的主体性是一个动弹不得的主体性,是一个每一关系都要得到照顾的主体性,它们在相互构成的同时,也在相互取消自身的特性,最后我们在这种主体性中只看到了"结构"而看不到"主体性",而且这种结构主体性,无论对人类主体性还是个体主体性而言都具有某种先验的性质。

李泽厚的主体性思想主要来自三个方面:康德的先验认识论、马克思的历史唯物主义和皮亚杰的发生结构学。康德认为,时空感性直观和纯粹知性范畴是人类先天具有的认识形式,没有这种形式,人类就不可能将感觉材料综合为普遍必然的科学知识。对康德的专门研究直接触发了李泽厚对主体性的思考,他说:"康德哲学的价值和意义主要不在于他的'物自体'有多少唯物的成分和内容,而在于他的这套先验论(尽管是在谬误的唯心主义框架里),因为正是这套体系把人性(也就是把人类的主体性)非常突出地提出来了。"不仅如此,还诱发了李泽厚形成思考的大致框架,他的一些主要观点基本上是在批判康德的三个批判的基础上阐释出来的。但李泽厚仅仅从形式上接受了康德,在内核上他接受的是历史唯物论和实践论,尤其是实践的观点,自由而灵活,充满了时代的智慧(下节将详细探讨)。此外,李泽厚"高度评价皮亚杰",认为他"在儿童心理的微观研究领域内几乎重复了马克思恩格斯 20 世纪在人类历史的宏观领域中的发现"。皮亚杰的整体、系统的结构理论给了他重要启示,促使他把人类和个体放在历史的整体背景中进行考察,从而提出了"历史整体"和"社会总体"的概念,最终形成了他的结构主体性思想。

二　李泽厚的实践观

李泽厚的结构主体性是通过实践这个概念得以构成的。实践是他主体性思想的核心与枢纽。作为李泽厚主体思想的核心，实践既是他的认识论，又是他的方法论，也可以说，实践是他的本体论，他的哲学可称为实践哲学或实践本体论。李泽厚对实践的论述是这样的：

（1）实践先于感知。

（2）不能把实践等同于一般的五官感知，也不能把实践看作是无规定的主观活动，应还它以具体的结构规定性，即历史具体的客观社会性，这才是真正的实践观点。

（3）脱离了人的主体的能动性的现实物质活动，"社会存在"便失去了它本有的活生生的活动内容，失去了它的实践本性，变成某种客观式的环境存在。

（4）我认为实践最基本的是制造工具，这恰恰是体现人的本质所在。

（5）实践就其人类的普遍性来说，它内化为人类的逻辑、认识结构；另一方面，实践总是个体的，是由个体的实践所组成、所实现、所完成的。个体实践的这种现实性也就是个体存在、它的行为、情感、意志和愿望的具体性、现实性。①

在李泽厚那里，人类和个体的实践主要包括历史活动、社会活动和主观活动三方面的内容，这三方面不是分裂的、孤立的，而是相互联系、影响的一个整体或系统。实践联结着主体和客体、物质与梢神。但李泽厚从来不谈纯主体和纯物质的存在，而是力图赋予其深厚的历史内容和广阔的社会内容；他甚至也不孤立地谈社会存

---

① 《李泽厚哲学美学文选》，湖南人民出版社 1985 年版，第 152、154—155、359、156 页。

在，因为人不是客观环境的消极的被决定、被支配、被控制者，而是实践的主体。在李泽厚看来，历史唯物论就是实践论，它们是同一个东西。① 所以人是历史的人、社会的人，反过来，历史是人的历史，社会是人的社会；如果没有人，自然不过是纯客观的存在："在人类以前，太空无所谓美丑，就正如当时无所谓善恶一样"②，是人给自然立法，赋予世界价值和意义。实践成为人与历史、与社会的契合点、联结点。这样，李泽厚一方面避免陷入唯心主义的泥淖（同时也避免了重复人们早已谙熟的经典论断）；另一方面，他也找到了弘扬主体性的坚实的理论基础。

就实践的主体来说，实践包括人类实践与个体实践。人类实践把客观存在变成了历史存在和社会存在，历史存在和社会存在又普遍地内化为人类的逻辑结构和认识结构；个体实践把人类的逻辑结构和认知结构变为具有无限多样性与差异性的具体现实。李泽厚最关注的是人的思维、思想和心理，他最感兴趣的是"从人类学角度探究原始劳动经由社会意识（巫术礼仪）而提炼出思维形式（逻辑形式、语言文法、认识规律）的历史过程"以及"从教育学角度探究儿童在使用工具和符号工具以建立起思维形式的心理过程"③。虽然他承认思维、文化和心理经过一定的阶段之后会获得相对独立的发展，但这种发展以及更进一步的发展在最终的意义上必然依赖于工艺—社会结构的发展，即工具的发展。高级、精密、尖端的工具将向人们展示新的客观规律和因果关系，促使人类在思维方式、逻辑形态、语言习惯和心理结构上向着更细密、更精确、更丰富和更复杂的境地迈进。由此而导致个体心理和个体知识结构趋于独特的自由直观（即理性对感性的渗入），这不仅是对个体认知的发现与发展，也是对普遍认知的发现与发展；而个体的独特的感性活动就是这种自由直观的重要基础。所以，确立使用和制造工具在实践中的基础地位，"就极大地维护了感性在认识

---

① 参见李泽厚《批判哲学的批判》，人民出版社 1984 年版，第 75—80 页。

② 李泽厚：《美学论集》，上海文艺出版社 1980 年版，第 59 页。

③ 《李泽厚哲学美学文选》，湖南人民出版社 1985 年版，第 169 页。

中的重要意义"。

实践，在李泽厚这里就像一个四处漂泊的游魂寻找归宿，处处不是归宿，处处都是归宿。

正是依赖着实践，他才得以把这个杂乱无章的大千世界组织、统一起来，赋予秩序。从物质到意识，从存在到社会，从社会到人类，从群体到个体，从文化到心理，从感性到理性，实践以它无所不在的威力发挥着巨大的作用；从认识的发生、发展到结果的各个阶段，从智力结构、意志结构到审美结构的各个层次，还没有任何其他概念能像实践一样承担着如此沉重的负荷，具备如此复杂的功能。这种功能就是结构功能。所谓结构功能，包含着皮亚杰所说的整体、转换和自我调节三个概念。李泽厚认为实践就具有结构的规定性，即历史的客观社会性，在这种结构中，主体和客体、社会存在和社会意识、群体和个体都遵循着实践的结构规定性，它们的性质和意义受制于这种规定性，而且不能超出这种规定性之外而获得存在。但这并不意味着这一结构是静态的，相反它具有极强的转换功能，它能将物质转换为意识，又能将意识转换为物质，既能将群体转换为个体，又能将个体转换为群体，既能将感性转换为理性，又能将理性转换为感性。这种转换使它具备十分灵活的防御能力：说它是感性的，它又是理性的；说它是偶然的，它又是必然的；说它是主观的，它又是客观的。总之，它总能迅速找到立足的根据，这使对它的批判不能在其内部进行。这是一种科学的严谨呢？还是一种智慧的滑头呢？同时，这一结构还具有自我调节的功能，它遵循的是存在决定意识、意识又反作用于存在这一规律，各种转换旨在维护和服从这一规律，从而使李泽厚把他的思想与唯心主义、唯意志论、主观主义、历史宿命论和经济决定论自觉地区别开来。

三　主体性的最高境界：　审美

李泽厚的主体性思想由三部分组成，一是认识论，二是伦理学，三是美学。认识论和伦理学为美学提供历史的社会的内容，规定着美学的性质和方向，美学又是认识论和伦理学的人性升华。李泽厚说：

"在主体系统中，不是伦理，而是审美成了归宿所在"，"美的本质是人的本质最完满的展现，美的哲学是人的哲学的最高级的峰巅"，"人只有在美的王国中才真正是自由的"①，所以，审美境界或审美感受是人的主体性的最终目的和基本的发展趋向。

在李泽厚看来，人类实践使人把一种外在的普遍规律性内化为普遍形式结构，而一般普遍结构又不是抽象的空洞，它始终体现为个体的具体现实性，体现为个体的自由创造能力，它内含着积淀的理性，但又具有理性遏制不住的超越理性自由的趋向，李泽厚称之为"自由直观"或"创造直观"。这种自由直观不是理性思辨或形式推理，也不是单纯直感，而是只知道个体的感性活动是它的重要基础。就这样，李泽厚从社会转到人类又转到个体，最后落实为感性活动，落实到美。只有此时，自由直观才能完成对普遍形式的发明与发现，他称之为"以美启真"，从而完成了认识论向美学的过渡与转移。同样，在伦理学中，李泽厚从理性伦理过渡到"自由意志"，这种自由意志不是对外在规范的恪守，而是自由意志对个体价值与尊严的自由实现；它不是对客观因果必然性的屈就，而是主体的目的性中崇高与美的显现，李泽厚称之为"以美储善"，从而完成了伦理学向美学的过渡与转移。所以无论是自由直观还是自由意志，作为自由的形式，只有统一到自由感受或审美中来，才能获得真正的自由。

李泽厚是非常谨慎地把感性推到主体性思想的最高境界的。他的自由感受从根本上来讲就是感性，当然这种感性不是纯粹感性，而是积淀着理性的感性，并认定这就是人的本质或本性。他说："人总是感性物质的生存物，它总要归宿到感性中来。"② 感性存在是个体存在的物质证明，也是超越理性、超越感性的物质前提，而后者正是感性存在的价值和意义所在，并成为前者的永恒的目标和永远的诱惑。一般说来，李泽厚并不特别关心感性个体在现实生存中的境况，他关心的是各种复杂矛盾如何才能谐调统一，如社会与自然、感性与理性、

----

① 《李泽厚哲学美学文选》，湖南人民出版社 1985 年版，第 176、162、222 页。
② 同上书，第 176 页。

人类与个体等矛盾如何统一的问题。这些矛盾在认识论中不能解决，在伦理学中也不能解决，总是存在着对立、规范和束缚。在审美中，而且，只有在审美中这些矛盾才能得到圆满的解决，在这里，人类的积淀为个体的，理性的积淀为感性的，社会的积淀为自然的，"如果说，认识论和伦理学的主体结构还具有某种外在的、片面的、抽象的性质，那么，只有在美学的人化自然中，社会与自然，理性与感性，人类与个体，才能得到真正内在的、具体的、全面的交融合一。如果说，前两者还是感性中内化或凝聚了理性，那后者则是积淀了理性的感性；如果说，前两者还只表现在感性的能力、行为、意志中，那么后者则表现在感性的需要、享受和向往中得到人与自然的统一。这种统一当然是最高的统一"①。

这种无与伦比的境界就是"天人合一"，也就是"自然的人化"或"人化的自然"，所有的矛盾诸如人与社会的矛盾、人与他人的矛盾、人与自我的矛盾，由于人与自然的这种最根本的统一而烟消云散了，一切充满了和谐、自由和美。在这里，我再一次看到了李泽厚笼罩在康德的巨大阴影中。他以康德的框架来思考主体性，就不能不先天地具有康德思想的结构矛盾，因而也就不能不以康德的方式去解决。所不同的是，一个用审美去填平认识论与伦理学的鸿沟，另一个用审美来实现认识论与伦理学的统一。然而审美结构在取得主体性的"最高"位置之前仍有许多问题尚待解决：首先，审美之谓审美在于它的独特的规定性，这种规定性是否可以普泛到认识论和伦理学之中去？如果能，它的根据是什么？如果不能，它就不可能"最高"；有些认识论和伦理学的问题就不是审美的问题，一个小朋友将 1 + 2 = 3 算出来了，也许他得到了某种成功的快感，但很难说，他得到了某种审美的享受；我帮他人做了一件好事，或许会得到某种快慰，但很难说就得到了一次审美的享受，否则一个人要获得审美享受就只需专门为他人做好事即可。获得审美享受必须有相应的美学因素，离开了美学因素的愉悦就不能说是审美享受，所以，认识论、伦理学和审美不能混

① 《李泽厚哲学美学文选》，湖南人民出版社 1985 年版，第 162 页。

为一谈。其次，审美体验是人人都可以体验到的事实，尤其是从事艺术活动的人，审美体验可能更为丰富，但即便如此，他也只是相对地在审美中，绝对地在现实中，偶然地在审美中，必然地在现实中，但我们不能由此断定人不在审美中就会出现社会与自然、理性与感性、人类与个体的分离，其实他并没有离开生活，他仍然与他的生活是相统一的。所以生活是比审美更高的概念，不然的话，我们很可能因为一种短暂的审美体验而失去整个生活。最后，在李泽厚看来，美就是天人合一，就是物我两忘。李泽厚实际上将美作了凝固化的理解，因为也有的美是并不"天人合一"的，相反地表现为一种矛盾与冲突，这是其一；其二，如果主体意识到了客体，就不可能物我两忘，就不可能天人合一。真的天人合一，物我两忘了，也就是既无主体又无客体，那就没有主体性可言了。可见在审美中，主体性是一个虚无的存在。

这些问题能否解决以及在多大程度上解决，直接关系到主体性实践哲学的发展。李泽厚也在思考，他提出了哲学向何处去的问题（当然这种哲学肯定是与主体人紧密相关的）。他预言下个世纪将是人探讨自身命运的世纪，对主体性结构尤其是对人的文化心理结构的探讨，将成为哲学关注的中心，这将是从外在客观规律（宏观）到内在客观规律（微观）探讨的转移。基于此，他反对现代西方出现的两股哲学思潮，一种是他所说的"冷哲学"，如科学哲学、分析哲学、结构主义，它们是与主体性本体无涉的哲学；另一种是他所说的"热哲学"，如存在主义、法兰克福学派，它们是盲目夸大个体主体性的哲学。他的主体性实践哲学主张回到感性的人，回到美，回到历史。李泽厚能在多大程度上实现这一切呢？也许这取决于他对主体性自身结构矛盾的克服或调和了。对此，笔者缺乏信心。

四　李泽厚的概念圈套

思想的最直接的体现就是概念或范畴的发明。"内化"、"凝聚"和"积淀"是李泽厚建立主体性理论的关键概念，这些概念集中体现了李泽厚的主体性思想，而且他在营造这些概念时所体现的矛盾与犹疑的特征，深刻地反映了他的思维习惯、个性气质和沉重的心理负荷。因此，考察这些概念的构成方式不仅可以增进我们对李泽厚主体性思想的了解，甚至这似乎比分析他的某个观念更有价值。

"内化"（即理性的内化）作为主体性的智力结构，它受制于以制造和使用工具为核心的人类实践活动，在这一活动中，人类完成了由外在的普遍规律性到内在的普遍形式的转换，这就叫"内化"。

"凝聚"（即理性的凝聚）作为主体性的意识结构，它不把人的行为或选择归因于外在的他律，而归因于意志的自律，即人类长久积累起来而移入心理的纯理性的能力，这就叫"凝聚"。

"积淀"（即理性的积淀）作为主体性的审美结构，它体现为理性的东西怎么表现在感性中间，社会的东西怎么表现在个体中间，历史的东西怎么表现在心理中间，这就叫"积淀"。

"内化"也罢，"凝聚"也罢，"积淀"也罢，一个显著的特点就是感性的形式，理性的内容。这与我们所熟知的西方哲学概念如思维与存在、主体与客体、本体与现象、必然与自由等大异其趣。这些概念都属于知性分析的理智概念，它们的内容与形式是统一的。但李泽厚创发的这些概念，内容与形式是分裂的，这与李泽厚为了强调感性或者为了凸显感性在主体性中的地位思路有关，而最根本的在于中国传统哲学中直觉思维方式对李泽厚所产生的影响。在中国哲学中，这种直觉概念是相当丰富的，如阴阳、太和、坐忘、顿悟等，它们的内容与形式也是统一的。李泽厚的概念表现出他对这两种不同思维方式综合的趋向：在概念形式上他是中国的，如都有一个直觉的外表，都重感性和体验，都具有一种描述和说明的性质；但在概念内容上是西方的，它们都存在着知性分析的成分，都有其确定的内在规定性。李泽厚在营造概念时的这种矛盾特征是中西文化交流中深层心理矛盾的集中体现。需要指出的是，李泽厚运用知性分析方法的最后结论，常常表现出他对中国哲学的向往与皈依，比如"天人合一"被他一而再、再而三地加以生发和阐释即是证明。在这个时候，李泽厚的心理因素要远远大于知性因素，这是个十分有趣又值得研究的现象。

李泽厚是一个集合时代各种矛盾的人，包括历史的和现实的，中国的和西方的，群体的和个体的，感性的和理性的等，他解决矛盾的方式如同康德，是一个调和主义者。这就决定了李泽厚的概念的间性特征。所谓间性，就是两者的交合性，即此中有彼，彼中含此。他说的感性，是理性积淀之后的感性，不能说它就是感性，因为它有一个历史的、社会的、心理的过程；但也不能说它就是理性，因为它又是个体的心理的自由直观。从它的基础来说它是理性的，从它的结果来说它又是感性的。再说凝聚：就个体而言，道德不是他人对我的评价，也不是他人把自己的准则、规范强加于人，而是人自觉自愿地选择了外在环境、条件、束缚和要求，是人把这一切化为自己的意志，出乎本心地决定自己的作为，似乎忘记了最初的外在规范一样，这就是道德。李泽厚称这个过程为理性的凝聚过程。在这里，外在规范和内在规范是一而二、二而一的东西吗？是，又不是。自律是他律的自律，他律是自律的他律；自律又不是他律的自律，他律又不是自律的他律，就像绕口令一样。然而，正是这种纠缠不清的间性特征，使李泽厚的概念可以转换、可以调节、可以生成或再生，仿佛一个没有起点和终点的圆圈，任何对它的质询只会走向质询的反面。可不要轻慢了这种智慧，它熔铸了丰富的生活经验和痛切的人生感受；它证明了人可以选择生活方式，但不可选择时代。正是凭借着这种智慧，李泽厚才得以自由地调和各种复杂的矛盾与对立，在强大的历史主义和理性主义面前构建他的主体性思想，直到他也成为这种强大思想的新的部分。但李泽厚的概念负载了过多的内容，什么历史的、社会的、感性的、理性的、文化的、心理的、群体的、个体的等，几乎拥塞着他的全部概念，这就从极端的方面否定了一个概念的确定性和封闭性，从而使他的概念趋向于含混、模糊和游移不定。其结果是，人们无法判定他的概念的内涵、外延性质、目的和方向，在一个统一的结构里，概念的各因素在其构成的过程中彼此都受到了削弱和牵制。这就是太全面、太丰富、太辩证所付出的代价：太全面就不全面，太丰富就不丰富，内容过多也就无内容可言了。当一个概念成了囊括无限的容器时，它就只具备某种形式的意味，成了一种策略或一种手段，而这与李泽厚的初衷正好背道而驰。

（原载《学术月刊》1998 年第 9 期。发表时署名中英光。此次收录恢复了原稿的第一段序言性文字）

批判的循环

——对十七年文艺批判的反思

十七年的文艺批判是当代文学史上重大的文艺现象，除了各种文学史跟思潮史中偶尔提及的文字外，现存的文学理论和批评似乎对此一直缄默不语，更不用说将其视为一种独特的文艺现象予以专门性的研究和思考了。本文不揣粗陋，试图探讨下述几个问题，以期引起应有的关注。

一　批判循环的基本内涵

循环，《辞海》的定义是：顺着环形的轨道旋转，比喻事物周而复始的运动。所谓批判的循环就是对十七年文艺批判的周而复始的状态性描述，它包括批判对象的循环、批判论题的循环和批判过程的循环。

1. 批判对象的循环

从 1951 年起，毛泽东出于政治、经济、文化的战略需要亲自发动和指挥了三次全国规模的批判运动：对电影《武训传》的批判、对《红楼梦》研究中的唯心主义思想的批判和对胡风文艺思想的批判，由此揭开了中国文艺大批判的序幕。在这三次批判中，从规模之大、株连人数之众、定性之严重，对胡风文艺思想的批判堪称批判之最。1954 年年底，周扬发出了"我们必须战斗"的号召，次年元月，《人民日报》刊登了周姬昌的《胡风先生的立场是什么》的文章，从 1955 年 1 月至 5 月，短短四个月，全国各报纸杂志发表批判胡风文艺思想的文章多达 460 篇，其中包括本文即将提到的文艺家秦兆阳的《论胡风的一个基本问题》、邵荃麟的《胡风的唯心主义世界观》、陈涌的《〈财主的儿女们〉的思想倾向》和《我们从〈洼地上的战役〉里看到了什么》。可是，恐怕连他们自己也没有想到，他们批判胡风的同时却受到了胡风的影响，他们批判胡风的某些观点却被他们批判地阐发，他们批判胡风的起点恰恰就是他们批判的终点。有一个批判者说："秦兆阳今天说的话正是胡风在几年前已经说过的话！其中很多话，不但意思相同，而且腔调也很近似。"① "这似乎是一件奇怪的事，"以群说，"1955 年批判胡风反革命集团的暑假，陈涌曾经参加过战斗；可是，到了 1956 年 10 月。在许多问题上，他却成了胡风的共鸣者，胡风文艺观点的化装宣传员了！"② 即使是在历次批判中扮演批判者角色的周扬，最终也免不了受到批判。毛泽东曾作过如下批示："这些协会和他们所掌握的刊物的大多数（据说有少数几个是好的），十五年来，基本上（不是一切人）不执行党的政策，做官当老爷，不去接近工农兵，不去反映社会主义的革命和建设。最近几年，竟然跌到了修正主义的边缘。如不认真改造，势必在将来的某一天，要变成像匈牙利裴多菲那样的团体。"③ 还有什么比这更令人不可思议，更令人感到悲哀的？白云苍狗，物换星移，批判在不断地进行，批判者走马灯似的循环与更替，这循环与更替的结果是文艺家们一同遭到同一个批判。

2. 批判论题的循环

多少年来，我们一直在这样的一些论题上徘徊、旋转、争执，诸如文艺与政治的关系问题，文艺的倾向性问题，艺术性与思想性问题，作家的世界观与创作方法问题，社会主义现实主义和现实主义的区别问题，文艺的阶级性和党性问题，人物形象塑造问题，等等。无论是

---

① 常础：《秦兆阳的前言和后语》，《人民文学》1958 年第 4 期。

② 以群：《谈陈涌的"真实"论》，《文艺报》1958 年第 11 期。

③ 此段话为毛泽东在 1964 年 2 月 27 日对中央宣传部关于全国文联和各协会整风情况报告的指示。中共中央文献研究室编：《建国以来重要文献选编》第十九册，中央文献出版社 1998 年版，第 7—8 页。

林默涵、何其芳对胡风的批判,还是邵荃麟、陈涌对胡风的批判;无论是李希凡、以群对秦兆阳、陈涌的批判,还是吴调公、陈辽对钱谷融的批判,他们都无一例外地局蹐于上述一些问题。由于当时理论和舆论的导向和钳制,文艺家们在文艺理论本身的深度上、广度上的拓展是贫瘠的,在理论的新方法、新观点和新批评的更新上几乎裹足不前。

3. 批判过程的循环

在批判过程中,文艺家们往往从政治判断过渡到艺术判断最后又回到政治判断,从而构成了批判过程的循环。以林默涵的《胡风的反马克思主义的文艺思想》一文为例,第二章开头就是判断:"胡风文艺思想的错误根源,是在于他一贯采取了非阶级的观点来看待文艺问题。"接着就进入艺术判断,"照他看来,作家的'主观战斗精神'的强弱或有无,就是现实主义的强弱和有无的标志",最后又回到政治判断,"把旧现实主义看成等于社会主义现实主义,其实质就是否认作家的世界观的作用,否认革命的作家必须取得革命的阶级立场,自然也就是不论文学艺术中的党性原则"①。且不论林默涵对胡风的误解、曲解、穿凿附会将会怎样导致论证的可行性和可靠性,单就这种论证本身就势必产生不良后果,对文艺理论而言,它所具有的破坏性远远超过建设性。在这里,艺术判断既不是它的目的,也不是它的结果,艺术判断仅仅是政治判断的中介或媒介。因为政治判断是大于或高于艺术判断的,政治判断是前提,也是结果,而艺术判断只是一个过程。我们无意贬损文艺理论中的政治判断,而只是企图申明我们不应忘记我们判断的主体是文艺理论本身,这种判断应该以这一主体在其历史和现实的发展中的优胜或纰漏的分析、综合为批评旨归,否则,即使这种判断再准确,切中肯綮,也是外在于文艺理论本身的。

二　批判循环的内在根据及特征

确认批判循环的三个层面只是初步的工作,更重要的是剖示这一循环得以进行的根据及特征。下面将着重探讨构成批判循环的文艺理

---

① 林默涵:《胡风的反马克思主义的文艺思想》,《文艺报》1953 年 1 月 30 日。

论自身运动发展的内在机制。

此间，文艺理论争论应该说涉及文艺理论的方方面面问题，如文艺与生活的关系、文艺与政治的关系、文艺的阶级性党性倾向性、革命现实主义和革命浪漫主义、社会主义现实主义、典型和人物形象，但笔者以为，在所有这些理论争论和批判中，关于文艺的真实性问题最富于价值，所以我们对文艺理论自身运动发展的探讨主要从文艺的真实性问题来切入。因为文艺的真实性问题是现实主义文艺最根本的问题，成为批判者和被批判者首要关注、考察的焦点、扭结点，历次重要的或有价值的批判和斗争大都发端于文学的真实性问题，或者与这个问题发生联系，批判者和被批判者的共同点和分歧点也在于此；它是构成批判循环的最内在、最活跃的因素，体现出文艺家们追求真理的勇气、胆识、矛盾与困惑。谁也不敢断言自己不会遭到批判，但中国的文艺家们还是不断地、顽强地陈述自己的思考和判断，而他们所遭罹的批判同样是不断的、顽强的，从而勾画出批判循环的基本轨迹。

1. 对胡风的真实性理论的批判

真实性理论虽然不是胡风文艺理论体系的重心，但是其体系的核心，在中国 20 世纪的文艺理论中独具异禀，随着时间的推移其价值取向和个性特征日益呈现出不可忽视的锋芒。胡风说：

> 如果一个作家忠实于艺术，呕心镂骨地努力寻求最无伪的、最有生命力的、最能够说出他所要把捉的生活内容的表现形式，那么，即使像志贺式地没有经过大的生活波涛，他底作品也能够达到高度的艺术的真实。因为，作者苦心孤诣地追求着和自己底身心底感应融然无间的表现的时候，同时也就是追求人生。这追求底结果是作者和人生的拥合，同时也就是人生和艺术的拥合了。①

> 对于对象的体现过程或克服过程，在作为主体的作家这一面同时也就是不断的自我扩张的过程，不断的自我斗争过程。在体现过程或克服过程里面对象的生命被作家底精神世界所拥入使作

---

① 《胡风评论集》（上），人民文学出版社 1984 年版，第 392 页。

家扩张了自己；但在这"拥入"当中，作家的主观一定要主动地表现出或迎合或选择或抵抗的作用，而对象也要主动地用它的真实性来促成，而对象也要主动地用它的真实性来促成、修改甚至推翻作家底或迎合或选择或抵抗的作家，这就引起了深刻的自我斗争。经过这样的自我斗争，作家才能在历史要求的真实性上得到自我扩张，这就是艺术创作的源泉。①

这两段常被引用的话包含着十分丰富的美学思想，它所引起的误解、曲解以及由此导致的众多分歧和论争就是证明。第一，在胡风看来，艺术的真实性的实现是以审美感受或表现形式的实现为根据的。艺术品当然具有一般意识形态的共通性，但艺术之所以是艺术，首先因为它是艺术品，这就牢牢地把握了艺术的真实性的审美特性。而且胡风又赋予了这一审美特性具体的、现实的、人生的丰富内容，从而使胡风的理论与"为艺术而艺术"或纯艺术的理论自觉地区别开来。第二，胡风的艺术真实性理论具有一种主体间性。胡风一方面认为客观真实是作家"自我扩张"的现实基础；另一方面作家在客观真实面前具有的巨大主观能动性，这样，在客观真实与作品之间有关键性中介因素即创作主体被胡风敏锐地捕捉到了。胡风的独创性贡献正在这里。而批判者无视这种独创性贡献，只是纠缠在胡风的只言片语上给以极大的误解。第三，与此相适应，胡风把真实性理论放在创作过程中，放在创作主体上去分析和考察，真实性就不是一种先验的观念性的东西，它在创作过程中产生、发展、成熟；这个过程并非一蹴而就，而是经过反复、较量、斗争，相互渗透、相互交流、相互作用而逐渐形成的。这就是自我斗争即人生和艺术的"拥合"过程，也就是人生的艺术化和艺术的对象化过程。诚如阿·托尔斯泰所说，艺术家是和他的艺术一同生长的。

几年后，邵荃麟撰文提出了自己的看法，他首先承认创作者的真实感受是最重要的条件，但他更多的是从群体的社会的类属性去阐释

---

① 《胡风评论集》(下)，人民文学出版社1984年版，第20页。

文艺的真实性问题的。他认为，第一，艺术的力量表现在作家和群众的共鸣关系上，也就是说，作家的真实感受要具有普遍性。可见，邵荃麟是从文艺的效果来观照艺术的真实性的。第二，艺术的真实性应反映社会的本质属性，"所谓真实（Truth）的另一含义，即是真理"①。第三，艺术的真实性是受制于其时代和阶级意识的，"阶级意识理论似乎久被人们忘却了"，"所谓艺术的真实性，是不能和它的社会的历史性独立开来的"②。由此可见，邵荃麟与胡风对文艺的真实性理论相互轩轾，除了在承认文艺真实性的重要性这一点上无原则区别外，他们在侧重点、观察角度、分析方法、语言表达上均存在着较大的分歧。在后来对胡风的批判中，他仍坚持并发展了自己过去的某些观点。他认为胡风把人的主观作用看作是对客观世界的决定因素是否认唯物主义，胡风否认阶级斗争以及革命理论的指导作用。③ 这种批判即使不是政治因素也会发生的，因为胡风和邵荃麟在政治上并无多大分歧，他们的分歧是在文艺理论的见解上，一个更侧重主体生命体验，另一个更侧重客观社会结构；一个更侧重个体的考察，另一个更侧重群体的研究；一个更注重阶级的属性，另一个更注重个人的属性；一个更关注创作对理论的启发作用，另一个更关注理论对创作的指导作用。所以说，对胡风的批判是有其文艺理论自身运动发展的深刻原因的，批判是注定的，唯有程度的差异而已。

2. 对秦兆阳、陈涌等的真实性理论的批判

众所周知，真正意义上把真实性理论作为批判对象是从秦兆阳、周勃的文章开始的。

1956 年，秦兆阳写下了著名的《现实主义——广阔的道路》，作者有感于现实主义被教条主义严重违背了、缩小了、忽视了，从而提出现实主义的一个基本的大前提，那就是生活的真实和艺术的真实，"现实主义文学必须有一个标准，那就是当它反映客观现实的时候，它所达

---

① 《邵荃麟评论选集》，人民文学出版社 1981 年版，第 123 页。
② 同上书，第 124 页。
③ 邵荃麟：《胡风的唯物主义的世界观》，《人民日报》1955 年 3 月 20 日。

到的艺术性和真实性以及在此基础上所表现的思想性的高度"①。秦兆阳对真实性理论的探寻是由社会主义现实主义的定义引发的。在第一次苏联作家协会代表大会上通过的关于社会主义现实主义的定义是这样表述的:"社会主义现实主义作为苏联文学与苏联批评的基本方法,要求艺术家从现实的革命发展中真实地、历史地和具体地去描写现实","同时,艺术描写的真实性和历史具体性必须与用社会主义精神从思想上改造和教育劳动人民的任务结合起来"②。从这个"同时"开始,秦兆阳对社会主义现实主义定义的不合理性提出质询:第一,艺术描写的真实性和历史的具体性里就已经纳含了"社会主义精神",因而也就无所谓另外去"结合"的问题。第二,"社会主义精神"作为一种世界观不是外在于艺术创作过程的,而是内在于认识现实、酝酿形象和结构成篇的过程之中,"现实主义文学的思想性和倾向性、是生存于它的真实性和艺术性的血肉之中的"③。第三,现实主义文学本来就是将文学描写的艺术性、真实性,思想性和塑造人物的典型化方法有机地融合在一起的,因而想从现实主义文学的内容上去划分新旧两个时代的绝对不同的分界线是困难的。最后,他总结道:"我们当前的现实主义文学应该是社会主义时代的现实主义文学。"

陈涌的批判在秦兆阳这一新定义上展开。陈涌一方面肯定了秦兆阳对教条主义、庸俗机械论的批判;但另一方面也指出,秦兆阳在根本观念上是错误的。他认为,第一,"真实性并不等于思想性,艺术上的真实并不等于思想的正确。因为思想性并不等于真实性,思想的正确并不等于艺术的真实一样"④。然而,陈涌也认为,现实主义文学提出对艺术的真实性要求本身就已包含了思想的要求了,一切有高度真实性的作品同时也就具有高度的思想性。可见,陈涌是自相矛盾的,这里的症结不是真实性不等于思想性的问题,而是对艺术的真实性的理解问题。第二,"只是提出艺术的真实性问题,只能说是提出了社

---

① 秦兆阳:《现实主义——广阔的道路》,《人民文学》1956 年第 9 期。

② 同上。

③ 同上。

④ 陈涌:《关于社会主义现实主义》,《文艺报》1957 年第 9 期。

会主义现实主义最基本的和过去一切伟大的现实主义文学艺术的共同要求，它还不能包括社会主义现实主义的全部特点和全部要求"。"一个真正的社会主义现实主义作家，应该要求在他的作品里自觉地体现出社会主义思想。"① 陈涌的结论是，社会主义现实主义要求艺术的真实性与社会主义思想的一致。如果就苏联的社会主义现实主义定义的理解，陈涌无疑更接近真理，但这并不意味着秦兆阳反对在作品里自觉体现社会主义思想，他所反对的只是作家为了体现社会主义思想而忘记了或肢解文学的内在规律和特殊要求。第三，"马克思主义和党的政策需要变成我们的血肉，化为自己的感情"② 这一点，陈涌和秦兆阳达成了共识。陈涌对秦兆阳的批判尽管还有不严密、粗陋之处，但体现了一个马克思主义文艺理论家的良好的批判素养和品格，那就是实事求是，从实际出发，辩证地、美学地、历史地、现实地看问题，秉持这种批判精神是有益于批评双方的。但陈涌的批评与秦兆阳的观点并无原则性抵牾，他仍然是以自身的某一侧重点来批评秦兆阳的另一侧重点，这样，他的批评就自然而然陷入自我批判的循环之中。

陈涌的不严密、粗陋之处被以群逮住了，如陈涌认为"在过去长久的革命文学历史里，像艺术的真实性这样的根本问题在我们的文艺思想里往往是被忽视的"③。这就未免笼而统之，从而会影响我们对中国革命文学的估计。以群却从一个极端走向另一个极端，他反诘道："我们几十年来的革命文学的历史难道是一贯地在提倡粉饰现实和说谎吗？"④ 陈涌并没有这样的意思，"被忽视"和"提倡粉饰现实和说谎"是有本质区别的。严格说应为，在一些重大问题上，陈涌和以群基本一致，如他们都重视文艺的真实性，都反对教条主义，都认为先进的世界观对创作起着指导作用，只有侧重点不同。例如，陈涌说，伟大的和杰出的古典作品之所以至今还使我们激动不已，不仅因为这里反映了生活，表现了作家的艺术才能，而且还因为这里有作家自己

---

① 陈涌：《关于社会主义现实主义》，《文艺报》1957 年第 9 期。
② 同上。
③ 同上。
④ 以群：《论社会主义现实主义》，《文学研究》1958 年第 1 期。

的高贵的心灵。以群驳诘道:"那么,'高贵的心灵'的说法难道科学吗? 这种'高贵'倒底是养尊处优的士大夫地位的'高贵'? 还是在劳动人民之中的'高贵'? 在阶级社会中离开了阶级地位,就失去了'高贵'不'高贵'的准则。"接着,以群把陈涌的"崇高的战斗精神"和胡风的"主观战斗精神"相比附,"如果离开了为谁而战斗,对谁而战斗,这种战斗热情和胡风的'主观战斗精神'还有什么差别呢? 这些,都是经不起一问的"①。这里,我们也可以反问一句:"难道只要出于陈涌之口,就一定是唯心主义的吗?"我们之所以提出这种倾向,是因为这种倾向不仅存在于以群的批判中,也大量存在于其他批判和文字之中,而且,这种倾向在目前的批评界还时有发生。

对李何林的真实性理论的批判是因他的《十年来文艺理论和批评上的一个问题》引起的。② 这是一篇只有三千字的小文章,然而它的分量并不轻,它在一个烂熟的老问题上披沙拣金、别开生面。这篇文章的落脚点依然归结到艺术的真实性问题。李何林认为,文艺作品的思想性和艺术性是一致的,因为思想性的高低决定于作品是否真实地反映了生活,而是否真实地反映了生活也就决定了艺术性的高低。所谓文艺作品的思想性和艺术性不一致的情况是不存在的。对此,张光年提出了自己的不同看法,他认为,强调文艺作品的思想性和艺术性都取决于作品的真实性,是正确的,但不能由此推导出思想性和艺术性永远一致的结论。③ 对李何林的思考正确与否,并不是没有讨论的余地,但这种思考是有益于心智活动的,至少从新的层面拓展了艺术真实性的研究空间。李何林认为,第一,政治观念不等于思想性,正确的政治观念并不等于思想性高。蒋光慈的小说被公认为思想性较高艺术性较低,而李何林认为蒋光慈的小说概念化相当严重,反映生活的深度和真实性都不够,虽有正确的政治观点,但思想性并不高。冰心的小说被公认为艺术性较高,但思想性较低,这似乎是不一致的,

---

① 以群:《论社会主义现实主义》,《文学研究》1958 年第 1 期。
② 《河北日报》1960 年 1 月 8 日。
③ 张光年:《驳李何林同志》,《文艺报》1960 年第 3 期。

李何林认为，冰心的小说没按照现实主义典型化原则塑造人物，没有反映出五四时期的本质真实，因此，冰心小说的思想性和艺术性是一致的，都不高。第二，思想性和艺术性高低问题、是否一致的问题是文艺作品的内部问题，而"政治标准第一，艺术标准第二"是评价作品的标准问题，是外部问题。我们认为，首先，思想性和艺术性是两个不同的概念，以真实性来统一它们，具有一定的合理性，思想性和艺术性正是通过真实性取得内在联系的。而且，以真实性去度量文艺的思想性和艺术性的高低强弱比任何其他途径更具价值。李何林的错误在于他以"一致论"混淆文艺的思想性和艺术性的各自的独立性，从而取消了文艺的思想性，也取消了文艺的艺术性。其次，"一致论"与文艺作品的实际不甚相符，在文学史中，文学的思想性和艺术性非平衡的现象委实存在，有的作品思想性较高而艺术性较低，有的作品思想性较低而艺术性较高，如李后主、李清照、李商隐、杜牧等人的作品就属于这一类。李何林之所以看不到各种不同作品的细微差别，正因为他将文艺的真实性绝对化了，真实性是检验作品思想性和艺术性高低强弱的标准，他转过来又以真实性去取代思想性和艺术性去行使其不甚契合的职能。再次，"一致性"理论解决不了文艺的批评标准，因而李何林不得不使用双重批评标准，一个是外部的批评标准，即政治标准第一，艺术标准第二；另一个是内部的批评标准，即文艺的真实性标准，由此，他得出了《水浒传》比《红楼梦》好的结论。最后，李何林深刻地陷入理论的自我矛盾的循环之中，这种矛盾打上了鲜明的时代印记，如果我们不把这种循环视为李何林个人的局限，而是整个时代的理论家们共同的局限，也许我们可以获得更为开阔的视野。

在对批判的循环得以形成的内部机制作出如上解析之后，我们有必要对这一循环中的批判本身的特征作出一些规定。今天，我们已达成这样的一个共识，胡风、周扬、冯雪峰、秦兆阳、陈涌、邵荃麟都是优秀的马克思主义文艺理论家，他们对中国的马克思主义文艺理论在不同程度和不同层次或方向上作出了自己的贡献。曾几何时，我们将他们视为修正主义者、反马克思主义者，或从其政治观点批判其艺术观点,或从艺术观点批判其政治观点,以至于陷入批判的渊薮之中又不能从中自我拯救。这种批判从总体而言是一种局限性或限制性批判,因为批判者或被批判者都基于同样的政治立场,他们拥有一些共通的艺术观念,所不同的只是侧重点不同,而批判者往往从自己所坚执的某一侧重点去批评、否定另一批判者所坚执的某一侧重点;而批判者对其他侧重点是抱着怀疑、否定和鄙夷的态度的,绝少站在对方立场去思寻这一侧重点所潜藏的真知灼见以及所透露出来的独立的富于创造性的研究品格。这种批判质而言之是一种自我批判,他们从某一点出发又回归于某一点,当我们发现这一点时,差不多已经四十年了。

三　批判双方的实践观

前文的分析已经得出了这样的结论:批判者和被批判者不存在原则性分歧,他们基于同样的一个政治立场和理论前提,拥有一些基本的共通性的文艺观念,那么批判者的批判是在什么样的层面回答这种批判的,或者,批判者和被批判者是否可以纳入一个共同的理论基点去观照,这个基点既揭示了批判的自我批判的特质,又更明晰地勾勒出批判双方的理论分野,如果说这个基点存在,那它在批判的循环中所居的地位是怎样的,其呈现的状况又是怎样的,这是本文所要解决的最后问题。

这个基点是存在的,那就是对文艺的实践的立场、态度和观念,即文艺实践观。清理批判双方的文艺实践观不仅可以揭示批判双方的思路、出发点和特点,而且还有利于揭示被批判者更替内因,批判者又演变成被批判者的奥秘。例如邵荃麟,在批判胡风中他是一个积极的参与者,可到后来,他又因"中间人物论"而受到批判,这究竟是怎么一回事呢?是邵荃麟改变了自己的观点,还是因为他提出的主张,抑或另有原因,对此我们将在下文回答。现在,我们的首要工作是整理批判双方在文艺实践观的理论背景。

中国现代文艺理论或多或少、或强或弱地与实践发展相联系,极少有纯粹的从理论到理论的架构。实践规定着文艺理论的方向和性质,文艺理论自觉地遵循着这种规定。本文所涉及的实践包括两个方面：一是社会实践；二是文艺实践。中国现代文艺理论以社会实践和文艺实践为立足点和根据，由此而产生了对实践的两种偏向，一种更偏向社会实践；另一种更偏向文艺实践。偏向社会实践者往往把文艺纳入社会总体中去考察，把文艺看成总体发展中的一个部分，在处理局部和整体的关系上，强调文艺应该服从整体的需要，视文艺为整体服务的工具。具体在文艺理论中，更多从宏观上，从理论规定上去阐释、要求并指导文艺，对文艺自身的规律和特点的研究相对贫弱。这种倾向在中国文艺理论发展中占据着重要地位，并一直深刻地影响了十七年的文艺批判。偏重文艺实践的文艺家往往不从社会实践与文艺实践的关系中考察文艺理论，而更多地从文艺创作实践、文艺内在规律、文艺审美特性以及同文艺中存在的教条主义、主观主义、庸俗机械论的斗争过程中去形成自己的理论。在批判双方中，胡风和周扬是双方各自的典型代表。下面我们试图通过胡风和周扬的文艺实践观的梳理，以期达到对批判双方的进一步认识。

1. 胡风的文艺实践观

胡风说，"从我开始评论工作以一为，我追求的中心问题是现实主义（社会主义现实主义）的原则、实践道路和发展过程。不久，我就达到了一个理解：现实主义的发展是在两种似是而非的不良倾向中进行的。一种是主观公式主义（标语口号文学是它的原始形态），一种是客观主义（自然主义是它的前身）"①。这段话概括了胡风个人的理论追求，同时也概括了整个时代的文艺家们共同的追求。一是现实主义的基本原则和方法；二是现实主义的实践和发展，而且还清理了这种实践的发展的基本线索，现实主义是在批判与反批判、斗争与反斗争中发展进行的。这为我们反思胡风及其时代的理论家们的文艺思想提供了理解的途径。概而言之，胡风的实践观不仅见诸于其理论的一般性观念中，而且也渗透到其理论的核心或精髓，还散见于他的文艺批判和文艺论战之中。从社会政治而言，就是置身于为民主的斗争里，达

---

① 《胡风评论集》（下），人民文学出版社 1984 年版，第 407 页。

成与饱受精神奴役创伤的人民的理解与结合，不是一个冷静的旁观者，而是一个充满激情呼号的参与者、献身者；从文艺理论而言，反对现实生活的自然主义或客观主义的直录，反对从抽象的原则发出的教条主义和主观主义，而力主通过创作主体和客体的"肉搏"而获得鲜活的感性直观和主观战斗精神；从文艺批评和文艺论争而言，坚持实事求是，以实践为准绳和标尺。限于篇幅，本文只能择其要者而论之。

　　胡风的现实主义理论的核心是主观战斗精神，它包括感性直观、主观精神和主客观的搏斗，而主客观的搏斗又是其核心的精要。胡风说，他的主观战斗精神是从黑格尔的"主观精神"化解而来的，其目的是为了说明作家的主观和客观生活的关系。它肯定不是一种纯客观对象的东西，也肯定不是一种纯精神的存在，而是感性直观与感觉对象的碰面、交织和融合，也就是搏斗。"搏斗"体现了胡风对文艺的别出机杼的理解：其一，作家感性把握对象具有复杂性、艰巨性、客观性；其二，这是一个主客体双向斗争双向适应的相生相克的过程或历史；其三，搏斗本身就是一种主体的能动性活动。可见，搏斗具有实践的基本特点，即客观性、能动性和社会历史性。这就是胡风文艺理论致思的出发点和依据。《论现实主义的路》第一章题目就是"从实际出发"，这个实际就是具体历史内容和现实人生。他写道："用'一般性的'说法'抬高'原则，用这一类的说法来轻视、回避，甚至抹杀具体历史问题或现实问题，这就是把思想内容当作'一般性的'论点，完全脱离了具体历史情况或历史要求，因而只能是非实践的，反唯心主义的态度。"①

　　例如，对知识分子，具体在创作实践中就是创作主体，他不是先验地从原则或理论上去理解，而是深入到中国历史发展过程中去探寻知识分子的现状及其结构，并在此基础上提出知识分子人格二重性问题，因而这种考察就具有现实的力量、深刻性与独到性。而何其芳的批判首先根据理论原则区别了生活是不同的，至少分两种：一种是工农兵的生活；另一种是作家的生活。显然，前者的生活比后者的更重

---

① 《胡风评论集》（下），人民文学出版社1984年版，第272页。

要，于是就有了重要题材与非重要题材的鸿沟，而选择哪一种题材就是一个立场问题，因而得出胡风是"有意和革命文艺的新方向对抗"的结论。郭沫若也说："胡风反对作家和工农兵相结合，实际就是反对文艺为工农兵服务。"① 十分清楚，胡风是从实践的运动发展概括为理论的，而何其芳等也是从原则和理念的角度整理成观点。

2. 周扬的文艺实践观

周扬是本文一个不可或缺的考察对象，更重要的，他是"延座讲话"以后影响中国文艺历史进程的一个关键性人物。他兼有政治家、文艺家的双重身份，也肩负变革现实、变革文艺的双重使命，既感觉到了政治的沉重负荷，又领略了文艺的举步维艰，他往来于政治和文艺之间，他的理想、信念、矛盾和困惑盖源于此。全面考察周扬的文艺思想不是本文的任务，我们的目的只是以检视周扬的文艺实践观来研究他在批判循环中的位置和特点。

周扬的文艺思想的构成要素有三个方面：首先是毛泽东文艺思想，他是毛泽东文艺思想的首席阐发者；其次是苏联文学经验；最后是中国的文艺现实。其中以毛泽东文艺思想为核心，以苏联文学经验为参照，以中国文艺为变革对象，构成周扬文艺思想的基本图式，这一图式所缺乏的就是具体创作实践环节，他说，"我不是作家，没有写过小说，也没有写过诗"②。他的文艺思想往往是从理论原则直接过渡到文艺方针，中间缺乏实践环节对他的文艺思想的完善、补充和修正，但这毕竟还不构成他文艺思想的根本阈限。周扬是一个重视社会实践的人，也是一个重视文艺实践的人，而且，他对社会实践的重视不是以社会历史的运动考察为根本，而更多地体现在把文艺实践看成是为社会实践服务的工具或手段上；他对文艺实践的重视不完全是从创作情景出发，而更多地从政治理论要求以及组织、指导文艺如何体现政治理论要求出发。文艺的中心问题是为谁服务的问题，当然首先是为工农兵服务，为工农兵服务就只有无产阶级思想感情的作家才能更好

① 郭沫若：《反社会主义的胡风纲领》，《人民日报》1955 年 4 月 1 日。
② 《周扬文集》，人民文学出版社 1985 年版，第 369 页。

地胜任这一使命。而广大的作家大多数是小资产阶级的,虽然他们在革命历史发展中起过先进的积极的作用,但时时都会自觉或不自觉用小资产阶级思想侵蚀无产阶级思想。而解决这一问题的途径就是作家必须长期地无条件地到群众中去,通过投入群众斗争学习并掌握人民群众的思想感情,改造自己的世界观,才能自觉地为工农兵服务。其理论特点是从思想要求出发,通过现实估量,又回到思想要求上去,从总体而言仍是一种理论框架,这一框架支撑着周扬的文艺思想,他认为文艺战线存在着两条路线的斗争,而解决的途径就是展开辩论,进行批判和斗争。

在思想理论上,周扬十分强调先进的思想和世界观的重要作用,为了回击别人的"意识又跑到存在的前面去了"的指责,他说,"我想,在全国老百姓的思想来说,意识还是在存在的后边,但对于上亿先进的一部分工人阶级,是可以先有社会主义思想的"[1],他认为,政策就是这种先进思想的具体体现,他号召作家很好地反映政策,即使"政治过时了,我们的作品还不会过时,相反地,如果不反映政策,便会过时"[2]。强调具有先进的世界观是不错的,问题在于这"先有",这是违逆认识论的前提。列宁说:"生活的观点,实践的观点,应该是认识论首先和基本的观点。"[3] 先进的工人阶级并不是可以违逆认识论的前提条件。对政策的理解,周扬也更多地从思想性来要求,秦兆阳、陈涌是以艺术的真实性来批评这一点的。他们也不反对写政策,但问题的关键是政策必须化为作家的血肉。在创作方法上,周扬提倡社会主义现实主义,但其侧重点是在"社会主义精神"上,衡量一部作品是不是社会主义现实主义,主要不在于是否描写了社会主义的现实生活,而在于是否以社会主义立场和观点来描写。周扬如此强调文艺的思想性、政治性,强调社会主义精神在创作中的作用,以致浸入到其文艺理论的各个层次,是不是他就完全不尊重艺术规律呢? 回答

---

① 《周扬文集》,人民文学出版社 1985 年版,第 212 页。
② 同上书,第 228 页。
③ 《列宁选集》(第 2 卷),人民出版社 1960 年版,第 142 页。

是否定的，他也强调艺术规律，甚至与他的主张相矛盾的地方也不是没有的，"作家不是按照定义去进行创作的，而是按照生活的逻辑进行创作的"①。这就正确地揭示了创作与生活的关系。他还说："一般是应该先有了生活，有了人物，再形成主题。即使先有了主题，当然，一定经过对生活和人物的观察，了解才能写。"② 对形式主义，周扬也提出了自己的思考，形式主义"是否要一笔抹煞，是否这里面就没有一点可取的地方"？但周扬的侧重点仍在理论框架本身，这种框架在批判的循环中是具有决定性和支配作用的思想倾向，运用到创作实践中去则是教条主义和主观主义产生的温床。当然，周扬的文艺思想也在发展变化之中，例如关于社会主义现实主义，周扬起先是大力张扬的，以为是社会主义文学的根本标志，后来，他认为这一定义是可以挑出毛病的，甚至还同意了秦兆阳的"外加"的说法，"不要因为我们的定义和苏联的定义不同，就认为是个问题，不同就让它不同，有两个定义就让它有两个定义，甚至没有定义也可以，反正社会主义是好的，现实主义是好的"③。

我们从上述对胡风和周扬的文艺实践观的检视可以清楚地看出，批判双方的根本分歧在文艺实践观本身，一种偏向社会实践，另一种偏向文艺实践。偏向社会实践的文艺家往往只从理论上注重文艺为社会实践服务，注重从理论上规定文艺的性质和方向，结果，既缺乏对社会实践本身的尊重，也缺乏对文艺实践的尊重。而偏向文艺实践的文艺家则与此相反，他们牢牢地抓住了文艺实践以及文艺实践赖以生存的社会实践，而且还以此抗议和回答批评者，"重视实践，忠于实践，我认为，这就是具体的党性立场"④。再说胡风和周扬，胡风宏观至理论，微观至文艺批评始终围绕着文艺实践本身，因而其理论的生命力和局限性与文艺实践相联结；周扬更多地从政治立场、思想态度等理论规范来要求文艺，其思想的正确性与局限性也与文艺实践相联

① 《周扬文集》，人民文学出版社1985年版，第411页。
② 同上书，第343页。
③ 同上书，第424—425页。
④ 《胡风选集》，四川人民出版社1996年版，第494页。

系。对于毛泽东文艺思想,胡风注重从整体上去丰富,从侧面去补充,从局限性上去修正;周扬则注重领会其精神,在理论基础上阐释创作主体实现现实的结构、途径和能力;周扬旨在回答创作主体应该具有的对待理论的立场以及创作中体现社会主义精神的强弱程度。在这种背景下,我们再来观照邵荃麟,在胡风批判中,邵荃麟以原则和理论为武器来完成批判,随着文艺的发展,文艺界展开了可不可以写小资产阶级以及如何写英雄人物的讨论以后,创作中业已存在的两种基本人物的模式更为明朗,一种是先进人物,另一种是为了烘托先进人物而设置的反面人物,这两种人物更多地受一种理想和观念的驱使而制造出来,邵荃麟发现文艺实践中塑造的感人至深的人物形象不是作家们花费了巨大心血刻画的正面人物,而恰恰是那些不经意地带着自然的、原质的生活本身的丰富性和复杂性的中间人物,如梁三老汉、亭面糊等,由此他倡导写"中间人物","整个说来,反映中间状态的人物比较少。两头小,中间大;好的、坏的人比较少,广大的各阶层是中间的,描写他们是很重要的"①。所以,邵荃麟的"中间人物论"更多的不是从思想的要求提出来的,而是从文艺实践的切身感受和现实经验中抽取出来的。他的批判别人又被别人批判是显而易见地合于批判循环的内在发展逻辑。必须指出,邵荃麟的"中间人物"仍然带着某种原则和观念的痕迹,尽管他提出的主张更多来源对文艺现实考察,但这种人物仍是以阶级的属性来规范的,它和"小资产阶级"、"先进人物"在价值模式上属于同一范型,极有可能成为新的教条模式,这是我们容易忽略的一面。

(原载《荆州师专学报》1992 年第 6 期。发表时署名彭基博)

① 《邵荃麟评论选集》,人民文学出版社 1981 年版,第 393 页。

新媒体：艺术、技术与人文

一　几个概念的澄清

任何研究与讨论都必须有一个确定的对象，并且要对这个对象给予一些规范，否则我们的讨论将不得要领或如雾中看花。看了许多关于新媒体的论述文字，也听了与会者的一些发言，由于对新媒体概念缺乏界定或者界定本身不够确定，结果往往在最后的结论上或者自相矛盾，或者不知所云，从而导致了理论上的含糊与混乱。这个现象说明新媒体是个崭新的事物，人们还来不及对它进行深入细致的思考；同时也说明新媒体急需进行理论的阐释，这也是学科本身发展的要求。所以我们首先要做的工作便是厘清概念。

媒体，是一个传播学概念，更准确地说是关于大众传播的概念，也就是说它是对于公众信息的传输与处理的一种界定。一般来讲，人们习惯于将报刊、广播、电视称之为媒体，但这个概念似乎与艺术没什么关系，人们很少将音乐、美术、舞蹈、建筑、诗歌称为媒体。如果仅仅从信息的传输和接收的角度来讲，艺术也当然可以称得上是一种媒体，因为所有的艺术都在传输和接收信息，而且艺术也只有通过信息的传输与接收才能成为艺术，只是它的功能被人们限定在审美活动与审美经验上。艺术之所以很少被作为媒体，是因为艺术的信息传输是诉诸个体的，是每个人的个人生存体验，它很少被人们作为公众信息来实用地对待。可见媒体这个概念是与公众有关的，是对于公众的信息传输方式而言的。从理论上来讲，一切可以进行信息交流的载体都是媒体，包括人的身体，都可以转化为某种传播方式，也都可以成为某种传播的手段。

新媒体，这个"新"是相对于"旧"而言的，也就是相对于报刊、广播、电视这些传统媒体而言的。一般将网络、数字电视、数字电影、数字光盘、手机等称为新媒体。世界上最大的艺术网站根茎网（http：//rhiz-ome.org）的创始人马克·崔波（Mark Tribe）早在1996年将新媒体界定为光盘（CD-ROM）、网络艺术（Net Art）、数字录像艺术（Digital Vi-deo）、网络广播（Net Radio）等艺术作品的统称。但这仍然不能作为新媒体的概念，因为它只是关于新媒体类属的界定，并不能作为严格意义上的新媒体定义，很不幸的是，国内许多论者在界定新媒体概念时往往沿用了马克·崔波的定义。这正如我们不能将苹果的概念定义为红苹果、黄苹果、青苹果、国光苹果等的总称一样，因为它没有揭示出概念所指对象的本质。如果一定要给新媒体一个概念，笔者试图给出一个这样的界定：所谓新媒体，是指运用计算机并通过数码技术作为信息传输与接收的一种工具。新媒体新在何处？新在以高科技为基础的技术手段上，新在数字技术上。这种高科技与媒体的结合也就成了新媒体了。如果传统媒体运用了数字技术，不管是十分古老的绘画，还是相当时尚的音乐，只要它与数字技术结合为一体，它就是新媒体。

新媒体艺术，就是以数字技术或网络手段所创作的艺术作品，包括网络广播、数字录像艺术、网络电影、手机电视、网络动画等。有论者认为，衡量一件艺术品是否为新媒体艺术，不应看它的传播手段，而应看它的创意，看它点子、观念和头脑。这个看法是不确切的，任何一种艺术都是创造，新媒体艺术也是创造，但这个创造主要不是观念问题，而是它的创作手段。如果不借助数字技术，即使再有创造力的艺术也不能称为新媒体艺术；反过来，即使创意不怎么强的新媒体艺术，它也仍然是新媒体艺术。

二　新媒体艺术的特征

在明确了几个基本概念之后，我们再来讨论新媒体艺术的特征。

　　新媒体艺术的第一个特征就是它的数值化。新媒体之所以"新"，就在于它使用了数字技术，它的图像、声音也许千变万化，但都只是0和1数码信息的程序设置与编码读解。在这次"新媒体艺术与技术国际学术会议"期间，不管是哈尔滨工业大学学生们制作的《唐山大地震》和《蛇》，还是美国南加州大学 Tracy Fullerton 教授制作的教学片《云》，其影像与声音都是通过数码编程来计算与解析的。也就是说，他们是通过逻辑系统的演算来进行艺术创作的，这种作品与以前的创作不同的是，它可以很方便地对创作中的构成要素进行修改与处理，当然它不再是改变以前的影像和声音本身，而是改变一组组数据或数码编程。数码编程，这是此前的所有艺术从来没有的东西，它是高科技手段对于艺术的介入，手段决定一切，正是依赖这种介入，新媒体艺术在创作过程、创作内容、创作特点和创作欣赏方面带来了革命性的变化。

　　新媒体艺术的第二个特性是它的时间性。这里所说的时间性，不是指新媒体艺术在某个时间段的特点——它这个时候是新的，但迟早会成为旧的——这是一种相对主义的时间观。笔者说的时间性是指新媒体艺术的本质特性，这个特性来源于以声像技术为基本特征的电影和电视的特性，那就是通过声音与影像来完成对时间的记录。众所周知，绘画与雕塑是关于空间的艺术，电影和电视是关于时间的艺术。电影的发明，在人类历史上第一次通过艺术形式完成了对生活时间的纪录，所以，塔尔可夫斯基称电影为时间的艺术，称电影导演的工作是"雕刻时光"。新媒体所呈现的一切也都打上了时间的烙印，不管它呈现的是音乐还是舞蹈，也不管它呈现的是绘画还是建筑，只要它被新媒体进行数码编程后，它也必然具有了时间的特性，也就是说，它必然是再现为一段时间的，或者通过一定的长度表现为时间的。新媒体艺术的时间性意味着艺术在一种过程中，在运动中，在变化中，它打破了艺术一旦形成之后永不变化的神话，在一种流动的状态中，艺术会因为新的因素的进入而随时发生变化。由此我们可以看到，新媒体艺术与传统艺术的关联，也可以看到它对传统艺术突破，还可以看到新的艺术是如何产生的。艺术不是从艺术中产生的，也不是从艺术家那儿产生的，新的艺术诞生于新的艺术媒介。

新媒体艺术的第三个特性是它的非物质性。这就是说，新媒体艺术没有物质载体。在所有的艺术门类中，艺术总是通过一定的物质形态表现出来的，或者是物理的，或者是化学的，总之它们是离不开物质这个载体的。新媒体则不然，它是通过计算机，并且运用一定的软件操作系统进行创作，它内在的组织结构是一个个图像文件、声音文件或文字文件，它还可以将同一件作品存储为 tif、jpeg、gif 等各种各样的文档形式，并且它还可以将同一个文档进行无限的复制与传播。因为新媒体是建基在数据模型上的信息处理，数据不存在了，文档形式也不复存在，尽管计算机仍然存在。所以，新媒体艺术与其他艺术一样都是虚构品，但这种虚构是以非物质形态的形式为根本特征的。总之，非物质性就是非物理、非化学、非固体、非定型，这在此前的艺术中也从来没有出现过，它是一组组抽象的数字编程或演算方式，当然观众欣赏到的不是数字本身，而是通过一定程序转换之后的声音、图像或文字，但这声音、图像与文字并非实物或借助于实物，从根本上来说，它仍然是一组组数字。

新媒体艺术的第四个特性是它的互动性。互动性是指作品与观众的交流过程中相互的作用特性，当然这一性质在其他的艺术中也是存在的，如戏剧中就存在着演员与观众的交流现象，观众的反应对演员的表演会产生一定的影响，观众以他的方式参与到表演中去。在电影中，也存在着拉康所说的主体建构的问题，观众的主体地位是被电影建构出来的，换句话来说，电影通过正拍/反拍方式把观众唤醒或确立为一个主体。其实，在音乐、美术、建筑等艺术中，也都存在着观众的主体被建立的事实。除了戏剧、舞蹈之外，其他的艺术中只存在艺术对观众的作用，很少有观众对艺术品的反作用。而新媒体艺术则真正实现了作品与观众的互动，一方面是艺术品对观众的主体地位的确立；另一方面则是观众对艺术品的介入。新媒体艺术以其自身的特点与功能把观众确定在它的规定内，也就是说，观众有一个被新媒体艺术化的过程；同时，观众也通过连接、融入和转化的方式参与到新媒体的制作之中，观众也在传输、制作与加工信息。因此，新媒体艺术就不是一个固定的形式，而是随着观众的不同参与产生不同的形式。这样，新媒体艺术真正实现了艺术与观众的互动。

三　技术、艺术与人文

从上述的分析来看，新媒体艺术是建立在数码技术高科技基础之上的，这引起了艺术工作者的普遍忧虑。这种忧郁可以追溯到 20 世纪胡塞尔、海德格尔等人对科技的哲学反思。事实上，许多的数码艺术也停留在展示技术本身的新奇与刺激上，人文的内涵被空前的至少是被极大地削弱了。现在，在一部分人那里，只要一提技术，仿佛它便是物质的、材料的、科学的、冷冰冰的，似乎科学与艺术是水火不容的。这是一种很深的误解。其实艺术与科技是一体的，艺术的发展离不开科技的进步；没有科技的发展也就谈不上艺术的发展。李政道曾经指出："科学和艺术是不可分割的，就像一个硬币的两面。它们共同的基础是人类的创造力，它们追求的目标都是真理的普遍性。"[1] 在西方艺术史上，艺术（art）一词的原意是技艺，来源于拉丁语 artise。可见"技"和"艺"是不分的。在中国古代，有一本记载中国古代艺术的书——《考工记》，它也是从技术的角度来考察艺术的。这是因为，技术本身的发展会产生新的艺术，如电影就是完全依赖科技的发展而诞生的，电影从黑白片和无声片到彩色片和立体声片的发展过程，也是科技不断发展的历史。另外就是科技本身的发展也有一个艺术化的要求，它要达到艺术的高度才有可能符合人性。埃菲尔铁塔就是现代科技与艺术完美结合的典范，悉尼歌剧院既是高度科技化的，同时也是高度艺术化的。在现代生活中，人类已不能离开科技和艺术去生存了。

笔者的观点是：技术也好，艺术也罢，它们都只是一种手段和工具。不能说技术的就是没有人文的，也不能说是艺术的就是人文的，技术与艺术本身都不等于人文精神。人文精神在哪？不在技术中，不在艺术中，而在掌握和运用技术与艺术的人手中，在科学家和艺术家

---

① 李政道：《科学和艺术不可分割》，《光明日报》1996 年 6 月 24 日。

对世界的态度中，在科学家和艺术家创造的产品中。其实，人文精神无处不在，只要是人所制造的产品或结成的某种关系，就有人文精神在，只不过或强或弱，或深或浅罢了，但我们很少关注或分析到其中所蕴含的人文精神，或很少将其作为人文精神考察的对象。人文精神存在于我们每个人身上，存在于艺术家和科学家生存的我们周围的世界，存在于艺术家和科学家对本民族的历史文化记忆中，存在于艺术家和科学家对当今世界的观察中，存在于艺术家和科学家对现实的生存体验。而艺术和技术只是他们把自己的记忆、观察和体验表现出来的方式。

不可否认，当前的一些新媒体艺术，相对传统艺术而言，它的人文内涵存在着被弱化的现象，但这不意味着新媒体艺术的人文内涵就是如此或被永远弱化。产生这种弱化的原因首先在于新媒体艺术是一新生事物，它也有一个发展过程，它的成熟还需要一定的时间，当前，人们还处于对这种新的艺术手段的适应和惊讶阶段，所以我们看到许多玩新媒体技术的作品，许多作品还停留在制作技术所呈现的惊险、刺激和恐怖上；其次，新媒体技术本身就是高科技的产物，它有一套复杂的编码程序和演算形式，对它的认识与掌握也需要一定的时间；再次，既懂技术又懂艺术的艺术家太少，新媒体技术还没有成为艺术家们普遍的工作方式。在这种情况下，要求新媒体艺术一下子达到传统艺术所具有的深厚的人文内涵是不现实的。但是，缺少人文内涵并不等于不能具有深厚的人文内涵。

笔者的结论是：技术和艺术都不是人文内涵本身，所谓人文内涵是艺术家将自己的人生体验与观察投射到创作对象的结果，新媒体艺术的人文内涵是艺术家对技术与艺术手段的适应之后，把自身及其与世界的关系投射到对象之中去。我们期待着高度技术化且高度艺术化，同时具有深厚人文内涵的新媒体艺术作品，但这一切笔者相信只是一个时间问题。

（本文为 2007 年在哈尔滨工业大学"新媒体：艺术与技术"国际学术研讨会上的发言）

生命的痕迹及其隐喻

——对刘一原水墨艺术的整体分析

笔者相信，一个画家一辈子都只在创作一幅作品，而其他的作品只不过是这幅作品的注释（雷诺阿）；笔者还相信，一个画家往往会通过某种弱点与他的时代发生关联（歌德）。因此，笔者将把刘一原的创作视为一个整体，他的每幅作品是一个整体，他的全部创作是一个整体，他的生活与他的创作是一个整体，他的作品与他的时代也是一个整体。所谓整体，就是一种关系，笔者将辨析他一幅作品的内部要素之间，作品与作品之间，他的生活与他的艺术，他的时代与它的艺术之间存在的诸种关系。

刘一原的水墨艺术已日益成为中外艺术家和评论家们关注的对象，德国明斯特大学教授麦努斯（Mainusch）博士称："一些当代中国画家将会对现代绘画的未来发展产生持久的影响，他们令人震惊的精湛技巧，使他们能够把一些富于震撼力的观念转化为销魂夺魄的艺术形象"，而"刘一原教授就是当代中国画家中在这方面最具说服力的一位"。法国画家、艺术史家马萨尔（Marchal）则认为："刘一原的绘画艺术风格应当成为中国绘画发展道路上的一块基石。"国内的一些知名评论家也对刘一原绘画风格的变化给予了广泛的关注，但他们更多是从绘画技法和手段的革新角度来进行评析的，把他视为中国水墨艺术从传统转换到现代的一位代表性人物。应该说这些评价是中肯的和富于见地的，但笔者以为绘画绝不仅仅是技法和手段，技法和手段也许只对初学者或二三流的画家才有意义，对一流画家或具有独创性的画家来说，绘画是一种生命，一种精神境界和气象，而且也只有提升到这样的高度，我们才能完整地理解一个画家的创造，包括他的技法和手段，否则我们很可能将画家创造的意义给低估了。笔者不满于一些批评家批评的地方在于，他们将画家的价值局限在绘画技巧的传承与发明上，而对画家所传达出来的整体生命气象采取无视或忽视的态度，结果导致人们对画家生命本体和人的主体性的深刻怀疑。

作为一个从传统向现代转换的代表性人物，刘一原仍保留着中国画的材质（宣纸、墨汁、中国画颜料、水粉画颜料）和题材（山水），也不乏对中国画技法的运用；然而，这些已被刘一原赋予了新的表现功能和意义，他使中国画的面貌获得了相当大的改观，以至他的很多画我们一眼看上去并不像中国画，反而感到它们与西方现代绘画更接近一些，但显然他们也绝非西方现代绘画的简单仿效。可以说，他的画是中国画与西方现代画的观念及其技法与他个体生命体验的高度融合的结果，因此，我们从他的画中首先看到的不是技巧，而是生命本身，生命的遭遇、逼压、刺激以及由此而唤起的对超越的渴望。这种对生命的激烈展现所要求的审美因素的变化，强烈地改变了中国画多少世纪以来的淡泊、宁静、悠远与平和的风格，那种一山、一石、一花、一草、一虫、一鸟的士大夫的小情趣、小雅致，而是将生命内部的战栗、焦灼、困顿和撞击直接呈现出来，我们甚至看不到生命的外在形态，只能将视角转入到存在本身去体验、去感知。当别的画家们仍执迷于新的技法时，刘一原已经在用这技法来表达生命了；当别的画家用这技法来复制某种西方理念时，他却用这技法来捕捉时代的风貌了。这使刘一原水墨艺术的创造超出了中国画的界限，而对其他的绘画领域都具有意义：沉溺于技巧必终结于技巧，因为对生命而言，绘画毕竟是第二位的。

一 运动的 "风景"

生命的本质在于运动，这是不言而喻的，而绘画总是静止的，这也是不言而喻的。于是在生命的本质与绘画的本质之间就出现了悖论，绘画必然是对生命的扼制、中止，使之物化或固态化。如何使绘画运动起来，使之生气灌注、灵光漫射，就成为画家孜孜以求的目标。一般来说，画家们总是习惯于截取人和物活动的瞬间并使之凝固化，以谋求一种动态的造型效果。这种方法是有效的，也是刘一原乐于采用的，但刘一原的绘画不具有造型性，因为他的画从根本上说就不是具象的，很难说这是山或水，这是草原或沙漠，也就是说他的绘画不是物象本身，而是一种受某种物象启发而又超出这物象的"意象"画。笔者没有使用"印象画"一词，因为印象画仍是对物象更深入、更切近和更真实的观察。开始人们对印象派绘画中伦敦的雾怎么是紫色的大惑不解，但后来人们发现伦敦的雾真是有点带"紫"的，可见印象画仍是以物质真实性作为基点的。刘一原的画与此不同，其中的物象像山像水，然而却非山非水，这种物象的非确定性导致审美方向的重大变化，在此之前，欣赏者通过作品而指向物象，这样在作品与物象之间就存在一种真实的同构关系，而现在作为对象的物象已不复存在，欣赏者只能通过作品进入自己的内心，由此而建立起了作者与作品、作品与欣赏者之间的心理关系，这就是刘一原说他的作品是"大自然的迹象"的道理。

"大自然的迹象"十分贴切地概括了刘一原的作品所表现的对象，一方面它指示出他的作品与客观世界之间的联系；另一方面也道出了他的作品与真实世界的区别。"迹"，就是痕迹、印迹，是一种曾经存在但又消失的东西，这东西就是运动，运动的特性就是不断存在、变化、转化或消失的；从整体来看运动是存在的，从瞬间来看它又是不存在的。刘一原比其他任何画家对运动都更为敏感，从他的绘画来看，《吐青》、《日坠西山》、《春潮》、《闷雷》、《织秋》、《与云共舞》、《映》、《淅淅》、《穿叉》、《炼》、《断梁》、《落霞》、《秋野之吟》、《缭》、《溢》、《荡》和《呼啸的形体》等都是表现运动的，或者与运动有关的，总之是事物的运动或运动的事物。从标题来看，他们都有一个动词，也就是有个动作，一个动作就是一种状态，刘一原是通过某个动作而进入某个事物的，这表明它是个具有自主精神和独立品格的画家，因为这事物的状态是他"赋予"的，于是他的"景"与"物"就不是某种静止的自然存在物，而是与某一动作或状态，与某种思想倾向联系在一起的,是正在运动变化的"理性""风景";即使是纯粹静止的事物,刘一原也赋予它一种运动变化的特性,如《丝路》、《一方净土》、《绿风》、《网》、《锦》、《生态1号》、《目中》和《梦絮》等,这些作品被刘一原以纯熟技巧加以皴、擦、点、染而运动起来,它们或飘摇、或旋转、或交织、或流淌、或震颤、或冲撞,总之,它们是以某种运动状态呈现出来的。也许这些运动的对象并不需要实指,因为这种运动本身在他作品中已具有独立存在的价值,它们已无需依赖一种实在,他们本身就是实在,就是一种抽象的运动形式——这就是他的全部作品所体现出来的整体风格,可以说,他是一个关于运动的画家。

在所有的运动形态中,刘一原对"变化"可谓情有独钟,体现为一种执着的"研几"情结。这个"几"就是事物发展的苗头、端倪、征兆,深刻地揭示了事物向什么方向运动和变化,它或者这样发展,或者那样演化,各种因素同时存在但还没有最后确定,因而呈现出事物发展的趋向和可能。《吐青》和《春潮》都是力图揭示点点新绿在恶劣环境下的顽强生命力,无论是黑冻土还是冰雪层都遏止不住青绿在春天的绽放;《炼》也好《缭》也罢,显现的都是一种未完成状态。虽然刘一原对其发展趋向以色彩和线条作出了基本的预示,但它毕竟不是最后的结果,因而我们就看到了多种复杂的因素纠结在一起;《断梁》与《闷雷》表面上是对物象的摹写,而实际上作者却在昭示"断梁"与"闷雷"所可能出现的严重的后果;而《兆测》、《升腾与坠落》更是直接地对未来事态给予的视角预测,两幅作品都有一个十字架,一黑一白,十字架中央的断裂处即是预测的核心,一个炽白,一个炭黑,预示着也警示着一种非常时刻的来临,至于未来会是什么样的发展态势,就全看人们如何去选择。笔者不知道刘一原对"研几"表现出如此浓厚的兴趣是有意抑或无意,但这种选择本身就道出了作者与我们这个时代的深刻联系。这是个处于激烈变化与动荡中的时代,各种因素各种力量都同时存在,它们在相互对立、交织、撞击和较量着,一切都还没有尘埃落定,在不断发展、运动和变化,在不断酝酿、调整和建构之中,刘一原以他的敏锐和智慧捕捉到了这一点,而这是我们从其他画家身上很少看到的。

二 色彩三重奏

色彩和线条是绘画的基本语言，很难从一幅画中将色彩与线条分离开来，因而色彩的也就是线条的，然而单纯的色彩或线条是毫无价值的，因为刘一原作品不是对自然的模仿，也不是纯主观的随意涂抹，这就使他的作品结构呈现出独特的风格。它的色彩构成主要有三种，亮色、暗色和中性色或杂色，每一种颜色表征着一定的情感和思想倾向，然而单一的颜色什么也说明不了，只有当它们结合在一起并构成某种语境和关系时才具有意义。

刘一原作品的色彩基调是暗灰色，然而他的暗灰色的层次和变化是极为丰富的，即使同为暗色，它们的亮度也是不一样的，有的很暗（如黑），有的较亮（如绿），正是在这一明一暗之间，整个画幅的层次在对比中就凸显了出来。因此它的色彩从来不是孤立存在的，而必定会与另外的对比色构成一种关系，这种关系既经构成，他们就会对处于关系中的其他颜色的性质产生影响，冷会趋向暖，暖会趋向冷，明会趋向暗，暗会趋向明，这种关系笔者称为构成性关系。凭着这种关系，刘一原的绘画色彩得到了极大的丰富和拓展。一般来说，刘一原的构成性关系模式体现为二元对峙，即明与暗的对立；此外，还有一种中性色，包括白色和杂色，这两种颜色本身也不具有独立存在的价值，它们也必须与二元对峙色形成一种构成性关系才能说明自身。但这种中性色绝不是可有可无的，它的功能主要有三种：一是使二元对峙色获得某种关联，起到穿针引线作用；二是扩大了画幅的色彩层次，使画面的色彩构成更趋于均衡；三是增加了作品的思想容量，他的作品思想与情感内涵在相当程度上依赖于中性色的介入。这就是刘一原作品的结构图式，构成性关系的三级结构：每一极都是动态的，相互说明、相互依赖和相互比较而存在。

具体来看，刘一原的作品一般有两种基本色构成其画幅的主色调，一种是冷与暖，如《日坠西山》、《丝路》、《织秋》、《锦》、《炼》、《秋野之吟》、《落霞》和《晚秋的乐章》，主要是由墨黑与深红（或淡黄）所构成；另一种是明与暗，如《莽原》、《闷雷》、《一方净土》、《碧影》、《与云共舞》、《映》、《淅淅》、《生态1号》、《断梁》、《兆测》、《目中》、《升腾与坠落》、《虚怀》、《溢》、《网》、《呼啸的形体》、《绿风》等，主要由墨黑与淡绿，或墨黑与花青所构成。不管是哪一种构成方式，但颜色与颜色之间的关系都是对立、冲突或撞击关系，这表明刘一原的思维深处存在着两个相互矛盾或对立的世界，他们或者是社会的，或者是心理的，或者是物质的，或者是精神的，或者是人生的，或者是艺术的，或者是中国的，或者是外国的，总之它们是难以摆脱地存在于作者的心灵深处，以至他的全部构思与创作无不留下了这两个世界的深刻印迹。然而最重要的还不是刘一原对这两个世界的呈现，而是他对这两个世界的态度及处理上，当然，刘一原的处理同样离不开色彩，白色或杂色是他处理的主要方式。无论是白色还是杂色，他们都不是以色块（或面积）和另外两种对比色来达成某种同构关系的，而是以一种细线条来完成对另外两种主色块的分割、补充、勾连、穿插、渗透、瓦解，这些线条如丝如缕、似剑似戟，规则或不规则地交织在一起，完成了对另外两种主色块的重新建构。这个新世界纷纭复杂、色彩斑斓，甚至杂乱无章，但他所体现出来的整体风貌暴露了刘一原的心迹，那就是以他的所知所能去理解和把握这个世界——这个世界是断裂的、破碎的，被理性地或人为地组合在一起，也即是说他不是自然生成的，是一种命名式的组建，表现为两种色块突如其来的并置、叠加在一起，这便是他的作品有一种累积感和层次感的社会学原因——当然他的这种理解和把握有时充满了幻想和希望（如《锦》、《炼》、《晚秋的乐章》），有时则不免焦灼（如《闷雷》、《兆测》、《网》），虽然他也极力抗争（如《日坠西山》、《呼啸的形体》），但更多的时候是苦闷、迷惑、无奈和彷徨（如《目中》、《梦絮》、《淅淅》、《生态1号》）。

　　由于它的色彩之间的关系是构成性的，他的作品所表达的思想与情感也是构成性的，他不会以单一的色彩与线条表达某种单一的内涵，常常是某一色彩被另一色彩所冲淡，由此导致他的作品的思想与情感的内涵是复调式的，被多种因素支撑着。《晚秋的乐章》是他的作品中最具亮色也最易受大众青睐的一幅，残阳如血，红彤彤地布满整个画面，如此大面积地使用红在他的作品中甚为罕见，这表明他的悲观中也有一丝乐观的成分，然而由于他的悲观太深重，以致他的乐观也同样充满伤感和凄凉。画面中的红并不是一种单一的红，而是不断被其他的粉白、粉红、土红、铁红所冲淡所说明的红，这种红显得那样饱经沧桑，但从整体来看仍是对晚秋的一种礼赞；可另一种带着红的痕迹的黑色衰草般的点缀在红色中，极大地改变了整个画面的氛围，于是红便带有了黑的性质，黑也带有了红的特性，所以说他的乐观是一种悲观的乐观。

由此可见，刘一原的色彩具有构成性和命名性，这与我们时代的特征极为吻合，市场经济首先是作为一种制度出现在中国的，即先有了这种体制，然后才有了这种现实，所以说中国的市场经济是命名式的和建构性的。笔者指出这一点不是说刘一原试图以他的作品在自觉地建立一种与社会相对应的结构形态，而是说作为一个敏感的画家，他几乎是命运般地受到了他所处的时代的影响。法国文艺理论家戈德曼认为，在小说与社会之间存在一种结构上的"同源性"，刘一原从绘画的角度证明了他的论断。

三　网状的意义

曾有论者指出："刘一原对当代中国画的贡献在于，还艺术以激情、充实和厚重。""厚重"一说委实切中肯綮，道出了刘一原对中国画的创造性的改进。的确，在宣纸上画出油画般的质感或厚重感并非易事，笔者以为，除了具有对纸墨性能的深切了解，对中国水墨艺术技法的精湛修养外，还要有对中西绘画结合点的融合、贯通和驾驭的功力，更重要的是要有对社会人生独到而深刻的观察和体验，并善于把这种观察和体验用水墨力透纸背地表达出来。显然，刘一原具有这一切，而且是理性地具有这一切，他极善于把一种思想和观念转化为形式感很强的视觉语言，笔者指的是他对网状的意象的营造。

可以说网状意象贯穿于他的全部作品，其表现形态有两类，一类是错乱杂陈的弧线所结成的"网"，另一类是纵横交错的直线所构成的"网"，前者是后者的积累与准备，后者为前者的发展结果；前者更多的是感情的宣泄，后者更多的是理性的渗透；前者是自然的涂抹，后者则是人为的介入，因而呈现出不同的情感和思考的倾向和力量，但它们都是"网"，也就都具备了网的特性与趣旨。为什么刘一原选择这种网状来作为他作品的核心构图，其主要原因有二，一是形式的要求；二是思想的要求。

前文已述，刘一原的作品不具具象性，这是他的绘画体现出笼天罩地、大化流行的宇宙气象，从极宏观和极微观的角度所看到的世界图景与刘一原的绘画十分相通相类，因而他的画就具有很强的超越性和整体感，这倒不是说他不食人间烟火，相反，他仍是个现实感很强的画家，而是说他的画打破了现实与绘画的对应关系之后所出现的模糊性和抽象性，他不是具体的某物，但它是一切物。所以他的画在成为一种抽象的形式后反而富有很强的概括性，这种形式笔者称为抽象的感性形式。笔者说他的画具有整体感，即他的画中的每一种因素都不是独立存在的，而是在与其他因素结成某种关系才能获得存在。"网"就具有此一性质，它是联系的，相互关联的，不能离开彼此的。在刘一原的三级构成性关系中，明暗两种色彩需要第三级色彩即中性色来调剂、分割、弥补和过渡，这样他们才能和谐地处于同一整体中，所以"网"在刘一原的画中就起到了联系或联络的构成作用，即形式作用。如《碧影》主要由淡墨和淡绿组成，如果纯粹是这两种颜色，那不过是互不关联的拼贴，因此就需要其他的一些颜色如粉白、嫩黄和浅灰所构成的网来加以调剂、过渡和稀释，使它成为一个整体或艺术品。

然而"网"还具有另外一种特征，即束缚、牵制和羁绊，这是刘一原的作品具有生命意味的重要原因。从他的全部绘画中，我们可以看到生存的艰难和生命的重压，那是层积在他心头的年年月月挥之不去的旧伤痛以及新负荷，这倒不一定是某个具体的事件，而是某个事件所化作的一种印象或情绪，当他面对一张白纸时，他一辈子的经历和遭遇层层叠叠地向他涌来，致使他"颠三倒四，翻来覆去，画了又涂，涂了又画"，这种独特的反反复复的绘画方式，使他的作品具有了一种少有的"累积感"，因为那是对他全部生命信息的真实记录：过去与现在，绝望与希望，苦斗与挣扎，无奈与彷徨，迷失与叹息，压缩与伸张……黑白绿，青黄紫，灰褐蓝……点，线，面……各种因素各种力量纠织在一起，相互钳制交互渗透，形成了一张密密匝匝的"网"（《网》）。在随后不久，刘一原已将这种"网"的意识升华为一种清醒的理性认知，《生态1号》中以极为简洁的色调隐喻网所带来的灾难，漆黑与花青构成一种对峙的局面，纵横交错的网隐伏在花青之间，恐怖的黑色正将花青撕裂、瓦解，网既是它自身的起因，又是它自身的结果。《断梁》和《目中》中的网更为强大，占满了整个画面，《断梁》继续了《生态1号》的立意，揭示了网与断梁的互动关系，《目中》则预告了一个悲剧性的结局，那滴硕大的泪水就是对网的无言的控诉。到了《呼啸的形体》则是对网的义无反顾的反抗，那咆哮的一泻千里势不可挡的形体已将网冲开了一个宽大的豁口，显示了刘一原对网的强烈的征服和批判意识，笔者猜想刘一原在完成这幅画时定有一种痛快淋漓之感。

现在我们可以回头来观照刘一原的画作里为什么那么偏爱运动了，因为网是那样密不透风，令人窒息，在他的意识深处总有一种呼唤，希望什么来改变、冲击一下网所代表的现实，他被闷得太久了，所以需要动，他画运动的"风"（如《绿风》），飞动的"云"（如《与云共舞》），流淌的"雨"（如《淅淅》），融化的"冰"（如《溢》），激荡的"潮"（如《荡》），总之是一些动的意象或动的痕迹，它使刘一原被压抑已久的心灵至少得到了片刻的松弛和慰藉，也许他的苦难和伤害大部分来自绘画，可正是绘画拯救并升华了他的灵魂。

（原载《珞珈艺术评论》2005年第1辑）

第二辑

文学归属于艺术，
却为一切艺术之母

文学属于艺术，即语言艺术，但文学可以成为一切艺术，诸如音乐、舞蹈、绘画、戏剧和电影的母体。这不合逻辑，却是事实。原因在于，文学作为一种感知世界的方式，它由语言表达出来，而没有被表达出来的，仍然潜沉在感知中。即使是被语言表达出来，它也仍然是某种感知。因此，感知混合着语言的和非语言的状态存在于所有艺术中。

形式与革命：先锋小说的文本确定

　　先锋小说，业已成为当代中国文学中一个显赫的文学现象，近十年来（1984—1994），作为当代中国文学中最具活力的因子和革命的力量，它不啻动摇了传统小说的坚实基础，包括一整套的创作观念、创作方法和创作原则，而且切实为当代中国小说的发展提供了一种新的可能性，并以不可逆转的姿态重新命名着小说。但究竟什么是先锋小说，至今仍众说纷纭，莫衷一是。这一方面是由于先锋小说所呈现的复杂性缘故；另一方面则由于论者参照对象的丰富性所致。笔者认为，所谓先锋应具有如下特征：少数性、前卫性、探索性。这一切已被部分证明，但还需要时间的进一步证明，所以，笔者在此只想提供一个名词的构成性因素——时间：20 世纪 80 年代中期以降；地点：中国大陆；人物：马原、孙甘露、余华、苏童、格非、叶兆言、残雪等；事件：确立叙事在小说中的核心位置以建构一种感知形式；意义：冲击乃至变更人们的思想、观念和思维方式；影响：对其他创作群落（如新写实）和其他作家（如王蒙）的诱惑与吸引。

　　自李劼将马原的小说命名为形式主义小说之后①，视先锋小说为形式主义小说，或者从形式、文本和叙事的角度来评骘先锋小说已蔚然成风。但形式是什么？我们一直缺乏界定，因之使用的混乱就不可避免；或者界定不明，也不能阐释先锋小说所蕴含的生命性内容。当代文学批评似乎存在这么一种倾向，不愿意在基础性研究上下功夫，

---

　　① 李劼：《论中国当代新潮小说》，《钟山》1988 年第 5 期。

而宁愿在新名词、新观念、新理论的发言权上谋取位置。这已严重阻碍了先锋小说的进一步研究,论者在许多关键问题上不得不闪烁其辞或浅尝辄止,因而就不能发掘先锋小说汇入整个世界的后现代主义潮流的独特性质。本文的任务就是:第一,确立形式文本的革命性质,在先锋小说与传统文学的联系中辨析其超越性;第二,在对形式理论的基本回顾之后确认先锋小说形式为感知形式,并考察这种形式的前提条件;第三,实证考察先锋小说形式,并作出关于先锋小说形式的形态分析;第四,探讨先锋小说从内容向形式转变的根据,认为现实社会结构的变化和作家文学观念的变化是这种转变的重要因素;第五,最后指出先锋小说形式的革命性所在,并试图在作者—作品—读者系统中加以说明。

一

一切艺术史都是革命史。这种革命的深刻性和艰巨性并不亚于一场社会革命,社会革命只需以一种社会制度取代另一种社会制度,而思维革命则缓慢得且艰难得多,它是艺术内部的较量、苦斗与搏击,它以坚定的立场抗拒着那已深入人心的艺术观念,反叛着已内化为人类无意识的现实理性和普遍的艺术法则。在它面前除了黑暗就是无边的虚无,没有依循的规范和导航的灯塔,它必须凭借自身的形式感去创造在不久的将来也会被超越的现实;而且它必须把孕育它的传统当成敌人去反抗,否则它就只能在传统的巨大阴影下进行量的繁衍。所以艺术的法则就是革命,但这种革命不是在内容上进行的,内容不能构成艺术的规定性,因为一部小说和一篇哲学论文在内容上可能说的是同一个东西,小说家和哲学家是从形式上做出各自的选择的,一个选择的是形式感,另一个选择的是概念与逻辑。况且,即使是文学,内容也无法对形式作进一步的分辨,如人类面临着一些永恒的母题,风花雪月,生离死别,喜怒哀乐,在唐诗、宋词、元曲中都曾淋漓尽致获得表现,内容不能完成对形式的分辨,诗词曲的形式规定性只有在自身的法则中才能得到说明和把握。从某种意义上说,艺术史就是形式的发展史,就是形式自身的不断反抗、不断背叛和不断革命的历史。

　　形式革命之所以不断发生，在于形式一旦获得稳定的地位，就成了被普遍操作的理性形式，稳定性、封闭性、广泛性是它的特征，人们只能从内容的范围、深度和广度上去识别它们；并且理性形式所具有的保守性本能地拒斥着新的形式，即感性形式，而感性形式的个体性、独立性和差异性为谋求自身的位置而奋起抗争，于是革命就不可避免地发生了。先锋小说的革命就是一场形式革命，它自始至终关注着对感性形式的建构，并以此去瓦解、冲击异常稳固的理性形式，比起韩少功、阿城所代表的"寻根文学"和刘索拉、徐星所代表的"现代派"，先锋小说更为激进、更为坚定、更为彻底，因而也更能体现出文学的革命性质。因为它不是对原有框架的修补或语词增生，而是一种方向上的抉择，是对近一个世纪传统中的沮格或悬置。

　　一般认为，马原是先锋小说的始作俑者，他的《拉萨河女神》及其后续的《冈底斯的诱惑》为先锋小说的开山之作，——不过笔者认为，史铁生的《关于詹牧师的报告文学》透露了形式、结构或建构的最初片兆——这些作品预示着文学革命对象的根本变革，那就是从对现实内容的批判转移到对文本形式的批判；社会—历史的内容被悬置起来，不予剖示、不予考察、不予判断，仅仅为着叙事或感性形式而存在，也就是说，内容是被感性形式所组织、所武装、所控制的；它无意于揭示什么或否定什么，它的目的就是尽可能无碍地呈现形式本身的魅力。这一切在悄悄地进行着，1985 年，史铁生发表《命若琴弦》，马原发表《西海无帆船》，莫言发表《透明的红萝卜》；1986 年马原发表《虚构》，残雪发表《苍老的浮云》、《黄泥街》，孙甘露发表《访问梦境》；1987 年马原发表《游神》、《大师》，史铁生发表《礼拜日》，孙甘露发表《我是少年酒坛子》、《信使之函》，洪峰发表《瀚海》、《极地之侧》，余华发表《十八岁出门远行》、《四月三日事件》，苏童发表《一九三四年的逃亡》，格非发表《迷舟》。几年后，评论家们如梦初醒般惊讶地发现：当代中国文学已经改变了模样。这就迫使我们检讨一个早该检讨的问题，他们或它们究竟改变了什么？

　　一切革命都是针对传统而言的。显然，笔者的论题与传统有关，传统，对先锋作家来说，主要是浪漫主义文学、现实主义文学和现代主义文学;传统,既是他们革命的对象,超越的对象,又是他们最终所归宿的对象。这次革命可以说是文学史上一次结构性大调整、大转换,不具社会或政治实践的企图或性质;先锋小说的意义不在于为社会而存在,也不在于为自我而存在,而在于为文学史而存在,即为文学史增添新的文本形式和叙事风格,这首先体现在对传统的文质彬彬,但又是义无反顾的反抗。

反对现实主义。

现实主义,是先锋小说所面临的最强大的传统。现实主义的核心是典型人物和典型环境,或者典型环境中的典型人物。这里关键不是人物和环境,而是典型。所谓典型,就是代表性的,本质性的或必然性的,而塑造的人物是否典型就取决于典型化方法,即对现实的人进行提炼、综合和集中,此时的人物已不再是现实性中的人,而是一种源于现实又高于现实的存在。这种方法贯彻在作家酝酿、构思、写作的全过程,成为作家普遍遵循的艺术原则和理性形式。一般说来,先锋作家并没有旗帜鲜明地反对现实主义,他们开始只是从艺术形式的原则出发,不愿重复人们广泛认可和依从的方式与方法,而对新的艺术经验和新的艺术形式充满渴望和激情,进而发展到对现实主义的策略性反抗,那就是回避,回避典型,回避典型化方法,将人物恢复到个体性的、现象性的、偶然性的水平上来。人物与环境的因果关系被取消了,人物与人物的逻辑联系被中断了,人物已从复杂的关系网络中被解放出来,而回复到物件或形式的状态,他们唯一服从的就是文本的需要;他们的诞生或死亡,出场或消失不再具有行为意义,而只具有文本意义。

陆高和姚亮是马原小说中反复出现的人物,他们与环境的关系是偶然性的,他们与其他人物的关系是随机性的,也就是说,他们丧失了现实主义小说中只能或必然如此的特性,在当代中国小说中第一次呈现出人物—符号的特征。即使是小说中的"马原"也是文本中的形式符号,他和陆高和姚亮的关系不是价值体系中的必然性关系,而是文本系统中的构成性关系,他们在思想、情感、道德、观念上的联系是松弛的,但在统一的文本中、在叙事的逻辑上、在故事的结构里的联系却是异常紧密的。孙甘露的人物已尽可能地蜕掉了现实性，而恪守着想象性的游戏规则，《信使之函》中的信使，《访问梦境》中的丰收神，《我是少年酒坛子》中的诗人，他们是斩断了社会历史、现实心理、时间空间联系的孤立的抽象物，绝不能从人物与环境、人物与人物的关系中去说明和理解，因为作为人物的外貌肖像、心灵气质、情感倾向、价值观念等的特征已荡然无存。《访问梦境》讲述的是闪闪族的丰收神家族的故事，叙述者围绕着丰收神叙述了很多人物，丰收神的父亲、母亲、弟弟、美男子、表兄、舞蹈者，这些人物与丰收神除了一丝血脉的微弱联系外，他们完全是孤立存在的，他们走马灯似的在小说中自由闪跳，他们的使命就是成为文本的一个构成部件，一个物，一个如同比喻、修辞的语言符号。在苏童的小说中，人物—符号的特征也十分显豁，比较充分地实现了苏珊·朗格关于艺术符号的三大主张，即意象性、非理性和不可言说性，对此，笔者已在《价值·立场·策略》一文中详细述及①，在此不赘。总之，先锋小说虽然没有提出反对现实主义的口号，但它的回避策略比任何口号更加彻底地颠覆了现实主义小说。

反对浪漫主义。

当代中国的浪漫主义并不发达，实际上浪漫主义在"两结合"的创作方法中被结合掉了，当然，同时被结合掉的还有现实主义，所以，当代中国的浪漫主义至多是一种理想主义。这最初体现出对人的价值、尊严或本质力量的肯定、向往与追求。如张洁早期小说所幻想的精神之爱或"天国之爱"；张承志把爱情、青春与美丽的被摧残与被毁灭的伤感升华为执着的理想和信念；梁晓声将青春和生命置于严酷的环境所显示的崇高、悲壮和英雄气概。所有这些旨在为人提供一种理想性以抵抗现实的匮乏、丑恶和艰难。这种精神向度发展的必然结果或最高境界就是宗教。张承志的《心灵史》，北村的《施洗的河》，柯云路的《人类精神现象破译》，从各自的心灵历程汇集到一个不可能更高的点，那就是人在现实世界中不能自我拯救，而只有在宗教中或心

---

① 彭基博：《价值·立场·策略》，《当代作家评论》1993 年第 2 期。

灵的世界中才能获得超越。这种人向神的依附将理想主义的最初价值
荡涤得一干二净。理想性,是先锋作家先天就缺乏的东西,当然就谈
不上对理想的信念和追求,他们中热衷于显现被价值和意义遮蔽的物
质存在,即叙事方式或方法,他们是技术—工具的唯物主义者兼方法
论者。他们对现实以及作为叙事的结果的现实不置可否,他们唯一信
任的就是叙事本身或故事的功能,甚至现实也被形式化了,被赋予叙
事的结构功能。也许他们对叙事的内容抱着游戏的态度,但对叙事是
绝对认真的,他们只对叙事负责。

在马原那里,故事的真实与否是大可怀疑的,在《虚构》中,在
《冈底斯的诱惑》中,往往被他津津乐道的一个故事很快被否定了,
他在故事的讲述中引进了虚构作为故事的否定因素,混淆了真实与虚
构的界限;或者将故事的时间和空间的联系斩断,使故事处于一种没
有必然性孤立无持的境地,故事的真实性也变得扑朔迷离,故事的原
有性质就被改变了,也就是说,故事在现实性上是虚构的,只有在叙
述中才是绝对真实的。在《一九三四年的逃亡》中,苏童也无意于叙
述枫杨树村1934年男人疯狂地从乡村"逃亡"到城镇的原因、过程
和结果,逃亡就是逃亡,逃亡并不构成人物的精神性存在,逃亡已被
形式化或功能化了,它的意义不在现实层面,而在叙述层面,如此而
已。比较而言,《信使之函》更为激进,孙甘露干脆就取消了现实性,
上帝是子虚乌有,信使是子虚乌有,耳语城是子虚乌有,甚至信函也
是子虚乌有,只有62句"信是……"的陈述句在叙述之中才构成唯
一的真实。先锋作家精神存在着严重的危机,他们找不到可以支撑他
们的理想和信念,没有着落、没有归宿、没有可资依赖的精神居栖之
所,然而人悲剧性地具有西西弗斯式的执着,在理想幻灭之后,小说
中剩下的就是物质,作为小说家的物质就是技巧、就是形式、就是叙
事、就是文本。反对理想主义的直接后果就是由对理想的信仰转到对
叙事或文本的崇拜。

反对现代主义。

当代中国先锋小说明显受到西方现代主义文学的影响,几乎每一
个先锋小说家都有把现代主义大师奉为圭臬的历史,马原、孙甘露、

余华都不厌其烦地指出他们对这些大师的倾慕与热忱,但这并不能证明他们与现代主义没有相左的地方。在我看来,先锋小说接受乔伊斯、卡夫卡、贝克特、福克纳、马尔克斯、博尔赫斯等大师的影响更多在艺术形式上和文学方法上,而无意于形而上或终极关怀的沉思与创建,然而在上述大师那里,形式的革命与思想的革命是高度统一的,他们在创造一种崭新的文本形式时,也在创造一种全新的意识形态。在先锋小说那里,形式探索达到了中国小说的空前高度,而思想的探索不仅停滞了,而且退回到一个平面的水准。与其说他们无力创造思想深度,不如说他们无意创造思想深度,甚至可以说他们在抗拒着思想深度,他们抗拒的武器就是文本或形式,抗拒的意义和价值就在这里。所以反对现代主义就是反对深度模式,就是中止对终极意义的追问与探寻,从而实现深度向平面、内容向形式的革命性转移。从韩少功的《爸爸爸》、阿城的《棋王》、刘索拉的《你别无选择》、徐星的《无主题变奏》,到马原的《冈底斯的诱惑》、余华的《十八岁出门远行》、苏童的《一九三四年的逃亡》、孙甘露的《信使之函》,所走过的道路就是中国新潮小说从对文化本质、生存、人性的探讨到对文本、叙事、结构、形式的探索的迁徙过程。

这里似乎有必要作一辩证的说明,先锋小说反抗的传统的同时也是孕育他们的传统,正如艾略特所说的,"传统是具有广泛得多的意义的东西",是超越时空的历史意识①,传统是一条河;只要是一个真正的作家他就必然是反传统的。但反对传统并不是先锋作家的目的,他们是想在这种反抗中获得一个新的艺术基点,创造属于他们的艺术形式。

二

如前所述,先锋小说的叙事革命已完成了从内容到形式的转移,但这并不能说先锋小说内容的东西消失了或者不存在了,它们仍然活跃在小说中并且构成着小说,也就是说,先锋小说中的现象、叙事和

---

① 王恩衷编译:《艾略特诗文集》,卞之琳译,国际文化出版公司 1989 年版,第 2 页。

形式并非与人无关,而只能说先锋小说的人是以一种新的方式存在着的。罗伯-格里耶在谈及新小说时说:"书中的每一页,每一行,每个字中都有人。尽管人们在小说中看到许多'物',描写得又很细,但首先总是有人的眼光在看,有思想在审视,有情欲在改变着它。"① 可见,小说中的人一直是存在着的,只不过是在不同的观念、不同的方式中存在。于是就有了一个重新理解小说,重新理解小说的内容与形式的关系的问题。

关于小说的内容与形式的关系,20 世纪主要有三种认识:其一,内容决定形式,以卢卡契为代表,他认为小说的形式是被内容所决定的,内容是第一位的,形式是第二位的;小说反映生活且从属于生活。卢卡契认为:"一部伟大的作品是一个整体,也就是内容和形式的统一体,主观和客观的统一体,其中内容必须永远放在首要地位,客观世界要优于主观世界。"② 其二,形式独立于内容,以俄国形式主义—捷克结构主义—法国结构主义为代表,雅各布逊说:"文学科学的主题不是文学,而是文学性,即是使一部作品成为文学作品的因素。"③ 什克洛夫斯基也认为:"艺术永远是独立于生活的,它的颜色从不反映飘扬在城堡上空的旗帜的颜色。"④ 他们的研究就干脆摒弃了对小说的思想或意义的深入剖析,而专注于小说的技术—工艺层面的"文学性"的知性分析,如语法分析、结构分析和语言分析。其三,与上述两种内容与形式的二元论相左的一元论,如伊格尔顿、韦勒克就是这种观点,显然他们受到了现象学的影响,纯内容和纯形式都说明不了艺术的特征。韦勒克、沃伦就以材料(material)和结构(structure)取代了内容和形式,所谓材料就是一切与美学没有什么关系的因素,所谓结构就是一切需要美学效果的因素。但"这绝不是给

---

① 崔道怡编:《"冰山"理论:对话与潜对话》(下册),中国工人出版社 1987 年版,第521 页。

② 转引自韦勒克《西方四大批评家》,林骧华译,复旦大学出版社 1983 年版,第 76 页。

③ [美]杰弗逊、罗比:《现代西方文学理论流派》,李广成译,北京大学出版社 1992 年版,第 25 页。

④ 《俄国形式主义文论选》,方珊等译,生活·读书·新知三联书店 1989 年版,第 11 页。

旧的一对概念即内容与形式重新命名，而是恰当地沟通了它们之间的边界线。'材料'包括了原先认为是内容的部分，也包括了原先认为是形式的部分。'结构'这一概念也同样包括了原先的内容和形式中依审美目的组织部分。"①

这种一元论的美学观念深刻地影响到了西方马克思主义、现象学、解释学、新历史主义、女权主义、后现代主义等的理论与批评，如马尔库塞、戈德曼、杰姆逊、杜夫海纳、伊格尔顿、姚斯、巴赫金、卡冈、福柯、佛克马等理论家大体上采取的就是一元论的观点。马尔库塞说："一件艺术作品的真诚或真实与否，并不取决于它的内容（即是否'正确地'表现了社会环境），也不取决于它的纯粹形式，而取决于它业已忧为形式的内容。"② 他的"新感性"，"现实形式"都是内容和形式不可分离的统一体。杰姆逊的"内在形式"（inner form）实质上就是内容化了的形式或形式化了的内容，他说："关于形式和内容的辩证观念在方法论方面所造成的第一个后果是，就解释艺术的进步，并就其已经达到的这一进展阶段来看，形式和内容可以互相解释。因此，正如席勒所暗示的那样，内容的每一个层面都证明其仅仅是一个乔装的形式。但就前面所谈到的，我们也可以说形式不过是内容及其内在逻辑的投影而已。事实上，这一基本区别只有当面临艺术实体本身所引起的歧义而不得不最终重新取消这一区别时才是有用的，即艺术实体既可以被看作全是内容，也可以被看作全是形式。"③ 就艺术实体而言，内容和形式是消融无间的，只有在理论那里，才有了内容和形式的分野。所以在艺术中没有纯粹的内容，也没有纯粹的形式，只要是内容的它就是形式的，人要是形式的它同时也是内容的。因为艺术无法斩断它与人的关系，它是人所创造出来的，并且仅仅是为人才存在。无论一个理论家多么倾心于形式，他都不得不从人的最基本

---

① ［美］韦勒克、沃伦：《文学原理》，刘象愚等译，生活·读书·新知三联书店 1984 年版，第 147 页。

② ［美］马尔库塞：《审美之维》，李小兵译，生活·读书·新知三联书店 1989 年版，第 212 页。

③ 董学文、荣伟编：《现代美学新维度》，北京大学出版社 1990 年版，第 328 页。

的存在上揭示出它的真实性质。贝尔的"有意味的形式",苏珊·朗格的"生命形式",杰姆逊的"内在形式",韦勒克的"材料"与"结构",杜夫海纳的"归纳性感性",所有这些观念都蕴藏着两个基本事实,艺术既是内容的又是形式的,艺术如席勒所说的是"形式的形式",同时艺术又是与人的智力、情感和意志相沟连、相伴随、相结合的。

这就告诉我们:第一,小说是一个整体,它不是内容和形式相加的东西,也就是说没有形式的小说,或者内容的小说,内容或形式都不能脱离整体得到单独的说明。第二,内容和形式不是对立的,它们的对立只出现在理论中,理论为了自身的方便或无法对这种统一加以有力的把握,便虚构了这种对立,但这并没有消除它们之间的对立,反而加深了这对范畴之间的矛盾。基于这种认识,巴赫金在论述陀思妥耶夫斯基的体裁特点、情节特点和语言特点时,韦勒克、沃伦在论述诗的意象、隐喻、象征和神话时,就没有将内容和形式分离,而仅仅从小说或诗的艺术特性上进行分析、理解和阐释。

现在让我们回到先锋小说的形式。

如果把先锋小说仅仅看成是形式文本,把先锋小说写作看成是与生命体验无关的行为,那就不能阐明先锋小说所呈现的全部丰富性,就不能揭示先锋小说产生的背景和根据,就不能解释先锋小说的变化、发展和连续性。几年前,我们把先锋小说看成是形式小说很不适应,现在我们把先锋小说不看成形式小说也很不适应,我们以为先锋小说的贡献和价值就在于形式。为了特别突出先锋小说对形式的专注、热情和信心,论者南帆将"先锋"的意义和价值称为"再叙事",他的"再叙事"包括:第一,抛开旧有的叙事成规,提出一套异于前人的叙事话语;第二,瓦解意识形态;第三,反抗权威话语;第四,语言的创世欢悦。① 但这种所谓的再叙事是文学史上一切真正具有创意的小说所共有的特征。为什么现代叙事学理论既可以分析普鲁斯特的《追忆逝水年华》(热奈特著),又可以分析都德的《金脑人的传说》

① 南帆:《再叙事:先锋小说的境地》,《文学评论》1993 年第 3 期。

(Entrevernes 小组著),还可以分析薄伽丘的《十日期谈》(托多罗夫著),一个重要的原因在于这些叙事作品遵循着叙事的基本规则,在一定程度上,这些作品都具有"再叙事"的特征。看不到先锋小说与传统小说的联系,我们就很容易将先锋小说作为文学史上的一次偶然事件,或者我们为理论的规定所域限,看不到先锋小说新的变化,乃至把这种变化当成先锋小说的终结,以为先锋小说除了形式的构造就无所事事了。如余华《在细雨中呼唤》发表之后,人们看到了对意义的某种回复。其实,先锋小说并没有违背自己的形式原则,只不过是人们狭隘地对待了先锋小说家所理解、所运用、所表现的艺术形式罢了。

那么先锋小说的形式究竟是一种什么形式呢?

先锋小说的形式是一种感知形式,是将现实或历史、个体或社会的事实转化为想象、虚构和幻觉所构成的独立自足世界的东西。它不能完全被视为纯技术或技巧的东西,否则我们就不会理解先锋小说为什么那么生气灌注、生机萌动、生趣盎然;它也不全是内容性的东西,我们只有在艺术形式中看不到内容才会看到形式。先锋小说的感知形式必须获得三个方面的认同才能实现。

第一,摆脱艺术和现实的对应关系。艺术是什么,很久以来,我们一直认为艺术是对现实的反映,艺术越是逼真地接近现实就越有价值,因为艺术的真实和生活的真实是等值的。然而是现实的就一定是艺术的吗?其实艺术和生活是完全不同的概念,萨特说:"艺术作品是一种非现实。"[①] 在他看来,现实在艺术中至多是一种物质性的存在,它并不构成艺术本身。在马尔库塞那里,艺术作品有了审美形式,"就摆脱了现实的无尽过程,获得了它本己的意味和真理"[②]。先锋小说结束了它和现实的对应关系,它不再对现实承诺什么,当然,在先锋小说中也还有现实,但它已被感知形式重新组织或处理,只剩下碎片、影子和痕迹,当现实不再以系统性(环境)和完整性(细节)发挥其作用时,现

---

① [法]萨特:《想象心理学》,褚朔维译,光明日报出版社 1988 年版,第 284 页。
② [美]马尔库塞:《审美之维》,李小兵译,生活·读书·新知三联书店 1989 年版,第 211 页。

实的功能就受到极大的削弱。如性爱、命案、暴力经常出现在先锋小说中，但它们并不能构成现实本身，甚至连构成背景也不可能。

第二，走向精神领域。当现实在先锋小说中彻底崩溃之后，先锋作家不得不回到个体，回到精神领域。他们以为现实以及由此而产生的经验越来越疏远精神的本质，导致了文学想象力的萎缩，他们呼唤着文学想象力的解放，而想象力的解放不在现实，不在历史，而在人的精神。先锋作家所说的精神不是某种形而上或终极关怀的东西，而是一种对世界的感知结构，感知方式或抽象方式。他们从罗伯-格里耶、卡夫卡、博尔赫斯等大师那里获得了建立文学世界的方式与方法，从他们自身对文学的领悟和写作经验获得了变革文学现实的冲动和力量。余华说，"人只有进入广阔的精神领域才能真正体会世界的无边无际"，"对任何个体来说，真实的存在只能是他的精神"，"在人的精神世界里，一切常识提供的价值都开始摇摇欲坠，一切旧有的事物都将获得新的意义"①。孙甘露也看到了文学与现实的错位，并且似乎也悟到了文学的真谛所在，"这个世界与现实世界不是处处对应的，在更多的时刻，它的空间和时间是归宿于纯精神领域的"。苏童、残雪、余华、孙甘露等的大部分作品简直就是一次次精神的漫游。

第三，现实的形式化。如何看待先锋小说中的现实，是理解先锋小说的关键，按照阅读习惯，先锋小说中的现实仍然存在，但它已不构成现实性。《十八岁出门远行》并不是要告诉你一个关于偷盗的故事，《一九三四年的逃亡》也不是想告诉你一个关于逃亡的故事，同样，《信使之函》也不是想讲信使送信的故事。余华所展示的是关于偷盗的一种思维方式，苏童所展示的是关于逃亡的一种想象过程，而孙甘露所展示的是关于送信的种种呓语、谵语和偈语。总之，他们不想凭借故事来揭示某个深刻的主题，而是试图以叙事话语来体现对"偷盗"、"逃亡"、"送信"种种事件的驾驭或实现能力，叙事、语言和技巧与小说中的偷盗、逃亡、送信已相互同化了。所以，小说中的现实仅仅是小说中的现实，从这个意义上讲，在小说之外，没有现实。

---

① 余华：《虚伪的作品》，《上海文论》1989 年第 5 期。

那么如何处置现实或内容呢？

一般来说，先锋作家采用了如下一些手段：首先，改变现实与形式的关系，文学中的现实只对形式负责，不是现实支配着形式，而是形式支配着现实，也就是说，现实展开的程度不是内容决定的，而是形式赋予的；其次，将现实还原到现象的水平，剥离现实的因果逻辑联系，使现实处于一种孤立境地，现实之间不仅不能相互说明，而且也不能自身说明，如马原的《冈底斯的诱惑》中就讲了猎手穷布的故事，陆高和姚亮的故事，顿珠和顿月的故事，各个故事之间没有逻辑联系，它们是完全独立的，马原就试图以故事片拼合阻止对"意思"的追问；再次，将现实压缩或变形，现实在先锋小说中被严格控制，或者成为一条若有若无的线索贯穿在小说中，或者给予极端夸张、歪曲和变形，从而突破了现实性原宥，残雪和余华就是这种手段的出色代表。经过这种种对现实的改造和处理，现实已面目全非，现实成为一种形式化的现实。经过对现实的这样一番苦心经营，先锋作家就可以随心所欲地去想象、虚构和幻想了。此时，"个人可以任意创造某种崭新的玩意，创造一种与内容不相关的技法，或者没有内容的技法。就是说，创造出没有内容的形式"。马尔库塞所说的"没有内容的形式"，说的就是"形式成为内容，内容成为形式"的东西，他引述过尼采《强力意志》中的一句话："包容我们生活的内容，此时，已成为某种纯属形式的东西。"①

三

无中生有，或有中生无，是先锋小说的全部秘密。由此我们可以了解先锋作家对小说的一般性看法，也可以了解先锋小说的一般特征。韦勒克、沃伦曾将文学的特征界定为"虚构性"、"创造性"、"想象性"②，这确实切中了文学的要旨，但他们并没有区分这三者的不同，

---

① ［美］马尔库塞：《审美之维》，李小兵译，生活·读书·新知三联书店1989年版，第234—235页。

② ［美］韦勒克、沃伦：《文学原理》，刘象愚等译，生活·读书·新知三联书店1984年版，第14页。

而且在文学中的虚构、想象本身就是创造的,因此把这三者并列起来并不严格。华滋华斯谈到诗人的六种能力,其中两种就涉及创造力,即想象、幻想、虚构,特别值得注意的是他还区分了想象和幻想的差异。柯勒律治不仅区分了想象和幻想的不同,而且还确立了想象在诗中的灵魂地位。① 这种地位在萨特和柯林伍德那里得到了心理学和哲学的进一步说明与阐释。当然先锋小说首先关注的并不是理论,而是小说的历史和小说的现实,他们是从小说的历史中获得对小说的现实变革的启示的,这种启示首先表现在观念、思维方式和感知形式上。余华说,他写出《十八风出门远行》,感受到一种从未有过的思维方式,这种思维方式是对被大众肯定的思维方式的怀疑、否定和脱离。孙甘露也认为,不同的时代有不同的艺术形式,作为小说家的困难不在别的,甚至也不在语言,而在于“能不能找到与之相应的知觉结构”。马原也好,苏童也好,他们的价值不在于他们通过小说表现了生活中深刻的东西,而在于他们通过小说发现了观察、理解和感悟生活的感知方式,即再一次向人们揭示想象、幻觉和虚构对小说的价值和意义。

想象

想象(imagination),在休谟那里,想象是观念的复现方式,当某个印象出现于心中之后,它又作为观念复现于心中,这种复现有两种不同的方式:一种是记忆(memory),另一种是想象。虽然想象不受原始印象的束缚,甚至想象可以自由地移置和改变它的观念②,但它和原始保持着存在关系。可到了柯林伍德那里,“想象到的物体、情境或事件,都是一些既不必是真实的也不必是不真实的东西”③,也就是说真实与否的问题不是想象所必须恪守的原则。这为先锋小说摆脱它与现实的反映关系,极大地解放想象力提供了有力的说明,小说可以是现实的,也可以不是现实的,但它必须是想象的。

---

① 伍蠡甫主编:《西方文论选》(下册),上海译文出版社1979年版,第19—22页。
② [英]休谟:《人性论》(上册),关文运译,商务印书馆1983年版,第20—21页。
③ [英]柯林伍德:《艺术原理》,王至元、陈华中译,中国社会科学出版社1985年版,第140页。

先锋小说的想象主要表现在三个方面。

第一，相似，即通过比喻实现意象之间的联系。"从我家门前到黄泥大路留下了狗崽的脚印，逶迤起伏，心事重重，十根脚趾很像十颗悲伤的蚕豆。""陈文治干瘪如柴的身子在两名丫环的扶持下如同暴风雨中的苍鹭，纹丝不动。"（苏童《一九三四年的逃亡》）"那一把钥匙，它的颜色与此刻窗外的阳光近似。它那不规则起伏的齿条，让他无端地想象出某一条凹凸艰难的路，或许他会走到这条路上去。""钟声像黑暗里突然闪亮的灯光。""火化场那高高的烟囱让人感到是那条长长的泥路突然矗起。"（余华《四月三日事件》）"房舍起的飞檐峥嵘怪诞，仿佛一群凌空欲飞的蝙蝠在那里栖息。""那尊暗红色的灵柩被水珠浇得锃亮，犹如一只舢板在河面上滑行。""一道道灰褐色的墙影在树林边重重叠叠，宛若一群黑色的鸽子栖息在浓重的夜幕之中。"（格非《锦瑟》）"我们结婚的那天他的脸上紫涨成了黑色，红鼻头你蜡烛一样又硬又光。"（残雪《阿梅在一个太阳天里的愁思》）这类想象所摄取的是两个意象之间的相似之处，在声色味形联类取譬，互织经纬，它已消弭了两个意象之间所可能发生的象征隐喻功能，阻碍着意象滑向意义的深不可测的渊薮，而只是拓展着意象在鲜明、生动、形象的感生层面上的空间范围。

第二，变形，它已不再遵循着意象之间的相似性，而通过夸张赋予某个意象以新的特性。"蒋氏干瘦的胴体在诞生生命前后变得丰硕美丽，像一株被曝光放大的野菊花尽情燃烧。""狗崽发现他爹是一只烟囱在城里升起来了，娘一点也看不见烟囱啊。"（苏童《一九三四年的逃亡》）"他觉得自己在张亮的目光中似乎是一块无聊的天花板。"（余华《现实一种》）"太阳刺得我头昏眼花，每一块石子都闪动着白色的小火苗。"（残雪《山上的小屋》）"女人像一滩墨渍一样卧在反射出酒店暗绿色灯光的地上。她软软腰肢扭动了一下双手撑着地面，浑身的筋络像杯子里盛满的水一样晃浮着。"（格非《褐色鸟群》）这种句子大量出现在先锋小说的抒写之中，一个意象和另一意象之所以取得某种联系，并不是因为它们的外在相似性，而是以某一个意象的特性来替代、说明、形容、丰富另一个意象的特性。胴体和野菊花，人和烟囱，无论如何是很难组合在一起的,先锋小说硬是突破了相似和相通的限制,把人们的想象力从惯常的思维中解放出来,获得了一种随意的、任意的连接,向人们提供了一种全新的、完全陌生的艺术经验。

　　第三,分离,笔者不敢说这是先锋小说所独有的试验,但这也许是先锋作家自鸣得意的试验,在这里已不存在意象的对等性和均衡性,一般来说,这类想象只有一个物象,而它的另一端或想象的对象,或想象的结果以一种虚无的存在出现;这是一种主观对客观的强行渗透和切入,其结果是想象对象和想象的产物的分离。分离是完全人为的、荒诞的、个体性的,是对变形的进一步发展。苏童十分擅长进行这种分离,"一九三四年迸发出强壮的紫色光芒圈住我的思绪",一九三四年是无论如何也不能跟强壮的紫色光圈联系在一起的,没有理由,没有线索,没有途径,但苏童居然冒险地将它们组合在一起,而且是成功地将它们联系在一起,这种经验是不能在他人的经验中得到证实的,苏童不管人们是否具有这种经验,也不管人们是否能够获得这种经验,他所能做的就是表现这种想象的经验。这类例子还有很多,如"有时候在风中看见杨泊裸露的苍白的脚趾,你会想起某种生存的状态和意义"(《已婚男人杨泊》)。"他(狗崽)的血液以枫杨树乡村的形式在腹部以下左冲右突","狗崽接过刀的时候触摸了刀上古怪而富有刺激的城市气息"。孙甘露是这种分离的极端冒险家,他不只是一般性的试验,这种想象甚至成了他基本的创作方法。这种方法在《信使之函》中得到了无以复加的表演:"信是纯朴情怀的伤感的流亡。""信是私下里对典籍的公开模仿。""信是自我扮演的陌生人的一次陌生化的外化旅行。""信是情人间一次隔墙问候。""信是一次温柔而虚假的沉默。"孙甘露一口气写了62个"信是……"句式,主词与宾词之间已不存在任何逻辑或因果联系,内在或外在联系,感性或理性联系,它是宾词对主词的想象性的强行造访,不可理喻,毋庸置疑,不可抗拒。

　　从上文的分析可见,先锋小说的想象具有浪漫气质和暴力倾向。笔者说先锋作家具有浪漫气质人们可能会大吃一惊,因为在人们看来,浪漫主义文学是一种十分遥远的文学,是被抛弃和被遗忘的文学,是被现代主义文学所嘲笑的文学,是被后现代主义文学所不予理睬的文学，怎么会具有浪漫气质呢？笔者之所以说先锋小说家具有这种气质，是因为他们的想象所体现出来的对事物的热情、专注与意志。华兹华斯曾这样解释诗人："他是一个人，比一般人具有更敏锐的感受性，具有更多的热情和温情，他更了解人的本性，而且有着更开阔的灵魂；他喜欢自己的热情和意志，内在的活力使他比别人快乐得多；他高兴观察宇宙现象中相似的热情和意志，并且习惯于在没有找到它们的地方自己去创造。除了这些特点以外，他还有一种气质，比别人更容易被不在眼前的事物所感动，仿佛这些事物都在他的面前似的；他还有一种能力，能从自己心中唤起热情，这种热情与现实事件所激起的很不一样，但是比别人只由于心灵活动而感到的热情，则更像现实事件所激起的热情。"① 先锋作家就是这样的诗人，他们是这样执着于自己的内心世界，或者借着想象将现实转化为内心世界，在这个日益物质化的时代，他们保持着对虚无和永恒的热忱。这表明先锋作家并没有彻底绝望或堕落，他们是仍然怀抱着也许是不合时宜的梦想的诗人。所以说中国的先锋作家比任何其他国家的作家面临着更为复杂的文学环境，他们继承或反叛的东西是一样多。

先锋小说的暴力倾向指的是想象力对想象的对象所施加的强迫力，它不考虑想象事件、情境或意象是否具有如此这般的特征、属性，而只是单方面地将想象的热情和意志倾泻出来，如前文所列举的孙甘露、苏童的例子。这表明先锋小说的想象出现重大转移，想象物不再是小说的中心，因为想象的目的并非要挖掘或突现想象物潜在的意义，想象借助它自身的力量构成了对想象物的戏拟，于是一个新的现实，想象的现实就成了先锋小说苦心孤诣追逐的境界；先锋作家竞相献技，他们将人们所熟谙的事物如山川草木、日月星辰，花鸟虫鱼等几乎重新想象了一遍，但这无意于重新说明或阐释事物新的特性，只是利用该事物之后就把它扔掉了，由此，笔者想到了维特根斯坦的比喻，他说，他的命题就是可以利用又必须抛掉的梯子，而且这些命题也是没有意义的。所以事物成为想象的手段，

---

① 伍蠡甫主编：《西方文论选》（下册），上海译文出版社 1979 年版，第 11—12 页。

想象借助事物完成了一次狂热的自恋。

幻觉

幻觉，英文为 illusion，冈布里奇在其巨著 *Art and Illusion* 中亦用 hallucinations 或 phantoms，但冈布里奇关于幻觉的概念是含混的。在一种意义上，一切艺术都是虚幻的；在另一种意义上，某些作品就并非虚幻的。[①] 显然，这是对一切艺术而言的。不过，如果说先锋小说是虚幻的艺术，那也是符合实际情形的，并不会引起多大的混乱和争议。如果我们对哲学家的探讨心存芥蒂，不妨看看剑桥大学的心理学家的论述，R. L. 格列高里（Gregory）认为：第一，幻觉也是一种感觉，它可以是视觉的、听觉的，也可以是嗅觉的、触觉的，幻想能把几种感觉结合在一起；第二，经验完全与现实脱节是幻觉，幻觉很像是梦；第三，感觉世界与幻觉世界看起来是同样真实的，甚至幻觉世界会比真实世界还占优势。[②] 幻觉在先锋作家那里被大量运用，乃至构成了他们小说的基本的感知世界的方式，如残雪、余华、孙甘露、苏童等都能驾轻就熟地表现。现在笔者要解决的问题是：第一，先锋小说幻觉的界限；第二，先锋小说幻觉的实现。

幻觉是一种感觉，想象也是一种感觉，如何区分幻觉和想象的不同呢？华兹华斯认为，幻觉激发和诱导我们天性的暂时部分，而想象激发和支持我们天性的永久部分，但仅仅从感觉的有限性和无限性来区分幻觉和想象是困难的。笔者认为，还是应该从感觉对经验的依赖程度来界定，或者从感觉对经验的变态表现来界定。前文已经指出，想象有对象及其结果，有一个从 A 到 B 的过程，也就是说，想象对经验具有一定程度的依赖性；而幻觉则不同，它可以不依赖现实经验而形成一种整体的、变态的感觉。也许，现实经验对幻觉只是具有发生学上的意义；在幻觉过程中，现实经验仅仅是幻觉的一个结果或对象。

---

① 参见 V. C. 奥尔德里奇《艺术哲学》，程孟辉译，中国社会科学出版社 1986 年版，第 21 页。

② ［英］R. L. 格列高里：《视觉心理学》，彭聃龄等译，北京师范大学出版社 1986 年版，第 118—119 页。

在《四月三日事件》中，主人公恐惧地预感到会发生一种"四月三日事件"，这种莫须有的事件像蛇蝎一样噬咬着他，他无端地怀疑着每一个人，包括行人、同学、女友，甚至她的父母，他们的每一个眼神、每一个微笑、每一句低语、每一个行动都构成了对他的绝对阴谋，这阴谋的根据、目的、方式和结果他不得而知，也就是说，阴谋并不构成他的现实性，没有来由，只不过是他的某种臆想或幻觉。这种对现实的整体感受一经形成，所有的经验就不再是现实的经验，而是幻觉化了的经验；不是经验导致幻觉，而是幻觉将经验变态化了。我们可以在余华的《十八岁出门远行》、《西北风呼啸的中午》、《萤火虫》看到这种幻觉的最初形态，在《河边的错误》、《现实一种》和《世事如烟》中看到这种幻觉的进一步发展。对残雪而言，她似乎没有这个过程，从一开始就形成了对这个世界的稳固的幻觉，《苍老的浮云》、《公牛》、《山上的小屋》、《旷野里》、《阿梅在一个太阳天里的愁思》、《我在那个世界里的事情》都是幻觉的产物。在《公牛》中，"我从墙上的大镜子里看见窗口闪过一道紫光"，"我推开门，看见它圆浑的屁股。它已经过去了，它的背影嵌着一道紫色的宽边"。不是公牛使"她"产生了这种幻觉，而是幻觉把公牛变成了一道紫光。幻觉改变了人物对世界的看法，所谓见山不是山，见水不是水，一切都是幻觉："夜里，你有没有发现这屋里涨起水来？我的头发一定在雨水泡过一夜了，你看，到现在发根还在往外渗水呢。""老关像猫一样从内房里溜出来，身上披着那件千疮百孔的姜黄色毛衣。""我照了照镜子，发现自己白发苍苍，眼角流着绿色的眼屎。""在窗玻璃上，看见我的头发大束大束地脱落在梳齿间。"残雪在这里基本上使用的是一种近乎白描的手法，为什么我们会产生与传统的白描手法大相径庭的感觉？为什么我们对相当熟悉的经验感到从未有过的陌生？其奥秘就在于残雪将现实的经验作了幻觉的处理，不是局部的、细节的、偶然的点缀，而是全面的、整体的幻觉化。

当这种对经验的整体幻觉一旦形成，整个小说的形态就会发生重大改变。小说的意象、知觉、想象、联想、记忆、语言等会在幻觉化的过程中重新进行组合；而且这种组合不会与幻觉发生风格上的抵牾，它们会相当和谐地统一起来，相互说明、相互映衬，形成艺术品所特有的张力。在残雪、余华的小说中，存在着一种和现实的对立关系，由此而导致怀疑、否定和批判的基调，他们的幻觉就此张开它无边无际的想象翅膀。就让我们来看看《山上的小屋》，小说中的"我"固执地以为，在"我"家屋后的小山上，有一座小木屋。"我"有两大嗜好，每天在家中清理抽屉；不清理抽屉时，就听北风呼啸和狼的嗥叫。"我"还有很多奇怪的幻觉，很多小偷在"我"房子周围徘徊，许多大老鼠在风中狂奔，母亲和父亲的鼾声格外沉重，震得瓶瓶罐罐在碗柜里跳跃起来。"我"的这些奇思异想得不到家人的证实、理解，反而因此受到家人的漠视或敌视，母亲的笑容是虚伪的，父亲的眼是狼眼，小妹妹的目光是直勾勾的。他们清理"我"的抽屉，把"我"心爱的死蜻蜓和死蛾子全扔到地上，他们无数次把"我"的一盒围棋埋在水井边上，他们把"我"的种种怪癖行为视为一种病症。由此导致"我"和家人的关系的紧张或对立，"我"用狼嗥故意吓唬小妹妹，母亲在隔壁房里走来走去，弄得踏踏作响，使"我"胡思乱想，无法清理抽屉；母亲甚至要弄断"我"的胳膊，因为"我"开关抽屉的声音使她发狂。这种幻觉的真实比现实的真实更尖锐地刺激着读者，有人说读残雪的小说如同行走在下水道里，下水道意味着肮脏、阴暗和潮湿，残雪的小说就荟萃着世界的全部丑恶，读她的小说需要极大的承受力，那些害怕面对真实的人对她敬而远之，拒绝阅读。与其说残雪对人物有一种丑恶感，不如说她对人物有一种丑恶意识，一种"下水道"意识，这种意识贯穿在对人物各个层次的理解上。外貌："他（大狗）茫然地瞪着一对灰不灰白不白的眼珠看着我，挖了几下鼻孔，飞快地溜出院子。""母亲一年四季总是系着那条黑黑的围裙，有时候早上脸也不洗，眼睛总是肿得像个蒜包。""我们结婚那天他脸上紫疱涨成了黑色，红鼻头像蜡烛一样又硬又光，他的又短又小的身体紧紧地裹在新衣服里面，让人看了有一种很伤心的想法。"（《阿梅在一个太阳天里的愁思》）动作："这几天中，丈夫每每将那东西拿在手中玩弄，还在睡觉的时候将橡皮管含在口中咀嚼。"（《旷野里》）"我的一个小兄弟已用半只眼睛偷偷地打量我好几次了，还在喝汤时悄悄朝我碗里放进一粒老鼠屎来试探。"(《天窗》)语言:"'我生下来便被扔在尿桶。因为被尿泡过,长大起来,我的眼珠老往外鼓,脖子软绵绵的,脑袋肿得像个球。我在有毒的空气里呼吸了半辈子,肋骨早被结核杆菌啃空了。'"(《天窗》)"'你看'他朝我露出他的黑牙,'这里面就像一些田鼠洞'。"(《公牛》)这种从内而外的叙述几乎就是白描,白描是现实主义小说的基本表现手法,奇怪的是它没有把人们导向现实,而是一个非现实的世界,一个幻觉的世界,由于它直指人的内心,因而这个世界就使真实世界更加真实。

虚构

虚构(fiction),在西方是小说的同义语,韦勒克、沃伦就将虚构作为文学的核心性质。在很长一段时间,我们将生活的真实与文学的真实等量齐观,忽视了文学的虚构品质。在这里,笔者无意于以先锋小说为例来说明文学和虚构性质,笔者只想谈谈虚构在先锋小说中的独特功能。先锋小说苦心孤诣模糊现实与文学、真实与虚构的界限,你无法判断哪些是真实的,哪些是假定的,哪些是可以相信的,哪些是不可相信的,也许这种努力只不过恢复了文学的虚构性质,但它对修正人们的文学观念,以改善并保持人们对文学的真实关系所产生的影响是巨大的。

首先进行这种卓有成效的革命的无疑是马原,他的《虚构》已作为先锋小说的经典被批评家们广泛而持久地阐释,这篇小说的主要贡献表现在:第一,文学是被虚构、杜撰或构造出来的;第二,现实与虚构之间没有界限,现实可以是虚构的,虚构可以是现实的;第三,现实性只有在虚构中才能体现出来。随后,残雪写了《黄泥街》,洪峰写了《极地之侧》,格非写了《褐色鸟群》,孙甘露写了《请女人猜谜》,李晓写了《相会在K市》,潘军写了《流动的沙滩》,这类小说还可以列举很多。

自从马原将偶然事件置于小说的核心位置之后,先锋作家对偶然事件日益重视起来,也许这与他们所理解的生活有关。生活常常不是必然事件组成的,在很多时候是偶然事件决定了生活的性质、方向和结果,历史往往是被某个人或某件事所操纵的;作家是一个有限的个体,而他所描写的对象又常常是无限的,作家可以了解某个事件的真相,但他无力了解全部事件的真相,对他无力了解的那一部分他只能虚构。罗伯-格里耶说,"自从认为真实民办包含偶发事件之后,小说家就经常处于虚构世界的状态,而不再是再现世界了。虚构世界,就是说小说家在用语言创造(虚构)世界了"①。

下面让我们来看看先锋小说的三种虚构。第一,现实的虚构。从现实与文学的关系而言,它们之间是肯定或否定的关系,《虚构》中的玛曲村,在小说中是真实的,在现实中是虚构的,也就是说,真实一旦超出了小说的域限就是虚假的了。《黄泥街》中的黄泥街也如此。"我"非常真切地记得有一条黄泥街,我去找它,但我始终不曾找到它,也许它只是一个梦,一个影。《山上的小屋》中"我"相信在"我"家后山有一座小屋,"我"几次三番去找它,可"我"就是找不到它。这种虚构在以前的中国小说中是没有的,它的出现瓦解了真实与现实的关系,让小说回到小说的状态,阻止了现实在小说中的定位,从而让小说自身的价值突出出来。第二,人物的虚构。这个人物指的是生活中的真实人物,先锋小说中出现了大量的现实中的人,如《虚构》中的马原,《极地之侧》中的洪峰、马原、迟子建,《褐色鸟群》中的格非、李劼,这些人物在现实性上,是真实的,但一旦进入小说,就变成了一个虚构的人物,这些小说在现实性上利用了我们,又在真实性上戏弄了我们,是不可也不必认真追究的。由此我们却发现它造成了一种新的审美感受,非真非假,亦真亦假的审美体验,这种体验是以前的作品中所没有过的。第三,文本虚构。即先锋小说中的文本设置,自从马原在《冈底斯的诱惑》中提到了《海边也是一个世界》,在《叠纸鹞的三种方法》中提到《拉萨河女神》后,就有了文本中的文本。发展到后来,这文本中的文本就已不限于提一提了,而是成为小说中一个重要的组成部分。如《请女人猜谜》中的《眺望时间消逝》,《岛屿》中的《岛屿》,《仿佛》和《我是少年酒坛子》中的《米酒之乡》(以上孙甘露著),《相会在K市》中的《相会在K市》,

---

① 崔道怡编:《"冰山"理论:对话与潜对话》(下册),中国工人出版社1987年版,第529页。

《流动的沙滩》中的《流动的沙滩》。这种文本和文本中的文本的关系也有一个和虚构的关系的问题，如果我们确定文本是真实的，那么文本中的文本就成了虚构的了，因为这种虚构贯穿在整个文本的写作过程之中，所以文本有赖于文本中的文本了，反之文本中的文本也有赖于文本。由此，先锋小说在自身系统内构成了一种互文性文本，这就极大地提升了小说作为文本的形式价值。

由此可见，小说中的真实和生活中的真实是不同的真实：一种是小说中的真，现实中的假；一种是小说中的假，现实中的真。当真真假假在一起时，便假作真时真亦假了。那么，如何看待先锋小说中的虚构呢？笔者以为，只要是小说中存在的，就是真的；当然，这种"真"不是现实意义上的"真"；所以，无论是真实的还是虚构的，只要出现在小说中并被赋予了一种形式，那就是真的。

四

先锋小说形式革命是中国文学史上一次彻底的文学革命，它对人们的思想、观念、思维方式乃至生活方式的影响比人们想象的要丰富得多，这不仅在于它完成了对传统小说形式的创造性的转向，而且把它纳入整个世界文化的潮流之中。我们不能设想一个正以加速度向整个世界经济融合与交流的中的市场体制，其意识形态仍然在传统的框架内裹足不前，当然在这种融合中它会本能地坚执着自身的某些特殊性的东西，这种特殊性就是由先锋小说的本源的现实和先锋作家所操持的观念合力构成的。

也许有一种象牙塔的艺术，先锋小说不是，它总是保持着与社会、与现实的这种或那种联系，并以艺术的方式表现着、针砭着、抵抗着现实；它拒绝现实对它的颐指气使，而在追求丰富性、复杂性的同时坚执着自身的独立性。这种独立性的获得当然与我们时代的变化有关，我们这个时代是经济轴心时代，其他一切包括文艺都处于服从或服务的位置，这就规定了文艺所扮演的边缘性角色。这个时代是按照商品经济原则或规律重新组织起来的，由此而导致人们的道德观念、价值观念、生活方式、语言习惯的再度组合或调整，从某种角度而言，我们的困窘、矛盾和痛苦都与这个商品社会有关。作为社会神经的作家便是这困窘、矛盾和痛苦的集中承载者、体现者和传达者。初看起来,这个商品社会运行不久,先锋和一种神性来抗拒着物质性,先锋小说以想象、幻觉和虚构所构成的世界来抵御现实世界,到了这种物质性取得巨大成果,并且日益侵染着人们的精神结构时,作家队伍便遭到空前瓦解。即使是先锋小说的肇始者马原也开始心存疑窦了:"在进行商品性文艺时代之后,原有的纯文学概念还能通行多久?如果不改弦更张,我们还能把这碗饭吃下去吗?"①

但是,如果从发生学结构主义角度进一步考察先锋小说的话,上述某些观点或概念,比如神性或抵抗就会受到修正。其实,先锋小说与我们社会的关系,不是异质关系,不是矛盾关系,而是同构关系。先锋小说并不是我们时代的异端,它的叙事不过是对现实嬗变的艺术回响,它的感知形式是对现实的天才的想象性戏仿,并在与现实的协调中真正与现实融为一体。

首先必须确立我们这个时代的特征,我们这个时代是为经济规律所组织控制的时代,物质指数,物质的数量和质量,技术的日益高级、精密和尖端已成为整个社会机制动作的动力或力量。由此而形成对现代化的渴望和集体意识以及与此相应的对豪华、舒适生活向往的个体意识。物质在丰富社会的同时也在改变人们的观念,它以前所未有的高速度在发展,并充斥着生活的每一个角落。孙甘露在《忆秦娥》中写道:"一个巨大的梦幻的时代已经结束了,精神中的某些东西已死灭,我将进入一个物质的真空,它为一系列繁华的幻象所组成,各种器械——军械和手术器械,极度的尖端,造价高昂、冰冷、精致而且无菌。"这是一个趋向于豪华的、技术化的物质社会。

先锋作家已敏锐地意识到了社会结构的变化会导致文艺的变化,孙甘露说:"社会变化和艺术形式的变化是相互联系着的,这是历史所揭示的。"② 那么,这个物化社会对小说的叙事意识产生了什么影响

---

① 马原:《小说百窘》,《文艺争鸣》1992 年第 2 期。
② 孙甘露:《〈呼吸〉·跋》,花城出版社 1993 年版。

呢？吕西安·戈德曼曾指出：第一，小说创作"愈来愈受到物化社会的威胁"；第二，"小说形式实际上是在市场生产所产生的个人主义社会里日常生活在文学方面的搬移"；第三，小说结构与社会经济结构"具有严格的同源性"。① 所谓"威胁"，说的是一种影响，所谓"搬移"，说的是一种表现形式，而结构的"同源性"才是问题的关键。那么，这种同源性表现在哪里呢？戈德曼说："集体的思想和个人的重要的文学、哲学、神学等创作之间的关系，不在内容的一致，而是在一种更为深刻的一致，即结构的同源性，这种同源性可以由集体意识的真实内容截然不同的、虚构的内容表现出来。"② 可见，"虚构的内容"是社会的集体意识与小说的叙事意识的同源性所在。"虚构的内容"笔者在前文已分析了它的转换过程及表现形态，作为先锋小说的感知形式，它是终极的、中心价值（卡理斯玛 Charisma）丧失之后，存留在文本中的形式、技巧和叙事，它没有所指，只是能指间的随意滑行、语词上的精雕细琢。结构上的殚精竭虑，想象上的惨淡经营，手法上的苦心孤诣，不过是叙事意识的觉醒或物的涌现。所以说，先锋作家不是用一种神性来抗拒物质性，而是在以一种物质性应和并加入另一个物质性，这也就是许多先锋作家快乐地响应"海马集团"的召唤，快乐地接受张艺谋的邀请（苏童、格非、须兰、赵玫等同时创作电影剧本《武则天》）的缘故。因为他们的叙事行为与物质生产活动是完全一致的。

促进先锋小说从内容向形式转变的另一因素，是先锋作家的文学观念的转变，那就是重新理解真实。

在 1989 年第 5 期的《上海文论》上，余华发表了一篇著名的文章，就是笔者曾经提到过的《虚伪的作品》（以下所引若不注明，均出自该文），显然这篇文章受到罗伯-格里耶的重大影响，尽管在理论和逻辑上存在明显的纰漏，但它仍然可以被视为先锋作家近年来创作

---

① ［法］吕西安·戈德曼：《论小说的社会学》，吴岳添译，中国社会科学出版社 1988 年版，第 11—17 页。

② 同上书，第 14 页。

活动的一次强有力的理论总结或宣言,而且,笔者还认为这篇文章集中代表了先锋作家对真实的重新理解及其理解的深度。

对常识的怀疑触发了余华对真实概念的思考。在他看来,我们所理解的真实是新闻记者眼中的真实,这种真实观所追求的实际上是日常经验的实在性,而经验只对实际的事物负责;我们对待经验的方法是科学的方法,我们对待经验的态度是实事求是的态度或就事论事的态度。然而我们并不因此更为接近真实,我们获得的只是某个事物的外貌,而其内在的广阔的含义一直昏睡不醒。由此余华将他的怀疑的目光推移到现实生活,在他看来,生活也是不真实的,生活事实上是真假混杂的,是不值得信任的。因为"生活对任何一个人都无法客观,生活只有脱离我们的意志独立存在时,它的真实才切实可信。而人的意志一旦投入生活,诚然生活中某些事实让人明白一些什么,但上当受骗的可能也同时呈现了"。余华的结论是:日常经验窒息了作家的想象力,疏远了精神的本质,真实的含义被曲解了;现实生活由于主观意志的骚扰也远离真实。那么,究竟什么是真实呢?

精神的真实。人的精神是一片虚无的存在,它不具有任何实在的物质属性,然而在艺术中它具有神奇的转化事物的功能。对于事物或经验,它能记忆、联想、扭曲或改变,按照自身的目的、需要和方式重新组织它,其最大的优势在于它能突破现实的时间和空间的禁锢,进行无边无际的自由漫游。"在那里,时间固有的意义被取消。十年前的往事可以排列在五年前的往事之后,然后再引出六年前的往事。同样这三件往事,在另一种环境时间里再度回想时,它们又将重新组合,从而展开其新的含义。时间的顺序在一片宁静里随意变化。生与死的界限也开始模糊不清,对于在现实中死去的人,只要记住他们,他们便依然活着。另一些人尽管继续在现实中,可是对他们的遗忘也就意味着他们已经死亡。"此时,人的精神仿佛上帝一般,它创生的万事万物,不受现实的约束和检验,只要它存在着、苏醒着、活跃着、流动着,它就是真实的。在人的精神领域里,所有实在的事物被重新命名,诸如街道、房屋、茶杯、早餐假使仅仅停留在大众的经验上,它的新的意义就会被遮蔽,只有把事物现存的秩序破坏掉,纳入到精神的领域接受新的命名和组合，一种崭新的，从未被揭示的意蕴才能呈现出来，此时才谈得上接近真实。

在这种真实观看驱使下，余华写出了他的《一九八六年》、《河边的错误》和《现实一种》。孙甘露写了《访问梦境》、《仿佛》、《岛屿》。苏童写了《飞跃我的枫杨树村》、《罂粟之家》、《一九三四年的逃亡》。在这里笔者想特别提提吴亮的《在第七页》，这篇小说讲了一个很荒诞、很魔幻的故事。"我"在晚饭后读一本名为《城市的沉没》的书，可"我"花了六个多小时才读到第七页。"我"累了不想再看下去，就用一只犀牛"镇纸"往书上一压。"我"发现犀牛头部有一个小红点，仿佛殷红的血，凑近一看，又仿佛烛蜡。"我"疑心是灯泡的缘故，用手一摸，就有热乎乎的类似熔蜡的东西粘在手指上，当"我"再次摸上去，那灯泡就碎了，手上的蜡马上结成厚痂。正在此时，一个老朋友闯进来，问"我"刚到你门前怎么灯就灭了，"我"说灯泡坏了，而且弄得一手蜡油。"我"伸出手，手上什么也没有，"我"开灯，灯不仅没碎居然亮了。"我"问："你来干什么?""我"有点尴尬，因为"我"大概是发生了错觉，于是想岔开话题："发生什么事啦? 这么晚了，怕有十二点了吧。"他答："你一点也不晓得?所有的房子都往下陷了。我来的时候路都辨认不出了。煤气管道、自来水管道、电缆、排水管和电话线全都浮上了地面，搁在马路中央。车是不能开了全停在房顶上。"……当我发现这番对白正是《城市的沉没》第七页所写的两段话时，"我"感到一阵悚然和惊恐。可以说，这篇小说讲的是人的精神世界的存在，吴亮用幻觉和一本虚构的书来瓦解现实，那些本来已经死去的事物如镇纸、灯泡、煤气管道、排水管、电缆和电话线——苏醒过来，在人的精神世界被重新命名和组建。如果脱离想象力，脱离了这种具有再生事物的感性和理性能力，它们就只是一堆僵死的、毫无意义的事物或实在，根本就无真实性可言。

先锋作家牢牢地抓住了这个被布勒东慨叹过的"可爱的想象力"以满足激情的宣泄和野心的张扬，在想象力的煽动下，余华会说，在夜间看到书桌在屋内走动，月光下一个死去的人在复活，在瓶盖拧紧的药瓶里药片会自动地跳将出来。缺乏想象力，文学便没有奇迹，度日如年,作家在一只茶杯面前只得忍气吞声。孙甘露声称,他对文学的感情是出于一种对冥想的热爱,他认为玄想是博尔赫斯小说的重要特征,是"博尔赫斯又将我的平凡的探索重新领回到感觉的空旷地带,迫使我再一次艰难地面对自己的整个阅历。"① 苏童也说,他"依靠梦想写作或生活,而《我的帝王生涯》则是一个梦想中的梦想",是"我的精神世界的一次心情漫游",而且他还特别告诫读者,"不要把《我的帝王生涯》当成历史小说来读",因为"考证典故和真实性会是我们双方的负担"。② 苏童所说的真实性就是事物的实在性,和孙甘露用冥想或玄想解放他的整个阅历一样,苏童是用梦想来解放历史或实在性,这种解放就是为了冲破经验的局限,获得一种崭新的文学视界,只有在这时"我们对真实的理解也就更为接近真实"。

五

马尔库塞说:"文学的革命性,只有在文学关心它自身的问题,只有把内容转化成形式时,才是富有意义的。"③ 先锋小说在获得它的艺术形式的同时也就完成了一次革命,这种革命不是在传统的框架内进行的,它以艺术形式的革新为己任,并对内容实施创造性的形式化改造,极大地改变了当代中国小说的面貌,它比此前的任何一次小说革命都更加彻底和深入。那么,这次革命带来了一些什么结果呢?下面,笔者就从作者—作品—读者这个系统来加以说明。

第一,对作家而言,就是反对本质主义。

何谓反本质主义?理查德·罗蒂认为,那种"放弃内在和外在,×(认识对象——引者注)的内在核心与边缘领域(由×与构成宇宙的其他事物之间的关系)之间的区别"的企图就是反本质主义。④

首先从本质说起。多少年来,我们对本质的认识一直处于黑格尔

---

① 孙甘露:《〈呼吸〉·跋》,花城出版社 1993 年版。
② 苏童:《〈我的帝王生涯〉·跋》,花城出版社 1993 年版。
③ [美] 马尔库塞:《审美之维》,李小兵译,生活·读书·新知三联书店 1989 年版,第206 页。
④ [美] 理查德·罗蒂:《后哲学文化》,黄勇译,上海译文出版社 1992 年版,第 141 页。

的巨大阴影的笼罩之下，在黑格尔那里，本质不是别的，本质就是关系，他说："本质的关系是事物表现其自身所采取的特定的完全普遍的方式。凡一切实在的事物都存在于关系之中，而这种关系乃是每一实在的真实性质，因此实际存在着的东西不是抽象的孤立的，而只是一个在他物之内的。"① 本质的他物就是现象，本质与现象作为内与外的关系是同一的，没有单纯的内，也没有单纯的外，事物的内就是事物的外，事物的外也就是事物的内。本质必然表现为现象，现象也都是表现本质的。透过现象去探寻、揭示事物的本质，是认识论对哲学所提出的最高要求；透过故事、情节去探寻、揭示事物的本质是认识论对文学所提出的最高要求。所谓本质主义文学，就是通过典型人物或性格与典型环境的关系，来揭示社会现实的本质或本质方面的文学。这是中国文学半个世纪以来所恪守的文学原则。

本质主义虚构了一个规律，它存在于历史和现实之中，当然也存在于反映历史和现实的文学之中；因此文学的目的或任务就是要披露真相，揭示规律。这个规律就是中心，它是权力的操纵者，话语的发言人。相对于历史和现实，文学是边缘；相对于社会内容，艺术形式是边缘，而边缘是受中心支配的，是话语的受动者。文学和艺术形式只是一种手段，它没有自身存在的价值和意义，它是依附性的、说明性的、工具性的。先锋小说以其创造性的感知形式解构了这个中心和边缘的神话。没有一般与个别、偶然与必然、内容与形式、理性与感性、典型与类型、正面与反面、崇高与卑鄙、灵魂与肉体……总之，没有本质与现象、中心与边缘，没有这种预设的二元关系。

先锋小说的所谓反本质主义，简而言之，就是反对一种关系，对作家来说，在创作中他在人物、事件和环境的设置上就不再依循所谓主要的和次要的、本质的和现象的、中心的和边缘的原则，只要是有利于书写、表达或想象的，就是可以进入文本的。

这首先表现在人物的典型性被拆散，它代表不了这个或那个阶层或集团，无法奔赴一个既定的目标，而与类型化相混同。人物无所谓

① ［德］黑格尔：《小逻辑》，贺麟译，商务印书馆1986年版，第246页。

正面人物和反面人物,不能进行价值判断。如刘沉草（苏童《罂粟之家》)、岫云和尔勇（叶兆言《枣树的故事》)、山冈和山峰（余华《现实一种》)、刘浪和马大（北村《施洗的河》),这些人物或丧尽天良,或胡作非为,或道德败坏,或疯狂变态,他们的所作所为不会引起你的爱或憎的情感波澜,你无须也无法对他们进行伦理评判,他们的性格、行为和语言是无法抽象为本质的,他们只是小说中的一个元素罢了。先锋小说中的事件不是为了说明、诠释人物的某种性格而存在的,因为事件与事件之间往往缺乏逻辑联系,它们不能构成一个整体或系统,如《冈底斯的诱惑》中的事件就是彼此独立、相互割裂的。一个事件不是为了说明、反衬、烘托另一个事件的本质或本质方面,事无巨细、事无大小、事无主次、事无轻重,谁能想到叶兆言居然可以在厕所上大做文章呢?先锋小说的环境也弃置了典型性,只是小说中一个微弱的时代表征,它们已不对人物产生影响,表现出一种功能性的转移,如《一九三四年的逃亡》中的一九三四年,它启示或限制了作者对一九三四年的想象,以避免发生一些常识性的错误。如此而已。总之,先锋小说所呈现的一切只是一个浑然无判的现象世界,正如杰姆逊所说,这个"现象后面也没有隐藏什么本质,整个世界就是一堆作品、文本"[1]。

反对本质主义,使先锋作家是以摆脱一个预设的观念的纠缠,并为这种纠缠付出非小说的代价。现在他们可以轻松地、自由地、放肆地去梦想、写作和生活了。

第二,对作品而言,就是确立叙事在小说中的核心位置。

首先说说消解文学认识论,消解文学论文与反对本质主义是密切相关的。认识,作为一种严格的科学认识,是一种抽象的理智活动,它借助概念、逻辑和推理得出一种结论或知识,而文学作为一种思维形式,它是拒绝概念的,它提供的始终是情节或场景,也许在这提供中有选择、有提炼、有综合,但它最终必然受制于情节或场景的规定

---

① [美] 弗·杰姆逊:《后现代主义和文化理论》,唐小兵译,陕西师范大学出版社 1986年版,第186页。

性，因而它是具体的、生动的、可感的，而绝不是抽象的或概念的。杜夫海纳正是看到了这种特性，把具有归纳特性的感性活动称为"归纳性感性"，这在相当程度上说明了文学具有某种概括的功能，但结果是文学终究不能出现概念，这阻止了文学走向认识。

科学认识的结论是确定的、唯一的，而文学是不提供结论的，它仅仅提供现实场景；如果文学一定要提供结论，那这结论只能在读者那里；读者会根据自己的兴趣、需要、目的和方法得出各自不同的结论。所谓见仁见智，所谓一千个人就有一千个哈姆雷特。L. 阿尔都塞说："艺术并不给我们严格意义上的认识，因此它不能代替认识（现代科学意义上的全部科学的认识），但是它所给予我们的，却与认识有某种特殊的关系。这个关系不是同一关系，而是差异关系。"他还认为："艺术的特性是'使我们看到'，'使我们觉察到'，'使我们感觉到'某种暗指现实的东西。"①

先锋小说并没有特别从理论上反对文学认识论，它是从感知形式上消解文学认识论的。感知形式就是文本，就是目的，就是归宿，它不是读者借助它对生活进行认识活动的工具。先锋小说写了很多历史文本，但它不是为了恢复历史的面目，也无意于使读者认识到历史的真相，它至多是凭借历史来形成文本，进行想象、联想和虚构。读者从中只能看到、觉察到、感觉到它与历史的某种联系，但就是无法认识到这种联系。看到的、觉察到的、感觉到的都是感性的、含糊的、具象的，它与感知形式本身是相当契合的，而认识到的则是理性的、明晰的、抽象的，是经过理智分析才能得到的。

消解文学认识论之后，我们该如何看待先锋小说文本呢？什么是文本（text）？诺曼·N. 霍兰写道："简单地说，文本就是印在白纸上的黑字"，"文本就是作者所写的内容"。②杰姆逊的一段话说得似乎更清楚："当代理论的主要成就就是写下大量的文字，写下句子。今天如果你要攻击某个人，你并不是指责他的思想错了。因为今天不

---

① 董学文、荣伟编：《现代美学新维度》，北京大学出版社 1990 年版，第 260 页。
② 《读者反应批评》，赵兴国译，文化艺术出版社 1989 年版，第 196 页。

再有什么思想。你只是批评他的文字错了,表达有问题,然后你再用自己的文本代替他的文本,由此,当代理论论争的主要焦点不再是关于任何思想,而是关于语言的论争,关于语言的表达,关于文本的论争。这是个很有意思的变化。"显然,杰姆逊的文本就是语言,继而他又将语言无限地扩大为一种符号,"时髦,服装也是一种文本,人体和人体行动也是文本"①。可见,文本就是世界所呈现的符号的总和。现在的问题是,先锋小说是如何实现小说的文本转向的。在笔者看来,这种转向与叙事有关。关键在于,确立叙事在小说中的核心位置。

先锋小说的相当一部分作品(包括他们的代表作)都有一种偏好,对第一人称视觉的偏好。第一人称是先锋作家所采取的重要视觉,它不可称为内视觉,这里不存在由内向外的问题,它的主要功能不是为了产生亲切感或真实感,而是为了充分地、自由地释放小说叙事的潜能。一般来说,这个"我"是小说中的一个人物,是事件的参与者,事件的推动者,至少也是事件的见证人,在小说中,他与其他人物形成了一种特殊的关系。他的存在不在于他表达出了一个什么样的世界,不在于他成为一个什么样的人,或者有可能成为什么样的人,而在于他利用了他和其他人物关系形成了观察、理解、感知和想象世界的方式或形式,至于他对世界观察得是否准确、理解得是否深刻、感知得是否真切、想象得是否真实都无关宏旨,重要的是,他具备了对世界及其自身的叙事意识。

在叙事人眼里,世界只有两种存在方式,一种是存在;另一种是叙事。存在是客体,是对象,是即将死去和已经死去的;叙事就是存在的见证或证明,如果存在要存活下去就必须依赖叙事。叙事延续着存在的生命,且使彼一存在和此一存在获得某种关联,可以说,全部存在的历史就是叙事的历史。不仅如此,存在只有一个,而叙事却有无数个;存在只有一次,而叙事却有无数次;叙事把这个僵死不变的

---

① [美] 弗·杰姆逊:《后现代主义和文化理论》,唐小兵译,陕西师范大学出版社 1986 年版,第 185—186 页。

世界变成了五彩缤纷、生机勃勃的世界，叙事改变着、创造着世界，世界的存在方式就是叙事。对哈姆雷特而言，霍拉旭是叙事者，他是哈姆雷特生命的见证人和传达者，没有霍拉旭就没有哈姆雷特，霍拉旭的行为就是叙事。

一切仅仅是叙事。在这个世界上，没有存在的不同，只有叙事的差异。先锋作家孜孜以求的就是这种差异，他们不惮题材的雷同，敢于而且善于雷同，同样的"文革"，就有《在细雨中呼喊》和《去影》（叶兆言），同样的"抗战"，就有《风琴》（格非）、《相会在 K 市》（李晓）、《一个地主之死》（余华），同样的武则天，就有《谁想毒死我》（须兰）、《则天大圣皇帝》（赵玫）和《紫檀木球》（苏童）。尽管描述对象大体相同，甚至完全相同，但在叙事方式或方法上各有千秋，大异其趣。这并不是为了充实、丰富传统小说中所缺乏的材料，也不是为了给我们观念中的世界一个补充性说明或印证，而是要以全新的感知形式对我们早已熟知的世界重新加以叙事。

不仅如此，先锋小说还赋予叙事在小说中的优先位置。对小说而言，在叙事之前，什么也没有发生，那个世界仍然是客体，是一直昏睡不醒的事实；只有在叙事发生之后，小说才获得存在。可以说，小说中的一切都是某种叙事行为的结果，小说中的战争与和平、情爱或性爱、欲望与追求都是在感知形式形成之中或之后才表现出来的，而不是相反。看看先锋小说的叙事时间和速度是怎么篡改事件发生时间和速度就十分了然了。叙事完结了，一部小说也就完结了；只有中止的叙事，没有中止的生活，生活一直在流动着，叙事贯穿在小说的全过程，推动着小说的发展与运动。所以说，与小说紧密相伴的，不是内容，不是事件，而是叙事，叙事就是小说所发生的一切。

那么，先锋小说的叙事是如何实现的呢？

小说中没有什么不是被叙述出来的，这是先锋小说所遵循的第一艺术原则。明乎此，我们方能洞悉先锋小说所能做的以及所做的。

如今，人们纷纷慨叹或欢呼小说的中心丧失，主体性消亡，为中国的小说汇入整个世界的后现代文学潮流而激动，寻找着理论的和现实的根据,进行着生硬但又有益的阐释。笔者却发现先锋小说的中心仍然存在,主体性也没有消亡,而且以一种新的形态焕发着蓬勃的生命力,笔者以为,这正是中国先锋小说和西方后现代文学的真正分野所在,它表现了转型时期的中国社会所包孕的全部复杂性。

先锋小说的一个变化就是人物,即人物消融于叙事,人物由存在者演变为叙事者,由事件的参与者蜕变为事件的讲述者。这种变化导致了小说的中心发生了历史性的转移,小说的中心不再是叙述的对象,而是叙述者本身,是叙事者在构造着、完成着小说,他像处理树叶、阳光和河流一样在处理人物,人物的主体性、思维和意志被剥夺了。想想陈宝年或丰收神,看看哑巴或萧,它们的思维和意志被叙事人的思维和意志所取代了,它们不过是叙事人思维和意志的一个元素罢了。这就迫使我们不得不重新理解小说中人物与现实的关系,人物不是依赖于现实的,而是依赖于叙事人的;人物与现实的关系在小说之外,一旦他成为叙事人的一个叙述对象,它就成了真正意义上的小说中的人物,它是绝对地存在于小说中的。

托多洛夫曾探讨小说中叙事人和人物的关系,他认为叙事人与人物的关系主要有三种:一是叙事人大于人物,形成全知叙述;二是叙事人等于人物,形成限制叙述;三是叙事人小于人物,形成客观叙述。这种分析表明,叙事人在任何作品中都是存在的,但他是从叙事人对人物的观察眼光(视觉)来探讨叙事人与人物关系的,即以叙事人对人物的了解、熟悉程度为限,具有一种认识论的倾向。这种理解不会帮助我们去发现先锋小说所发生的实质性变化。在笔者看来,托多洛夫对上述关系有一个最基本的忽视,他们一个是叙事人,一个是人物;一个是施动者,一个是受动者;一个是叙事者,一个是被叙事者,这才是叙事人和人物的最真实的关系。

叙事人在小说中的价值和意义不是他的性格,不是他的形象,不是他的气质,甚至也不是他对人物或事件的影响程度,而是他对人物或事件的讲述和传达,是他对人物的想象和议论,是他对事件的虚构和评价。叙事人马原作为《虚构》中麻风村的见证人,他的责任就是叙述他在玛曲村的所见、所闻、所历、所感,虽然他介入了麻风村人的生活，投篮，与麻风女人发生性关系，吸引小个子的注意，乃至改变了藏匿几十年的原国民党军官的命运，但这些都不重要，重要的是他作为小说中的叙事人，他的使命就是他把一切叙事化，是他叙述了什么以及怎么叙述。这部小说还有一个觉醒，即叙事意识的觉醒，也就是将故事叙事化，叙事人马原铤而走险去玛曲村并没有别的目的，他只是想完成一次叙事，与其说他走向玛曲村，毋宁说他走向叙事，他完完全全是受到叙事的召唤才去玛曲村的。

对读者而言，就是重建阅读结构。

笔者还是从人们最初的感受说起。当先锋小说出现以后，人们感到莫名其妙、不知所云、不可理喻。读者纷纷请教马原，问他写的是什么意思？马原无奈，写了一篇《哲学以外》的文章作答，读者或许会更加茫然，面对此文，他们还是可以再问一次："你这是什么意思？"怪不得马原狡黠，也许他真的说不清楚呢？

作为一个小说读者，我们对小说并不是一无所知的，而是被小说浸染过的读者。在接受一部小说之前，我们就先天地具有了关于小说的种种经验，具备了一个如海德格尔所说的理解的"前结构"。一般来说，"前结构"由小说传统和小说理论所制约，并从三方面规定了读者的阅读活动：其一，排除非小说的阅读，不能像读论文一样读小说，也不能像读诗一样读小说；其二，使读者顺利地对小说进行阅读；其三，使读者在新的小说面前不知所措。明乎此，我们就知道按照小说的不同类型或风格建立起相应的阅读结构。《堂吉诃德》有它的阅读结构，《罪与罚》有它的阅读结构，《百年孤独》也有它的阅读结构，其实，真正读懂一部小说就是建立或找到真正属于它的阅读结构；交换阅读结构会妨碍对一部小说的独特理解。一个阅读经验丰富的读者，他能随意组合出不同的阅读结构，针对不同风格的小说作出相应的反应，但无论他的经验多么丰富，他不能估计到新的小说形态，他必须去适应它，重建阅读结构。

阅读经验一再提醒我们：打开一部小说，首先我们碰到语言，随着语言的流动，我们碰到人物，碰到人物所处的环境，一个人物和另一个人物结成的关系。所有叙述、所有情节、所有结构仅仅构成一个过程,一个方面,一个很重要的方面,但不是其核心。我们的全部情思最后凝结为这样的归宿,这部小说的背后是什么?这才是关键!小说的伟大或深刻就潜沉在这一部分里。显然在这种阅读活动中,我们已将小说进行了两种划分,即显在面和隐含面,显在面是具体的、在场的、直接的,隐含面是抽象的、不在场的、间接的;显在面是作者施与的,隐含面是读者赋予的。《奥勃洛摩夫》是冈察洛夫施与的,奥勃洛摩夫的性格是杜勃罗留波夫发现的。可见作者提供一般性的东西,读者完成个别性的东西,而且,读者只有完成个别性的东西才称得上真正的读者,读者的意识一旦被阅读活动洞开,他就会情不自禁地奔赴小说背后的东西。这就是我们的阅读习惯。

这种阅读习惯已不适合先锋小说的阅读。已有敏锐的论者发现了这一点,戏曰:"老派小说读意义,新派小说读句式。"① 先锋小说的一个重大变化就是,小说的背后什么也没有,或者干脆说它根本就没有这个所谓的"背后",它所拥有的就是感知形式本身。人们对马原的询问实在是出于对"背后"的茫然——你这么殚精竭虑,不可能什么也没有,你不说,那是你谦虚。可见,阅读结构是多么根深蒂固。我们对文学抱有过多的功利性和目的性,以为这就是文学的根本属性,长期忽视了艺术形式的刺激力和革命性,我们还不习惯于从感知形式本身去体悟其丰富的生命奥蕴,并对这种奥蕴给予一种形式化的理解,似乎只要一提到形式,就认为我们把它当成与生命相隔绝的东西。所以当先锋小说以更接近文学的方式出现在我们面前时,我们反而看轻了这形式。

重建阅读结构,这是我们进入先锋小说的必由之路,否则我们会徘徊在先锋小说之外,对我们并不熟悉的东西指手画脚,也看不到这个时代究竟发生了什么样的变化。传统的文学理论无助于我们进入先锋小说,它的很多理论和观点会干扰、妨碍我们对先锋小说的理解。就说人物性格,它是传统小说的核心,小说从人物的外貌

———————

① 蒋原伦:《老派小说读意义,新派小说读句式》,《钟山》1990 年第 3 期。

描写进到对人物的心灵刻画,努力从人物与人物的关系,人物与环境的关系来说明或揭示人物性格发展的必然性、完整性、复杂性,读者的阅读活动就是要鉴定、检验这一过程是否成功。然而在先锋小说那里,人物性格受到漠视,肖像描写受到控制,心理很少问津,人物与人物的关系是松散的,他们不是为了说明、烘托或反衬彼此的性格而存在,人物与环境的关系是游离的、彼此独立的。就这样,先锋小说轰毁了人物性格在小说中的中心地位,人物成为物件。余华说:"我并不认为人物在作品中享有的地位,比河流、阳光、树叶、街道和房屋来得重要。我认为人物和河流、阳光等一样,在作品中只是道具而已。""道具"一词揭示了先锋小说人物的状态,人物不是人,是部件,是构成性因素,是形式化要素,是已被形式化了的内容。

人已消失,还谈什么价值和意义?阻止人在小说中的出现,就是阻止先锋小说滑向"背后"的深渊。无论如何,先锋小说"深刻"不起来了,深刻就是"背后"的证明。深刻是什么?如果深刻是指对平均水平的超越,当某种深刻被人人都掌握了、理解了、比如国民性问题,谁都可以说上几句,几乎成为常识了,还有什么深刻性可言。也许你会辩护说,他最先提出这一命题。其实,这也与深刻无关,因为你说的是关于某一命题的发明权。深刻属于另外的小说,属于另外一种阅读结构,对先锋小说而言,中心已经消失,关系已经解体,一切处于不确定中,而且无法找到一个固定的方向,因此先锋小说的阅读结构的建立与文本有关,它蕴含着文学观念的革命性转移,即深度向平面的转移,内容向形式的转移,历史向当代的转移,中心向边缘的转移,故事向语言的转移。约瑟夫·祁雅理说:"文本就是一切,而个人意识、历史和实践都把舞台让给了关于词的探讨,让给了纯粹抽象的非人格化的观念和体系。"①

所以,面对先锋小说,你别无选择:要么改变文学观念、思维方

---

① [法]约瑟夫·祁雅理:《二十世纪法国哲学思潮》,尹大贻译,商务印书馆1987年版,第194页。

式以重建阅读结构；要么永远拒绝先锋小说，或者被先锋小说拒绝。

　　（本文为作者硕士毕业论文，导师为陈美兰先生。其中第三章曾以《先锋小说的感知形式》为题刊载于《当代作家评论》1994 年第 5 期，发表时署名彭基博）

北岛和现实世界之龃龉

前几年，诗坛兴起了"朦胧诗"的新诗潮。笔者读到北岛的《回答》以后，又读到他的《宣告》、《结束或开始》，说实话，笔者曾为作者的新奇，沉郁，而又愤激的诗深深吸引，那是一种深沉对于天真、豁通对于蒙昧、历经苦难对于涉世未深的久久迷醉。从此，他的诗引起了笔者的兴趣和关注。不久前，笔者读到他的油印诗集《峭壁上的窗户》，这把笔者最初的印象加深到了一个极点，以致引起了笔者的反思。为了论文的缘故，笔者一而再地阅读了他的中篇小说《波动》，这使笔者对他的作品有了一个大概的把握，感到作品中的叛逆情绪呈现出令人惊异的一致性和连贯性，遂萌生出本篇论文的标题：《北岛和现实世界之龃龉》。

歌德有句名言："最伟大的人物总是通过某种弱点同他们的时代联系在一起的。"① 而北岛正是通过与世界的龃龉而和我们时代深刻地联系在一起，响彻在北岛创作中的主旋律，是他对于那块土地凄怆、冷峻、沉郁的凝思。他的艺术构想大都发轫于创伤之后对于正义和人性濒临死灭的反刍，展示为抑制不住的孽风怒吼、灼痛与愤懑，他的混沌和懦弱已被彻悟的烈焰所焚毁，只有那种被摧残者对摧残者的声嘶力竭的讨伐。从地平线站起来之后，他不再肯顶礼膜拜，俯首帖耳地下跪，"以显示刽子手们的高大"（《宣告》），而坚定地"站在这里/代替另一个被杀害的人/为了每当太阳升起/让沉重的影子像道路。

---

① 《歌德的格言和感想集》，程代熙、张惠民译，中国社会科学出版社1982年版，第50页。

穿过整个国土。"（《结局或开始》）这是觉醒者的宣告与誓言！他的揭露是深刻的，他的控诉是有力的，而且还应该说，他的呐喊是激越和操切的。这几首诗向人们宣示了作者不同凡响的艺术感受力和概括力，熔铸了他对现实的深入观察和对历史的冷静思考，绝没有那种柔弱、轻佻、浅薄和无病呻吟，是沉甸甸从男子汉胸腔内激溅飞扬而出的人性悲歌。《回答》、《宣告》、《结局或开始》，或初稿于1975年，创作于1976年，今天读来虽有明显的偏颇和不甚冷静的地方，但实在是难得一见的佳篇精制！我们曾对北岛寄予厚望，期盼他的才华从悲愤中解脱，开始对逐渐展开的生活亲近起来，然而得承认，我们失望了，他仍为他的抗议和沉思所钳束，写了《彗星》、《履历》、《谋杀》、《随想》、《祝福》、《乡村之歌》等作品。谁能否认在1978年至1982年之间我们民族在各行各业都有了大幅度的变化，但从北岛的诗中，我们没有看到或感受到这种变化。这不禁使我们对他的才华深表惋惜，他似乎在养成一种对生活的警惕，以致当噩梦结束之后，他仍保持那种冲刺的姿势。如果在前几年有人对此提出异议，我们会说，对年轻人的抗议和牢骚应该给予理解，应该给他一个把枪刺从敌人或靶子身上收回的时间。今天，仍要笔者重复这样的话，笔者难于启齿。

这的确令人深思！每一个热切关心北岛成长的人，都应对他的发展脉络有一个全面而清晰的认识，追踪他的全部脚印，我们发现他朝前只跨出觉醒和沉思这两步。

最初，北岛对现实采取不予理睬和回避的态度，流连于港口和山谷。其实，任何避风港都不避风，反倒酝酿风暴；山谷虽然清幽，也暗藏杀机，常有虎豹往来出入。人们单纯着，天真着，养成了不假思索的习惯，导致历史悲剧的发生。然而有人看到了阳光周围可怕的黑暗并大声疾呼，张志新、遇罗克相继站出，结果以烈士为代价，鲜血染红了北岛立足的大地，这使他比一般人觉醒得更早，在广播和报纸还没有响动和披露的时候就感到了颠倒和混淆、欺骗与被欺骗。"卑鄙是卑鄙者的通行证/高尚是高尚者的墓志铭/看吧！在镀金的天空中/漂满了死者弯曲的倒影。"（《回答》）痛定思痛！从某种意义上说，我们民族的痛苦来自对历史创伤的发现与清洗，文学一片控诉、呻吟和诅咒。北岛喊出了那么使人激动和惊异的声音："我——不——相——信！"（《回答》）这首诗写于 1976 年 4 月 "天安门事件" 时那段寒冷而严峻的日子，今天，当这种日子离我们渐远的时候，我们对这种否定精神不应该漠视或要求甚高，而应肯定！这是觉醒过程中关键的一步，没有这一步，我们就不可能对生活中的扭曲进行矫正，而处于寒凝大地时这种呼喊不仅要有胆识，还要有勇气，这表明北岛有哲人的聪敏和战士的风骨！但对这种否定任何全盘肯定和全盘否定都是不切实际的，我们还应看到北岛的信念是坚定的，但不是乐观的。伟大作家高尔基在革命处于低潮时，从沉重的乌云看到即将来临的革命的闪电和鸣雷，喊出 "让暴风雨来得更猛烈些吧" 的时代最强音，我们还应看到，北岛的 "我——不——相——信" 不应该打破折号，这使他的喊声显得有点冗长，从而妨碍了他及早地转折与进步，他一口气说了四个 "我不相信"，过多地怀疑使他对生活中美好的、更本质的东西无暇顾及与歌吟。可以说，不管历史多么曲折，我们的时代毕竟在前进了，虽然进展的速度总是让人焦急。

北岛没有更清醒、更现实地面对生活，而是愤怒恣睢着，燃烧着，他似乎 "习惯" 于用烟头烫伤黑暗，这种固执是生活教给他的，以致他把有斑纹的斑马和梅花鹿都当成凶恶的虎豹而暴怒不已，更不肯对生活委以信任。在小说《波动》中，他的主人公说："我喜欢诗，过去喜欢它美丽的一面，现在却喜欢它鞭挞生活和刺人心肠的一面。" 为了使自己不再麻木，他似乎在寻求一种丑恶的刺激，客观上，也在刺激他的读者，使他们不得已地从现实回到历史中。他的行动滞留着，而思想却在深入地下潜，这使他与整个时代越来越远。然而他的思索却不是没有意义的，由于深刻，往往给人以震撼。十年浩劫中最惨重的损失是人本身，他的全部思索即由此展开。早在觉醒期，他就疯狂地、感人至深地喊道："我是人！"（《结局或开始》）至而发展为一种哲学思索。他认为美只存在于心灵或迷离闪烁的星群之间，他喜欢并珍爱一种抽象的东西——永恒的人性。"它没有被严酷的肮脏的现实锁住，因而更实在，更长久。" 于是，他塑造了充分人性化的肖凌和杨讯，他们虽然孤傲冷凌，却以新的气质吸引一批年轻人，他们没有庸人的那种琐碎、拖沓和甜得发腻的缠绵,他们追求着独立而自由的人生。但他们只游浪于作者的幻想之中,一接触现实就会碰壁。他们倔强地活着,倔强地死去。

透过小说的那层神秘的诗意与抽象的哲理,我们感到一种真诚,热烈的情愫内蕴在心灵深处,并涂以冰冷的外壳——一种离群索居的孤傲。但他们豁然、坦然,热烈地爱着与恨着,他们之所以敢于冒险,勇于斗争,皆因他们固守着做一个真正的人的信念。肖凌备尝生活的欺骗与艰涩,杨讯的理解与尊重温暖、复苏了她的心,但当杨讯得知肖凌已是一个孩子的母亲之后就心灰意冷了,竟提出把孩子送人的要求,于是矛盾就产生了。

他们分手了,他们都面临一个维护自己的人的尊严的任务,一个要尽到母亲的责任,一个要找到贞洁的妻子。这种人性冲突把他们俩排斥开(但按人性的发展,他们最后仍有结合的可能)。为了更充分地赞美人性,作者塑造了一个小偷加流氓的白华,他虽蛮横,但也有恻隐之心。他抚养过一个遗女,为了得到肖凌的爱,他可以一刀子捅进自己的手心,白华应该感谢人性,他的许多罪行都因此而被人们宽容和忽视了。

作者还臆造了一个与人性势不两立的可恶可憎的世界,凡是有人性的人"永远逃不脱它的枪口","这支枪由许许多多的零件组成,更可怕的是那准星后面猎人的心理,它们由许许多多的心理组成",构成这个世界的是王德发、林东平、小秃子(北岛《落叶》),他们已丧失了人类最可宝贵的德性,残留的兽的形骸行走在世界上,冷酷、贪婪和阴鸷,林东平、王德发是作为白华的对立面而出现的,他们具备白华不具备的优越的政治条件和生活环境,他们贪赃枉法、钩心斗角,如狼如狗,世界因为他们才丑恶。作者运用娴熟的蒙太奇手法把他的感受以诗的形式固定下来。乡村之夜本是温馨的、和平的,北岛诗中,"大路绕过水塘/追着一只毛色肮脏的狗/撞在村头的土墙上",连"马厩里的咀嚼声"也"充满了威胁"(《乡村之夜》),而"一支支枪口和花束/排成树林,对准情人的天空"(《祝福》),"自由,不过是猎人与猎物之间的距离"(《阴谋》),这一切都无疑在宣扬一种存在主义哲学，现实是丑恶而冷酷的，只有人的内心才是高尚而美好的。

对现实世界的失望唤起他对另一个世界的向往，他幻想一个美好的世界跟现实丑恶的世界相平衡，这使他的诗和小说都带有极强烈的主观因素和心理色彩。在北岛的旗帜上这样写着："诗人应该通过作品建立一个自己的世界，这是一个真诚而独特的世界，正义和人性的世界。"① 他摆脱了古典主义的直接描摹和浪漫主义的直抒胸臆，而融入个人的主观感受和心灵气质，试图在物我之间建立一个新世界，这里的每一存在或被歪曲，或被加工，或被改造制作，它们与现实中的存在已不再严格地一一对应，通过运用象征和隐喻，增大了诗的可塑性和随意性，使作品出现一种新的美。这里，感情每每表现为对客体的强侵入，致使物我交融，弥合无间。如："从星星的弹孔里/将流出血红的黎明"（《宣告》），"老树不再打鼾/不再用枯藤缠住孩子那灵活的小腿"（《我们每天的太阳》），"也许有一天/太阳成了萎缩的花环/垂放在/每个不屈的战士/森林般生长的墓碑前/乌鸦，这夜的碎片/纷纷扬扬"（《结局或开始》）。我们可以感受到，诗人的感情浸透在被描写的客体上，无论什么，星星、黎明、老树、枯藤、太阳、森林、乌鸦都成为诗人世界不可分割的一部分，这是一个独立于诗人和世界之间的世界，而且被赋予生命。这和现代派绘画有相似之处，自然景物已不再是真实的情状，而是被画家摄取其某一点或某一部分，其余的省略或变形，从而构成一个新的世界。由于物我之间的表现性得到长足的发展，整个世界将因心灵的投射而获得新生，诗的容量和浓度急剧上升，从而开启了一条诗歌的发展新途径。但有人对此很不习惯，他们说，"生活中的太阳是圆的，怎么你这里成了扁的？"或"这不是真实的，生活中没有林东平、王德发这样的人物！"但笔者要说，他们是在戴老花眼镜看立体电影，他们用现实主义的框子往一切文学作品身上套，怎能不出现判断的失误呢？对于新的把握世界的方式我们应该宽容与支持，绝不要因为作品中出了偏差就全盘否定，艺术永远欢迎创新，当然也包括探索在内。

---

① 《上海文学》编辑部编：《百家诗会选编》，上海文艺出版社1982年版，第77页。

　　在对北岛的发展有一个清晰的认识之后,还不能说我们已完成了本文的论题,必须对它的形成有一个更为深入的研究。其实,在笔者所见的北岛的早期作品里,并没有表现出他与现实的龃龉,而呈现为一种平静的诗绪,一种窒息后的苍白、冷淡和回避。"……不!渴望燃烧/就是渴望化为灰烬/而我只求静静地航行"(《红帆船》),于是,他接近艺术(《我们每天的太阳》),靠拢自然,(《你好!百花山》)。在北岛和世界之间,他找到爱情的避风港:"睡吧!山谷/我们躲在这里/仿佛躲在一千年的梦中/时间不再从草叶上滑过/太阳的钟摆停在云层后面/不再摇落黎明和晚霞"(《睡吧,山谷》)。这时的爱情诗发展到了一个高峰:《黄昏,丁家滩》、《习惯》、《一束》、《雨夜》、《桔子熟了》……

　　然而,北岛是忠于自己的时代的,他经历了社会风浪的严酷洗礼,就不能不把这种严酷带进他的诗中。在某些诗人那里,我们很少想到甚或忘记了他的时代,北岛却无时无刻不在提醒你:"别忘了,这是生活!"北岛和我们共和国一同诞生于1949年,他几乎成了国家苦难历史的"活化石"。他曾有过幸福的童年和少年,也曾在现代封建迷信氛围中狂热祈祷,又一起迎来了新生的自由。在这波折起伏的曲线中,我们看到三颗牢固的结子紧密联系着诗人的神经和他的浑茫、觉醒和沉思,即遇罗克事件、天安门事件和思想解放运动,当诗人的身心真正跨入生活道路时,他不幸目睹悲惨地倒在血泊中的思想解放的先驱遇罗克烈士,而一同被害的竟有北岛的朋友,他们有的"身陷囹圄",达三年之久。在人生的旅途中,这种初征时的打击对敏感的诗心来说无疑是最深刻的,它构成北岛思想和情绪的坚实基础。他的嗓音开始是平和的,这时却是低哑和冷峻的,渗透了那个时代的凄风和苦雨,即使是在赞美少女和蓝天时,他仍然惊悸于那条飘带(他误以为是蛇)。黑夜给他的是一双黑色的眼睛啊!如火山般迸发而出的天安门运动,像电火照醒了悲痛得快要麻木的意志和感觉,他认识到一块默默的土地的沉重与力量。从此,他的抗议和反叛找到了有力的支撑。仅仅这些都还不够,他必须获得一个开放的意识,需要广泛的营养和吸收。思想解放运动在全国范围内展开一片新绿,北岛和他的同时代人一样，不仅纵向地对民族精神进行挖掘，也横向地对西方的意识和手法进行研讨和借鉴。他终于成长起来，虽然并不那么轻松。

我们不能局限于时代因素的分析，还必须从北岛自身来寻找答案。在觉醒期，他的抗议、挑战是正义的，律动着与时代相谐和的脉搏，虽然他认识世界的思想武器远不是最正确的，但对黑暗的怀疑与否定使他跟真理比较接近。在此期间，他写出了自己的代表作《结局或开始》。由于真理曾被谬误所取代，当真理真正站在他面前时，他反而避开了它。这是怀疑产生的"惯性"的结果，他觉醒期的世界观和历史观的思想基础是怀疑主义的，而继续用它解决现实问题就显得苍白无力。他的愤怒的火焰还没有熄灭，又为新的矛盾所烧旺，新的矛盾与旧的谬误相杂糅，他的世界观和历史观本来就不是很强健，在他还没有壮大的时候又陷入新的迷雾之中，即他用存在主义的哲学代替了怀疑主义哲学，用抽象的普遍的人性作为他世界观和历史观的基础，我们的北岛同志的发展是不是出现了一个不算小的偏差呢？是不是在用对待历史的态度对待现实呢？他认为，我们的时代不过是"穿越连接两个夜晚的白色走廊"，一代青年不过是"摒弃黑暗""又沉溺黑暗之中"的"彗星"（《彗星》）。如果他早期的怀疑主义哲学还有可取之处，那后期的存在主义哲学就与唯物主义哲学有点凿枘不入了。一代青年必须由觉醒、沉思而奋进，江河、杨炼、王家新等迅速走过觉醒和沉思而转入对当代青年内心进程的发掘上，而北岛却凝然于过去的思索之中。可以说，我们的时代已不再是沉思的时代，而应是行动的时代，现代化的建设最终要靠行动才能实现，北岛与一代人的距离越来越远了。他在抛弃时代，也被时代抛弃。

北岛面临一个痛苦而艰难的抉择的时候，他应该把对现实的否定转为对自身的内省上来，否则，他就会真的如他的诗中所说的，"让愤怒给毁灭了"。自省，并追赶时代的步伐，对此，我们怀抱着热望。

（原载《当代文艺思潮》1985 年第 1 期）

"新潮诗论"二十年评点

中国诗学的发展，需要关注的问题很多，而对当前诗歌理论进行检视尤显迫切。新潮诗论最初作为新潮诗的自我说明，起到了重要的介绍与传播作用。面对强大的新旧传统，新潮诗论又谋求着对单一的社会历史批评模式的突破，呼唤一种逻辑谨严又说明诗歌实践的理论体系的建立。从近年来不少诗论家和诗人的诗论中，我们可以清楚地看到新潮诗论的发展轮廓，也明白我们已经做了些什么，还需要做些什么。

谢冕：《在新的崛起面前》

如果以纯学院派的尺度来评判谢冕，他的诗论显然不是无可挑剔的，甚至可以从范畴、体系及理论深度上给予诘难，但这并不能动摇谢冕在当代中国新潮诗论中的领衔地位。谢冕不仅以极其迅捷的反应和富有历史眼光的理解卓有成效地声援了新潮诗，而且还以独特的研究品格和灵动婉转的文体，深刻地影响了其他的诗论家。他的重要贡献就是开创了"青春诗论"。青春诗论有如下特点：第一，洋溢着一种生气、活力与创造的渴望；第二，注重个体经验的诗歌事实，无意或无力于纯粹诗歌理论体系的建构；第三，关注诗歌本体，尤其是技法的研究；第四，注重气韵生动的优美的文笔，试图通过语言本身来达到与研究对象的一致。

青春诗论的全部优点和弊端都可以追溯到谢冕，谢冕是新潮诗论不可逾越的出发点。

徐敬亚:《崛起的诗群》

谢冕是"崛起论"的始作俑者,孙绍振是"崛起论"美学原则的发现者,徐敬亚是"崛起论"的终结者。在朦胧诗人们还看不太"懂"的时代,徐敬亚就以诗人的身份站出来为新潮诗辩护,赞同他的人和反对他的人都同样受惠于他。他的雄辩和敏锐对传统势力的冲击强烈,"崛起"的声浪席卷全国。

由于缺乏应有的学术训练,他的理论便不可避免地露出许多破绽。但徐敬亚是第一个全面从新潮诗的技法来展开艺术分析的人,这种分析对尚处于襁褓中的新诗潮无异于雪中送炭。第一,它使反对新潮诗的人读"懂"了新潮诗,从而为新潮诗的迅速生长开拓了极为有利的空间;第二,它使一种陌生的艺术经验得到诗人们的普遍接受;第三,它为诗评界提供了解读新潮诗的方式与方法。

周伦佑:《"第三代"诗论》、《反文化》

如果说徐敬亚是朦胧诗的解说者,那么周伦佑则是"第三代"诗的解说者,尤其是"非非主义"的重要宣传者。

周伦佑及周伦佑们的反叛有其深刻的历史和现实原因。这种反叛给人的启示,就是对创造的崇尚与尊重。这群反叛者企图获得一种超文化的阿基米德点,即在文化之外重建文化,在价值之外重建价值,在文字之外重建文字。这种可能性存在吗?对文化的否定将导致对历史和人本身的否定,剩下的只有物或者技术,因而这种诗歌从本质上说是物文化,从价值上来说是虚妄,从表达上来说是纯叙述。

特别值得指出的是,第三代诗是一场自发的文化运动,其规模之大,波及之广,影响之深为新诗史所少见;第三代诗是在反抗朦胧诗的过程中形成的,受朦胧诗派的启发,它具有自觉的流派意识,受《今天》的启示,它们主要通过内部刊物来展示自己;在第三代诗中有一大批诗歌流派,如非非主义、他们文学社、海上诗群、莽汉主义、撒娇派等。非非主义是其最成熟的诗歌流派。这些流派中的绝大多数是命名性的，往往是先有了诗歌创作观念或思想，然后才有诗歌创作实践，因此其理论见解大于创作成绩。

杨黎:《穿越地狱的列车——论第三代诗歌运动》

作为一个第三代诗人来谈第三代诗歌运动，他触摸到了艺术的根本。

第三代诗人，否定了英雄，回到了凡人；否定了自我，堕入到虚无。没有什么话不可以说，没有什么事不可以做；同时，没有什么话值得说，没有什么事值得做。然而作为诗他又不得不说，不得不做，正是在这二律背反之间第三代诗人落入了荒诞之境。于是他们所做的事情就只有逃离。然而逃离会获得自由吗？自由既不是逃离的原因，也非逃离的结果，逃离成了对逃离的逃离。

一切艺术的本质都是对现有世界的叙说。但是，当诗歌成为一种对现实的逃离，缺乏现实、历史和人性的支撑时，诗人便沦为诗匠，诗歌就成了器物。

唐晓渡:《纯诗：虚妄与真实之间》、《不断重复的起点》

文章写得坚实、缜密，向诗坛昭示了一个即将到来的诗歌和诗论的新时代。这个时代是经济、思想、文化各自从政治的强力中挣脱出来，获得自足发展的时代。诗歌也进入到了一个前所未有的战略转移时期。在现实意义上，这是诗人恢复尊严的时代，在超越的意义上，这是诗歌本体觉醒的时代。在这个背景下才谈得上纯诗及纯诗理论发展的可能性，尽管唐晓渡的纯诗理论基本上沿袭了瓦雷里和沃伦的思想，但他是新时期国内为纯诗及纯诗理论廓清最有力的一位。《不断重复的起点》是文艺理论界关于主体性讨论在诗歌界的一次重要回响，唐晓渡所强调的主体性是作为个体的诗人的主体性，这种主体性的确立对于诗歌的发展具有重要意义。作者清算了传统的断裂，也辨析了现实的匮乏，更剀切地指出了诗人对此有意无意的回避。值得一提的是，唐晓渡的文章写得准确、犀利、睿智，其洞察力、判断力和幽微而明晰的表达力具有显著的艾略特文章的风格，这对诗论界花哨、生涩、充满模糊概念和混乱逻辑的文风是一种矫正。

金丝燕：《诗的禁欲与奴性的放荡》

文章虽不长，但触及了诗歌的一些根本性问题：诗与生存（或生活）、再现、体验、创造、时空、心理与语言等，所有这一切都不过是为了逆转诗与世界、诗人与世界的关系。"不是诗人感受生活，而是要让生活感受诗，让诗的节奏融入世界的呼吸。"也就是说，要将诗人从人对生存的天然奴性中解放出来，从而确立了诗人的主体性和创造性位置。所以诗歌不是"从无到有"的被动模仿，而是"从有到无"的精神冒险。

陈超：《向度：从生命的源始到天空的旅程》

他具有对伟大而纯正诗歌令人感动的向往与充沛的理论激情，而这本身就是一种精神和力量，它对于当今萎缩的诗歌，对于在纯诗歌形式中既毁灭诗人也毁灭诗歌观点和主张不啻是黄钟大吕，而且还蕴含着我们对诗歌和生命的有益且有力的启迪。

诗歌与生存或生命相共存，诗人就是用语词存在形式向生存形式的征服或对称，而这征服或对称的向度就是精神的向度，即对光明的追求，对审判罪孽能力的信任，在失败和离心中坚持斗争的生活，在贫困和压迫中把持生命的高迈，从而完成从生命源始到天空的旅程。

周伦佑：《白色写作与红色写作》

它不仅使周伦佑此前的文字失去了光彩，而且也使整个第三代诗歌创作变得暗淡。在极尽讽刺之能事中，周伦佑的洞察力显现出来，那是他对整个诗歌界切肤之痛的体察：一种充斥诗坛而又无法自拔的羸弱之风。周伦佑命名的"白色写作"，是一种逃避平庸的写作，在内容上是拒绝深度，在情感上是吟风赏月的淡泊，在技巧上是口语化，在风格上是闲适与温柔敦厚，总之是意志的薄弱，活力的丧失，语感的迟钝，琐屑与平庸成为这个时期的普遍特征。与此相对的是"红色写作"，它是诗人艺术家对自由的精神空间的奉献，怀疑精神和批判精神贯注其中。

海子:《诗学:一份提纲》

海子是不同凡响的,连同他的死。他不是第一个以自杀的方式结束生命的诗人,相信也不是最后一个。但他与其他因政治、经济、情感和身体原因而自杀的诗人相比,他的死更纯粹。纯粹也是他的诗论的质素。

他以一种罕见的冥想气质对整个人类文明进行了一次梳理和清算,这种思路和气魄令人鼓舞,他的创造力与他的诗歌一样是非凡的。他命名了三种诗歌形态:"超越性诗歌"——这是人类之心与上帝之手的最高成就,是人类的集体回忆或造型,它超越父本和母本,超越审美和创造。"一次性诗歌"——这是原始力量和主体力量,它所关涉的是原始力量的材料与诗歌本身的关系,涉及创造力转化为诗歌的问题,其代表人物是但丁和莎士比亚。"边缘性诗歌"——这是人类诗歌史上两次伟大的失败诗歌。第一次失败,是民族诗人的失败,他们将自己和民族的材料以及诗歌上升到整个人类的形象,如普希金、惠特曼、雨果和叶芝;第二次失败,海子称之为碎片与盲目,所谓碎片,即只有材料、信仰、智性与悟性的片段,如庞德和艾略特。通过这种整合,海子确认了真正伟大的诗歌的素质、特征、表现形态及代表人物,而且也确认了一个当代中国诗人在人类诗歌史上的位置与责任。

蓝马:《语言作品中的语言事件及其集合》

它摆脱了情绪、经验的樊篱而直接从理论上去言说,它的概念是确定的、统一的,它的范畴是独立的、富于创造力的,这一切奠定了他作为"非非主义"的首席理论家的位置。但他作为一个诗论家并没有得到诗歌界的充分认可,除了他理论本身的原因之外,恐怕还与诗论界对他的这种言说方式有意无意的回避有关。对此,笔者想说一句话,提供一种口号或宣言是简单的,贡献一两个理论观点乃至一篇漂亮的诗论也是经过努力可以达到的,但提供一种理论并使之体系化是异常艰难的。笔者对 21 世纪的中国诗论平添了信心，这信心部分来自蓝马的启示。

赵汀阳：《语言和语言之外》

赵汀阳以逻辑主义否定了神秘主义，又反过来以神秘主义否定了逻辑主义。在他看来，任何艺术品所提供的轨迹都是确定的，但这并不能保证艺术形式意义的确定性和严格性。为了解决这轨迹与意义的矛盾，赵汀阳使用了一个词——"真正的理解"。但究竟什么是"真正的理解"，恐怕只有赵汀阳知道，或许还有胡塞尔。也许我们有理由不赞同他的结论，但我们没有理由不认可他的思维方式，这种方式是简洁、明晰而富有逻辑性的。笔者疑心我们的许多诗论家控制不住自己的思维，随意性、跳跃性和情绪化而导致非学术性构成了一种自欺欺人的"诗论特色"，仿佛不来一点感性就与诗论无关似的。其实，在海德格尔和维特根斯坦那里，诗意是从真理中洋溢出来的。赵汀阳无疑可以成为诗论界的一面镜子。

张德明：《诗人超越语言桎梏的可能与极限》

诗人比其他人更多地承担了语言所带来的困惑：语言与思想、语言与文化、语言与实在的困惑，只要诗人的梦想一天不泯灭，这种困惑便一天也不会中止。由此导致了诗人对语言的"抗争"方式，张德明称之为"逃逸"：其一，静听而沉默，沉默不语才能听到不可言说的声音；其二，摆脱能指与所指关系，切入不可言说的存在；其三，构造一种新词，让物在词中诞生；其四，依靠诗人的直觉，直接处理事物；其五，逻辑的理性的语言有其限制，让无意识自动去写作；其六，进行了语言的能指游戏和拆解实验。张德明是从西方现代派诗人的作品来解说的，其实所有这些方式在新潮诗人那里都被自觉或不自觉地实验过。张德明迫使我们再一次思考语言与诗的关系，而且他的结论几乎是无可挑剔的：在语言面前，诗人既不必自卑得无力创造，也不必骄横得否定一切。

程光炜:《论诗歌的语调》

他是诗论界较早从语言、语义、语感和语式来切入诗歌分析的一个,他的分析总是同诗歌发生关联,而且他从不作过多的空洞的抽象论说,常常是对某一首具体诗的细读,这使他的论述别出机杼。你不知道他的文字会从哪儿开始,又会在哪儿结束,他谈语式、说节奏,突如其来又娓娓道来,但归根结底,他谈的是诗人的生命及其存在形态。他说,诗歌形式是一种呼吸方式,也许你不会在意他的这种谈论,但没准你会在他言说的某一刻受到启示,因为他的文字具有某种巫术般的性质。

杨炼:《智力的空间》

在杨炼看来,诗是一个自足的实体或空间,它永远运动又永远静止,兼具精神和物质的双重属性,这个空间通过意识结构得以组合,表现为感性和理智的凝结,纯粹与复杂的交织,现实和历史的聚合。杨炼在他发表了一系列有影响的组诗之后,已开始自觉地思考史诗作品的特质了。这种史诗具有聚合复杂经验的能力,超越历史和现实,个人和社会,时间和空间,而将这一切联结起来的便是意象。所以,意象及其功能在杨炼那里格外重要,意象既是一首诗的基本单位,又是一首诗的结构要素。杨炼的诗具有明显的理性主义倾向,但他又能紧紧地抓住意象,因而在一定程度上缓解了理智主义对诗意的斫伤。

王家新:《人与世界的相遇》

王家新在新时期的诗坛上是一个特例,他是一个真正与时代俱进的诗人,总能够站在诗歌发展的浪潮上,早年他写过很"传统"的诗,朦胧诗选收过他的诗,第三代诗选也收过他的诗。与此相应,他的诗论也经历了几次重大蜕变。

王家新从自我出发,自我成为评判世界的绝对尺度,自我就是一切,诗只不过是自我的表现工具;之后,他告别自我,皈依于宗教般的诗,诗成为一切,诗人只不过是诗的传达工具;再之后,他又受到现象学的影响,发现诗是人与世界相遇的结果。

从本质上看，王家新仍是一个诗歌至上论者，诗成为诗人的终极关怀，诗高于世界，也高于诗人，诗拯救世界，也拯救诗人。他说，他常常怀着十分敬畏的心情对待诗。看起来，是诗人在写诗，实际上是诗在写诗人，不要以为这是柏拉图灵感迷狂的现代翻版，而是诗的本质在诗人身上的显现，是诗人的主体性的见证。

韩东：《三个世俗的角色之后》

他敏锐地指出朦胧诗人所扮演的三种世俗角色：政治动物（如北岛）、文化动物（如杨炼）、历史动物（如江河），认为一个诗人的成功取决于他所扮演的三种角色的时间、机遇和才能。这三种角色都被韩东斥之为世俗而加以否定，但他并没有提供一个诗人超越这三种或更多的世俗角色之后所应该扮演的角色。可见第三代诗人在超越朦胧诗人之后陷入无可奈何的处境。

不管怎样，这篇文章还是提出了"诗人是什么"的重大问题，总之诗人不是上述三种世俗的角色，也不是别的世俗角色，世俗存在便是肉体存在，而诗人是一种精神存在，无中生有，热爱虚幻的事物，面向未来与未知。这种角色只是想象中的存在还是事实上的存在？人能挣脱自身的肉身性而获得纯精神的存在吗？韩东把自己也把第三代诗人逼到了绝境，他之所以这样做，只是因为他有太肉身性的考虑，那就是确立第三代诗的权威，他能在这种矛盾中做到吗？

于坚：《拒绝隐喻》

这是第三代诗人对意义、本质和价值的一次回答，那就是拒绝。应和着"回到事物本身去"的召唤，第三代诗人渴望回到文本，具体而言就是回到语言。于坚用他自己的方式重述了海德格尔的命题——"语言乃存在之家"。在他看来，文明以前的世界是命名的时代，命名即创造，命名者即诗人，而此后的时代则是理解的时代，是正名的时代。语言的隐喻是命名，诗的隐喻是正名，诗被遮蔽在意义中，因此诗要拒绝隐喻，回到语言，这样才回到了创造，回到了诗本身。

于坚的拒绝隐喻就是拒绝政治、历史和文化，拒绝直觉、灵感和激情,拒绝深度、空灵、意境。于坚唯一没有拒绝的便是语言。但拒绝之后剩下什么？其实他所拒绝的东西没有一件不与语言相联系,当语言的所指不存在了,那语言也就不存在了。拒绝隐喻回到语言,他说:"至于怎么'回到'。我只能沉默。这已经是诗。"这等于什么也没说。

(原载《南方日报》2000 年 1 月 16 日)

马烽小说的叙事模式

以往对马烽小说的研究侧重于两个方面：一是人物研究，二是意义研究。这两类研究难以准确地把握马烽小说：或者拔高了，或者贬低了，或者隔靴搔痒。李国涛的《马烽论》应该说是一篇比较客观的马烽小说的研究，但读罢全文就会对马烽小说的价值产生怀疑。然而，待笔者通读马烽几部短篇小说集以后，他那朴实的艺术个性和独特的叙述技巧所放射的光泽增强了笔者对他的小说的信心。应该说，他是成功的，但这种成功主要不在于对人物的塑造，也不在于对思想意义的揭示，马烽在一部小说自选集《自序》中说，他的小说，"如果单就其中某一篇来看，也许主题太浅薄，人物刻画也不够丰满。如果整个来看的话，大体上还可以看出三十年农村的变化来"。这个说法很实在，也很客观，笔者是认同的。笔者以为，这"三十年的农村变化"就是历史、史实或事件。所以说，马烽小说是关于事件的小说，或者说就是故事，他的小说的艺术就是讲故事的艺术。笔者的研究就落实在这"讲故事"上。讲故事者，叙事之谓也。本文叙事模式涉及叙事时间、叙事角度和叙事结构，其理论大致源于兹韦坦·托多罗夫的《叙事作为话语》，在某些术语上参照了陈平原先生的某些说法。

一 叙事时间

小说的叙事基本上有三种：一为小说的故事时间，指事件的自然的发展时序；二为小说的叙述时间，指经过作家处理的呈现在小说中的时间；三为阅读时间（本文不研究，故略）。故事时间，也称"编年史时间"或"史实时间",它客观地按照生活或事件本身的脉络进行直录,每个故事有其发生、发展和结束的过程,这样就必然地拥有一定的长度,因此也就必然地拥有时间。依循这个过程,按照故事的原生态予以叙写,故事时间就与历史时间具有较大的趋同性。叙述时间,又称"小说时间"或"情节时间",它是一种经过作家整合的时间,故事的自然性在作家主观能动地处理下丧失了,它是作家根据小说的结构而重新组装拼合的结果,我们可以称为"作者时间"或"结构时间"。本节要探讨的就是这两种时间。

在马烽小说中,《"停止办公"》、《五万亩红薯秧》、《老社员》、《有准备的发言》、《无准备的行动》和《伍二四十五纪要》大体上都属于故事时间。这批小说基本上是对事件或历史发展进程的忠实记录。《伍二四十五纪要》叙写农民伍参谋从 20 世纪 50 年代初至 70 年代末在中国各个重大历史时间的沉浮遭际,小说的故事时间完全认同了历史时间。这篇纪实性或记时性的小说在马烽的小说中是个特例,它没有一个连贯的情节发展线索,而是以伍参谋反对浮夸、追求实事求是这一理念为小说的内在逻辑构架,而其他诸篇均以时间为小说的结构轴心,展开故事,刻画人物。《"停止办公"》中,县委书记杨成柳忙于检查春耕生产,近半个月来,没有睡过一个囫囵觉。通讯员小余劝他"停止办公",挂牌睡觉。故事从黄昏时写起,杨成柳准备痛痛快快洗个澡,然后舒舒服服睡一觉。忽听得天气预报说,今晚大风降温,明晨有霜冻。想着全县二十万亩麦苗,杨成柳顾不得洗澡,连忙召集会议,布置防冻任务,检查防冻工作,一直忙到第二天天亮,他不仅没有停止办公,反而彻彻底底地办了一晚上的公。事件本身平淡无奇,但县委书记的工作态度、工作作风、工作精神昭然若揭,感人肺腑。在这篇小说中,时间同事件和人物具有同等重要的价值,成为小说一个不可忽视的组成部分:第一,小说结构与故事时间完全趋同,小说的起承转合和故事时间契合浑融,绝少枝蔓,尽量少用插叙倒叙,情节单纯单一;第二,事件发展和人物活动严格恪守故事时间,事件发展和人物活动往往是一体的,大风降温→点火防冻→防冻成功,故事进展随时间的延伸而延伸,故事时间完结了,故事也就结束了；第三，小说的戏剧性效果对故事时间具有相当的依赖性，应该洗澡却没能洗澡，应该休息却没能休息，"停止办公"不成，结果在马车上睡着了。种种出人意料的作为不是故事本身滋生出来的，而因了时间钳制的结果。

但故事时间在马烽小说的叙事时间中并非主要的，而更多的为叙述时间。马烽对叙述时间的驾驭比之故事时间更为灵活，更为娴熟，也更富魅力。但马烽并没有完全摒弃故事时间，而是对某个或某几个故事时间重新加以编排、组接，成为作者掌握控制之下的叙事时间。这类小说有《饲养员赵大叔》、《韩梅梅》、《三年早知道》、《我的第一个上级》、《临时采购员》、《四访孙玉厚》、《结婚现场会》、《山村医生》等。叙述时间的产生是由于故事时间的局限而导致的，托多罗夫说："从某种意义上说，叙事的时间是一种线性时间，而故事发生的时间则是立体的。在故事中，几个事件可以同时发生，但是话语则必须把它们一件一件地叙述出来，一个复杂的形象投射到一条直线上。正因为如此，才有必要截断这些事件的'自然'接续，即使作者想尽量遵循这种接续。"[1]《韩梅梅》在整体上贯穿的是故事时间，但小说的主要部分却由四封信构成：第一封信写韩梅梅中学考试失利和决定到社里养猪；第二封信，韩梅梅养猪遭到家人反对和喂猪取得初步成绩；第三封信，韩梅梅革新喂猪方法获得成功；第四封信，韩梅梅当上劳动模范，并将被派到省农场受训。每封信的关系不再是故事关系，而是情节关系。福斯特曾这样对故事的情节定义："故事是叙述按时间顺序安排事件。情节也是叙述事件，不过重点是放在因果关系上。"[2] "国王死了，后来王后死了"，这是一个故事。"国王死了，后来王后由于悲伤而死"，这是一段情节。韩梅梅是因为热爱养猪事业，革新养猪方法而取得成绩，受到奖励的。所以，这几封信的叙事时间不是故事时间，而是叙述时间或情节时间。《韩梅梅》的叙事时间如图所示：

① 《马克思主义文艺理论研究》编辑部编选：《美学文艺学方法论》（下），文化艺术出版社 1985 年版，第 562 页。

② 《小说美学经典三种》，上海文艺出版社 1990 年版，第 271 页。

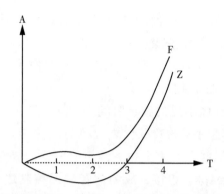

　　时间轴 T 中叙述时间（虚线）内含在故事时间（实线）之中，A 是韩梅梅行为轴，F 是全家人（爹、奶奶、妈）对韩梅梅的态度变化曲线，Z 是韩梅梅行为的一个烘托人物张伟的行为曲线，时间轴以下部分曲线为张伟与韩梅梅相反的行为，他因考试失利而进工厂当工人，后又返回农村，认同了韩梅梅的行为。显然，作者的意图十分明显，他要让年轻人知道，任何成绩，任何荣誉，都不是顺手捡来的。由此可见，叙事时间在小说中的重要地位，它显示了韩梅梅一步一步成长进步的轨迹，也清晰地勾画出人们对韩梅梅由不理解到理解、由歧视到赞美的变化情势。

　　马烽十分擅长对叙事时间作连贯、交替和插入处理。连贯就是将各个不同的故事并列在一起，第一个故事刚刚结束，就开始讲述第二个故事。如《三年早知道》，写赵满国耍奸取巧，就讲了两个故事：一是社里分配他当饲养员，对社里的牲口他马马虎虎饲养，对自家牲口他精心照料，一人饲养两样结果，社里的牲口"瘦得皮包骨"，他家的牲口"又肥又壮赛如虎"。社员们提意见，撤了他的职。这个故事刚结束，马上又转入另一个故事。社里把他调去赶大车，可谁知他趁赶车送公粮跑运输的机会，捎带做起买卖来。这两个故事的组合形式是并列关系，共同说明赵满国耍奸取巧，自私自利，也反映了他头脑灵活。插入，就是把一个故事插到另一个故事里去。《韩梅梅》就是把几个故事插到一个故事中去。所谓交替就是同时叙述两个故事，一会儿中断一个故事，然后在下次中断时再继续前一个故事。《饲养员赵大叔》中，"我"认识赵大叔后，由甄明山和秀英讲述赵大叔的故事，于是想去看看赵大叔，结果没看成，赵大叔被郭二保娘家请去给牛治病去了。故事又折回，继续由甄明山和秀英讲述赵大叔以前的故事。接着又回到看赵大叔的故事。这种处理就使得故事之间灵活舒展，疾徐有致，起承得法，相得益彰。显示了马烽叙事艺术的高度成熟。

但马烽小说亦有失败之处，如《太阳刚刚出山》，为了凸显县委高书记（老大）公而忘私、大公无私和连续作战的工作作风，不顾和乡村妻子团聚，把连夜做公社副书记（老二）的思想工作、做群众工作、召集东照村和西照村干部大会、选定打桩地点、向地委汇报县委决定等事件，全部放在一个晚上叙述，使事件本身的戏剧性过分强大，从而严重损害了作品的真实性，这种叙述使叙述时间承担了它难以承担的负荷。

二　叙事角度

叙事角度共有三种：第一，全知叙述，叙述者无处不在，无所不知，叙述者比他的人物知道得更多；第二，限制叙述，叙述者和人物知道得同样多，叙述者不能向我们提供人物所不知道的事；第三，客观叙述，叙述者仅仅向读者提供人物所见所闻，不进行主观分析和评价，他比任何一个人物都知道得少。马烽小说的叙述角度涉及前二者，客观叙述绝少，故笔者不予考察。

限制叙述是马烽小说使用得最多最有力的叙事角度，全知叙述也有，但他的全知叙述并不完全彻底，或多或少或强或弱地带有限制叙述的特征。据托多罗夫对全知叙述的规定，"叙述者的优势可以表现为知道某个人物的秘密愿望（而这个人物自己却不知道这些愿望），也可以表现出同时知道几个人物的想法（这种他们中间任何人都办不到的），或者仅仅表现为叙述那些不为一个人物所感知的事件。"① 再看马烽的小说：第一，叙述者对人物不具优越地位，叙述者对人物的熟稔和详知程度没有逾越人物，或者说叙述者对人物没有什么秘密可

---

① 《马克思主义文艺理论研究》编辑部编选：《美学文艺学方法论》（下），文化艺术出版社 1985 年版，第 566 页。

言。《老社员》的叙述者即如是。小说叙述者的叙述基本上以贺老栓的老伴刘改梅的视点为转移，全文只有三段"全知叙述"：其一，刘改梅与贺老栓是三十多年的恩爱夫妻；其二，贺老栓没有看戏，而在水库工地忙了半夜；其三，贺老栓的生平简介。这三段叙述对小说中的其他人物来说是秘密，而对刘改梅却根本不是秘密，叙述者没有超过小说中的人物的感知、经验、理解和思维去叙述，叙述仍逗留在其他人物的活动范围。第二，在这类小说中，除叙述者的叙述外，人物之间的对话往往成为相当重要的叙述部分，《老社员》、《结婚》、《五万亩红薯秧》、《新任队长钱老大》、《李德顺和他的女儿》、《伍二四十五纪要》和《仇村》，这些小说中的每个对话人物就是一个视角，一个叙述者，他们谈论的人和事是他们知道的人和事，因而叙述者和人物是等同的。第三，马烽小说对人物心理活动叙述甚微，有的甚至一句心理刻画也没有，人物往往就是一个行动者或说话者。而心理活动是拉开人物之间距离的重要手段，一个人物是无法知道另一个人物的心理活动的，只有叙述者才有可能知道。马烽小说中的人物与人物之间大体上相习相知，"肝胆相照"。所以，马烽小说的全知叙述具有限制叙述的特征。

马烽的限制叙述有如下特点：第一，叙述者＝人物，即人物不知道的，叙述者无法叙述。人物的视野就是叙述者的视野。《我的第一个上级》中的彭杰，《临时收购员》中的"我"，《结婚现场会》中的周书记，《三年早知道》中的老马，这些小说基本上是以这些人物的所见所闻所历所感展开故事叙述，小说叙述的开始和终止完全依赖这些人物活动的开始和终止。《临时收购员》中"我"的叙述，百泉供销社增加了一个收购鲜蛋的临时收购员石二锁老汉，这人老实憨厚，不爱说道，"我"怀疑他是否能胜任收购工作。正式工作后不久，"我"发现石二锁老汉不仅收购的鸡蛋少，而且还做起倒贩小鸡的生意，"我"气坏了，把石二锁老汉打发走了。后来，"我"走村串户收购鸡蛋时，才知道误解了老汉。老汉才工作了几天就和群众建立了一种新的工作关系。"我"的怀疑、担心、恼怒、感激、惭愧和钦佩都严格遵循"我"的所见所闻。如果是全知叙述，这篇戏剧效果是难以建立起来的。第二，马烽小说中的叙述者往往是小说中的一个人物。如《临时收购员》中的"我"，《我的第一个上级》中的彭杰，《饲养员赵大叔》中的"老马"，《结婚现场会》中的周书记，《三年早知道》中的老马，他们既是故事的参与者，又是故事的叙述者。他们既能深入故事，又能够跳出故事，自由灵活地在故事内外穿插闪跳，构成马烽小说叙述视角的重要特色。第三，在一篇小说中，以一个人物的视角展开叙述是有很大局限性的，马烽在小说中把叙述者的任务频繁转移其他人物身上，让其他人物充当临时叙述者，招之即来，挥之即去。如《饲养员赵大叔》中的甄明山、秀英，《我的第一个上级》中的小秦，他们的性格、气质、趣味、肖像，我们根本不知道，也无须知道。作为一个小说人物而言，他们是可有可无的，可是对叙述者而言却至关重要，他们是一个准叙述者。由于叙述者的限制，叙述者只知道此时此地的情势，但并不知道彼时彼地的情势。小说通过这些准叙述者介绍人物生平或叙述人物的其他事迹或行为。因此，这些人物绝非可有可无，他们对丰富小说的时间和空间具有重要意义。

三　叙事结构

据史文森的说法，叙事结构方法有三种：人物、情节和环境。陈平原先生即采此说。① 但这种划分过于细密，不宜用来分析马烽小说，而应采用一些比较抽象的单位。笔者所说的叙述结构就是布局，即对故事的安排秩序和方法，也就是先写什么后写什么的问题。什么样的结构会产生什么样的小说，如果打乱或颠倒写作顺序，那一篇小说就瓦解了。这里，有必要对故事作一番规定，所谓故事（story），是指作品文本中抽象出来的一系列被叙述的事件及其参与者。所以故事的核心是事件，所谓事件（tvenf），在 S. 里蒙-凯南看来，是"从一种事态到另一种事态的转变"②，它包括两层意思：第一，事件是一系列

---

① 陈平原：《中国小说叙述模式的转变》，上海人民出版社 1988 年版，第 106—108 页。
② Shlomith Pimmon—Kewan：《叙事虚构作品》，生活·读书·新知三联书店 1989 年版，第 27 页。

的;第二,事件是有联系的。单个的事件在小说中价值甚微,所以联系和转变的思想对于事件很重要。在研究中,笔者把事件系列作为一个基本单位。本节的任务就是考察马烽小说的事件系列及内在关系。

第一,因果结构,即第二个事件系列是第一个事件系列的结果。这种关系由时序原则所支配,第一个事件系列先于第二个事件系列,第二个事件系列先于第三个事件系列,以此类推。如《仇村》:赵庄和田村合开一渠,赵庄要和田村三七分水,引发两村间一场恶战。结果:田铁柱打死赵栓栓的儿子狗娃→田铁柱被判刑半年;田铁柱被赵栓栓打断了腿,田村败诉,水渠归赵庄→田村放火烧赵庄的麦子→赵庄拆田家老坟的碑楼。……就这样,一个事件引发了后一个事件系列,而更后一个事件系列又是前一个事件系列的结果。

第二,递进结构。第二个事件系列是第一个事件系列的推进,第三个事件系列又是第二个事件系列的推进。《三年早知道》、《红太阳刚刚出山》、《韩梅梅》,均为此结构。如《三年早知道》,赵满国为了个人利益损害集体利益→赵为了本村集体利益损害其他集体利益→赵批评本村社员为了本村集体利益损害其他集体利益。赵满国从个人主义到集体主义到社会主义思想的转变就是由事件与事件之间的递进关系来完成的。

第三,转折结构。这是马烽小说中最基本、最重要的叙事结构,无论是十七年的小说,还是新时期的小说,尽管描写内容不同,但他的艺术结构方式始终保持一致。

这类小说的结构原则是,第二个事件系列是第一个事件系列的反面,两个事件系列的关系是转折关系,用符号表示为 Se1,《我的第一个上级》,农建局副局长老田是一个疲疲沓沓的人,走起路来总是低着头、背着手、慢慢迈着八字步,讲起话来总是有气无力,处理问题总是没紧没慢拖拖拉拉,好像什么事也不能使他激动,即使洪水决堤了他仍然如故。可听到三岔河发洪水了,Se2,老田触了电似地"呼"一下坐了起来,完全变成了另外一个人,精神抖擞,满脸红光,脸上的表情又严肃又冷静,大踏步地跑,大声地打电话,英武果决,雷厉风行。这种结构有如下特点:其一,它是作家一定思想要求和规范对事件的重新整合，打破了事件本身的发展秩序。这种结构以转折为枢纽，辅之以灵活的穿插和连贯；如果抽掉转折，那马烽小说的魅力只是部分地来源于故事本身，而更多地依赖对事故的叙述。其二，马烽小说的转折是叙述角度运用的必然结果。马烽大多数小说的叙述视角是限制叙述，叙述者往往是小说中的某个人物，而且这个人物往往是下乡干部、记者、作家或刚刚工作的年轻人，他们和人物的关系是短时性的，并不十分了解他所叙述的人。事件往往是这样，叙述者叙述的人物对小说中的其他人物而言，无论是生活习惯、工作方式、性格脾气都是熟知的，他们对主人公的行为举止并不惊讶，一切顺乎情理，对叙述者却十分陌生，令其大惑不解。从一种陌生到另一种陌生，就必须以转折加以维系。其三，马烽小说的转折是形式上的转折，在内容上是统一的。这类小说，系列事件一不等于系列事件二，即 Se1 ≠ Se2，Se1 和 Se2 似乎是对立、脱节或分裂的。然而这只是小说的明线，还有一条暗线隐伏在故事深处，那就是人物行为的连贯性和一致性。《我的第一个上级》中的老田在 Se1 和 Se2 中并不是两个人物，他的行为并不矛盾和分裂，而是十分内在地统一在老田身上。因而这种转折只是出现在叙述之中，老田始终是老田，但在叙述者眼中，就有 Se1 中的老田和 Se2 中的老田。所以，从事件自身的发展逻辑而言，Se1 – Se2。

（原载《通俗文学评论》1992 年第 1 期。发表时署名彭基博）

价值·立场·策略

——苏童文本论

苏童从 1985 年至 1991 年的文本大致可分为三种类型。

其一，假定性文本，如《一九三四年的逃亡》、《飞越我的枫杨树故乡》和《罂粟之家》。这种文本不是去模拟或反映一种现实，而是去想象或假定一种现实。苏童凭借着罕见的玄思冥想的天赋创造了一个崭新的艺术世界。请注意，笔者使用想象或假定而回避了某些批评家所说的回忆，因为回忆的对象是一种曾经的现实存在，它受到严格的时间限制，而想象的对象则全然不同，它既不是眼前的客观存在，也无法假定是现实的存在，因而它不具时间性；况且，一般来说，苏童文本叙述人与所叙之事隔着遥远的时间距离。与其说他在回忆一种现实，不如说他在想象一种现实。故此，笔者将这类文本称为假定性文本。

其二，陌生化文本，如《妻妾成群》、《红粉》和《妇女生活》。此类文本如苏童所言，"是以老式的方法叙述一些老式的故事"，"或者说是试图让一个传统的故事一个似曾相识的人物获得再生"。必须承认，笔者在努力反抗着另一种概括：现实主义文本，因为这种概括不仅会轻易抹去苏童的故意劳作，而且将使此类文本所显示的新质受到冷漠和伤害。故事人物是我们熟悉的，但同时又是我们所陌生的，我们熟悉的是历史和文化，而我们所陌生的则是现代人观照历史和文化的眼光。

其三，形而上文本，如《平静如水》、《已婚男人杨泊》和《离婚指南》。如果说前两种文本是对现代人生存问题的逃避，那此类文本则意味着逃避的失败。生存问题，终极价值和意义问题几乎与生俱来，尽管你疏离它甚至崖岸地对待它，可它会顽强地伴随你并迫使你走入它的深渊，直至你做出属于自己的哲学反应，这是没有办法的事情。

这三类文本在文体风格、叙述形态和话语方式上是如此不同，以致你惊叹文字天才的创造潜能并相信苏童还将把这潜能提升到一个新的高度。然而，本文却无意于探讨苏童文本的丰富性和差异性，而仅仅对苏童三种文本之间的联系方式产生兴趣，即是否有一种统一性的东西贯穿其中？回答无疑是肯定的，这就是关于价值、立场和策略等方面的问题。

所谓价值（value），即在人类的客观实践活动中所产生和形成的客体之于主体的意义。

说到价值，还有一个评价问题，所谓评价，就是人们对价值进行的肯定或否定判断，或者是偏爱，或者是厌恶，这样的过程就是评价的过程。当我们说一个人崇高、圣洁和美丽时，认为是有价值的；反之，当我们说一个人卑鄙、污秽和丑恶时，则认为是无价值的。这就有一个立场问题，也就是说，他是站在一个什么基点上进行评价或判断的。如果说价值是针对人物而言的，立场是针对叙述人而言的，那么策略则是针对作者而言的。价值、立场和策略大相径庭但又紧密相关，它们共同构成并统一于文本。

价值问题必然关涉人物，笔者首先从历史性、社会性和现实性三个层面对苏童人物的价值予以观照。

第一，生命：丑恶。苏童对生命的繁衍、传递和绵延相当敏感，他往往将祖孙几代人的生命形态做共时性的呈现，这就使得苏童对家族史具有浓厚的兴趣，如枫杨树故乡、罂粟之家、香椿树街，和莫言笔下的"红高粱家族"不同，苏童的家族不再有任何值得炫耀的品格、才具和壮举，而仅仅是家族血脉在遗传、变异与交织中定律般的历史和命运。

1.《飞越我的枫杨树故乡》：
祖→么叔→婴孩（我）

2.《一九三四年的逃亡》:

蒋　氏　伯父

陈宝年　父亲→儿子（我）

3.《妇女生活》:

娴母→娴→芝……→萧

4.《罂粟之家》:

刘老太爷→刘老侠……→沉草←茂

→表遗传……→表变异　←表交织

　　这类文本简直可以说荟萃了最丑恶、最低级、最无价值的生命形式:白痴（演义）、疯子（么叔）、淫妇（姚碧珍）、土匪（姜龙）、低能儿（舒农）、痞子（李昌）、性无能者（刘老侠）、性变态者（陈文治）……生命以一种前所未有的恶毒与肮脏的狰狞面目在文本中呼吸与漂浮,一切纲常伦理和秩序准则全被颠倒和破坏了,一切生命的尊严、崇高、纯洁、健康和美丽在诗一般的文字中灭亡殆尽。生命成为一种不可饶恕的罪过,每个人似乎都必然地具有某种疾患的特征。苏童把这一特征放在家族链环上予以历史性的考察,从而勾画出一部部家族史由盛而衰的发展轨迹,生命由绚烂的极致趋向死灭的极致。《罂粟之家》中的刘老侠信奉着这样的生殖理论:"血气旺极而乱,血乱没有好子孙",到了《妻妾成群》,飞浦也低吟着同样的挽歌:"陈家世代男人都好女色,轮到我就不行了,我从小觉得女人可怕,我怕女人。"为什么这些家族的后嗣中出现一大批白痴和废人,恐怕找不到比这更好的诠释。出于这样的历史观,这些家族受到非血统的变异与交织在所难免,如娴家收养萧（《妇女生活》）,刘老侠默许长工陈茂与翠花花私通,也默许了他们的儿子沉草（《罂粟之家》）,李昌做了姚碧珍干儿子,又成为她的情夫等。综而观之,丑恶维系着苏童笔下形形色色的人物,并且贯彻到生命的遗传,变异与交织的各个层次之中了。

　　第二,道德:沦丧。一般来说,苏童的人物不具道德感,他们将道德律令置之度外，甚至他们根本就没有度。而道德律令是整个社会赖以生存和发展的契约，每一个社会成员既受它的保护，又受它的制约，然而这一切被他们粉碎了。就说陈宝年，作为丈夫和父亲，他根本就没有肩负起其应该承担的责任和义务，除了在繁衍上，我们看到他与这个家庭的联系外，在情感、责任和经济上，他与这个家庭毫无瓜葛，尽管他在城里卖竹器发达了，他却不曾给家里寄过一文钱。不可思议的是，他妻子蒋氏对此居然没有一丝一毫的怨尤、要求和祈望，她以干瘪的身躯含辛茹苦、忍辱负重地支撑整个家庭的全部苦难。

他们简直就是一群不具思维特征的人，生活中的一切从来不经过他们的心灵，他们根本就没有社会或环境的观念，因而也就根本不从社会或环境的角度审视、协调自我与他人的关系。是非观念、善恶观念、美丑观念被他们全部摒弃了。他们只是行为者，充分地自为自存地不断活动着的人物。他们杀人就杀人（如刘沉草杀死演义），放火就放火（如刘老信放火焚烧刘老侠的房子），强奸就强奸（如枫杨树的不少男人就奸污过疯女人穗子）。没有人审判他们，他们更不会审判自己；他们没有行动前的思考、矛盾和困惑，也没有行为后的恐惧、反思和负疚。文明和文化对他们而言，完全是一件多余的东西。每一个人都是他人的罪人，构成了对另一个人的伤害，同时又被另一个人伤害着，可他们没有犯罪感。如果指责他们残酷、暴戾、阴鸷、下流、卑鄙、恶心都恰如其分，问题的症结是他们根本就没有道德感。可见，苏童对曾存的文明与道德进行了何等深入的毁灭，难怪在他的文本面前我们目瞪口呆、手足无措。

第三，生存：空虚和无意义。生存是生命的最切近的伴随形式，它从四面八方围绕你，并在最隐秘最深沉的内部影响你。苏童曾专注于将历史想象化或将想象历史化，试图在这专注中对现实的生存做轻描淡写的处理。生存问题，宛若苏童最后的敏感的伤疤，苏童太年轻了，他像无法回避每天的太阳一样回避生存。终于，《平静如水》、《已婚男人杨泊》和《离婚指南》等不可遮蔽地泄露了苏童对生存境况的反应。作为存在，无论李多还是杨泊，他们在生存的旋流中失却了自我控制、位置和方向："有时候在风中看见杨泊的裸露的苍白的脚趾,你会想起某种生存的状态和意义。"(《已婚男人杨泊》) 这种状态和意义构成了李多或杨泊所受到的非存在的两种形式的侵扰:空虚和无意义。因此,在精神生活中他们无法确立自我意识并获得自我肯定。空虚构成自我肯定的相对威胁,而无意义则构成自我肯定的绝对威胁。李多是一个精神漂泊者,他始终游离于现实生存之外,他无数次地尝试对生存进行介入,但就是不得其门而入,或者是生存拒绝了他,或者是他拒绝了生存。现实自有现实的法则,而李多没有建立与之相适应的准则和条件,除了漂泊他还能做什么呢? 因之,他抛弃、嘲笑和游戏生活,同时又被生活抛弃、嘲笑和游戏,是公平而合乎逻辑的。如果说,李多完全外在于生活,那杨泊就迥然不同了,他是扎扎实实地在生活,他就像生活过几辈子一般对生活有透彻而明晰的理解。他倦慵、宽厚和容忍的生活是充分世俗化的,他努力地为夫为父,然而他并没有因此而成为一个真正的丈夫和父亲。他抚养儿子是因为他不得不如此,他无法抗拒命运。他与生存的联系只有责任和义务,而没有情感和思想。一方面他在慷慨地施予,另一方面他却悭吝地收敛;一方面他充分地形而下地生存,另一方面他又盲目地形而上地去怀想,可这种怀想并没有化为坚定的可行的生活信念。这种形而下与形而上的二重分裂折磨着他,他渴望离婚,又放弃了离婚。所以,在精神深处他与李多如出一辙,他们都是漂泊者,他们没有精神家园。

　　上述人的价值的毁灭或沦丧,可以说覆盖了苏童的绝大部分文本,但它并不构成文本的核心或重心,也就是说,它并不构成文本的终极关怀。苏童毁灭这一切并非为了上演悲剧,而仅仅是出于游戏的需要,因为游戏的内容并不构成游戏的本质,它的本质应由形式来决定。这种倾向不是人物,也不是作者所能或所愿左右的,而在极大程度上取决于文本的叙述人的立场。尽管苏童文本叙述人叙写了很多人物,但他的终极目的并不关注这些人物及其性格、命运、境况、发展和归宿,他所关注的是人物在文本中的呈现状态,或者说,他是从叙述学或修辞学的角度关注他的人物的。当且仅当这些人物为某种文本模式而诞生和死亡时,笔者就有理由说,叙述人是苏童文本的第一人物,他是文本的灵魂、枢纽、眼与心,甚至可以说是文本的一切。文本的魅力来源于叙述技巧的娴熟和表达的光华。叙述人选择不同的话语、语式和体态，导致文本构成的丰富性和差异性。

沉默（silence）。沉默就是指的叙述人的意识的空白，也就是判断的空缺或不在场。这是苏童文本叙述人针对人物所通常采用的立场，他杜绝对各色人等发表任何肯定性或否定性的评价、议论或观点，即使是委婉或蕴藉的；他更不介入人物的性格、心理和情绪之中去。他只是叙述，客观地、公正地和中立地叙述，这就是他的立场，他的立场就是没有立场。作为叙述人，他明了自己的职责除了叙述之外，其他全属多余。这样，人物的禀性、习惯和行为只属于人物，决然地排除在叙述人的思维之外。基于此，叙述人十分谨慎地在文本中建立价值系统，更不提供文本以外的另一种价值参照，人物只是在一个自足的纯粹文本中自生自灭。例如么叔，他既不属于祖父的价值世界，也不属于苏童的价值世界，他只属于叙述人的文本世界，这世界由野狗、疯女人和鼓荡着莽莽苍苍红波浪的罂粟花地构成。由此，文本中就出现了两种不胶着且互不侵犯的话语，一种是人物行为如火如荼的倾诉；另一种是叙述人洞若观火的冷漠，在这倾诉与冷漠之间，文本形成了独特的张力；表面上，叙述人对人物放任自流，实际上，人物受到了从来没有的尊敬，正如福楼拜所言，一个人对一件事感受得越少，他就越可能按它真正的样子去表达它。

声音（voice）。和沉默截然不同，声音是一种浸淫着主观性因素的叙述话语。但这种主观性并不一定蕴含价值判断，它是叙述人作为抒情主体的情感勃发状态，体现了叙述人对所述对象的专注与热忱。让我们再一次侧耳而听：

> 直到五十年代初，我的老家枫杨树一带还铺满了南方少见的罂粟花地。春天的时候，河两岸的原野被猩红大肆入侵，层层叠叠、气韵非凡，如一大片莽莽苍苍的红波浪鼓荡着偏僻的乡村，鼓荡着我的乡亲们生生死死呼出的血腥气息。
>
> ——《飞越我的枫杨树故乡》

　　我想起一九八七年心情平静如水。在潮汐般的市声和打夯机敲击城市的合奏中我分辨出另外一种声音,那是彩色风车在楼顶台上旋转的声音,好久没有风了,好久没有想起那只风车了,现在我意识到风车旋转声对于现实的意义……

——《平静如水》

　　这声音具有神奇的魔力,它层层叠叠向你涌来,如注如泄,闪闪烁烁,无始无终,径直调动着、敲击着你的感觉、知觉和幻觉的全部积累,进入神秘的时空之境。这声音完全属于叙述人,在人物身上或现实中不见它的影子和踪迹。苏童从一开始就对这声音的驾驭达到了炉火纯青的境界,它为一种新文本的建立至少提供了三种不容忽视的经验:第一,假定性,也就是非实在性非现实性,现实被虚无化,或者被肢解成碎片,话语之流就是想象之流,它是虚幻的、缥缈的、抽象的、形而上的,现实性和杂多性被控制到不足以干扰、伤害想象性的程度。另一个办法就是将想象现实化,也就是将主观性外射到对象性上去,如"河两岸的原野被猩红大肆入侵,层层叠叠,气韵非凡,如一大片莽莽苍苍的红波浪",叙述人对对象是否存在这一特性是不加考虑的,而只是似乎存在似地加以设定,设定的真实与否并不被怀疑,对象反而因了这设定变形更加接近罂粟花地。第二,意绪性,也即意象和情绪的组合性。意象具有激活感觉、知觉的功能,但意象过于频繁会给叙述本身增加危险性,叙述人必须:摄取意象之间的共同性,如猩红、红波浪、血的共同性是红,并以丰沛的情绪把这种共同性贯穿,使散淡的意象得以凝聚,如上引第二段就有三个意象:市声、打夯机声、彩色风车声,叙述人通过淡漠市声和打夯机声来凸显彩色风车声,从而获取了一种情感偏向,接着连续两次以"好久没有"来强化这种偏向,所以,情绪成为维系意象之间的内在力量。仅有意象而无情绪话语就不会流动,仅有情绪而无意象话语就缺乏附丽,只有二者相抱相契方能构成美妙的声音。第三,操作性,这是叙述话语成为话语的重要特性。话语不对性格负责,也不对环境负责,话语本身就是目的。话语开始了,文本就开始了,话语结束了,文本也就结束了。话语之后不会发生什么，话语就是所发生的全部。

距离（distance）。距离有二种，一种是叙述人与人物的距离；另一种是读者与人物的距离。第一种已在沉默中述及，不赘。第二种距离的实现也是依靠叙述人来完成的，这种距离就是中止读者进入文本，使读者的判断或推理变得无能为力。叙述人给予什么，读者就接受什么，读者成为一个冷静的观察者或接受者。这就在相当程度上瓦解了读者与人物之间的认知关系，认识作用、教育作用被粉碎了，人物就是人物，不再负担社会的、道德的、伦理的信息。如果说人物是被告，那么原告、法官和证人全都是叙述人，读者仅仅是听众席上的旁观者，他无法无权也无须干预法庭上的任何事务，他的权利就是倾听。这样，叙述人组建一种新的文本就成为可能，人物和读者简洁、单纯和轻松起来，读者成为名副其实的读者，人物成为真正意义上的人物，人物从价值和意义的天网中，从读者的判断与评价中拯救出来。所以，尽管文本中的疯子、妓女、白痴作恶多端，可读者并不厌恶他们，也说不上同情或欣赏，读者的感情处于零度状态。这就是距离的奥秘。

那么，苏童究竟采取了一种什么策略使他选择上述立场？这是我们进一步解析苏童文本不可回避的问题。一种文本总是规定着与之相应的手段或方法，反之，一种手段或方法又往往制约着文本的形式。考察苏童的文本，笔者发现他与现象学有显著的关联，虽然笔者无法断言苏童是否接受过现象学理论，但他的文本所显现的现象学理论的倾向是确凿无疑的。这里有必要清理一下胡塞尔现象学的基本理论。胡塞尔的现象学方法是一种特殊的认识程序，在本质上它是对于对象的理智观察，但这种观察是非逻各斯的，而是基于直观并为直觉所赋予的；现象学的指导原则用一句话即可概括："回到事物本身去"，然而这必须经过一种三重的"排除"或"还原"，也叫作暂时中止判断：第一，排除所有的传统，即其他人关于讨论对象所言说的一切；第二，排除所有的理论知识，诸如假说以及其他资料来源中得出的证明，而只承认"所与"；第三，排除所有的主观性，所需要的是纯客观的立场，专一地着重于对象本身。下面让我们来看看苏童是如何实现这一切的。

回到人物本身去。

作家塑造人物几乎是先验地受到下述影响:首先,文学传统的影响,文学传统拥有丰富的塑造人物的经验,从人物外貌肖像到人物心理活动,从典型环境到典型性格,从环境与人物的相互关系中刻画人物的性格发展史或心路历程;其次,理论知识背景的影响,从人物的职业的、阶层的、党派的、道德的和伦理的角度去确立与评判一个人,也就是确立一个人的社会性角色,如侮辱者或被侮辱者、好人或坏人,就是从社会的、伦理的角度对一个人的基本估价;再次,对人物的明确清醒的态度,赋予人物以非人物的情感的、道德的主观评价。对此种种影响或习惯,苏童进行了策略上的消解,废除性格发展史的中心地位,也就中止了从环境与人物的相互关系中去考察人物;模糊人物的社会性特征,增强人物的符号学色彩;采取客观的叙述方式,使中立性、公正性和冷漠性在文本中凸显出来。这样,被排除或还原之后的苏童式的人物就出现了,他们是为苏童所"给予的",他们是一批具有疾患特征的人,也就是说是非健康的、非正常的人:白痴(《粟之家》中的演义)、疯子(《飞越我的枫杨树故乡》中的穗子)、瞎子(《一九三四年的逃亡》中的小瞎子)、瘫痪症者(《南方的堕落》中的金文恺)、(《低能儿舒农》中的舒农)、小便失禁者(《伤心的舞蹈》中的赵文燕)、手淫患者(《乘滑轮车远去》中的猫头)、癔想症患者(《平静如水》中的李多)……这类人物充斥在苏童的文本之中,笔者不知道苏童是有意还是无意选取诸如此类的人物,这是否与苏童建立一种新的文本需要有关?也许这类人物最易于"排除"或"还原",他们与社会的联系最为淡薄,相对而言,他们游离于社会之外,或者与外界相封闭,也许这类人无所谓性格,缺乏心理活动,没有逻辑和必然的特立独行,读者只能从抽象的特征给予轮廓性的把握。那么,苏童的人物究竟为何物?

人物:符号。

关于艺术符号,苏珊·朗格认为它有三大特点:意象性、非理性和不可言说性。这为我们剖析苏童人物提供了一种重要的理论参照。从前文的理解活动中我们已经认同苏童人物具有三大特点:疾患性、非思考性和行动性。这三大特点正好契合了艺术符号的意象性、非理性和不可言说性，从而使苏童完成了对人物的符号的建构。疾患性就是人物生理或心理的病理性，比如瞎子或疯子，它是与文本俱来的，没有原因的。由于苏童对人物不提供肖像性格及心理，疾患就成了人物的唯一凭据，它是人物之所以成为人物的标志或载体。笔者说疾患具有意象性，暗含着苏童对整个人类的理性和感性的抽象理解，健康是相对的，疾患却是绝对的，某年某月的健康是存在的，但年年月月的健康是不存在的，所以，疾患是生命的基本形式。但这种抽象在具体的文本中化为了具象，或者瞎子或者疯子，从审美角度而言，瞎子或疯子就是一个符号、一个意象。非思考性就是人物思维的凝滞状态，思维被悬搁，既无所谓理性，也无所谓非理性，非思考性使苏童的人物成为否定自身的实在，人成为非人，沦为物件，比如么叔迷上了一群野狗，狗之于么叔已不再是对象性的存在，而就是他自身，他已习惯了狗的浪游式的生活方式，他没有灵魂、没有思想，他就是一条狗。最值得注意的是苏童人物行为的不可言说性，苏童是那么执着于人物行为，以致你疑心苏童有某种"行为崇拜"，他的人物简直有一种"行为情结"，这情结往往贯彻于文本的始末：《一九三四年的逃亡》中农民疯狂地从乡村"逃亡"到城镇，《飞越我的枫杨树故乡》中"寻找"么叔的灵牌，《乘滑轮车远去》中找猫头"修理"滑轮车，《伤心的舞蹈》中"迷恋"舞蹈，《你好，养蜂人》中的"寻找"养蜂人，《舒农》中舒农"窥视"偷情，《离婚指南》中的"离婚"——除了《离婚指南》中的离婚尚可找到现实依据，其他各种行为都不可理喻。枫杨树乡村有个农民"逃亡"，他们为何逃亡，逃亡的现实或心理的依据是什么，逃亡又有怎样魅惑人心的结果，我们均不得而知，逃亡的理由就是逃亡，逃亡就是死，逃亡就是生，逃亡就是全部的人生，当一种行为并不因为原因和结果而存在时，这种行为就成了不可言说的了。

必须承认，苏童对主观性的排除并非完全彻底，在许多场合甚至带有可谓强烈的主观性。如"我从来没有如此深情地描摹我出生的香椿树街，歌颂一条苍白的缺乏人情味的石硌路面，歌颂两排无始无终的破旧的丑陋的旧式民房,歌颂街上苍蝇飞来飞去的带霉味的空气,歌颂出没在黑洞洞的窗口里的那些体形矮小面容猥琐的街坊邻居"。(《南方的堕落》)但读者并没因此极具诱导性的叙述而采取相关的价值判断,这就涉及非确定性问题。非确定性是指文本所呈现出来的模棱两可的、非此非彼的犹疑特征,当 A 和 B 互为矛盾时,即 A←→B,或 A＝C,或 B＝C,那么 C 的非确定性就产生了。一方面憎恨(隐)丑恶(显),另一方面歌颂(显)丑恶(隐),在这种矛盾运动的判断中你无法确定叙述人采取了究竟是憎恨还是歌颂的立场。就这样,苏童在他无法排除主观性的时候,以非确定性来中止判断,具体而言,就是人物的情感状态和行为方式的悖论和错位。这在苏童晚近文本中表现得殊为显著。如《平静如水》,李多本身就集中了种种非确定性因素,他带雨伞时天没下雨,他不是流窜犯被当成了流窜犯,他等车车不开,可车开动时,他却不在等车,甚至他的玩具手枪被当成了凶器,这一切的颠倒与错位源于李多和外部世界的隔膜和误解。李多活在他自己的生活方式与行为方式中,这方式由其性格、禀赋、习惯所构成,而外部世界却按照自己的原则来规范每一个人。他不愿与外部世界交流,当他被误解时他无意于解释,也没有愤怒,因为比消释这一误解更深刻的颠倒和错位潜藏在李多自身。他读一本约翰·韦恩《打死父亲》的书,可同时又告诉你根本没有这本书。他兴致盎然地和陌生人打电话,甚至冒充李秃子和一个女人打离婚官司,结果他根本不知道和谁去打离婚官司。一方面他憎恨世界的全部做作和虚伪,另一方面他又构成了这做作和虚伪的一部分。他没有死的理由和依据,却做了一次死亡的游戏。所以,悖论和错位成为苏童在无法排除主观性的时候的必要的策略,从而为笔者把他的不同文本放在同一背景下进行观照成为可能。感谢苏童!

(原载《当代作家评论》1993 年第 2 期。发表时署名彭基博)

寻找价值和意义

——刘继明小说论

引子

  作为"新生代"的代表人物，刘继明真正开始他的小说创作是在90年代。在此之前，他专事诗歌，也发表过一些小说，比如《你飞过的时候有一种声音》，这个标题让笔者想起了韩东的一首诗《明月降临》中的句子。笔者不知道刘继明是有意还是无意写出了这样的句子，但无疑的是，这个句子所产生的那种感觉和姿态增添着这篇小说的诗的素质：沉酒和幻想，这种素质如同窖酒一样浸润在他的绝大部分小说中。当然，这篇小说也显露出刘继明所特有的执着和近于巫卜者的预感，而且，正是这种执着和预感推动着刘断明的小说向前发展。果然，不久刘继明写出了《大桥》、《城市上空的鸟》、《菁草之卜》和《浑然不觉》，这些小说再一次向读者证明了执着和预感的魅力，它们构成了人物特立独行的意志和无法用语言解析的神秘感觉。特别值得一说的是发表在《收获》上的《菁草之卜》和《浑然不觉》。

  《菁草之卜》在刘继明的早期作品中分量很重，而且也与他的全部小说风格不太和谐，可以说绝无仅有，笔者指的主要是叙事话语，那种看似笨拙的叙述，实际上是老练与娴熟的另一种方式。小说叙述的是江汉平原夏初常会出现的防汛抗汛的故事，以及一个师者兼巫者的晏先生对防汛抗汛的结果的预知，故事很简单，然而他描绘的风土人情所透露的生活奥义却意味深长，村长把村里的所有男劳力派到江堤上,而他自己把他们留在家里的女人一个一个地给玷污了。所以生活的真相与生活的表象常常以相悖反的形式出现在人们的认识之中,可叹的是生活的表象,可怕的是生活的真相。生活的真相是什么,是驱动着人们如此行动的本能或欲望,而这正是人们生活的悲剧源生点。这篇小说是刘继明对生育他的那块土地的明晰而理性的观照,初步展示了刘继明作为一个优秀小说家的叙事潜质,沉缓、从容,而且达观,第一次显现了他对小说的叙事节奏和结构的良好控制力,而且也预示着他将不会脱离生活去营造一种纯而粹的"文本"。如果说《薅草之卜》影响着刘继明今后的小说将保有对价值的思考,那么《浑然不觉》则启示着他在小说形式上的探索,这种探索显然是对先锋小说的认同乃至模仿。对此刘继明并不讳言(其实有几个新生代作家能摆脱先锋小说的启示呢?),他的大学毕业论文写的就是先锋小说,可见他对以马原为首的先锋小说家是"下过一番功夫的"。笔者没有见过这篇论文,但从他以后的创作来看,笔者敢说这种影响是积极和具有建设性的,至少增强了他的小说的自觉的叙事意识,而这正是《薅草之卜》中所没有的,如"故事就这么开始了","让我们看看故事的背景","有关李的故事到这儿就算讲完了。下面讲的是周和赵的故事",这与马原的叙事方式何其相似!在笔者看来,在所有马原的"追随者"之中,刘继明是最有能力接近马原的一个,他嗣后创作的《前往黄村》完全可以和马原的《虚构》相媲美,其对故事的驾驭能力,设置悬念的能力,虚构和想象能力几乎可以和马原相颉颃;在某种程度上,《虚构》成功还依赖了取裁的"陌生化"(麻风病人的生活),而《前往黄村》则完全是通过叙事达到"陌生化"的。而这一切的实现都可以说得力于自觉的叙事意识,可别小看了这种自觉的叙事意识,它满足了人们对文学文本的探索热忱,而叙事主体意识的确立是文学主体性确立的第一步,它预示了自由表达和创造的时代的来临。

　　但是,假使刘继明仅仅是一个亦步亦趋的"追随者",那他不过是一个"后"先锋小说家,悲哀地吞噬先行者所投下的巨大阴影;所幸的是刘继明并不是一个平庸的模仿者,他具有马原所必备的那些重要素质,诸如理性能力、结构能力、叙事能力和虚构能力,而且他还具有马原所缺少的江南才子细敏的感性与诗性的直觉能力，而这正是马原难以为继的深层因素。也就是说刘继明确有不同于先锋小说家的地方，这种差异性被敏锐的上海人捕捉到了，在那本极富文学影响力的刊物上冠以"文化关怀小说"，时至今日，站立在这一旗帜下的仅刘继明一人，这似乎是文坛上绝无仅有的现象。不管这一命名是否恰切，但至少表明刘继明的小说既不是"先锋派"，也不是"新写实"，更不是"新状态"，那是一种非刘继明莫属的特质。然而放眼文坛，进行某种"文化关怀"的人还只有刘继明，这就是笔者在谈刘继明之前阐述他与先锋小说的关系的原因。

那么，刘继明关怀了什么？他又是怎么关怀的呢？

一　寻找

和马原一样，刘继明也曾做过几年的"流浪者"，这种经历也和马原一样，在他的小说中有很多反映。然而他们的"流浪"却是很不相同的，马原的"流浪"是"漫游"，无目的性，而刘继明的"流浪"则是"羁旅"，有目的性而且甚至还有很强的责任感和使命感，这就足以把刘继明和马原区别开来，也足以把刘继明和其他的先锋小说家区别开来。当那些年轻的先锋小说家们津津乐道干"解构"，沉溺或得意于自己的叙事话语时，刘继明却在艰难地扮演一个关于"理想"的"寻梦者"的角色，寻找并确立着某种价值和意义。对目前的中国而言，确立某种价值比"解构"某种价值实在更为重要，因为"解构"是西方文明的一个结果，是那个源远流长的文化传统的一种必然，而在我们却是一种偶然，因为我们拥有一个迥异于西方的文化传统和社会现实，我们不能像移植市场体制一样去移植某种文化形态，我们不能因为某种相似性而把工具性的东西代替价值性的东西；如果一定要"解构"的话，那就要问我们心中是否具有让我们解构的东西，弄不好我们的"解构"就会变成无对象无目的的"游戏"。

对此，刘继明是清醒的，在那篇极有见地的论文《时间与虚构》中，刘继明区分了两种写作：一种是空间性写作，另一种是时间性写作。在他看来，当代的"先锋派"和"新写实"的许多作品就属于

"空间性写作",这些作品不过是在玩弄词语的魔方,从一个空间移到另一个空间,最令人不能容忍的是充满了物质性,其表现形态是"精神被智力化、想象被游戏化、经验被感官化",因而"空间性写作"变成了"失去终极语义"的写作。刘继明持守的是一种"时间性写作",因为"时间是人在世界上的最高仲裁者","只有时间才可能洞穿和彻底地改变人与世界的真实面貌",他相信时间对写作所发生的支配性影响,"它是意义赖以存在和显现的基本条件"。刘继明的这种区分极有意义,他看到了失去时间的写作的苍白、冰冷和平面感,提出了拯救写作的办法就是恢复时间在小说中的地位,时间就意味着历史,它是价值的意义的真正的呈现者。

刘继明小说的时间性是在历史和现实的交织中体现出来的。这在他的《中国迷宫》、《海底村庄》、《作鸟兽散》、《可爱的草莓》、《前往黄村》中都有不同程度的展现。《中国迷宫》写了木匠世家司马丹徒祖孙四代的历史和现实,从1840年一直写到现在,小说并无意诉说一个木匠世家的故事,而是试图在故事的背后揭示一点什么,司马大师创造了一座杰出的建筑迷宫——孟府庄园,而他的曾孙司马丹徒不过是想重现先祖往日的辉煌,但由于整个工程设计一开始的失败,他最后只得无功而返。这篇寓言式的小说寄意很深,似乎可以从多个方向进行解读,但无论进行哪种解读,都不能脱离小说所设定的历史和现实交织的时间性,至于这篇小说的寓意,笔者将在后文述及。《海底村庄》和《作鸟兽散》都有一个"寻梦者",他们都对过去的历史或事件进行追踪,企图探寻这一事件与过程对现实所蕴藉的价值与意义,这一意图的实现也依赖于小说中历史和现实所赋予的时间性。那么,刘继明是如何获得这种重要的时间性的呢?通过寻找。

寻找,构成了刘继明小说的重要元素,这一元素甚至被他给予了一种形式化的功能。为何寻找?显然它很重要,它是生存的基础,生活的支柱,比如理想,比如爱情,或者构成一个民族所不可或缺的东西。既然要寻找,这意味着先前有后来丢失了,或者本来就无但又不可不有,在刘继明的小说中更多的是前者,而且他的执着就是在这寻找的过程中体现出来的。《中国迷宫》中的司马丹徒就一次又一次地

"感到自己不过是一只正在寻找卯眼的榫头"，他想找的是以他的家族为代表的文化之源。《作鸟兽散》中的"我"就是一个"寻梦者"，像个影子一样在侔城行走，他找到了以李昊为首的文人创办实业的失败症结，李昊又何尝不是一个寻梦人呢？而《海底村庄》的"我"也是一个"寻梦者"，他要为作为一个民族的侔城人寻找他们业已丢失的历史、记忆、想象和诗。这是他们生存的依据和信念啊！《可爱的草墓》中的卓越作曲家童卓不就是为了寻找一种崭新的生活方式来到侔城的吗？他可不仅仅是为了钱！

既然是寻找，那么就自然有一个起点，一个目的地，也就是说，有一个 A 点和一个 B 点，用符号来表示就是 A→B，而其中的某一点是静止的，另一点则是运动的，刘继明就在这静止和运动中来完成他的思考或目的。这或许就是刘继明的小说的最大的"形式"，从他早期的《大桥》和《异城之役》到他新近的《中国迷宫》和《蓝庙》，更不用说处于其间的《明天大雪》、《海底村庄》、《我爱麦娘》、《作鸟兽散》、《可爱的草莓》了，这一形式是他思维运动的枢纽，形成着他的小说特质，也摧动着他的小说花瓣一般展开。而这 A 点往往是静止的历史，而 B 点往往是运动的现实，于是刘继明的小说的价值和意义就在这 A→B 中凸显出来。当然，他并没有简单地肯定 A 点，或者简单地否定 B 点；反过来也一样。那么刘继明寻找到了什么呢？

二　欲望

刘继明最关心的是市场经济给人们的精神带来的冲击，或者说他关心的是一场经济体制变革给人们精神生活所带来的影响，这种精神在他的小说中具体化为文化、文学、艺术、诗歌和学术，而这种精神创造的主体诗人、学者和艺术家的命运就成为刘继明关注的起点和归宿。在许多先锋作家沉浸于他们的"叙事圈套"和"文本游戏"的时候，刘继明却在以小说形式执着地孤寂地思考那些人们迫切需要解答的严肃问题。这个问题就是敏锐的上海学者（又是上海人！）首先提出来的"人文精神"问题，随之而来的持久而广泛的讨论程度不同地触及了我们这个时代最敏感的部分，因为它涉及我们赖以生存的价值和意义,而刘继明就是以小说形式来加入这场讨论的。

在这个大变革的时代,人文或者文人变得空前脆弱,最要命的是文人的生命形式和写作的意义受到怀疑,这怀疑不仅在外部而且在内部发生了。诗人江山(《投案者》)在他的日记中的独白无异于刘继明的灵魂呓语:"我的写作对许多人来说,是一些毫无用途的废品。他们宁愿耗费整整一生的时间去研究证券或期货知识,也不愿意用哪怕是一分钟时间来品尝它。我成了这个时代的一个垃圾制造者,垃圾所换来的钱还不够养活我自己。可是我始终难以理解,物质真的能够拯救一切吗?人真的能离开灵魂而安然无恙地活着吗?"然而诗人江山始终也没有找到他生存的"依据",他没有"挺住",最后由自弃而走向自戕。然而,大多数的文人得活下去,于是就有了作家李昊和作曲家童卓的"顺应时代",一方面他们想保持自己的理想,另一方面又不能脱离现实,这是一种既保险又冒险的生存策略,说它保险是指他们仍然有自己的持守,说它冒险是指他们对某个经济财团的依附,李昊的"《星报》社"和童卓的"艺术发展有限公司"都是依附,李昊的"《星报》社"和童卓的"艺术发展有限公司"都是依附的产物,因而也是相当脆弱的。

这种脆弱是相对于经济和物质的强大而言的,强大的经济不仅左右着人们的生活方式,而且也生长着与物质利益相适应的精神生活与观点,或者某个强大的经济实体至少可利用与它的利益相一致的精神生活与观点,这是刘继明所寻找到的现实本身。在《失眠赞美诗》中,表面上是失眠研究中心的心理学派代表人物楚博士的学术观点被生理学派的代表人物催眠大师学术观点击败了,实际上是一个经济集团击败了另一个经济集团,所以两位学者学术观点的流布与遏制就不仅仅是他们个人的事情,更重要的是经济利益集团的所有者个人又是为物欲和爱欲所驱动的。侔城亿万富翁 K 老板之所以赞助楚博士,并不是他欣赏楚博士的学术观点,而是他为了满足自己的爱欲,他看上了楚博士的妻子。而催眠大师成功并不是他的观点比楚博士的观点更正确,而是资助他的另一家大公司出于利益需要把势力渗透到本来由 k 控制的失眠者协会所致。所以由物欲和爱欲驱动所产生或支撑的精神生活与观点是盲目的、脆弱的，因而也是可悲的。

物欲即钱欲与权欲，这欲望和爱欲一起，构成了刘继明小说的主要内容。在《失眠赞美诗》中，他揭示了钱欲和爱欲对学术的影响，《可爱的草莓》中的童卓则是利用沈女士的爱欲来满足他的钱欲（当然还有别的），而《作鸟兽散》董戬则是一个权欲熏心的"阴谋家"，是他直接导致了《星报》的毁灭。当然，刘继明表现得最多的还是爱欲，即生命本能，其主要的内容还是肉欲（sensuality），尽管它是人的基本的生理和心理需要，它却在生命的各个层次揭示了人的价值观念和道德观念。在人的所有欲望中，爱本能是被压抑得最深而且最久的一种本能，然而它又是最积极、最活跃的生命能量，刘继明侧重表现的是性本能的沉沦，包括性泛滥、性错位、性变态（《我爱麦娘》中的丹桂与狗在沙滩上打滚）与乱伦（《中国迷宫》中的司马方正既与咏梅她娘交媾，也与成为他媳妇的咏梅交媾）。

最早表现这种性泛滥的是《蓍草之卜》，村长复生是一个完全被生理欲望所控制的人，他把村里的男劳力全部赶到防洪堤上，他却偷偷溜回来把他们的女人一个个玷污了，他把村里的女人都看成了满足情欲的对象。而被施欲的女人呢？又有哪一个进行过反抗？哪怕是象征性的。而这正是他行淫的现实基础。他的弟弟东生也是一个玩女人的老手，他不仅和马玉的女人蛾子偷情，也把他嫂子玷污了；不幸的是他哥哥也看上了蛾子，当他执意想救被洪水围困的蛾子时，他哥哥一枪把他打死了，与其说他在维护更多的群众利益，不如说他在进行报复。这个复生，即使是最严厉的道德惩罚也无济于事，因为他已丧失了人之为人的道德观念，或者他已将道德观念置于他的掌控之中。可见，绝对的权力将导致绝对的腐朽。然而这仅仅是我们在小说之外的义愤，小说中的人物仍然会我行我素。

这种情形也同样适合《明天大雪》，小说写得极具形式意味，四个村庄，八个人物：四个男的，四个女的。其实这篇小说可以分解为四个故事：吴镇的故事、王庄的故事、张沟的故事、洪村的故事，联系这四个村庄的是大雪、打猎和木炭。吴镇的人物：吴老板和他的女人小素；王庄的人物：王猎户和他的女人碗；张沟的人物：烧木炭的人和他妹妹翠;洪村的人物:洪姓商人和疯女人玖。每一个女人留在她们的村庄,每个男人都跑到另外的村子并和村子的女人结成了某种爱欲关系:洪姓商人到了吴镇,小素对他产生了爱欲;小素的老公吴老板到了王庄,对碗儿产生了爱欲;碗儿的丈夫到了张沟,对翠产生了爱欲;翠的哥哥到了洪村,对疯女人玖产生了爱欲。于是就形成了爱欲的怪圈和错位:男人想别的女人,女人想别的男人,正常人爱上了疯女人。

人的性爱沦丧反映了人的道德沦丧,而道德沦丧反映了人的价值沦丧,对于一个连最基本的道德观念都丧失殆尽的人,还谈论什么价值和意义系统呢? 或者堕落,或者拯救,别无选择,刘继明选择了拯救。

三 信仰

堕落不能拯救堕落,只有理想和信仰才能拯救。这是刘继明在一系列以佴城为背景的小说中传达出来的沉重呐喊声。佴城,这个"繁花似锦"、"高楼拥挤"的城市 (《作散鸟兽》),这个"物欲横流"的城市 (《投案者》),这个人们"野心勃勃地拼命挣钱而又挥金如土及时行乐","通宵达旦地饮早茶和逛歌厅"的城市,这个"没有历史","平面感很强"的城市 (《海底村庄》),总之,这是一个物质日益发达而精神日趋萎缩的城市,什么才能拯救它呢? 刘继明的回答是艺术、诗歌、宗教,有时甚至是女人。《可爱的草莓》中的沈女士对她的情人童卓说:"对一座没有自己宗教的城市,唯一能拯救它的只有艺术,否则它就会一直沉沦到地狱里去。"

艺术和诗歌在刘继明那里是神圣的、高贵的、理想的,是他抵御物化、世俗化和现世原则的最后的堡垒,不过这也是他一以贯之的精神立场,是他坚守自我并与自我相抵牾的"他者"进行抗争的利器。他写得最多的是艺术家和诗人(当然也包括作家和爱诗者),或者具有艺术气质的学者。如:焯(《六月的卡家》)、黄毛(《前往黄村》)、林戎和裙(《城市上空的鸟群》)、大提琴手和女高音(《歌剧院的咏叹调》)、李昊(《作鸟兽散》)、童卓(《可爱的草莓》)、江山(《投案者》）、欧阳雨秋（《海底村庄》）、沙丁（《预言》），以及《蓝庙》中的叙事者"刘继明"。这些都是从事精神活动或者生活在想象与虚构中的人物，他们怀抱着不合时宜的理想与信念，这就注定了他们在汹涌的流俗背景下成为高贵的被损害者、被侮辱者和被毁灭者，可悲的是，他们的毁灭只对他们自身构成意义，那个他们为之献身的现世仍然无动于衷，仍然遵循着自己的意志滑向悲剧的深渊。比如那个欧阳雨秋教授，他的死或者叫牺牲对他的理想的实现没有丝毫的进展，俐城人拒绝把他作为一名烈士。

在此之前，这些为虚无、想象与自由控制的灵魂，还没有那么多的责任感和使命感，他们只是一些与流俗不同的与世隔绝的人，以自己的操守和追求构筑着、完善着具有自足主体性的精神实体，他们不在乎外在世界的理解、信任和态度，他们唯一在乎的就是他们自身，他们的幻想、沉湎或者漫游。这种精神向度集中反映在《城市上空的鸟群》中，小说中的林戎也好，裙也好，裙的母亲也好，裙的母亲热恋的情人爵士鼓手也好，他们构成某种情人关系或者亲情关系并不重要，因为这种关系是偶然的，也是可以变动的，或可以随时解散的。重要的是他们每个人都有自己的向往和渴望，这是必然的，不可变更的，永生相伴的，就像城市上空自由飞行的鸟。正是因为如此，裙追随着鸟的踪迹从铁塔上跳下来，林戎开始四处流浪，裙的母亲一夜之间变成了满脸皱纹的老妇人，爵士鼓手在出国多年后重回故里，就是为了他的列奥诺拉。他们活着或者死去都不是因为"他者"，哪怕他是情人，他们是完全独立的、自由的和内倾的，这就是一个本真的人的基础。正是这种精神向度，《前往黄村》中的黄毛的我行我素（旷课、不在乎他人），拒绝社会的塑造（他不是被开除，而是自动退学）行为才成为可以理解的。

然而，人只要活着，就必然地与"他者"相遇，这个"他者"抽象地说是一种环境或社会，具体地说是一个他人，这也是包括具有自由精神的人所共同面临的人生遭遇，于是冲突、反叛与悲剧就不可避免地一再发生。《六月的卡农》中的焯的悲剧就是如此，表面上看来，焯在萌漂亮的脸上划了一刀，是焯对萌的反叛的报复，实际上是焯对他所确立或培育的精神立场的自戕,这与他后来的跳车自杀的行为完全吻合。还有《投案者》中的诗人江山,他与沈露的关系和焯与萌的关系是基本一致的,那就是自由精神与其对象的关系,在他对他所信仰的偶像幻灭之后,他利用沈露出国的机会谎称自己杀死了沈露,当他精心策划的这场"谋杀"败露之后,就走上了与焯同样的自我毁灭之路。可见自由精神在这个时代面临着严重的生存危机,萌走向了焯不能容忍的世俗,而沈露压根儿就是一个物欲与爱欲的混合体,然而,暴力和自戕毕竟不是办法,怎么办?.

于是就有了李昊和童卓的自救。李昊是这个"商业发达时代来临之前的最后一个文人",这个诗人兼随笔作家,他就是想通过报纸或刊物构筑一个文化的乌托邦梦想,而童卓是"这个时代罕见的一位理想主义者",他清醒地感到了艺术在这个时代的艰危的处境。他说:"艺术家在自己的生存都面临威胁之时,保卫艺术的责任就更加无人能够承担和无人愿意承担了。"他们来到佴城可不是"下海",而是想找到一种保持信仰的方式,他们在自救的同时也达到了对佴城的拯救,因为李昊的《星报》与童卓的音乐会对佴城的精神生活产生了实际的影响。这与欧阳雨秋教授不一样,他们走的是不同的道路,欧阳雨秋教授基本上是孤军奋战,他的诗和他的死一样始终不被洱城人所理解;而李昊和童卓则是通过对佴城的商业活动的参与而达到艺术的拯救的,他们在拯救艺术的同时,拯救着自己,也拯救着他们处身其间的佴城与时代。

在刘继明那里,与艺术和诗歌及其载体的语言具有同样功能的就是女人,《蓝庙》所说:"好的语言总是具有供人藏身和漫游两大功能,如同好女人也具有这两大功能一样。"女人,尤其是具有诗性气质的女人,在刘继明那里是圣洁与高贵的象征,是推动诗歌与艺术发展的动力,或者是本能向艺术升华的明证。在认识萌之前,焯是孤傲的,从不与女性打交道,可在认识萌之后,他变得热情、年轻、友好,不再独往独来,而且喜欢笑了。《蓝庙》中的莽对叙事人"刘继明"就是全部的现实与梦幻,是诱发他逃离尘世愿望的"一只风筝"。而草莓在童卓那里,是和艺术这个乌托邦地位相等的另一个乌托邦,成为他生命的推动力或者生命本身了。沈露对江山又何尝不是如此呢？他的自杀不就是因为这个乌托邦的幻灭所致？所以，女人成为生活的最直接的现实，那些不懂诗的人也能接受的。《我爱麦娘》中的麦娘就充当了海边一个村落现实生活的一首诗，这个既高且白的天仙一般的女人，她的到来使这个村落恢复了业已失去的精神活动的中心，她使渔民们看到了自身的丑陋、肮脏和猥亵，当然也激活了他们的生命本能。然而女人毕竟不同于艺术，因为她们是一个活动的变项，在这剧烈动荡的年代，她们有时也在失去作为艺术的性质与功能，这就是刘继明的小说中悲剧常常发生的原因。

结语

在完成了对刘继明小说的这番巡礼之后，他的心灵轨迹便清晰地呈现出来：他是从寻找开始他的艺术生涯的，他找到了现实的症结，也找到了拯救的方式。由于他的寻找是对历史或过去的回溯，因此，他的小说便具备了一种沉湎与幻想的气质。这种气质又是由他全部小说中一个共同的叙事人"刘继明"体现出来的，他在完成叙事的同时也在完成着自身的心灵独白。长久的紧张的思考，使这个叙事人的神经严重衰弱，其实，这种衰弱在《失眠赞美诗》中就初现端倪，到了《蓝庙》就变得不堪重负了，他不得不来到一个荒凉的村落，寄宿在一座名为"蓝庙"的颓旧而黯淡的老房子，在这里，他对自己的生活进行了一次空前的"简化"，也就是将一切多余的、有损心智的、应酬、点缀或装饰全部清除，让生活以一种最单纯的形式展开，使生命恢复得像儿童一样茁壮、敏捷、充满活力。

但有一样是不能"简化"的，那就是书籍，临行前，他带了很多书——《追忆逝水年华》、《我和胡利娅姨妈》、《白痴》、《诉讼笔记》、《清欲艺术家》、《我弥留之际》、《卡布斯教诲录》、《波斯人札记》、《天国在你们心中》、《词语》、《百科全书》、《民俗通史》、《古兰经》、《易经》、《道德经》、《圣经》、《时间简史》。其中文学占了三分之一，哲学占了三分之一，宗教和其他占了三分之一，这些人类智慧的经典都可以称得上一种广义的哲学，思考的是人类在时间中的生存与命运,而且 19 世纪以前和 19 世纪以后的书占了一大半。而叙事人对其中的两本书特别着迷,一本是《圣经》,另一本是《易经》,《圣经》清澈如水,而《易经》则是叙事人在对人类生存百思不得其解之后的所求助、所崇奉的典籍,它是对叙事人影响最大的一本书。这毋庸置疑地袒露了叙事人对人类文化尤其是中国文化源头返回的心迹。

《中国迷宫》就是这一返回的最初成果,当然,它也承续了作者一贯的"寻找"情结。在这篇极富寓意的小说中,司马家族可以看作是一个国家、一个民族的象征,马世昌就是这个家族的"源头",他以自己的智慧创造了不朽的中国建筑迷宫,他的子孙后代就生活在他灿烂的阴影之中。作为大师曾孙的司马丹徒,他并没有想到超越什么,或者创造什么,他的目标就是想重现那个历史的辉煌,因此,他始终不过是一只寻找卯眼的榫头,然而无论他如何努力,他都无法达到那个根本不可能抵达的中心,他最终在历史的迷宫里走失了。所以,复述、重复、注疏都是注定要失败的,重要的是自己的发现与创造,把自己的生命与智慧加入其间,而且,只有创造才能抵达那个不可接近的历史之源。

创造,这已成刘继明创作的新的起点。

（原载《山花》1997 年第 4 期,发表时署名彭基博）

第三辑

戏剧本体、
剧本、身体与叙事

戏剧的本体是情境，情境由刺激与反应构成；而刺激与反应的根源在相遇。人与世界的相遇形成文化；编剧与舞台的相遇形成戏剧。剧本本来与戏剧没什么关系，它是历史地形成的，一旦成为历史，它也就成了戏剧的一部分。身体是戏剧表演的核心，对身体的不同看法，开导出不同表演体系。舞台上，演员在用身体讲述一个故事。

评谭霈生戏剧本体论纲

1987 年 12 月 15 日，谭霈生在《人民日报》上发表了《对戏剧本质的再认识》一文，引发了各界人士的强烈反响，争执者——包括赞同者和反对者——的评论构成了 20 世纪末戏剧理论界有价值的一次争论，这种争论反过来引发了谭霈生对戏剧本质的进一步思考。《剧作家》杂志敏锐地感到了这种思考对戏剧创作界和理论界的分量，从 1988 年第 4 期进行连载，分四期至 1989 年第 1 期载完，全文约 10 万字，这便是影响深远的《戏剧本体论纲》（下述引文如不注明出处，均出自该文）。十多年过去了，这篇论文已成为中国戏剧理论界的一个路标，标志着中国戏剧理论单纯地评介和模仿西方戏剧理论的时代的结束，一个渴望创造并且正在创造的时代的来临。同时，这篇论文也是中国戏剧理论界与戏剧创作界一次真诚的、平等的和富于价值的对话，当然，它也是中国戏剧理论对世界戏剧理论的一项有益的贡献。

本体论的回归

所谓本体论是指对存在本身的探讨，也就是关于存在的本质的学说；所谓戏剧本体论，就是把戏剧艺术作为一种对象性存在，探讨戏剧自身的本质和基本特征的学问。这个问题无疑是一个重大的理论课题，相对于中国戏剧创作界，它也是个重大的实践问题。这个问题得不到解决或者不被关注，它会严重影响到我们的戏剧理论探讨的深度和层次，不然，戏剧理论只会在一些一般性问题上纠缠不清，也许这种理论可以说明某个时代或某些风格的作品，而对另一时代或另一风格的作品则无能为力。多少年来，我国戏剧界对戏剧本质的看法实际上沿袭了文艺理论的说法，把戏剧看成是对生活的反映，但这是一般艺术都有的共性，戏剧自身的本质和特点是什么则语焉不详，或者把戏剧的一般特点当成了戏剧的本质，由此而导致我国戏剧理论界缺乏根本性的突破。波及创作界，比如，如果戏剧的本质不是冲突，那我们如何去创作具有戏剧性的作品？理论的贫乏是最根本的贫乏，它反映出一个民族对某些本质问题的理解与智慧，如果我们不在最根本的问题上去把握戏剧，那种局部的、随机的、偶然的对戏剧的看法将变得肤浅和苍白，甚至我们许多戏剧的概念和观念因根本问题得不到解决而失去价值。

因此，必须回到戏剧的本体上去！

回归戏剧本体并非戏剧理论家的心血来潮，而是戏剧理论与实践发展的迫切呼唤。20 世纪 80 年代中期以降，戏剧发生了 20 世纪以来最深刻的危机：戏剧创作萧条，戏剧理论贫乏，戏剧批评缺席，戏剧观众锐减。虽然戏剧界有识之士作出了种种探索与试验，比如戏剧观念大讨论，小剧场实验，戏剧形式的探索，先锋戏剧的兴起等，但是这些努力并不能从根本上扭转戏剧发展的颓势。这其中，戏剧形式的实验与探索成为最引人注目的戏剧现象，它与绘画界的先锋画派，小说中的先锋小说，与诗歌中的先锋诗歌一道，形成了中国文艺在世纪末的奇异风景。这种现象的形成自然有其深刻的社会文化和社会心理的原因，那就是社会的变革必然导致文艺的变革，现实主义文艺思潮因中国社会现实的深刻变化自然也随之解析，西方各种文艺创作与理论的大量引进为这种解析提供了范本，创作者主观上的文本意识和形式感的觉醒成为这场形式革新最强大的内驱力。一时间，探索戏剧以各种形式出现在各地剧场里。然而，当戏剧的形式探索大于它所承载的内容时，人们便不会满足，人们的欣赏习惯和接受心理并不会与创作同步，观众为各种新的变化而惊奇，同时也感到他们积压的思想和情感得不到有效释放，有些剧作的思想与情感的程度并没有超越观众现实体验的深度。因此，戏剧界的另一种声音出现了，那就是对戏剧作品思想与情感表现深度的要求，以为中国戏剧的症结在于对人本身理解与表现的贫弱。一方面是戏剧表现形式的探索；另一方面是戏剧内在意义的开拓，这两个命题最终都关涉戏剧的本体问题。中国戏剧如果不从本体论上寻求解决，中国戏剧便不会有希望。所以当形式探索的新鲜感丧失之后，它的内容的苍白便显现出来；当内在意义的开掘不与新的戏剧形式相融合时，人们也会感到厌倦。因为艺术不仅仅是个内容的问题，在相当的程度上它也是个形式的问题。对中国戏剧而言，在某种程度上，形式的问题是个更为紧迫的问题。

谭霈生是新时期戏剧界较早意识到戏剧形式问题的人。1981 年，北京大学出版社出版了他的《论戏剧性》，它的写作时间为 1979 年至 1980 年，它所讨论的问题是戏剧的"戏剧性"问题，也就是戏剧何以成为戏剧的界限问题。这里已蕴含着他的思想与方法，戏剧性不是由它所表现的内容决定的，而是由它区别于其他艺术的表现手段即戏剧的形式感决定的。所以他探讨的对象基本集中在戏剧的结构、冲突、情境、悬念、场面、对白等方面，也就是经典戏剧的构成形态的形式因素。应该说这些命题已经或多或少触及了戏剧的本体问题，只是还没有从总体上，从理论建构的形态上去展开与完成。当然，由于当时历史条件的限制，中国戏剧处于恢复时期，外国戏剧还没有大量引进，尤其是西方现代派戏剧对戏剧本体探索的新经验、新实验、新思想和新观点无法引入，致使作者的视野受到了难以避免的时代局限。尽管如此，这本书仍然享有很高的声誉和借阅率。想想那个时候文艺界的话题与论题，不由得对作者的胆识与智慧表示钦佩，这可是一本纯粹的关于戏剧形式与结构的论著！它比小说界、诗歌界对形式与结构的关注还早！20 年过去了，它仍然成为戏剧爱好者进入戏剧殿堂不可多得的向导。

此后，谭霈生笔耕不辍，著述颇丰，《外国名剧欣赏》、《电影美学基础》、《戏剧艺术特性》、《论影剧艺术》等专著先后出版；《中国当代剧作论》和《戏剧本体论纲》等一大批论文相继发表，进一步确立了他在中国戏剧理论界的权威地位，他的戏剧本体论和"情境说"在不断探索中逐步形成。

谭霈生首先是通过检视、审察和辨析戏剧史上已有的戏剧本质观念来完成他的本体论回归的。从亚里士多德的"摹仿说",到萨塞的"观众说",到阿契尔的"激变说",到布伦退尔的"意志冲突说"。这些学说曾深刻地影响了戏剧的理论与创作的发展历史,成为人们认识戏剧的基本思想和材料与工具,有些观念源远流长,有些观念根深蒂固,任何对它们的质疑都显得异常艰难。谭霈生以一个理论家特有的胆识,用探索真理的勇气与智慧对它们逐一进行考察与批判。由于他对戏剧理论深刻的理解力,对戏剧创作幽微的洞察力,他从来不作空洞而抽象的阐述,也不作玄奥高深的沉思,而是把这些理论放在整个世界戏剧史的实践中去检验它们的功过得失,因此他的分析与判断显得那么切中肯綮,透彻精当,具有拨云见光的气势与力量,让人们在理性的烛照中见出他对戏剧作品的深切体悟,同时也让人们领略到了戏剧理论思辨的诱人魅力。

对戏剧本体的追寻是谭霈生致思的出发点,不管戏剧理论如何千姿百态,不管戏剧作品怎样千变万化,什么是戏剧的本质,什么是戏剧成为戏剧的东西,是谭霈生从来没有放弃的诘问。这是他廓清迷雾,明辨是非的一个逻辑基点。什么是本质?本质就是存在的根本性的终极性的东西,是存在是其所是的东西,其他的东西哪怕是构成它的最重要的部分那也是从属于它的。如果一种戏剧理论只是道出了一部分戏剧的真相,而对其他的戏剧则不能解释或不能给出有效说明,那便表明这种理论还没有触及戏剧的本质。"摹仿说"、"观众说"也好,"激变说"、"意志冲突说"也罢,它们都只适合某一时代或某一类戏剧,而对另一时代或另一类戏剧则只能保持缄默,或者像布伦退尔那样,不是反思他理论本身存在的弊端,而是指责现时代的戏剧衰落了。谭霈生对戏剧理论的一个重大贡献在于,他区分了什么是戏剧的本质,什么是戏剧的特征和手段。在许多情况下,戏剧理论家们把戏剧成为戏剧的手段和特点当成了戏剧的本质,而手段和特点是可以经常变化的,当新的剧作诞生之后,新的手段和新的特点也随之出现,于是戏剧理论便在一种相对论中发展自己,这就是以往的戏剧理论关于戏剧本质论的根本问题之所在。

当然,谭霈生在清理戏剧本质论的过程中,对以往的戏剧理论家的观念和方法并没有简单否定，他总能从中发现这些理论家们的杰出创造，并吸收他们理论的合理内容。在论述亚里士多德的"摹仿说"时，他从中也明确了亚里士多德"行动的摹仿"，"用动作来表达"中关于"动作"的论述，他也进一步论述了"动作"对戏剧的重要性。但他也明确指出，动作只是一种表现手段，它还不是戏剧的形式本身。对于"观众说"，他认为，如果把戏剧艺术存在的必要条件归为观众，当然是正确的，也是有根据的，但观众不能使我们进入戏剧的本体。对于"激变说"，他认为这是一种更适合情节剧的理论，如果一出戏全是"激变"，那并不可取，在某些荒诞派作品里，激变并非那么重要。至于布伦退尔的"意志冲突说"，谭霈生给予了高度关注，并以专节的形式进行讨论，这主要是因为他的"意志冲突"理论经由劳逊"社会性冲突"的发挥后对中国现当代戏剧产生的影响，"没有冲突就没有戏"成为支配中国戏剧的绝对令律，他对布伦退尔理论的现实依据和合理内核也给予了充分理解，但如果认为一切戏剧都是如此，那是缺乏说服力的。

在经过了漫长而艰苦的求索之后，谭霈生终于确立了他对戏剧本质的认识。他说："可以把戏剧艺术定义为：人的内在生命运动的'有意味的形式'，也可以说，它是为人的内在生命运动寻找特殊的感性形式。"这个定义可以看出，谭霈生受到的卡西尔、苏珊·朗格和贝尔的影响，也可以看成一切艺术的定义。在这里有两个向度被确立下来了，一是人的内在生命运动，离开了这一点也就没有戏剧，因为一切艺术的对象是属人的，否则谭霈生就成了一个形式主义者；二是感性形式，离开了形式也就没有艺术，每一种艺术之所以不同于其他艺术正是在这一点上区别开来，表现形式的不同也决定对表现对象的态度与取舍不同。那么，什么是戏剧的特殊感性形式？谭霈生仍在寻找着。

情境：戏剧的基本形式

在《戏剧本体论纲》中，谭霈生从戏剧发展史中总结出了三种基本的戏剧形式："命运模式"、"逻辑模式"、"情境模式"。

　　第一种形式，"命运模式"。谭霈生是从质疑苏珊·朗格的"戏剧的基本抽象就是动作"开始的。谭霈生指出："任何一个有生命力的动作，都应生于过去，它自身又是现代时态的直观，同时必定指向未来"，而"由它组成的总体结构就是以'戏剧动作的形式展示出来的虚幻的历史'。使现在的行为与尚未展开的未来之间的不可分割的联系，就造成了一种命运感。""命运感的具体体现就是悬念"，戏剧的奥秘与魅力就在于不断造成的命运感的连接交替之中，由此而构成了特殊的戏剧形式，也就是"命运模式"。在这种戏剧形式中，人的个性潜能受到偶然的、神秘的、不可改变的、不可抗拒的力量的支配，虽然经种种努力，但都逃不脱悲剧的结局。这种力量主要表现为人的社会环境，人物的命运便是在个性与情境的巨大的冲突中获得他的完满性、丰富性和复杂性的。

　　第二种形式，"逻辑模式"。在"命运模式"里，谭霈生探讨的是人的行动的命运发展，即个性与情境的契合；在"逻辑模式"里，他的着重点是人的内心与行动的交合在情境中的展开，情境成为人物心理与行动交合的具体现实形式。这种逻辑模式可概括为"情境—动机—行动"，即个性与情境的契合凝结成具体的动机，而动机又是行动的内驱力。动机既是人物行动的内因，也是人格的最集中的体现，无疑它涉及人物的心理，而心理是看不见摸不着的，却是人们可以感觉到的。在一定的戏剧作品中，人的行动是具体的，导致人物行动的心理不能抽象，如果没有情境或不借助情境，人物的心理便无从把握，观众只能看到一个个孤立的彼此不能说明的行动。因此，剧作家必须营造一定的情境，让人物处身于其中，产生一种刺激力和推动力，促使主体心理的各种构成因素交互作用，凝结成具体的动机，并且导致具体的行动。

　　第三种形式，"情境模式"。当谭霈生把他的考察对象扩大到荒诞派戏剧时，他发现，无论是"命运模式"还是"逻辑模式"都不能阐明当代戏剧的新经验。在荒诞派戏剧里，有人物但没性格，有事件但没情节，传统的戏剧结构和手段消失了，非理性、非主题、非文化、非人物、非情节……总之是非戏剧，或者用荒诞派剧作家自己的话来说是"反戏剧"。但不管怎样变化，它们仍然是戏剧，仍然有作为戏剧的本质性的东西存在，人在，场面在，作为戏剧的基本形式的情境还在，而只要人和情境的存在，那里所寄寓的人生性的东西就必定存在，只不过它的意蕴不同于传统的戏剧罢了。"在荒诞派戏剧中，人与情境成为人类普遍处境的象征。"它已失去了"命运模式"和"逻辑模式"中那样有机的发展进程，而呈现出新的质素，戏剧情境已不再具有原来的具体性和规定性，而是一种扭曲、变形和转化的形态，一种抽象的具有象征意味的情境。

至此，谭霈生已找到了戏剧的基本形式，那就是情境。这是一个令人兴奋的了不起的发现！它业已成为当今戏剧界谈论的一个话题。但不了解戏剧理论史，不了解戏剧创作史，也就不能真正理解谭霈生戏剧情境论的价值。所谓情境，简单地说，"就是戏剧的基本形式"，它是表现"人的内在生命活动的戏剧形式"。在戏剧作品中，情境的构成要素一般包括：人物生存与活动的具体环境；对人物发生影响的事件；有定性的人物关系。这些早在《论戏剧性》一书中就有专门的论述。但从定义来看，则表现出谭霈生对戏剧本质的认识在一步步深化。这一定义适合人类的一切戏剧形态，并非哪一时代、哪一地域、哪一流派的戏剧所专有，只不过不同时期、不同民族、不同风格的戏剧，其情境的表现方式和表现功能有所不同罢了，但从根本上来说，情境是所有戏剧的质的规定性。这是至目前为止，戏剧理论所得到最科学、最接近戏剧实践的关于戏剧本质的定义。

一部戏剧作品的创造过程，是剧作家、演员和观众之间通力合作的过程。剧作家塑造人物，表现人物性格，或者他不一定塑造人物，表现人物性格，但他一定要制造出一个人物能活动其中，置身其中的情境。他的个性、他的性格、他的心理或者他的某种状态是由环绕他的情境所提供、所刺激、所推动的。人物行动的力量始终受制于他生活情境的巨大张力的压迫，由此而产生命运悲剧；人物的个性包括他的心理在与生活情境的抗争中；他的个性完满性获得了巨大的深度扩展，但同时他的意志在与生活情境的较量中归于毁灭，由此而产生性格悲剧。即使不为了这些，人物已从性格蜕变为某种符号，但它也同样表达了剧作家的某种理念或感觉，那也不得不凭借一定的戏剧情境。

总之，剧作家可以放弃很多被认为是戏剧必不可少的因素，诸如情节、悬念、冲突等，但他不能放弃情境，放弃戏剧的最基本的形式。演员的表演是表演艺术的本体，在综合总体中居于主导和中心的位置，但演员的表演也脱离不了情境，脱离剧作家为人物设定的规定情境。演员对人物性格的测定，对人物潜在动机的把握，对人物微妙情绪的捕捉，都必须在一定的情境中去生发与创造，不管体验抑或表现。不仅如此，情境也是演员与观众现场交流的一种媒介，观众通过处于具体情境中的个性心理的体验来把握人物的动机，并由此判断人物行动的内在意义。谭霈生说："观众的欣赏作为一种再创造，也集中于对情境中个性的感悟与判断。离开了情境，这个生动的创造过程，不仅失去了前提，也就没有了沟通的可能性。"

情境这一概念并非谭霈生首创，早在法国启蒙运动时期，狄德罗曾把情境确立为戏剧的基础，他要求剧作家确立一种新的观念：在戏剧作品中，情境比性格更重要；人物的性格要由情境来决定。黑格尔在《美学》中也曾论述到情境，他认为艺术中最引人入胜的就是情境，在黑格尔看来，情境一方面是总的世界情况通过特殊化而具有定性；另一方面它既具有这种定性，就是一种推动力，使艺术所要表现的那种内容得到有定性的外观。艺术家包括戏剧家必须把"普遍力量"或"理念"具体化、定性化为个别人物直接发生影响的机缘，使其现出是怎样的人物，这种机缘就是"情境"。到了当代，萨特也曾谈到情境，他声明他的戏剧就是"情境剧"，其目的就是要取代"性格剧"，从中我们不难发现他对狄德罗戏剧思想的继承，但他戏剧思想更多的是他的哲学思想的一种引申。由于他的主张与谭霈生戏剧本体论有些关联，有必要给予讨论。

首先必须指出，萨特的"情境剧"是他的存在主义哲学体系中的一个部分，他的一些哲学思想是通过其戏剧来获得生动阐发的，谭霈生的"情境说"是他的戏剧本体论的重要内容，他是从戏剧的本质方面来探讨情境的规定性和功能性的。萨特是存在主义哲学家，他认为人生与世界是荒诞的，人的存在先于人的本质，人的本质是他进行自由选择和自由创造的结果。情境是人去实现自由而自我选择的机遇，戏剧的目的在于探索一切人类经历中具有普遍性的情境，他试图通过"情境剧"取代"性格剧"，便是想为人的自由决定和自由选择留下空间。谭霈生并不赞同萨特关于自由和自我选择的看法，更不赞同他把选择的概念从属于自由的概念。情境在谭霈生那里具有戏剧本体论的意义，情境既是人的规定形式，又是人的表现形式，人的命运的展开，人的性格的成长，人的处境与心境的交合是人包括他的个性在与情境的相互作用中得以呈现的。谭霈生承认"情境剧"比"性格剧"具有优势，因为它表现了正在形成的性格；他也认为戏剧家的任务便是从当代人面临的各种情境中选择最能表达他的忧虑的情境，把分散在剧场中的观众铸成一个整体，使戏剧重新获得那失去的共鸣。但情境在谭霈生看来，是人类一切戏剧中表现人的内在生命形式，它是已经存在的古今戏剧中的普遍事实，并非始于狄德罗抑或萨特，情境并不是"情境剧"所独有，"性格剧"中也存在情境，突出情境在戏剧创造中的地位和作用是必要的，毫无疑问可以深化人们对戏剧本体的认识。萨特在强调情境时特别关注极限情境（如生死攸关）以及人在这种情境中的反应，但一个剧不可能从头至尾都是极限情境，否则那也不是戏剧艺术，而且在许多荒诞派作品中，根本就没有所谓的极限情境，而其对人类境况的忧虑所达到的深度以及唤起观众共鸣的强度并不亚于萨特的戏剧。而极限情境如果没有一般情境的间隔、烘托与连接，那将造成戏剧结构与节奏的致命伤害，所以极限情境只能视为萨特创作中的个人倾向，并不一定具有普遍的性质。

至此，谭霈生完成了他对戏剧的本质看法：戏剧不是别的，是情境。

情境的一般特征

黑格尔在界定情境时将它作为一般艺术所共有的要素，谭霈生将它确定为戏剧艺术的本质时就必须澄清情境在戏剧与其他艺术中的区别，而这个工作相当复杂，需要更加专门的细致的讨论。况且戏剧本身就是一个高度综合了其他艺术如小说、绘画、诗歌、音乐、舞蹈、建筑等在内的艺术品种，谭霈生说："从某种意义上说，一切艺术说到底都是戏剧。"而戏剧在综合其他艺术的因素时也将自己的因素渗透到文学、电影、绘画和摄影中去了，因为戏剧的因素也是相当动人的；如今人们欣赏戏剧的时候少了，但欣赏戏剧因素的时候反而多了，电视的普及在相当的程度上把戏剧的因素普遍化和生活化了。尽管如此，谭霈生要完成戏剧本体的构建，必须对情境的特性给予阐释。

在戏剧与史诗或小说相比较的过程中，首先遇到的是事件，不管是戏剧还是小说，事件都是存在的，所以从事件本身无法确立戏剧与小说的区别，但从对待事件的方式与态度上，却可以看出戏剧是有别于小说的。对事件小说采取的是"叙述法"，而戏剧则是"用行动来表达"，因此，戏剧中的事件有赖于将小说中的叙述转化为"用行动来表达"，这在理论和实践上都是可行的。然而这种区别还是外在的，戏剧中的事件具有更重要的功能，它不仅仅作为一种表达的对象，而是以戏剧情境的面目出现的。谭霈生说："事件，在戏剧作品中往往成为人物的外在环境的因素，也就是构成情境的要素之一。"戏剧中的事件，只有当它与人物发生关系，或矛盾关系或非矛盾关系，并对人物的心灵产生影响时，它才能成为人物的"戏剧性存在基础"。也就是说，戏剧中的事件，无论是外在于主体的，还是主体行动造成的，它必须与人物的心情与意志产生影响，或者激起人物相关的情绪和意志的反应，它才能成为"戏剧性的"。谭霈生说："在戏剧中，事件的主要价值不是独立存在的，而是体现为它对主体心灵的影响。"这与小说不同，小说中的事件与人物性格具有同等重要性而并列在一起。所以，戏剧中的事件必须体现为人物在一定的情境中。

场面，是一个比事件更有用的戏剧概念，它是体现戏剧本质，构成戏剧作品的基本单位。这种舞台上直接呈现的、活生生的实体空间形式，即一个个的场面构成了一部完整的戏剧作品。谭霈生说："每一个重要的戏剧场面，都应以集中、完整的情境作为前提条件，其目的则在于把人的生命活动'最强烈的瞬间'定型化。"谭霈生是在比较戏剧与叙事艺术（小说与电影）的差异后得出的这一结论。在他看来，小说拥有时间与空间的极大叙述自由，它不必把事件浓缩、剪裁在几个集中的段落里；电影虽然也有动作，这与舞台动作相一致，电影摄影机却把人的生命活动从舞台法则中解放出来，因而在叙事功能上它比戏剧优越而接近小说。而戏剧则始终受制于舞台的时间与空间，它必须在规定的时间与空间里完成人物的动作。古典戏剧结构的"三一律"原则，歌德"最强烈瞬间的定型化"的原则，都是强调戏剧情境的集中性与完整性。虽然这些原则早已为后世的剧作家们所突破了，要求所有的戏剧作品都遵循"三一律"原则是不可能的，但具体到一个个戏剧场面里，"三一律"原则仍然是不可超越的。谭霈生说："一部戏剧的总体结构可能有不同的类型，但只就单个的戏剧场面而言，它都体现着时间一律，地点一律，行动一律的原则。"因此剧作家在创造戏剧场面时，就不能脱离戏剧情境所特有的规定性。

戏剧情境具有集中与完整的特性，但这不表明戏剧情境是凝定不变的，相反，真正的戏剧作品还体现出它内在的有机联系与复杂的运动形态。谭霈生说："情境运动，固然也包含着空间的变异，一般地说，更重要的则在于人物关系的运动性。""一个情境构成时，它总是包藏着具体的，有定性的人物关系，人物之间的相互影响，人物的内在生命活动凝结成动机并促成行动，由于人物的行动相互影响对方，或者由于新的事件的作用，人物关系发展变化，又会形成新的情境。"谭霈生在此已精辟地分析了戏剧情境的有机运动性，他从情境中人与人的相互关系与相互影响来说明，从情境的结构与情境的生成的角度来分析，因此，这种分析与说明就击中了戏剧情境运动的奥秘，具有强大的理论说服力与实践针对性。总的来说，特定的情境作用与人物产生特有的动机，而动机与行动的因果关系构成了场面的特有内容，"戏剧情境的运动性，就体现在场面与场面的转换与联结之中"。可见情境并不仅限于某一场面，而是贯穿于整个戏剧情节之中的，一个情境由过去和现在汇合而成，同时也指向未来，情境对未来的指向，也就是悬念的指向。

谭霈生指出："悬念内在于情境，并成为情境的张力。"在戏剧作品中，情境总不可避免地引起对未来的期待，悬念指向的路径不同，方式也就不同，其戏剧作品的结构形态也会千差万别。谭霈生通过剖析大量的戏剧作品，总结出了三种基本的情境运动类型：第一种是集中于主线路的运动形态，其特点是情境与人物运动发展是单线的，而其他线路则是从属的，它们大体符合亚里士多德"行动整一律"的原则。古希腊戏剧，古典戏剧至 19 世纪的大多数戏剧便属此一类型。第二种是链条式的运动形态，其特点是每一场戏都有一个新情境，内在于情境的悬念在一场戏中生成，发展至解开，自成一个相对独立的单元；而场与场之间用不同的方式连接，使全剧环环相扣，形成链条式的统一体。这种类型的戏剧作品在现代和当代占有一定比重。第三种是并列交错的运动形态，其特点是缺乏统领全剧的中心人物，出场人物也较多，重要人物都有自己的行动线，但人物之间已难分主从，与此相适应，便是情境的分散，它们运动并不汇成一个主渠道，而是分流成一条条小溪，时而并列时而交织，因而称之为并列交错运动形态。这类作品在近代、现代、当代都有表现。当然，上述的分类只是相对的，而剧作家的创作新经验总是对现有情境形态的突破。

　　总之，情境的基本特性便是集中性和完整性、有机性和运动性，它是谭霈生从大量的戏剧作品中抽象出来的，具有理论的概括力并与创作的实际相当契合。到此，谭霈生完成了他的戏剧本体论的建构。

价值与启示

　　谭霈生的戏剧本体论，尤其是他的情境论，是新时期戏剧理论的最重要成果之一。它深入到了戏剧的本质，并且给予令人信服的阐释，它的价值无疑可以和王国维对中国戏曲的界定相提并论，在相当程度上，情境论可以涵盖"以歌舞演故事"为特征的中国戏曲。但中国的戏剧理论向来缺乏大的创造，一旦这种创造出现时，人们并没有敏锐地感觉到这种创造的价值，这种对理论新见的迟钝其实正是创造力贫弱的表现。中国人太不敢标新立异，太不敢承认别人，甚至也太不敢承认自己。这是不是中国戏剧理论创造力薄弱的症结呢？多年来，中国戏剧理论界一直以梅兰芳的演剧体系可以和斯坦尼斯拉夫斯基、布莱希特的体系相鼎立而感到骄傲，也许这个体系在实践上确实可以成立，但必须承认，我们并没有奉献出与斯坦尼斯拉夫斯基体系和布莱希特体系相对称的理论成果出来。这是中国戏剧理论界的悲哀。20世纪过去了，西方戏剧理论已发生了巨大变化，流派纷呈，新说迭出，我们有多少戏剧理论成果可以融入这个变化？这是值得我们认真反思的。

中国戏剧理论最大的问题不是没有人研究戏剧理论，而是没有多少人研究戏剧基础理论。戏剧基础理论研究的匮乏导致如下结果：第一，基础理论是整个理论大厦的基石，因为任何理论进一步思考都会回到它的根基上来，由于我们从来没有在基础理论方面下足功夫，这就使得一些极有价值的思考只是停留在现象上，或者把重要理论变成了细枝末节的问题，最终使我们的研究变得肤浅而成了无根的浮萍。第二，研究基础理论必然会遇到一些基本概念和观念，这些年我们的研究也不乏长篇大论，新著不断，但我们在许多戏剧理论的基础概念和观念上都没有进行澄清与辨析，致使研究工作中出现一些混淆概念、模糊概念的问题，而建筑在这些含糊概念上的观点令人疑窦丛生，从而使研究的科学性和严密性丧失殆尽。第三，基础理论的研究是最枯燥的工作，也是最不容易出成果的工作，一些人想跳开这个工作去建构所谓的体系，撇开学术上的投机不说，它的理论价值也同样值得怀疑。事实上，基础理论的突破是最富于价值的创造。谭霈生的戏剧本体论正是在戏剧理论的基础方面做文章，它的艰辛与艰难是可想而知的，可是这个缺口一旦打开，我们看到的完全是另外一番天地，是整个戏剧理论的重新建构。

谭霈生早年就读于中央戏剧学院戏剧系，后来在中国人民大学读研究生，何其芳先生是他的班主任。他的硕士论文指导教师是唐弢先生，朱光潜先生教授过西方美学。戏剧学院扎实的戏剧功底培养了他对戏剧的高度的鉴赏力和敏锐的感觉力，研究生的经历则培养了他优良的理性思辨力和反思习惯，这两方面的训练正是一个有所建树的理论家必须完成的。所以他的理论文字既具有充沛的感情和对戏剧作品的不同流俗的鉴赏与判断，又具有理论的洞察力和对理论权威观点的穿透力。在他的头脑里，是大师的作品，大师的标准，他的文字里流溢着对大师的倾慕与热忱，他的理性分析没有那种抽象的枯燥的弊端，而是以一颗虔敬的心在与大师对话。正是因为大师始终活在他的心中，所以他的论著也能让我们感受到大师的伟大胸襟与力量。如在分析情境的嬗变时，他列举了三位戏剧大师——莎士比亚、易卜生和迪伦马特——来说明，莎士比亚的情境不仅是我们不会经常遇到的，甚至是不可能遇到的非自然和或超自然的情境，易卜生创造的情境则比较接近生活的自然形态，而迪伦马特的情境则大都是怪诞荒唐的"即兴奇想"。尽管他们创造的情境不同，但他们都同样伟大。谭霈生不仅给了我们一种戏剧观念，而且还通过他对大师的解剖让我们感觉到了这种观念。所以读他的文章既有一种理论上发现的愉悦，也有一种艺术上情感的享受。

　　无疑地，谭霈生是一个戏剧理论家，他的文章充满思辨但绝不抽象，因为他摒弃了空洞的玄学。他在提出一个观点时，总是力图让它经过戏剧实践的检验，或者从戏剧实践的角度去说明，这使他的文章具有极强的现实针对性。正是有感于"中国戏剧本体观的褊狭"，他才写作《戏剧本体论纲》。他指出："当戏剧还处于为某种异己的力量所制约的时候，当它还处于自身品格丧失的时候，戏剧艺术的创造性是不可能充分发挥的。"他呼吁："中国戏剧要跻身于世界剧坛，必须结束文化滞顿，表现出人类文化的最高成果在人的本体观上的突进。"这种针对性一方面体现为他对戏剧大师的理解，另一方面表现为他对中国戏剧创作的关注。在《戏剧本体论纲》发表之后，有的剧作家就说，"我就是按照谭霈生的情境论写出来的"。这表明他的理论成果已为一部分剧作家所认可。一种理论之所以被称作好理论，是因为它能解决一些现实问题。亚里士多德的《诗学》，古典主义的"三一律"原则，布伦退尔的"意志冲突说"，它们的价值不仅仅是理论上的，而且还是实践上的，剧作家们可以根据这些理论写出相应的戏剧作品。谭霈生对中国戏剧创作的关注一方面是他对中国戏剧创作存在的问题的尖锐剖示，如对中国戏剧创作中的"冲突律"列出专章进行分析，对存在于国人意识深处的"没有冲突就没有戏"的观念的矫正起到了巨大作用。在谈到中国剧作家创造情境面临的困境时，他指出："中国剧作家，艺术家在戏剧情境方面的美学想象力受到极大的束缚，而标榜'逼真性'、强调'按照生活本来的样子反映生活'之类的观点，更强化了这种束缚，致使情境的形态仍然是单调的。"另一方面，他对中国当前戏剧的发展也给予了极大关注，并用大量的篇幅来论述其所取得的艺术成就。他着重分析的作品有：《绝对信号》、《WM（我们）》、《野人》、《桑树坪纪事》等；他简要分析和概述的作品有：《田野又是青纱帐》、《黑色的石头》、《天下第一楼》、《路》、《一个死者对生者的访问》、《山祭》、《荒原与人》、《徐九经升官记》等，他在指出这些作品创作上存在的问题时，更多地给予了热情的肯定，寄予了一个中国戏剧理论家对中国戏剧创作的理性理解与殷切期望。

当然，《戏剧本体论纲》还是一篇论纲性质的文章，文中充满了一个理论家对戏剧的真知灼见、理论胆识和卓越创造。但是许多论题还只是个开始，有些论题还没有涉及，这些都需要更大的篇幅去展开，如对情境在不同历史时期的表现形式还可以丰富，对戏剧情境与其他艺术的情境的比较分析还可以拓展，对中国戏曲的情境也可以纳入理论分析的视野，对当前戏剧创作的得失成败的总结还可以加强。我们有理由相信，在经过十来年的沉淀之后，谭霈生正在撰写的关于戏剧情境论的专著会在戏剧理论史上留下浓重的一笔，并且将对中国的戏剧创作产生广泛而深远的影响。

（原载《戏剧》2002 年第 4 期）

戏剧情境对戏剧本体论与创作论的构建

从 1988 年第 4 期到 1989 年第 1 期，近 10 万字的《论戏剧本体论纲》在《剧作家》上连载，这篇文章在戏剧界引起了不小的震动，谭霈生先生的戏剧本体论思想就集中体现在这篇长文里。2005 年，中国戏剧出版社出版了《谭霈生文集》，第六卷收录了《戏剧本体论》，2009 年，北京大学出版社又推出了单行本，这个篇幅几乎是原文的一倍多，他的戏剧本体论思想得到了进一步丰富，思想更为坚定，观点更为明确，材料更为翔实，分析更为精辟，体例更为完善。2002 年，笔者发表过一篇题为《评谭霈生戏剧本体论纲》的文章①，许多论断笔者以为并没有过时，也经受住了时间的考验。随着笔者对中国戏剧理论界观察的深入，随着对谭先生戏剧理论的进一步了解，也随着谭先生对自己理论的更加自觉的深化，笔者感觉有必要对谭先生的戏剧本体论进行再认识和再评价，进而完成笔者对中国戏剧理论发展的再认识与再评价。

戏剧本体即戏剧情境

从 1980 年开始，谭霈生先生就在思考戏剧的一些基本的和核心的问题，那就是，哪些要素构成了一出戏剧之所以为戏剧？这些问题与别的东西无关，不是政治学的、社会学的和心理学的问题，仅仅是戏剧自身才有的问题。由于他的人生经历的缘故，他几乎本能地把戏剧

---

① 彭万荣：《评谭霈生戏剧本体论纳》，《戏剧》2002 年第 4 期。

与社会问题区隔开来，甚至在许多地方对易卜生的《全民公敌》这样的社会问题剧的评价并不高，而是更加看重一出戏剧中映射出来的深刻的人生内容和深邃的人性思考，然而这些内容和思考也不仅仅是戏剧才有的，哲学、文学和社会学中同样存在。那么究竟什么是戏剧才独有的质素呢？他从史雷格尔、贝克以及阿契尔那里获得了启示，那就是戏剧性的问题，也就是什么才是戏剧构成自身的独特性问题，是戏剧区别于小说和电影的地方，于是他找到了戏剧动作、戏剧冲突、戏剧情境、戏剧悬念和戏剧场面等这些在戏剧里才更为突出的东西，于是就有了后来被戏剧界捧为宝典的《论戏剧性》。

《论戏剧性》别开生面且集中地探讨了戏剧独具特色的属性，有意或无意地略去了思想主题、人物形象、性格塑造、典型环境这些在当时被戏剧界普遍关注的问题，而把戏剧的落脚点牢牢楔入其具有形式感的内核，这在当时确实给人耳目一新甚至石破天惊之感。现在我们重新检视这段历史，发现当时被谭霈生先生忽略的话题已根本无人谈及，那些轰动一时的社会问题剧也如过眼云烟，留下来的被人关注的仍然是戏剧形式问题，仍然是戏剧的动作，舞台的造型，舞台的时间和空间以及戏剧的假定性等方面的问题。这使人讶异于谭霈生先生的戏剧理论具有惊人的理论洞察力与前瞻性。为了更透彻地理解戏剧性，谭霈生先生撰写了或许是国内第一部电影美学著作《电影美学基础》，他运用自己的戏剧理论素养来观察与戏剧关系密切的电影艺术，紧紧地抓住了电影作为视听语言的特质，细致分析了电影动作与戏剧动作、银幕时间和空间、银幕的假定性与真实性，电影中的情境与动作，电影中情境的假定性，这些工作无疑为他后来进一步思考戏剧的特质提供了重要的参照。

值得注意的是，关于戏剧情境的思考从未中断过，最终在《戏剧本体论纲》中将情境确立为戏剧的根本特质，戏剧情境已从《论戏剧性》中与动作、冲突、悬念、场面等相并举的概念升华为统摄整个戏剧形式的核心范畴，这是谭霈生先生对整个戏剧史悉心考察的结晶，也是他对戏剧理论发展史的理论凝练，当然也是《论戏剧性》的理论提升的必然结果。在《戏剧本体论》中他这样写道："二十多年前，我在《论戏剧性》中，按照戏剧构成的原理，把'戏剧动作'、'戏剧情境'、'戏剧悬念'、'戏剧冲突'、'戏剧场面'等各辟专章，较为详细地讨论何谓'戏剧性'这一命题。严格地说，作为戏剧的构成要素，这些概念并不是对等的，它们所居层面，在戏剧艺术总体中的地位和作用，都有所不同。其中，'戏剧情境'应居于特殊的重要地位，其他要素都在不同程度上受它的限约。"① 可见，戏剧情境已由构成戏剧原理的一般概念上升为具有统摄全局意义的纲领性范畴，那就是戏剧之所以是戏剧的本质所在。

什么是戏剧情境？谭霈生先生给出了一个贯穿他思考始终的界定：戏剧情境即"人物活动的具体环境；对人物发生影响的具体事件，特定的人物关系"②。这是他在深刻观察戏剧创作史和戏剧理论史发展之后得出的结论，这里的关键不在于他成为戏剧情境的集大成者，如亚里士多德、狄德罗、黑格尔、萨特、马丁·艾思林等人的情境思想经过谭霈生先生的系统化理论阐述后，变得更为明确、坚定与可信，而在于他把戏剧情境确定为戏剧之所以成为戏剧的本质要素。这就意味着戏剧情境已不再是特定时代、特定流派、特定剧种所独有的品质，而是所有戏剧、一切时代戏剧共有的品质，总之是戏剧之所有称为戏剧的东西。这种思考突破了此前戏剧定义随着戏剧的发展渐显困顿的尴尬，可以说是人类关于戏剧理解的最具适应性、最普遍的同时也是最科学的界定。值得注意的是，谭霈生先生的戏剧情境关注的核心仍然是人，这不是简单意义上对"人学"的回归，而是对戏剧中人的行为驱动力理解问题，也就是对戏剧人物动机的理解问题，这既是戏剧创作的核心要旨，也是理解戏剧的奥秘所在，是戏剧从关注外部世界到转移至关注内部世界适应性的内在要求，他说："对动机（内驱力）的发掘，从强调自觉意志向潜意识的转移，可能是现代戏剧与当代戏剧中具有普遍性的趋向。"③ 所以，理解戏剧奥秘的钥匙从整体而言，

---

① 谭霈生：《谭霈生文集·戏剧本体论》，中国戏剧出版社2005年版，第142页。
② 同上书，第122页。
③ 同上书，第130页。

就是对戏剧情境的把握，从具体创作而言，则是对戏剧人物动机可能性的设置，从欣赏的角度而言，则是对人物动机的可能性展开的深层的理解。

戏剧情境理论对创作的意义

谭霈生先生的戏剧情境理论从中外两百多部剧作实践总结形成，少有戏剧理论著作能像《戏剧本体论》那样紧密贴近戏剧作品，也少有戏剧理论家像他那样成为戏剧作品的知音。而且他的视野极为开阔，几乎笼括了整个戏剧的历史，从古希腊戏剧，文艺复兴的戏剧，古典主义戏剧，批判现实主义戏剧，直到现代和当代戏剧，这就使他的论断具有坚实的深邃的历史眼光，同时也具有相当沉厚且敏锐的现代意识。与历史对话，与大师对话，与作品对话，在这三重对话中谭霈生先生完成了自己的理论建构，因而他的理论就罕见地与创作实际形成了同构关系，绝没有那种对作品生硬的图解，或者为了自己的理论对作品强行宰制，而是从作品本身出发，尊重剧作、理解剧作、欣赏剧作。这些伟大的剧作因为他的辨析再一次获得了新生，它们成了戏剧情境论贴切、生动而鲜活的诠释。由此形成理论与创作的共生互荣的同构关系，没有相当的理论功底，没有相当的对作品的理解力，这种关系是断不可能形成的。

一般的戏剧理论，甚至一些伟大的戏剧理论，由于时代的局限，或考察对象的局限，或理论本身的局限，或多或少会出现与创作实际的偏差，它们只能解释某一类型的作品，对另一类型的作品则束手无策；有些理论在某一时代被奉为金科玉律，而在另一时代则被束之高阁。比如，戏剧创作的三一律原则，在古典主义戏剧和现实主义戏剧中曾被广泛遵循，但它无法解释现代戏剧的绝大部分作品，也无法解释古希腊古罗马时期的戏剧，更不用说以它来指导现实的戏剧创作。现实主义戏剧是我国主流的戏剧形态，但现实主义戏剧在人类戏剧史上存在的时间很短，它的一些创作原则如注重写人物性格的发展史，注重写出典型环境中的典型人物，也就是把人物放在复杂的社会现实中去炙烤，然而绝大部分戏剧并不把刻画人物性格当作主要目的。再比如，即使是现代主义戏剧，也是纷纭复杂的，象征主义戏剧、超现实主义戏剧、表现主义戏剧和荒诞派戏剧，它们服膺于各自的创作主张或理论宣言，并无严格的、统一的创作原则，如果把某些戏剧流派的创作原则作为衡量其他戏剧流派的标尺，其结果往往是令人啼笑皆非的。然而，谭霈生先生的戏剧情境理论，由于它是在考察各个历史时期的戏剧作品而得到的真知灼见，它是在剔除不同时期，不同戏剧流派的差异性基础上对戏剧本质的看法，而且也将不同历史时期戏剧理论放入其中进行辩证与解析，这就使它能廓清历史的重重迷雾，显示出超越时代的科学性、历史性和真理性。

　　戏剧理论归根结底是对戏剧实践的理论化阐释，它终归还是要回到实践中去的，而且只有回到实践并反复接受检验，它才能最终被判定为是否为真理。谭霈生的戏剧理论的一个鲜明的特征在于他的理论具有浓厚的实践色彩，他很少那种抽象的理论玄学，而是从戏剧的骨髓中涌流而出的，因而对现实创作具有极强的指导性和可操作性。他的理论可称为实用戏剧理论，许多戏剧家最初就是在他的理论指导下进行戏剧创作的。他培养了一大批活跃在中国戏剧与影视界的戏剧创作中坚力量，杨利民、何冀平就是其中的杰出代表，他们的创作代表了中国当代剧作的最高水平。无论是《荒原与人》，还是《天下第一楼》，这些作品不再关注所谓的重大主题，而把焦点对准普通人的生活情境，他们都重视挖掘人物处身其中的情境，并在这种情境中把人物的个性和人性打开，特别注重人物的动机拷问与戏剧诗意的捕捉。从这个意义上说，谭霈生先生是当代戏剧教育当之无愧的导师。

　　谭霈生的戏剧理论不属于某一特定创作倾向和创作风格的理论，而是适应于所有遵循戏剧创作规律的一切戏剧创作，无论是现实主义的创作，还是表现主义的创作，也不论悲剧，喜剧，还是正剧，它们的创作必须遵循戏剧创作的基本的形式原则，不管这出戏有无悬念，有无冲突，但肯定存在场面、动作、环境以及相互关系，这些最基本的戏剧形式都必然构成某种戏剧情境，服从于某种戏剧情境，同时它们各自因彼此的关联而又构成新的戏剧情境。因此，谭霈生的戏剧理论便具有极大的包容性，它可以适应各种各样的戏剧创作，不像某一特定的戏剧理论，比如现实主义的戏剧理论，它强调人与社会的关系，把人放在复杂的社会环境中去考验，试图通过具有代表性的环境和动作细节来塑造具有突出社会特征的人物。这种写作模式用来解释荒诞派的剧作就无能为力，很多后现代主义的戏剧创作不仅没有冲突，也没有悬念，甚至都没有情节，更谈不上人与社会的关系，但它们同样是戏剧，而且是相当优秀的戏剧。

不仅如此，谭霈生的戏剧理论对戏剧的舞台实践也具有很强的指导性，一切戏剧，具体来说，都必须呈现在舞台，经由演员的身体扮演来达成与观众的交流。演员在与对手的交流过程中彼此就构成某种戏剧情境，这种情境就是演员动作产生的动机，由此形成人物—动作—动机—情境的逻辑模式。我们理解人物，不是看人物在舞台上做了什么动作，而是要理解他的动机，而所有动机都受制于人物所处的戏剧情境。在这个前提下，我们再来观察戏剧的悬念、冲突，就找到戏剧创作与理解戏剧的有效方法。比如，他认为，戏剧情境是戏剧创作中"最具活力的因素"，戏剧情境"越具体越有力"，戏剧情境"要丰富多变"，而且他还特别强调戏剧情境中"偶然性"因素作用①，这些见解极为精当和具体，都是在考察中外经典戏剧作品的基础上得出的结论，因而具有极强的戏剧创作针对性和戏剧舞台实践的指导性，难怪许多活跃在中国剧坛上的高手并不讳言他们是服膺谭霈生先生的戏剧理论的。

谭霈生戏剧理论的品格

谭霈生先生的戏剧理论以其精湛的思想、透辟的分析、深邃的历史眼光和卓越的理论辩证赢得了越来越多的理解与欣赏，这次会议高朋满座、英才云集，说明谭霈生先生的理论具有感召力和魅力，我们也可借此机会来认识谭霈生先生的理论究竟具有哪些品格。

第一，对戏剧形式的高度敏感。形式是所有艺术得以独立存在的介质，不同艺术相互区别的关键不在内容，也不在思想，而是形式。

---

① 谭霈生：《谭霈生文集·论戏剧性》，中国戏剧出版社2005年版，第129—169页。

我们对一种艺术的高度理解就是对这种艺术的形式的高度敏感。谭霈生先生从 20 世纪 80 年代开始就关注着艺术的形式要素，他把戏剧的形式解析为动作、冲突、情境、悬念、场面等，到了《戏剧本体论》，他进一步将戏剧情境确立为戏剧的最高形式或者最大形式，从而将戏剧情境上升到整个戏剧的本质层面上来，并且确立了戏剧情境对其他戏剧形式种属或主从关系，这种见解在整个戏剧史上还是第一次。由于谭霈生先生把戏剧的出发点归结为形式，把它的落脚点也归结为形式，形式就成了我们进入戏剧堂奥的一把钥匙，无论我们如何在戏剧中徜徉都不会迷失方向。

必须指出的是，谭霈生先生的形式并不是空洞的纯理论抽象，而是融入了关于人的生命体验和人性张力的戏剧概念，他的形式的所有指向无不与人的存在状态和存在体验相关联，是人通过戏剧特有的概念把自己的人性之光烛照出来，或者，人的社会的、文化的、心理的存在感，通过戏剧的形式得到了更充分、更完美和更动人的再现。这样，戏剧的形式和内容不再是可以被任意肢解的两张皮，而是相互含融、彼此渗透、不可分割的一整体。所以当我们说戏剧的形式时，戏剧的内容已被内化为相应的形式结构，当我们说戏剧的内容时，戏剧的形式已然被把内容转化为戏剧的媒介特质了。所以，戏剧情境作为戏剧的最高形式，它实质上已把戏剧内容凝结其中了。我们沉溺于内容与形式的二元结构中太久了，以致错失了许多发现戏剧真谛的大好时机。

第二，强烈的反思意识。这是谭霈生戏剧理论的鲜明特色，也是中国戏剧理论十分欠缺的素质。读谭霈生先生的戏剧理论著作，你会发现与读一般的戏剧理论著作不一样的体验，那就是作者始终在寻找、在求证、在质疑，他不会轻易认同未经求证的观点，他也不会简单认同未经他辨析过的观点，哪怕是经典的戏剧理论观点。他寻找的路径有两条，一是中外的经典的戏剧作品，二是外国的经典的戏剧理论著作，前者为他提供形式感的材料，后者为他提供理论辨析的途径。然而这些他都会重新审视、重新判断、重新思考，他不断地怀疑、否定和批判，并且在怀疑、否定和批判中获得了发现和创造，这个过程是艰难的，也是漫长的，在近 30 年的求索中，谭霈生先生确立了自己作为一代戏剧理论大师的地位。

谭霈生信奉阿契尔的一句箴言："没有反思，就不会有未来。"他进一步阐发，对一个国家，对戏剧，对个人，都是如此，没有反思，就不会有未来。谭霈生为什么如此看重反思？这当然基于对历史的认知和对现实的观察，以及他从历史和现实中考察到的戏剧所存在的问题意识。为什么中国的戏剧是运动式的？为什么中国的戏剧关注大事件、大历史、大人物，而对小人物，对人性，对个性却往往缺乏关注？为什么中国花几个亿来抓创作，这些创作一旦获奖后再也无人问津，后人问起这个事我们如何回答？中国之所以创作不出大的戏剧作品，一个重要的原因就是理论与批评的缺位，为什么中国的戏剧理论批评无法实现与创作的同步发展？总之，中国的戏剧理论与批评没有反思意识，由此导致理论的落后，进而制约了创作的发展。正是依赖于这种强烈的反思意识，戏剧的历史、理论与创作在他不断地反思与求索中获得了新的烛照，因而总能有新的发现，哪怕是人们习见的论题经由反思便成为别出心裁的新见。

第三，一流的戏剧鉴赏力。鉴赏力是指人对艺术敏锐的直觉力和感受力，他凭直觉就能判断一件艺术品的高下，甚至他无须看完整部作品就能做出准确的价值判断。感受力的强弱当然与知识有关，但不等于知识。也许一个人的戏剧知识十分了得，但对戏剧可能一点感受力也没有，他全是从教科书上得来的戏剧知识。戏剧的鉴赏力是可以训练出来的，谭霈生先生曾和笔者讲过，年轻时他常常与欧阳予倩、曹禺这样的戏剧大师一起看戏，看完后听他们对这出戏进行讨论和评价，哪些地方好，好在哪里，哪些地方不好，不好在哪里。就这样一出戏接一出戏地看，一出戏接一出戏地评，戏剧的鉴赏水平就无形中提高了。

由于工作的关系，谭霈生先生有不少看戏的机会，自然会看到一些好戏，但更多的时候可能看的戏是比较差的，如果不自加警醒，久而久之，鉴赏力会蜕变的，如果还要为这些不好的戏去歌功颂德，那简直就等于自戕了。怎么办？这个时候谭霈生先生就会回到家中，赶紧找来莎士比亚、易卜生、曹禺或迪伦马特的戏来看，祛除那些不好的戏给自己带来的不好的感觉。笔者以为，不断地从戏剧大师的作品中去获取纯正的戏剧鉴赏力是谭霈生先生保有敏锐鉴赏力的奥秘。为了研究戏剧性，谭霈生先生阅读了大量的经典戏剧作品，实际上也是感受这些经典戏剧作品，他说："研究和感受是分不开的，要研究一个作家必须感受他的作品。"① 他阅读的剧目范围相当广，不分流派，无论古今，更不拘体裁与风格，后来他把这些阅读笔记整理成一本书，题为《世界名剧欣赏》，从古希腊时期的索福克勒斯、文艺复兴时期的莎士比亚、古典主义时期的高乃依、到现实主义时期的哥尔多尼、浪漫主义时期的雨果、批判现实主义时期的易卜生，到现代主义时期的奥尼尔、阿瑟·米勒、迪伦马特，正是这种扎实的精细的阅读功夫，奠定了谭霈生先生一辈子的研究功底。试问，在当代戏剧研究者中，能坐下来进行文本细读的又有几人？

　　总之，谭霈生先生的戏剧情境理论是中国戏剧理论家对戏剧本体论与创作论杰出的创造性贡献，它不仅普遍提升了中国戏剧界对戏剧的认知水平和创作能力，而且也是中国文化汇入世界文化的进程中，中国戏剧理论界对世界戏剧理论一次具有里程碑意义的书写。可以预期，它将鼓舞越来越多的中国学者去面向世界与人类，而从事更杰出的理论创造。

　　（原载《谭霈生戏剧理论学术研讨会论文选集·2013》，文化艺术出版社 2014 年版）

---

　　① 谭霈生：《谭霈生文集·世界名剧欣赏》，中国戏剧出版社 2005 年版，第 3 页。

论马丁·艾思林的戏剧情境

马丁·艾思林是英国当代著名戏剧理论家和导演。作为"荒诞派戏剧"理论的阐释者和命名者①，他对戏剧情境理论的建立同样作出过重要贡献，他的观点集中体现在他的《戏剧剖析》中。这本戏剧理论专著虽然很薄，但分量颇重，对我国戏剧理论界思考戏剧本质起到过一定的启示作用。马丁·艾思林并不是戏剧情境的第一个界说者，在他之前，狄德罗、黑格尔直至当代的萨特都曾从情境的角度论述过戏剧，但这些人都没有将戏剧情境上升到戏剧形式的高度来论述，因而也就没能从戏剧本体的层面来观察戏剧情境。马丁·艾思林不仅有明确的戏剧情境观念，而且也用这个概念来观察和分析戏剧，甚至于他已将情境视为戏剧表现人的各种境况的具体形式。正因为他的努力，戏剧情境才成为当代戏剧理论中的一个关键的概念。

马丁·艾思林的戏剧观察

理解马丁·艾思林的戏剧情境必须谈到他的戏剧实践活动。从1963年起，马丁·艾思林出任英国广播公司广播戏剧部主任，前后工作达13年之久。此前，他一直在英国广播公司欧洲部从事戏剧编剧和戏剧评论工作；此后，他又出任英国艺术委员会戏剧组负责人。长期的戏剧实践使马丁·艾思林能够从编剧、理论和导演的眼光来观察戏

---

① 参见马丁·艾思林《荒诞派戏剧》，《导论荒诞派之荒诞性》及第八章《荒诞派的意义》，华明译，河北教育出版社2003年版。

剧，尤其是他曾在英国、瑞士、德国、加拿大和澳大利亚等地导演过大量的广播剧，这积累了他对戏剧丰富的感性经验，促使他有机会思考戏剧与广播、电视和其他艺术样式的差异，也就是说，马丁·艾思林有机会透过其他艺术媒介来思考戏剧的本质。

马丁·艾思林曾被派去采访一家劳工介绍所，以制作一个广播节目，采访给他留下了深刻的印象，他感觉那里的办事员既有官僚主义的习气，也显得彬彬有礼，并且真诚友善，他对这种印象进行了两种比较，一种是文学的，另一种是戏剧的。

文学的表达——

　　办事员要求职业申请人告诉他有关的详情。他虽然保持着某种程度的冷淡和距离，却并不是不友好的；同时从他说话的声调看来，他显然是真心诚意地想帮助他面前的那个人……

戏剧的表达——

　　办事员：请坐。
　　申请人：谢谢您。
　　办事员：请问，您的名字是——
　　申请人：约翰·史密斯。
　　办事员：您最后的职业是——
　　申请人：机械工。
　　办事员：我明白了。

如此清晰而尖锐地将文学与戏剧的差异展示出来，马丁·艾思林也许并非第一人，但无疑他是展示得最有力的一个，而且这个展示还有许多更富有价值的内涵有待开掘。当然这里的文学指的是小说或散文一类的文字。同样的事件同样的人物，但以不同的艺术方式来表现会产生根本不同的艺术效果和艺术感觉，在马丁·艾思林看来，戏剧的表现比文学的表现更符合"奥卡姆剃刀"的原则，能够更经济地、最节约时间地、最细致地表达思想，因而才最接近真理。他说："对于表现那种难以捉摸的情绪，内心的紧张和同情，人与人之间微妙的关系和相互影响等等来说，戏剧是最最经济的表现手段。"① 戏剧是否是最经济的表现手段，或者是否一定要从经济的角度来观察戏剧，这是一个可以讨论的问题，但马丁·艾思林通过这种比较已经切入到了戏剧之所以是戏剧的本源了。

首先，这种不同点在于，文学是散漫的描述，而戏剧则是场面的戏剧化；也就是说，文学依赖于叙述，而戏剧则依赖于场面。亚里士多德早在《诗学》里便概述过：史诗采取叙述法，而戏剧则依靠行动；场面是一个比行动更为有用的概念，它包含行动但不仅仅是行动，更重要的是它揭示了行动之间所蕴含的全部关系，这种关系生动地具体地体现为舞台现实及其所有可能性。从马丁·艾思林的观察中我们可以发现，散文或小说中的人物、人物行动、人物关系是通过叙述完成的，不仅如此，人物的情感倾向和心理状态也是通过叙述达成的，在这里最重要的是叙事，而人物、人物行动及其相互关系都在其次。但是在戏剧中，叙事的因素不存在了，人物通过行动来证明他们的存在，他们的情感倾向和心理状态都是在一种相互关系中涌现出来的。演员表演中的语气、语调、眼光和手势这些非叙事因素，在整个戏剧中起着比语言更为决定性的作用，而它们在语言的叙述中是被省略的，或者被遮蔽着的，它们提供了新的创造的契机，不同的演员和导演可以在同样的语言材料中发掘出不同的东西来。

总之，场面在戏剧中比言语（戏剧片段的文字）更为重要，这是因为叙事体的文学只是单一地以文字来表达，而戏剧中除了文字的表达之外，还能用形体、布景、灯光、服装来表达，而导演更可以用他自己的理解来丰富这种表达，不同演员的不同条件又进一步增加表达的无限多样性。不同时代的人演同样的剧本之所以会演出完全不同的风格或意味的戏剧，不是因为文字变化了，而是因为戏剧的其他构成要素诸如导演、演员、舞台、美术师发生了变化，也就是说，戏剧的

① ［英］马丁·艾思林：《戏剧剖析》，罗婉华译，中国戏剧出版社1981年版，第9页。

构成材料发生变化了，正是这些变化着的新东西使戏剧可以常演常新。但不管如何变化，有一个因素是恒定不变的，那就是场面，因为任何戏剧总要通过一定的场面来实现它的目的。

其次，马丁·艾思林认为，散漫的文学作品如小说和叙事诗是直线式的叙述，"在某一时刻里只能在一个方面起作用"，已经过"高度的抽象化"，它"必须不时地增添一些成分才能将总的图景积聚起来表现出来"。也就是说，文学是通过语言一点一点叙述出来的，它将现实的图景转化为一种言语现实和语言风格，人们必须借助想象才能接近这个图景，表现媒介的单一自然导致表现手段的单一，它不能脱离语言的功能来达到语言之外的效果。但是戏剧则不一样，马丁·艾思林说："戏剧，由于它是把行动按其实际发生时那样具体地表现出来的，所以它能够使我们同时看到那种行动的几个方面，并且同时表达出多方面的行动和感情。"因而戏剧"能同时在几个方面发生作用"。比如像"早晨好，我亲爱的朋友！"这样一句话，可以用各种不同的声调和表情说出来，甚至说出与这句话的本意完全相反的意思。所以一句话是诚恳的还是讽刺的或者敌意的，取决于这句话所处的具体的戏剧场面；观众不仅能听到这句话本身的意思，还能看出这句话隐藏的另外的意味；不仅从他的语气、眼神和手势等方面看出他的意思，还能从他与其他人结成的相互关系中来体会出他没有表达的意思。所以，戏剧能在某一时刻里同时在几个方面起作用，这正是它不同于其他艺术的特质所在。

最后，马丁·艾思林的戏剧观察的一个重要方面在于，他是从戏剧的接受角度来透视戏剧的。他说："没有观众，也就没有戏剧。""作者和演员只不过是整个过程的一半；另一半是观众和他们的反应。"① 他思考广播剧和文学作品的差异便源于这两种艺术样式在观众中传播的差异，马丁·艾思林认为，观众的反应，不管是积极的还是消极的都会对演员产生强大的影响，如果当笑时观众不笑，演员便会本能地加重表演；如果观众有反应，演员便会为这个反应所鼓舞，而

---

① ［英］马丁·艾思林：《戏剧剖析》，罗婉华译，中国戏剧出版社1981年版，第16页。

这反过来又会作用于他的表演，而且观众与观众之间的反应也会相互感染，激发他们彼此的欣赏热情。将观众作为戏剧的一个构成要素并非始于马丁·艾思林，法国的萨塞早有论述①，但马丁·艾思林也有他自己的发现，他认为戏剧观众不像小说读者那样，"必须看作者所描绘的场面，而是实际上被放进有关的场面里，即直接面对这个场面"②。这是马丁·艾思林思考戏剧情境论的一个契机。

马丁·艾思林的戏剧本质观

关于戏剧的本质论，马丁·艾思林的戏剧思想显得十分复杂，这种复杂当然与他对戏剧的观察与体认的丰富性有密切关系，但给我们清理他的戏剧本质思想带来一定的困难，以至于我们很难明确地分辨，因为他的戏剧本质思想不是一个单一的结论，而呈现为一种杂糅的特征。首先是动作说，他沿袭了亚里士多德的一些基本观点，认为"戏剧就是摹拟的动作、仿效的动作，或人的行为的再现。关键的是着重强调动作"。因此"戏剧不单纯是一种文学形式。戏剧之所以成为戏剧，恰好是由于除言语以外的那一组成部分，而这部分必须看作是使作者的观念得到充分表现的动作（或行动）"③。把戏剧视为动作，这一点马丁·艾思林与亚里士多德相同，亚里士多德虽然肯定了动作为戏剧的本质，但他在论述戏剧时更多地从戏剧的文学性来加以阐释，《诗学》共有二十六章，其中十七章是从剧本的文学性来讨论的，因此他的戏剧观可以看作是对古希腊戏剧文学的理论总结，而纯粹从戏剧的角度来谈论戏剧并不构成他论述的主体部分。马丁·艾思林的议题则比亚里士多德广阔得多，除了论述戏剧的类型和戏剧的内在结构，他还对戏剧的起源，戏剧的真实性，戏剧与仪式，戏剧与集体意识，

---

① 萨塞曾说："我们不能设想一出戏没有观众。从戏剧演出中的一个又一个的附属物看来，除观众这个附属物外，所有的附属物都是可以代替的，或不予采用的。""没有观众的戏剧是不可思议的。"这是最早论述观众对戏剧之重要的文字。参见阿·尼柯尔《西欧戏剧理论》，徐士瑚译，中国戏剧出版社1985年版，第30页。

② ［英］马丁·艾思林：《戏剧剖析》，罗婉华译，中国戏剧出版社1981年版，第10页。

③ 同上书，第6页。

戏剧与观众，戏剧与社会，戏剧与广播剧和影视等议题有所论及，但这些论述都不是围绕动作展开的，因而动作说只是马丁·艾思林论述的一个前提，并不构成他的戏剧主体思想。

与动作说相关的是模仿说和游戏说，柏拉图和亚里士多德早就说过戏剧是模仿，席勒和歌德也曾说过艺术是游戏，对此马丁·艾思林也是承认的。他说，戏剧"是人类的真实行为最具体的艺术的模仿"，"戏剧（演剧）作为游戏，作为假扮，是一种摹拟的动作；是对现实世界的模仿"。他还说："戏剧非常接近于人的游戏本能所表现出来的另一个领域——体育。戏剧可以看作一种华美的体育。"① 马丁·艾思林并没有简单地重复先哲们的观点，他也有自己的发现，他认为戏剧从本质上来说是虚构的，是"一种精心制造的假象（illusion）"，但这并不等于戏剧没有真实的因素，相反戏剧同其他艺术相比，具有更多真实的成分，这就构成了戏剧最主要的特征和魅力所在。马丁·艾思林称戏剧是"一个作家的想象永远固定在死的文字上的产物——同演员、他们的服装、他们周围的家具、他们手持的东西如剑、扇子、刀叉等等这些活生生的真实因素的结合"②。由此可见，戏剧是虚构与真实并置的一种艺术，真实中有虚构，虚构中有真实。

在此基础上，马丁·艾思林提出了创造说，所谓创造说即认为戏剧的本质并不是固定的，而是时刻都在活动着、生发着与变化着。马丁·艾思林称戏剧为"活的戏剧"，这活动即是戏剧的各元素组合在一起出现的新气象，有多少组合就是多少新东西，每一次演出就是一种新东西。马丁·艾思林说："戏剧是最具社会性的艺术形式：就它的性质本身来说，是一种集体的创造，因为剧作家、演员、舞美设计师、制作服装以及道具和灯光师全都作出了贡献，就是到剧场看戏的观众也有贡献。"戏剧就"活"在编剧、演员、导演、职员和观众各种随机的构造中，而且"每次演出都是独具一格的艺术品"。戏剧并不纯粹是一个剧本，甚至主要不是剧本，因为剧本总是固定不变的实

---

① ［英］马丁·艾思林：《戏剧剖析》，罗婉华译，中国戏剧出版社1981年版，第85页。
② 同上书，第83页。

体，而根据剧本的每次演出都是绝不相同的，欣赏戏剧的观众也是不同的，这种不同导致戏剧永远在一种新的关系中创生出新东西，而这正是其他艺术所不具备的。正是在这个意义上，马丁·艾思林把戏剧看作"人与人之间思想感情交流的一种方法"，而剧院便是这种"科学方法"的"实验室"。在此基础上，马丁·艾思林提出了他的戏剧情境说。

戏剧情境说是马丁·艾思林最重要的戏剧本质论，他认为，"戏剧是艺术能在其中再创造出人的情境、人与人之间的关系的最具体的形式"。"它（戏剧）也是我们用以想象人的各种境况的最具体的形式。""剧院是检验人类在特定情境下的行为的实验室。"① 这些论述是关于戏剧情境的最重要的论述，尽管是片段的或零星的，但它表明马丁·艾思林已经在用情境这个概念来理解戏剧，并且已经从形式的角度来理解情境了。情境、关系和形式这些概念早已存在，但把它们联系起来进行思考则打开了理解戏剧的新通道，戏剧是一种形式，它揭示着人与人的关系，这种关系的奥秘在于它能创造出情境，活动的、具体的、现场构成的情境，这情境与小说、诗歌、绘画、音乐中的情境不同，它是真实的人在现场的活动与交流，具体、生动而直观，人的行为或动作在特定境况下传达出比说出来的语言更隐秘也更丰富的奥义。这是一个全新的戏剧概念，马丁·艾思林曾辨析过其他几个戏剧观念：其一，戏剧是凡戏剧皆不得没有演员；其二，用动作来表现的虚构情节；其三，以模拟动作为基础的一种艺术形式。但这几个关于戏剧的定义都不能准确地概述戏剧的内涵，它们只适宜于某些剧种或某个时期的戏剧，因此，重新思考戏剧的定义就不是一件没有意义的事情。从戏剧情境的角度来给戏剧下一个定义，这是马丁·艾思林完成的，仅仅凭借这一点就足以肯定他对戏剧理论的贡献，在他那里，对戏剧的本质思索从动作说、模仿说、游戏说到创造说和情境说实现了一次理论的跨越。

---

① ［英］马丁·艾思林:《戏剧剖析》，罗婉华译，中国戏剧出版社 1981 年版，第 9—10 页。

马丁·艾思林的戏剧情境论

马丁·艾思林不是个思辨型的理论家，他并没有对戏剧情境给予更多的理论阐述，只是在他的论述过程中间夹杂着有关戏剧情境的思想：首先，情境并没有形成他的理论的核心，也没有构成他的理论运思的焦点，在许多情况下他仍然沿用传统的戏剧本质说来代替他的思考；其次，他对戏剧情境并没有进行理论的阐述，它们的内涵和外延没有被明确界定，因而不具备理论应有的自足性。由于这两个原因，他并没能形成关于戏剧情境的系统观念，更不用说形成相应的理论体系，而这必须借助一系列的概念与观念才能完成。这些都妨碍了他的戏剧情境思想成为系统化的戏剧理论形态，也限制了他在戏剧理论上作出更大的贡献，因此审视马丁·艾思林的戏剧情境论对戏剧理论而言是富于价值和启示的。

从马丁·艾思林的论述来看，他的戏剧理论中蕴含着戏剧情境的思想，但他并没有明确提出戏剧的本质即情境的观点，因为在他的情境论中还杂有其他的关于戏剧本质的观点，如动作说，模仿说或游戏说，在许多情况下它们也构成马丁·艾思林的戏剧本质思想。如果一种思想中存在着多种本质论，那么其中的任何一种都不可能成为本质论，这是马丁·艾思林回避用情境作为戏剧本质的逻辑考虑。正因为如此，他的戏剧情境论是不彻底的，这也阻碍了他在更深的层次上来思考戏剧情境。然而他仍然是真正在思考戏剧情境的戏剧理论家，如果我们作些理论上的清理，便可以发现他是从如下几个方面来思考戏剧情境的。

第一，情境是一种关系。这种观点狄德罗早就指出过，人物的性格并不是至关重要的，情境的有无才至关重要。而情境主要是一种人物关系，这个思想也被萨特继承过，只不过萨特强调的是人在极致境遇下的人物关系，也就是把人物放在生死攸关的境遇中让人物自由地作出选择。马丁·艾思林也认为人物关系是一出戏是否具有戏剧性的关键因素，他认为一个戏剧场面是否具有戏剧性，起主要作用的是角色之间的关系，也就是角色之间的相互作用以及他们彼此的反应方式。

这种作用及反应方式主要不是通过言语（文字部分）叙述出来的，而是由以演员表演为核心的各种戏剧元素共同构置起来的。不仅如此，角色与布景，角色（演员）与类角色（皮影），角色与观众也都可以构成戏剧情境，因为这其中都存在着一种相互作用和相互应对的关系，都会形成一个场面或一个氛围。更重要的是，戏剧情境中蕴含着各种可能性的人生境况，其中某一因素的变化将导致其他因素的变化，这才是戏剧生生不息的源泉与魅力所在。在戏剧情境中，除了表现出某种抽象的哲学思想之外，马丁·艾思林特别强调，戏剧情境要凸显人的情感。他说："戏剧作为表达和交流思想感情的一种手段，在很大程度上与人的情绪状态的再创造有关，能让观众体会他们在别处体会不到的情感；因此，戏剧是这样的一种手段，它向观众扩展他们作为人类的经历，并使他们能够感受到更丰富、更微妙、更崇高的情感。"①所以戏剧情境一定要凸显一个"情"字。

第二，情境的直观性和具体性。情境的直观性与具体性作为戏剧的根本特性，是由戏剧的表达材料和表现手段所决定的。戏剧由演员在一定的布景中或者在一定的场面中表演出来，它鲜活地、生动地、具体地呈现在舞台上。这与小说不同，小说的场面是叙述出来的，它有形象但并不具体，诉诸想象是它的基本特点；与音乐也不同，音乐的场面虽然是表现出来的，但它是抽象的；绘画的场面虽然是具体的，但它是凝固不变的。而所有这一切艺术都不会出现人的真实身体或真实景物，只有戏剧才能达到与生活并无二致的逼真程度，这就更进一步地增强了戏剧的直接性和具体性。这种直接性和具体性还有一个维度，即观众的维度，也就是说，直接性和具体性是针对观众而言的，离开了观众的欣赏，离开了观众与戏剧所形成的关系，直接性和具体性都无以显现。马丁·艾思林说："戏剧观众，不像长篇或短篇小说的读者那样必须看作者所描绘的场面，而实际上被放进有关的场面里，即直接面对这个场面。"② 观众被放进一定的场面里，这是戏剧所独有

---

① ［英］马丁·艾思林：《戏剧剖析》，罗婉华译，中国戏剧出版社 1981 年版，第 112 页。
② 同上书，第 10 页。

的，也是戏剧直接性和具体性的生动体现。

第三，情境的假定性。戏剧本身就是"梦幻"，这个观点被马丁·艾思林一再地表述过，由于它是由真人在观众面前直接演出的虚构，因而它便与纯粹的虚构艺术有了重大的差别。它是具体的有血有肉的活人在演出，这就"意味着戏剧具有现实世界的一切特性，也就是我们在生活中所遇到的真实情境"。但我们不能由此判定戏剧是真实的，至多只能把它看作是具有真实性质的虚构品，他说："我们在生活中所遇到的情况是真实的，而在戏剧里，或者在戏剧的其他形式（如广播剧、电视剧、电影）里它们不过是演出的、假定的，是做戏。"① "现实中发生的事是不可逆转的，而在戏剧里它可以重新开始。"这样我们才能理解戏剧既是现实的又是非现实的，既是真实的又是虚构的，但从总体上来看戏剧是假定性的。戏剧在性质上是假定的，但在手段上是真实的，手段的真实不能改变虚构的本质。同时，我们也应该看到，戏剧中毕竟有太多的真实性的东西，真实的布景、真实的演员、真实的观众，这些要素汇合在一起必然导致审美方面的重大变化，那就是观众对戏剧的现场感，对戏剧的交流方式及反应方式的期待，而这正是戏剧与其他艺术相比所独有的魅力。

总之，情境作为表现人的思想和感情的戏剧形式，它是对戏剧本质特性的概括；同时作为一种开放的戏剧观念，它还指向现实、社会和人的本性，是人们借以交流思想和感情的最直接的艺术手段。离开了人，离开了人的思想和情感的交流，离开了人们彼此现时的应对或反应，相互的影响及作用，戏剧就不可能形成场面，最终也形成不了戏剧情境。因此，高妙的戏剧总是让人物处于特定的戏剧情境中，将人物潜在的活力与能量释放出来，这样人物就不是固定不变的。随着情境营造强度的不同，戏剧中创造出了不同的人物、不同的体验和不同的交流，戏剧也就因此而最大限度地创造出了种种生活的可能性。

（原载《戏剧》2003 年第 3 期）

---

① ［英］马丁·艾思林:《戏剧剖析》，罗婉华译，中国戏剧出版社 1981 年版，第 11 页。

鲁迅的戏剧观

　　鲁迅是伟大的文学家，他以他的深刻、犀利、洞见、幽默与优美开创了一个伟大的时代。但他的戏剧活动则很少被人提及，在他的小说、散文、诗歌和杂文的光辉照射下，人们甚至不曾感觉到他的戏剧活动放出的光芒。其实，鲁迅对戏剧也是十分关注的。这种关注体现在哪些方面，有什么特点，提出过哪些有价值的观点，这些观点对当前的戏剧创作有什么启示，本文将给予述评。

鲁迅与戏剧

　　鲁迅的主要创作成就当然体现在小说、散文和杂文上，他的研究成就也集中在小说史论和外国诗歌的评述上，相较而言，他在戏剧创作与批评上用力则要少许多。首先我们应该确立这样的观念，鲁迅的戏剧活动是他整个文学活动的一部分，由于他在小说、散文与杂文的创作与理论方面的高度建树，因而从他的修养与境界来观察戏剧所得出来的结论就自然别具价值。鲁迅的戏剧活动主要表现在下述方面：戏剧观摩、外国戏剧介绍与批评、中国戏剧批评和戏剧创作。

　　现在很难估计鲁迅一辈子看过多少出戏，从他的文章、书信与日记中可以肯定，鲁迅是看过戏的。1922 年在《小说月报》第 13 卷第 12 号上他发表的《社戏》一文，详尽地披露了他 12 岁左右在乡村的看戏活动。可见，鲁迅早先看戏多为戏曲，但那时并不完全是在欣赏戏剧，更多的是孩童玩耍的天性在促进他的戏剧观摩活动。也许孩童时的活动都有一种对象性，通过对象来娱乐自己，至于这对象是什么那是另外一件事情。从鲁迅的文章中可以看出，他肯定看过梅兰芳的《天女散花》、《贵妃醉酒》和《黛玉葬花》，也曾看过杨小楼的《单刀赴会》。在《两地书》中，鲁迅至少提到他曾看过一回戏，是一出为灾民义演的戏。1925年3月31日，他在北京写给许广平的信中说自己去得较早，观众也不少，但究竟是出什么戏，他没说，而且他认为观众的素养较低，"不懂而胡闹的很多"①。综合来看，鲁迅一辈子看的戏并不算多，在《社戏》里，鲁迅写道："我在倒数上去的二十年中，只看过两回中国戏，前十年是绝不看，因为没有看戏的意思和机会，那两回全在后十年，然而都没有看出什么来就走了。"② 看到他所满意的戏就更少。在他所看的戏中，主要是传统戏，至于外国的戏以及中国早期的文明戏他是否看过，则极少提及，他曾提到过胡适的《终身大事》，然而究竟看的剧本还是看的戏也无从判断。对于中国传统戏曲，他不算票友，也不会从票友的立场上去欣赏戏曲，而更多的是从否定的立场来评析，无论是剧场氛围还是表演装扮，不说深恶痛绝，至少也是颇有微词的。

鲁迅曾翻译介绍过大量的外国小说，也曾翻译介绍过外国戏剧。他介绍过的外国戏剧家有易卜生、莎士比亚、萧伯纳。易卜生是鲁迅最为欣赏的戏剧家，他曾在多篇文章中谈及他，并作过《娜拉走后怎样》的演讲。这当然与鲁迅的价值取向与审美取向有关，鲁迅对易卜生采取的是现实主义和实用主义的态度。易卜生的戏剧倾向是很复杂的，但中国人欣赏和介绍更多的是易卜生的"社会问题剧"。莎士比亚是戏剧的代名词，鲁迅写过《"莎士比亚"》、《又是"莎士比亚"》和《"以眼还眼"》，但实际上只不过是借莎士比亚来说中国文艺上的事情，与莎士比亚并没有太多的关联。萧伯纳曾与鲁迅在中国见过面，他们见面彼此并不热络，"我对于萧，什么也没有问；萧对于我，也什么都没有问"③。这与他们的身份以及对自己身份的感觉有关，但鲁

---

① 《鲁迅全集》（第11卷），人民文学出版社1996年版，第30页。
② 《鲁迅全集》（第1卷），人民文学出版社1996年版，第559页。
③ 《鲁迅全集》（第4卷），人民文学出版社1996年版，第497页。

迅的心情是很复杂的，整个会面以及萧伯纳在中国的访问在他心里留下了深刻印象。他先后写了《谁的矛盾》、《看萧和"看萧的人们"》、《〈萧伯纳在上海〉序》等好几篇文章便是证明。在《"论语一年"》中他再一次提到了萧伯纳，也还提到了易卜生和莎士比亚："莎士比亚虽然是'剧圣'，我们不大有人提起他。五四时代绍介了一个易卜生，名声倒还好，今年绍介了一个萧，可就糟了，至今还有人肚子在发胀。"① 鲁迅翻译过的外国剧作有：日本的武者小路实笃的《一个青年的梦》、俄国的爱罗先珂的《桃色的云》。

与此同时，鲁迅对中国戏剧的现状也是关注的，这主要表现在他对中国戏剧的批评上，更准确地说是对中国戏曲的批评。但鲁迅并没有使用中国戏曲这个概念，也绝少谈及中国话剧，所以鲁迅对中国戏剧的批评基本上是对中国传统戏曲的批评。他对中国话剧保持缄默令人费解。以他对中国文坛现状的熟悉，以他对话剧这种艺术形式的了解——他早在1919年便开始翻译外国戏剧——他自己也曾创作过两部话剧，他可以对话剧说出他的见解的，如对袁梅改编他的同名小说剧作《阿Q正传》，鲁迅发表过一些重要意见——事实上他不曾表示过他的意见，这其中的缘由有待于认真的研究。相反，对他并不熟悉，也不曾有过切身创作经历的戏曲，他却发表过许多意见。这些意见间杂在他的许多杂文或随感中，其中不乏片面偏激的情感，也闪烁着敏锐深刻的洞见，有些批评甚至成为对当代中国戏剧弊端的预言。主要有：《论照相之类》、《脸谱臆测》、《法会和歌剧》、《谁在没落?》、《"莎士比亚"》、《略论梅兰芳及其他》、《宣传与做戏》等。

除戏剧批评外，鲁迅也有过戏剧创作经验，一是《野草》中的《过客》，二是《故事新编》中的《起死》。这两个剧都可以看作独幕剧，严格按照戏剧的形式来创作，时间整一，地点整一，行动也整一，但不是古典主义的作品，相反地，这两部戏剧的现代意味较为浓郁，甚至也还有些后现代的气息。但把它们放在这两部集子里无论如何有些异样，因为前者为散文集，后者为小说集，从艺术形式上来

---

① 《鲁迅全集》（第4卷），人民文学出版社1996年版，第568页。

说,《过客》和《起死》绝不是散文或小说,而是地道的戏剧。为什么会如此?鲁迅不是为艺术而艺术的人,当然也不会为戏剧而戏剧,只能说戏剧这种形式更适合表达他的思想,负载了他的体验。《野草》是象征主义的作品,流溢着一种很幽深的情绪与心理,行动感不鲜明;《故事新编》中的人物大多是 2500 多年前的人物,是鲁迅从故纸堆里发掘出来的,这些小说被人称为"教授小说",虽然小说中的人物也可以有强烈的行动,但与戏剧的表现很不相同,小说采用的是叙述法,而戏剧则是人物在直接行动,在做或说。戏剧最大的特点是人物在行动,这也许是鲁迅采用戏剧形式而不用散文和小说形式的重要原因。

鲁迅的戏剧观点

鲁迅多次声明,对戏剧他是个外行,但这并没有妨碍他表达自己的戏剧观点。他曾说:"对于戏剧,我完全是外行。但遇到研究中国戏剧的文章,有时也看一看。"① 这与当时的其他许多文化砥柱一样,一方面承认自己外行,另一方面也敢于表示意见,周作人如此,闻一多如此,傅斯年如此,钱穆如此,梁漱溟也如此。虽然是外行,但这并不等于他们的意见没有道理,在一定程度上,他们的意见很有道理,他们的一些关于中国戏剧的文章已成为中国戏剧研究的重要理论文献。当然,在具体的戏剧改革构想上,他们不及戏剧的"内行"胡适、欧阳予倩、郁达夫和张厚载等人,这些人既能看到戏剧的弊端,又能发现戏剧的特点与优长。"内行"的一个重要的共同点是喜欢戏曲,像郁达夫简直是个高级的票友,遇到好听的戏即使想上厕所也不会离席的,生怕漏掉了精彩的段子。但鲁迅他们则不然,由于没有感情,也就敢说话,由于接触不深,也就没有包袱,常常能看到圈内人看不到的戏剧症结。

五四时期,周作人曾在《新青年》上发表过一篇名为《论中国旧戏之应废》的文章,列举了旧戏的两条罪状:一为野蛮,二为有害

---

① 《鲁迅全集》(第6卷),人民文学出版社 1996 年版,第 133 页。

"世道人心"。鲁迅没有明确表示过"旧戏应废"的观点，从情感和价值取向上，他对旧戏没有完全否定。在《社戏》中，他通过在城里和乡下两种观戏经验的对比，表达了他对戏剧的基本看法：戏剧在民间，戏剧在基层。在城里看戏，耳朵里冬冬，眼睛里红红绿绿，总之是失望、失意与烦躁，"这一夜，就是我对于中国戏告了别的一夜，此后再没有想到他，即使偶而经过戏园，我们也漠不相关，精神上早已一在天之南一在地之北了"。而在乡下看戏则大不一样，那里有情趣、期待和向往，戏台像缥缈的仙山楼阁，看到的是远远近近的渔火，听到的是悠扬宛转的横笛，撑着乌篷船，吃着水果和瓜子，台上咿咿呀呀地唱，赤膊着翻舞，不仅看得有趣，来回的路上也有趣。总之，台上台下、戏内戏外都浑然一体，意趣盎然，这种美好的体验鲁迅后来不曾再有过。同样是戏，同样是唱或舞，为什么会有如此大的观赏体验差异？鲁迅的文章中没有明说，我们只能从他的言论中探寻其蛛丝马迹。这首先当然是审美倾向的变化，社戏是天然的，与劳动者有千丝万缕的联系，那里本身就是生活的一部分。京剧则不然，经过高度地分工后走向专门化，与老百姓和生活隔了一层，不经过训练很难欣赏到京剧的奥妙。另外就是鲁迅欣赏过程中心理的作用太强大。鲁迅是一个高度敏感且自尊的人，在乡下欣赏社戏，他是一个小客人，被乡里人当成客人似的呵护着，而在城里看戏，首先是找不到座位引起不快，再由于他不太懂京剧，出了些洋相而被人小觑，他"深愧浅陋而且粗疏"，在这种心情下怎么可能去欣赏戏剧呢！有了这次经验，鲁迅很少看中国戏了，也就没有了对中国戏的感情。再加上中国戏也不是没有毛病，所以很容易被鲁迅抨击。

对于中国戏，鲁迅最为反感的是角色的扮演，确切地说，是男人扮女人。鲁迅讽刺道："我们中国的最伟大最永久的艺术是男人扮女人"，"因为从两性看来，都近于异性，男人看见'扮女人'，女人看见'男人扮'"，并断言，"外国没有这样完全的艺术家"①。男人扮女人，这种现象并非只存在于中国，早在文艺复兴时期，欧洲便出现了

---

① 《鲁迅全集》（第1卷），人民文学出版社1996年版，第187页。

男人扮女人的情况，而且比中国更为酷烈，它是将儿童阉割了令其扮演。这样的演员不仅具有男人的体力，而且兼有女性的声音和容貌，这样的扮演在当时广受欢迎。男人扮女人后会出现新的审美方面的变化，因为它毕竟是由男人扮演，男人扮演女人本身就是戏，如果他的扮相和舞姿近似于女人，足以引起人们的好奇和惊叹，这是一种如梦幻般的非现实的感受。男人扮女人还会将男人本身具有的东西带进角色中去，这在审美上会导致滑稽风格的出现，在乡村社戏中，常常一年轻男子扮演一硕乳太太，这是引发人们捧腹的一个重要笑料。美国电影《出水芙蓉》中，一个健硕的男子混迹于一群芭蕾舞女演员中所引起的效果便是如此。当然这只是一个方面，其他的方面如早期女演员少，或者人们不愿意将女人送到戏园里去，导致不得不由男人来扮演女人。但鲁迅对男人扮女人不是从学理上来研究的，也就是说，他着重的不是为什么会如此，以及如此所带来的后果。总之，他对男人扮女人在情感上是难以接受的。我们从他的情感倾向上来判断，男人扮女人是非自然的，因而也是不美的。

鲁迅对中国戏思考得较多的另一个问题是，中国戏是否是象征主义戏剧。有人认为，中国戏是象征主义戏剧，以脸谱为例，白表奸诈，红表忠勇，黑表威猛，蓝表妖异，金表神灵，与西方的白表纯洁，黑表悲哀，红表热烈，黄金色表光荣和努力并无不同，因而中国戏也是象征主义的。鲁迅并不赞同这种说法，他认为，白表奸诈，红表忠勇，也只以脸上为限，如果一到别的地方，则白并不象征奸诈，红也不表示忠勇了。"白表奸诈"只是人物的分类，并非象征手法。他从中西戏台的不同来分析，"中国戏看客很散漫，如果不夸大，漫画化，则观众觉不到，看不清"，"并非象征手法"。① 一种艺术是否象征，在鲁迅看来，关键是这种象征符号是否产生意义，他认为脸谱只是符号，并不能产生符号之外的意义。在另一篇文章中，鲁迅说得更明确："脸谱和手势，是代数，何尝是象征。它除了白鼻梁表丑角，花脸表强人，执鞭表骑马，推手表开门之外，那里还有什么说不出，做不出

---

① 《鲁迅全集》（第6卷），人民文学出版社1996年版，第134页。

的深意义?"① 脸谱也好手势也罢，它们只是类型化凝固化的表达方式，并不能创生出新的意义来。任何象征主义的作品，除了有一个本体之外，还需要有一个喻体，这个喻体内含在本体之中，正如鲁迅的象征主义杰作《野草》中的作品一样，他在野草、枣树、雪等意象中赋予了它们本体之外的新内涵或精神，这精神与它的本体之间的关系并不是那么明确的或对应的，而是随着不同的读者的阅读会产生不同的感受与联想。而脸谱的构造则是机械的和凝固的，鲁迅认为，脸谱的构造随着时代的变迁与观众的不同，在现代已变成一种赘疣，无须扶持它的存在。鲁迅为什么会对中国戏从象征主义的角度来思考，是不是因为梅兰芳说过中国戏是象征主义的话呢?

梅兰芳是个伟大的戏剧家，鲁迅在世时他的影响就遍及海内外。但鲁迅对梅兰芳没有多少好感，在谈到中国戏时往往会将梅兰芳顺便挖苦一顿，即使不是谈中国戏时，在可能的情况下，他也会拿梅兰芳说事。他甚至写过两篇专门讨论梅兰芳的文章。在鲁迅与其他论争者的文章中，我们不难见出他与对手的意见与分歧，这两次却不同，梅兰芳没有应战，我们见不到梅兰芳的影子。这并不表明鲁迅的见解完全是胡说，在他的"极端片面"里也往往能见出他深刻的一面。鲁迅对梅兰芳的批评首先是"男人扮女人"。因为梅兰芳是中国京戏男旦的代表，他曾带着京剧这国粹游日游苏游美，鲁迅是不以为然的。在他看到照相馆将梅兰芳的照片挂起时，他曾说："我在先只读过《红楼梦》，没有看见'黛玉葬花'的照片的时候，是万料不到黛玉的眼睛如此之凸，嘴唇如此之厚的。我以为她该是一副瘦削的痨病脸，现在才知道她有些福相，也像个麻姑。"② 但男人扮女人并非始于梅兰芳，也并非只是梅兰芳，所以我们权且将它视为鲁迅对中国文化的批判，只不过是通过梅兰芳来例证罢。

鲁迅直接批评梅兰芳的是他的戏"从俗而雅"。也就是说，梅兰芳的戏脱离了大众，"雅是雅了，但多数人看不懂。不要看，还觉得

---

① 《鲁迅全集》（第5卷），人民文学出版社1996年版，第488页。
② 《鲁迅全集》（第1卷），人民文学出版社1996年版，第185—186页。

自己不配看了"。他认为梅兰芳早先的戏也是俗的，甚至是猥下、肮脏的，但是泼辣，有生气，一旦化为天女，高贵了，也就成了死板板的，矜持得可怜。观众看到的是不死不活的天女或林妹妹，而"大多数人是倒不如看一个漂亮活动的村女的"①。这是戏曲在经过对生活程式化的改造之后常常会发生的现象，但也不是必然的，而是改编出了问题。鲁迅的矛头与其说是对准梅兰芳的，倒不如说是对准梅兰芳背后为他编剧的士大夫。在早先梅兰芳的剧主要是由齐如山编剧的，鲁迅认为，这类士大夫常要夺取民间的东西，"将竹枝词改成文言，'小家碧玉'作为姨太太，但一沾着他们的手，这东西也就跟着他们灭亡"②。鲁迅形容梅兰芳经过士大夫的手，被从世俗与民众中提出来，罩上玻璃罩，做起紫檀架子来，从而也就使梅的艺术生命完结了。但事实上梅兰芳并没有完结，即使在他晚年，他的戏也还是有人看的，但京剧的危机出现了，因为当京剧失去了观众所欣赏的角儿之后，京剧最后的光芒也随之消失。

评价与启示

今天的戏剧尤其是戏曲已经进入了一个非常尴尬的时期，许多人也在为避免戏剧的进一步尴尬而煞费苦心。当我们把目光投射在鲁迅身上，也许从他那里会获得一些启示。

鲁迅评中国戏主要不是从戏剧的构成要素来落笔的，而是从五四文化运动的背景，从大文化的角度来看中国戏。他对中国戏确实算不得"内行"，从他对梅兰芳的评论就可以见出。他形容梅兰芳的《天女散花》是"缓缓的"，《黛玉葬花》是"扭扭的"。中国戏本来就是以歌舞取胜，当然会"缓缓的"和"扭扭的"，问题不在他的形容本身，而是他的形容背后所采取的讽刺与轻慢的态度。由于不懂中国戏，他极少从中国戏的手眼身法步、唱念做打，从中国戏的本体来做文章，因而他的文章就不像张厚载的文章那样会从中国戏的本质和规律上来

---

① 《鲁迅全集》（第5卷），人民文学出版社1996年版，第579—580页。
② 同上书，第579页。

反思，更不会从中国戏的音乐和唱功上来总结其本体特征。但从五四运动的大背景上来看，他的批判中国戏与五四反传统的精神是契合的，因为中国在那个时代是整个社会都出了问题，批判比赞美更迫切也更符合时代的精神。而鲁迅的批判更多地是从文化角度和宏观视野来完成的，他批判中国戏的"男人扮女人"，批判梅兰芳是被士大夫罩在玻璃罩中的玩意儿，都是从整个中国文化的宏观层面来进行的。任何大的变革都不可能只在内部完成，中国戏要完成革命性的转换，也不可能仅仅从戏剧的内部做文章，必须多方面地吸取养料和前进的动力。通过鲁迅的批判我们可以明确，戏剧并不是孤立的，而是与整个文化乃至时代都有重大关联，戏剧的发展和建设都不可以离开整个现时代去保存式地展开，否则戏剧的危机还会进一步地加重。

在这个背景下，我们才能谈及中国戏的形式改革。旧的形式当然可以采用，否则就不是中国戏了，但这采用还必须有所选择，也还必须加进其他的艺术有益的形式；况且戏剧本身就是高度综合的艺术，是诗、绘画、音乐、舞蹈和建筑的综合体，在这每种艺术发展的历史中发掘对戏剧有益的养料，实在是大有必要的。正如鲁迅所说："艺术的前进，还要别的文化工作的协助，某一文化部门，要某一专家唱独角戏来提得特别高，是不妨空谈，却难做到的事。"为我所用，拿来主义，对任何艺术都是重要的发展方式。对于形式问题，鲁迅也说得很明确："旧形式是采取，必有所删除，既有删除，必有所增益，这结果是新形式的出现，也就是变革。"① 所以形式不是一成不变的，而是在不断增益中求得不断发展的。在戏剧中实行"博物馆艺术"，是不得已而为之的下策，那是戏剧丧失了它的再生或创新能力的表现，并不宜大力提倡。

鲁迅戏剧观中一个重要内容便是他的"为大众"的观众意识。戏剧本身来自民间和底层，具有广泛的人民性，鲁迅不满于梅兰芳及其周围的士大夫的一点便是他们脱离民众。雅是雅了，但老百姓看不懂，不爱看；别说是一般老百姓，即使是有高度文化修养的人，看戏也不

---

① 《鲁迅全集》（第6卷），人民文学出版社1996年版，第24页。

是一件容易的事，结果戏剧成了少数人的专利品，成了他们自娱自乐的"少众艺术"。这样的艺术不衰弱才是怪事！当前戏剧的危机说到底不是艺术本身的危机，而是观众的危机。观众不喜欢看，即使送票给他也不看，因为戏剧的音乐旋律与观众喜闻乐见的（如流行音乐）节奏相去甚远，戏剧程式与当代的生活方式也格格不入，许多戏不经过专门的培训是看不懂的，才子佳人的表现题材千篇一律，这些东西综合在一起，观众从戏剧中得不到艺术的享受感和满足感。戏剧如何不衰落呢？这种困境戏剧没有摆脱，而且这危机比五四时期更为严重。目前的戏剧是演给专家和政府官员看的，专家因为要吃饭，因为评奖不得不看，政府官员因为他的职责是发展文化事业，进行精神文明建设，所以不得不看。戏剧摆脱危机的办法只有一个，那就是面向广大的观众，让他们看得懂并喜欢看，鲁迅说，"为了大众，力求易懂，也正是前进的艺术家正确的努力"①。离开了这一点，振兴戏剧便只是奢望。

与观众意识相一致的，是呼唤戏剧回归生活。鲁迅批评梅兰芳的另一个重要方面便是他躲进了玻璃罩，割断了与生活的血肉联系；当然这是经由那些士大夫的帮助造成的，在此之前，梅兰芳也是很"俗"的，一般戏剧中常有的猥下与肮脏他也同样具备。这并不是说鲁迅提倡猥下与肮脏，而是说戏剧与生活的联系相当紧密，戏剧并不回避生活中的粗鄙与下作。在相当时候，生活中的情趣、笑料常常是从那些低下与卑琐的情境中透露出来的，也许这戏剧并不高雅，但无疑是泼辣而有生气的，是真切的老百姓的生活，它比那种不死不活的天女或林妹妹散发着更多的人间气息。可见戏剧不是不能表现生活中鲜活与泼辣的一面，而是戏剧家们愿意不愿意表现，以及采用什么方式去表现的问题。这个问题直到今天也没有最后解决，当前的戏剧舞台仍然充斥着帝王将相、才子佳人，而且所表现的思想观念并没有超出一般老百姓的认识水平，那身古装束让人一看就感到不亲切，甚或退避三舍。老百姓需要的是他的思想得到灵性的激发，他的情感在现

---

① 《鲁迅全集》（第6卷），人民文学出版社1996年版，第24页。

实的阻塞和伤痛中得到沟通与慰藉，他的心智在自由的艺术形式里得到放松、休憩与娱乐，而这一切都需要对老百姓当下现实生活脉动有一个敏锐、准确而细腻的把握。而我们的戏剧离生活和老百姓太远，人物太远，表演太远，服装太远，思想太远，心理太远，一切都与现实生活隔了一层或几层，戏剧不去关心老百姓，为什么要老百姓关心戏剧？

　　鲁迅是现实主义文学大师，他的现实主义是开放的，这种开放性不仅体现在他的作品与当时世界文学潮流的融合，也表现在他的作品与后来的世界文学潮流的暗合上。我们在他的全部作品中，不仅可以见出纯正的现实主义的作品，也可以发现具有高度艺术创造力的象征主义作品，同时我们也还可以发现其作品中的一些荒诞派直到一些后现代作品中的某些因素。鲁迅只是指出中国戏剧中没有象征主义，他是否把象征主义作为一种比较先进的创作方法不得而知，至少他没有这么明确的观念，但从他的创作中仍然可以强烈感觉到他的现实主义是开放的。这对中国戏剧创作而言具有重要的启发作用。很多年来，一提到鲁迅，我们只是把他作为现实主义的大师，但对其作品中复杂的创作倾向并没有充分地揭示，因而也就不能从中得到更有启发性的养料，致使中国戏剧形态长久地囿于现实主义范围。比如，对创作倾向更为复杂的易卜生，我们只是介绍了他的社会问题剧，并没有从现代戏剧鼻祖这么一个视觉去认识与接受易卜生，而现实主义在中国经由意识形态化了之后走向衰弱，完全在现实主义系统内去发展现实主义既无可能也无必要。因此，中国戏剧迫切需要回到一个全面的鲁迅，从他的创作与戏剧观中去吸取多方面的营养而获得丰富的发展空间，在变化着的时代中去寻找并确立属于我们时代的戏剧形式。

（原载《武汉大学学报》2003 年第 5 期）

论余笑予的"当代戏曲"

从 1979 年的《一包蜜》到 2001 年的《铡刀下的红梅》，余笑予在 22 年的时间里，涉猎了包括京剧、楚剧、汉剧、北京曲剧、沪剧、黄梅戏、花鼓戏、豫剧、桂剧、淮剧、粤剧等在内的全国十余个剧种，共导演了 32 部戏曲作品，他导演的戏曲多次荣获文华奖和"五个一"工程奖，他本人也多次荣获优秀导演奖，他指导的戏曲演员十余次获得梅花奖，在整个戏曲界刮起了不小的旋风，人称"余笑予现象"。余笑予成功的因素是多方面的，这其中一个重要的因素就是他对戏曲观念的变革。1985 年，余笑予在《戏曲艺术》（第 3、4 期）上撰文提出了他的"当代戏曲"概念（以下引文如不注明，均出自该文），这既是他长期戏曲实践的观察、体验和心得，也是他此后戏曲导演创作所遵循的一个艺术准则，使他的戏曲实践由一种感悟和印象上升到理性和自觉的艺术追求，并且对他的导演实践产生了积极的影响。"当代戏曲"作为一个概念似乎并没有多大价值，当代人演当代人看不就是当代戏曲吗？事情并不如此简单，当代戏曲并不会自动地自然地如期而至，当代戏曲这个概念实际上探究的是戏曲的当代性问题，戏曲是否具有当代性取决于当代人的主体意识，取决于当代人是否采取与当代相适应的戏曲观念，如若不然，即使是生活在当代，人们也可以选择古代的、近代的和现代的观念去表演。如现在日本保存着能乐和歌舞伎的表演，法国也保存着对莫里哀戏剧的表演，但这些戏剧并不能称为当代戏剧。所以，当代戏曲之所以成为当代戏曲，重要的不是当代人演戏曲给当代人看，而是当代人怎样去演以及用怎样的观念去演。因此，戏曲观念的当代性才是当代戏曲成立的根本所在。那么如何确立戏曲观念的当代性问题，是当代戏曲需要认真探索和追问的。当代是一个时间概念，思考这个问题离不开一个时间的维度，对戏曲而言，则是戏曲的悠久的传统，离开了这个传统也就不能称为戏曲；当代性则是一个性质问题，是戏曲传统在现实的发展与变异问题，没有任何传统是一成不变的，传统在与现实的结合中必然有所变化，也就是说传统与现实存在着对峙、调整和适应的问题。因为新的现实和新的形式的改变必然会引起旧的内容和形式的改变，否则就会出现不适应甚至引发危机。余笑予正是从戏曲的危机中生发出他对当代戏曲概念的思索的。当然他的当代戏曲概念不是朝夕之间的灵感偶发，而是在长期的艺术探索过程中积累的需要解决的问题。但什么是当代戏曲，余笑予并没有给出一个明确定义，他在许多场合谈到过当代戏曲，但更多地是论述当代戏曲应该如何做，他也谈到了对当代戏曲的理解，还谈到了在戏曲导演中如何去实验他的当代戏曲，至于这个概念的理论内涵和外延，余笑予没有明确界定，所以我们只能从他的创作实践中，从他对当代戏曲的导演处理中来理解当代戏曲。

观众意识

戏剧应有观众意识，没有观众就没有戏剧。西方许多戏剧家或理论家对此都有过深刻的论述，如萨塞、黑格尔、布莱希特、格洛托夫斯基、谢克纳、怀特等人，格洛托夫斯基甚至把观众作为戏剧的本质来看待，他认为观众与演员是戏剧中最基本的构成元素，所以探讨戏剧与观众的关系成为他的一项基本实验活动，那就是不断革新剧场以调整戏剧与观众的关系，让观众更深入地参与戏剧。戏曲也当然具有与观众的天然联系的方面，但观众这一向度并没有上升到与戏曲的其他构成成分同等重要的水平，王国维把戏曲定义为"以歌舞演故事"，他概括了戏曲与其他艺术或其他戏剧相比较的特点，但并没有考虑到观众这一维度。传统戏曲的变革主要集中在表演这个层面，并没有从整体上，从戏曲的观演关系上去思考戏曲的发展。直到戏曲出现了危机，这个危机的直接表现就是戏曲观众的流失，戏曲已很难把观众尤其是青年观众吸引到剧院中来。

这个危机是相当深刻的，原因也是多方面的。最根本的原因是戏曲的整体环境发生了变化，那就是新的艺术品种如电影电视的出现造成的冲击，这个危机在西方出现得比中国还要早，在中国戏曲还很繁荣的时期，格洛托夫斯基和彼得·布鲁克他们感受到来自影视的压力，他们的戏剧实验就是想探索戏剧自身为影视所代替不了的特征或优势，演员与观众的现场交流就是影视所没有的优势，而且这个优势的潜质并没有被开掘穷尽。余笑予感触到戏曲的危机是从进入京剧界开始的。

余笑予出身于楚剧世家，父亲是楚剧名伶，他自己也做过20多年的楚剧演员，对楚剧十分熟悉，他认为楚剧具有浓厚的生活气息和人情味，表现在声腔、语言和表现手段等各个方面，楚剧与地方观众具有的天然联系，"往往台上唱台下和，演员与观众浑然一体。"余笑予根本没有感觉到"戏曲危机"。但进入到京剧界之后，他感觉明显不同："我曾把楚剧、花鼓戏剧场演出时观众的掌声和京剧、昆曲、汉剧剧场里观众的掌声加以分析比较，发现前者的观众往往是被动人的情节所折服；后者的观众却往往是因为演员高超的演技而喝彩，而在情感上仿佛与观众隔着高垒深壕。"他进一步指出："京剧确实是很少让观众为剧中人物的命运担忧的。玉堂春的命运和薛平贵调戏妻子的事是观众早已熟悉的。观众只在注意'八月十五月光明'这个导板上不上得去；玉宝011的台步走得如何；玉堂春唱'十六岁开怀王公子'时媚态怎样。只要达到一定的标准，观众就给你一阵掌声，这是属于技巧赢得的掌声。"余笑予敏锐地把握到了观众在欣赏京剧与楚剧过程中的差异，这种差异并不能说明京剧和楚剧的观众谁比谁更高明，也不能说明哪一个剧种比另一个剧种更有魅力，但它内含的信息是相当重要的，它反映出戏曲经过一定的发展之后所出现的新情况，那就是戏曲必须要从观众这个维度去思考其发展。余笑予从楚剧界转入京剧界后，他首先感到的是要把楚剧的长处带到京剧中来，那种浓厚的生活气息所带来的观众与戏曲的"浑然一体"关系，这是京剧所缺乏的。戏曲是离不开技巧的，但如果仅仅是技巧，如果观众首先感受到的是技巧，那么戏曲走向式微的日子便已到来。

　　戏曲必须发展，但现实中戏曲的发展是相当有限的，戏曲在创造了她的辉煌之后就被凝固了，她有了自己的历史、自己的程式、自己的语言，再往前走一步都是极为艰难的。因为她极少在时代的发展中去发展自己，没有在观众的新要求和新欲望中去发展自己，也就是说她斩断了与现实或生活的血脉联系。电影和电视之所以受到人们的欢迎，就是因为它们能在新的历史条件下，在新的科学技术基础上来发展自己，并且它们极大地满足了人们的愿望与要求。而京剧在经过了"样板戏"的热闹之后，重新回到了古代，回到了才子佳人帝王将相，观众很难从京剧中看到自己在现实生活中的状态，京剧难以满足观众多方面的思想或情感的需求，故事是一些熟悉得不能再熟悉的故事，人物是熟悉得不能再熟悉的人物，这就迫使观众不得不从京剧技巧的圆熟与功夫上来欣赏京剧，这并不是观众的过错。余笑予对京剧的改革就是从打通京剧与观众的隔阂开始的，这不能不说得益于他从楚剧中获得的启示，楚剧的历史比京剧短，所承受的包袱相对较少，更重要的是楚剧与民间的沟通更为直接，楚剧往往演的是生活本身。在传统戏与现代戏之中，余笑予更喜欢排演现代戏，在他几十年的执导生涯中，他排过的戏绝大部分是现代戏，因为现代戏比传统戏和新编历史戏更接近观众的生活，"特别是那些干预生活，抨击时弊，表现普通人命运的戏，更能引起观众的强烈共鸣"。

　　仅仅注重表现现代人的生活还是不够的，余笑予注重表现现代人的思想和情感，尤其是现代人的情感，他们的喜怒哀乐，他特别强调那种一波三折、跌宕起伏、大起大落的感情的组织与营造，注重这种情感对观众的冲击力和感染力。无论是早期的《一包蜜》、《药王庙传奇》、《徐九经升官记》和《家庭公案》，中期的《弹吉他的姑娘》、《膏药章》、《法门众生相》和《虎将军》，还是近期的《未了情》、《儿孙梦》、《天堂梦》和《铡刀下的红梅》，他都牢牢地抓住一个"情"字，他认为"导演的工作是组织戏，组织戏又不如说是组织'情'"，他把舞台演出看成是对观众的感情的征服过程，"每一场戏都是一次较量，每一场戏都是一次情感的征服"。因此，在剧本的选择上，他遵循着一个原则，凡是不能感动他的剧本他不排；即使感动他，但不熟悉剧中的生活，感到难驾驭的剧本他也不排。在排演过程中，他提醒演员情感的表现应真挚，强调一种生活化的、动人的、机趣的表演方法，这对于习惯于戏曲程式化表演的演员开始自然有些不适应，直到演员的表演忘记了程式，感同身受的是人物的情感，当情绪的起落和情绪的高低成为一出戏的主宰时，那就是戏曲与观众浑然一体的时刻。而他自己在导演的过程中，时刻都不忘怀自己的工作中心就是"组织"情感，他创造了一系列控制情绪的手段与方法，烘托、反衬、延宕、反讽、激化、突转和爆破，而平铺直叙的手段他是较为谨慎的，因为这种手段是表现大起大落的感情的一大忌讳。

戏曲化与现代化

在余笑予看来，当代戏曲是现代的也必然是戏曲的，这"是一个问题的两个方面，二者之间是对立的统一，它的实质是继承与创新，制约与自由的关系问题"。这里涉及戏曲的传统与现代的问题，余笑予称之为戏曲化和现代化。所谓戏曲化是指戏曲的质的规定性，是戏曲成为戏曲的本质性东西，没有戏曲化戏曲便消亡了。所谓现代化是指戏曲适应新的时代的发展，也是古老戏曲能否继续存在下去的理由和根据。余笑予是从戏曲观众接受这一维度来认识戏曲化和现代化的，他认为戏曲化是从民族审美心理的延续出发的，现代化是从当代观众新的审美需要出发的。戏曲的戏曲化与现代化是戏曲理论界争论不休的问题，也是戏曲创作界必然面对的问题。余笑予要建立他的当代戏曲，就必须有效解决戏曲的戏曲化与现代化问题，而解决的程度以及解决的方式取决于创作者主体。也就是说，无论是戏曲化还是现代化都必须通过创作者主体的理解和创造性的转化才能成功。

余笑予认为，中国戏曲有两个根本的特点，一是时空处理的虚拟性，二是表现形式的程式化。这个看法显然承袭了阿甲的三点论，也为一般的戏曲家们所认同。但对虚拟的看法余笑予有他自己的见解，虚拟性的确是中国戏曲的显著特征和魅力所在，这亦是西方戏剧从中国戏曲中吸取养料的最重要的源泉，但这个"虚"是离不开"实"的，其具体表现是"虚"常常和"实"结合在一起。划船，江是虚的，桨是实的；骑马，马是虚的，鞭是实的。可见，中国戏曲中并不排斥"实"的部分，它的"虚"与"实"是相互构成的。我们不能简单地把中国戏曲的虚拟性当成排斥或拒绝实体性的戏剧。余笑予的一个重要努力便是在尊重中国戏曲的虚拟性的前提下，对实体性的一面的加强。西方戏剧能接受中国戏曲中"虚"的成分，为什么中国戏曲就不能接受西方戏剧中"实"的成分？我们不能因为西方戏剧也在向中国戏曲学习就认定西方戏剧的优势不存在，以为西方戏剧走入了死胡同，甚或认为中国戏曲才是戏剧发展的唯一道路。西方戏剧向中国戏曲学习和中国戏曲向西方戏剧学习都是非常正常的，它可以为彼此的发展带来新的可能性。

余笑予在戏曲导演中运用了许多实物和实景，如《家庭公案》中设置了一个横贯舞台的羽毛球网，《徐九经升官记》中的板凳，《弹吉他的姑娘》中的电话，《儿孙梦》中的水车……余笑予在运用它们的过程中，一方面借助了实物给人所唤起的实感，这种实感有时所带来的效果比虚拟的景更有震撼力；另一方面他也并不完全是在实物的意义上来处理，只是借助了实物的某些方面或某一特征，让实物由实物工具变为艺术媒介，这与西方的实物还是有所不同的，他尽可能地从这个实物的功能性的角度来开掘它，这样可以将实物的实用性减弱，随着剧情的转换，实物或实景便具有功能性的特征，从而达到虚与实的结合。余笑予之所以如此变化，是因为他认为随着时代的发展，观众的"虚实观"也在起着变化，电影电视培养了观众身临其境的实感，从而也使观众对戏曲中实感的审美需要加强，戏曲应该考虑到这个当代表现手法的新的要求。但是这个实物或实景的使用也必须在一个限度内，否则戏曲就不是戏曲了。

中国戏曲的另一个重要的特征是它的表现手段的程式化，程式化是指"戏曲表演体系、音乐体系、舞美体系和编导艺术构思的完整而统一的运用"。中国戏曲中的程式动作，是历代的戏曲家们从生活中提炼出来，并且经过大量的舞台实践所形成的夸张的富于规范性的表演动作。中国戏曲成于程式，但也会亡于程式，因为程式是对生活的艺术化或美化，它已成为戏曲的基本表征，如果没有了程式，戏曲便难以称为戏曲，至目前为止的绝大部分戏曲程式，都是对古代生活的提炼与概括，而现代生活并没有得到系统化的艺术化的规范，人们一提起戏曲便想到的是古代的生活情境，所以观众现实的生活诉求，当下的思想与情感需求并不能从戏曲中获得满足，由此便转入对戏曲艺术程式或技术的欣赏，一个导板，一个身段，一段念白，一场武打都可能构成戏曲欣赏的主体，而人物及人物的思想和情感也让位于技术，这便是戏曲发展的症结所在。

所以让戏曲回归生活，让程式与技术服从于人物，唱念做舞、手眼身法步都不能脱离人物和剧情而单纯地表演；余笑予的戏主要是表现现代生活的戏，必须以新的程式动作表现现代人的生活与情感，这些都成为余笑予试图"在制约中获得自由"的努力方向。余笑予对传统戏曲程式并不是简单地肯定和否定，他强调首先要继承，要消化，要研究这些程式的源头及其演变过程，更要善于"化用"，赋予其新的内涵与生命。如对传统戏曲中的一桌二椅道具的化用，《弹吉他的姑娘》中，他在台上搭了一个小台作为全剧的支点，时而室内时而室外，时而公园时而码头，既是布景也是道具，使人看了感觉既是戏曲的又是现代的，既有戏曲的规定又有时代的特点，这就是对一桌二椅的巧妙化用。

余笑予对当代戏曲导演最大的贡献在于新的戏曲程式的创造，戏曲能不能发展，能不能吸引观众，关键在于创造新的戏曲程式。电影电视之所以能产生，就是它适应了新的时代发展要求，即伴随着科学技术的发展而创造新的艺术形式，而一切旧的艺术的发展也必须在时代的现实发展面前去改造自身，变革那些与时代不相协调的旧形式，而代之以充分体现现代生活气息的新形式。对戏曲艺术而言，由于它的传统太丰富和深厚，它是已经充分成熟的艺术形态，这就使得任何对它的革新都必须符合它的基本原则和精神，否则也同样得不到观众的认可。余笑予在《药王庙传奇》中设计的"轮椅舞"，在《弹吉他的姑娘》中设计的"电话舞"，在《家庭公案》中设计的"打羽毛球舞"，在《粗粗汉与靓靓女》中的"电脑舞"，便是这种新程式的成功尝试。这些舞蹈动作一方面具有鲜活的现实感和生活气息；另一方面又不是生活的简单照搬，而是对生活的动作高度提炼与抽象。一方面这些动作并不游离于剧情之外，成为一种纯粹的舞蹈展演，而是始终与人物，与人物的情感相一致，成为表现人物的艺术手段之一，另一方面它也是对生活的夸张与变形，具有很感人的艺术冲击力。

正是由于余笑予的种种努力，他的戏曲既有深厚的传统戏曲功底，又有鲜明的生气勃勃的时代气息，因而他的戏曲才真正称得上是当代戏曲。

导演的主导地位

当代戏曲与传统戏曲一个重要的分野在于：一个是导演制，另一个是角儿制。前者以导演为中心，后者以演员为中心。当然，在当代戏曲的实践活动中，余笑予并不是第一个戏曲导演，在他之前也出现了像阿甲、李紫贵等这样一些产生重要影响的导演，在他的同辈中也出现了像马科这样杰出的导演。余笑予的出现为中国戏曲进一步确立导演在整个戏曲创作中的主导地位起到了重要的推动作用。这种作用必须放在中国戏曲发展的角度才能得出一个准确的评价。20世纪中叶，中国戏曲才开始建立导演制，也取得了一定的成绩，但整体而言——就导演在整个戏曲创作中的实际作用，导演在全国戏曲院团所具有的普遍主导作用而言——中国戏曲的导演制仍然处于建构、探索和形成时期。

戏曲为什么一定要有导演？过去没有导演戏曲不也曾辉煌过吗？否定戏曲导演在戏曲中的位置在相当的范围内存在，甚至在戏曲圈内至今也有人认为，导演不可能成为戏曲艺术的中心。应该说，严格意义上的导演是从西方借鉴过来的，即使在西方，导演也不是与戏剧的诞生相伴随的，直到德国公爵梅宁根1866年成立梅宁根剧团并开始从事导演职业，确立了导演在整个演出艺术中的指导和控制作用，才有了真正意义上的导演。西方戏剧由于导演的介入，极大地改变了西方戏剧的面貌，此前的戏剧是剧作家的戏剧，而此后的戏剧则是导演的戏剧。20世纪西方戏剧史在一定程度上可以看成西方导演史。

当然我们不能因为西方戏剧有导演制，便认为中国戏曲也应有导演制。导演的产生与确立有戏剧自身的发展规律和要求，它是戏剧高度综合之后的产物，戏剧综合的程度越高，对戏剧的整体理性控制便越强，是艺术自身各个元素在一个有机统一体中的内在要求所致，戏曲的完整性与统一性不能放任其各个要素各行其道。中国传统戏曲的"以演员为中心"便陷入这种困境，余笑予认为，"以演员为中心"会导致如下恶果：它"只在个别角儿身上下功夫，影响了作品的完整性"，时刻都不忘让角儿在台上"露一手"，"结果在不该唱的地方也要唱，既把戏拖散了，又给演员增加了负担"；它"注重形式，轻视内涵，是形式主义的产物"，"由于是角儿扮演，处处得'露玩艺儿'，因此一举一动都由高难度的技巧组成，赢来了观众的掌声与喝彩，内容和形式严重脱离，造成了观众对人物是非标准的模糊，损害了剧本意愿的表达"；它"造成艺术形式的堆砌、臃肿和累赘，使观众产生审美心理厌倦"；最严重的是，它"否定了导演在艺术生产中的组织作用"，余笑予说："无论是灯光、布景，还是音乐、音响，它们除了烘托演员的表演艺术外，还具备着各自相对独立的表达能力，从而使中国戏曲的综合性具有更为丰富的内容。如果没有导演来做组织工作，是无法配合协调、互为照应的。"

在余笑予导演的戏曲中，他真正实践了导演在戏曲中的主导和组织作用。他是那种能够从酝酿、构思、性格刻画到台词语言各个方面介入剧本的导演，不管是早期与谢鲁、孙彬、彭志滥、郭大宇合作，还是后来与熊文样、宋西庭、胡应明合作，余笑予都保持着对剧本的深度参与，这使他能更有效地理解、控制剧本，也便于将他的导演构思直接放在剧本的形成阶段，这也是他从来没有"导演阐述"之类的文案的一个重要原因。在与演员的相互关系中，他是"示范型"与"启发型"兼而有之的导演，余笑予熟悉各个行当及其各种程式，他善于为演员做示范，更善于激发演员的特长与优势，朱世慧、李春芳、茅善玉、梁国英、张树萍、马兰、胡新中、李春华、许娣、王红耐……他们是所属剧团和所演行当中的出色演员，余笑予能敏锐地把握他们每人的身段、扮相、唱腔、念白的优长与弱点，如朱世慧长于念白弱于唱功，除非是不得不唱时才让他唱，即使唱也让他与念白结合起来去唱，充分发挥他的念白优势,如《法门众生相》中就有大段的太监念白,这些念白并没有成为角儿"露一手"的"活儿",而与太监的心理和情境密切相关,具有极强的艺术感染力。当然在整个排演过程中,这些演员也会激发余笑予创作灵感,从而在他与演员之间形成一种良性的互动关系。在舞美设计中,余笑予是当代戏曲中使用平台和屏风最多也用得最活的一个导演,这种中性的平台与屏风抽象而简洁,具有极强的组合与生成的功能,能随着剧情和人物情绪的变化而变化,也就是让静止的道具或布景运动起来,有力地增加了舞台空间的层次。《弹吉他的姑娘》、《阴阳怨》、《少年天子》、《虎将军》等剧中平台的使用就是如此。《啼笑姻缘》、《娘娘千岁》、《儿孙梦》中屏风的使用变化得巧妙而生动,尤其是《啼笑姻缘》中的屏风虽然只有几片,但前后变化达70多次,非常流畅而且自然,可以视为戏曲使用屏风的典范。总之,在整个演出过程中,余笑予始终能从戏曲的整体性出发,从人物性格和情感发展出发,对表演中的各种元素保持着敏感的控制力,既让它们相对独立又不让它们脱离剧情,既让它们充分表现又防止它们表现过头,如果观众感觉到了它们那就说明它们的存在是失败的。

导演在戏曲中的作用如此重要,这就对导演自身的素质提出了极高的要求。在话剧、电影、电视、歌剧等导演中,戏曲导演最难,因为它的综合化程度是最高的,除了要具备其他导演的素质之外,他还必须十分熟悉戏曲的舞台、历史与程式。笔者问余笑予成功的奥秘何在,他告诉笔者:"长期的舞台实践是我成功的秘密,跑一年龙套、拉一年大幕、打一年追光、管一年服装、捶一年乐器就可以做导演。舞台实践使我熟悉了戏曲的各个行当、各个环节,也培养了我对舞台的艺术感觉,同时也有机会了解观众的审美需求和审美心理。舞台艺术实践是我成功的奥秘,我是在实践中干出来的导演。"毫无疑问,舞台实践对一名戏曲导演是至关重要的,但在戏曲圈中具备余笑予所说的这种经验的人也不算少,但为什么成为导演或者成为成功的戏曲导演的人并不多呢?笔者想这与余笑予的个性有关,他只读过三年书,文化程度并不很高,但他十分善于学习,而且喜欢思考,喜欢琢磨戏,他虽然没有系统学习过理论，但发表了不少理论文章，也写出了《戏曲导演技法谈》这样的理论专著，可见他是十分重视戏曲的理论总结的。他既能沉入其中，又能跳出其外，比如如何设计新的程式动作，他说，要"尽可能地对每个行当的基本动作、各种组合有所掌握；在创造新的程式化的表现方法时，不仅要站在导演的角度，还要能站在演员的角度来对生活观察、提炼。只有这样才能设计出人物的各种动作"。潜入其中是实践、是丰富的感性，跳出其外是思索、观察和理性。丰富的实践经验与勤勉的理论思考，正是有赖于此，余笑予才能在近 20 年脱颖而出，成为 20 世纪中国戏曲史上占有一席之地的戏曲导演。

在梳理余笑予当代戏曲概念的主要内涵之后，我们有必要来界定一下余笑予的"当代戏曲"。余笑予的当代戏曲是指满足和适应当代观众审美趣味和审美心理的戏曲，它既具有戏曲特征，又具有现代气息，导演在整个戏曲创作过程中居于主导作用。这其中观众是当代戏曲产生的动力和目的，戏曲性和现代性是当代戏曲的表现手段，而导演是当代戏曲区别于传统戏曲的设计者和组织者。这一概念的提出，标志着中国戏曲家们对戏曲追求的理性自觉意识的觉醒，是中国传统戏曲发展到当代的内在要求，是解决戏曲危机、探寻戏曲出路的有效途径，是中国戏曲汇入世界戏剧必然面临的课题，因而具有重大的理论和实践意义。

（原载《戏曲研究》2002 年第 60 辑）

哈姆莱特被反复阐释的秘密

　　一个人物形象被阐释得越多，似乎他被重新阐释的空间就越小。然而对哈姆莱特而言，情形并非如此，在他问世的 400 多年里，他成了人类无数优秀的头脑认识那个时代、领略莎士比亚魅力、检验自己理解力的一个重要对象。每个阐释者都可以从剧本中找到理解哈姆莱特的理由和根据。不幸的是，剧本中的另一些事实或理由却在轻易否定他的阐释，诱惑着人们对哈姆莱特作出新的理解与判断：哈姆莱特与莎士比亚一样是"说不尽的"。

一

　　哈姆莱特的性格具有无与伦比的丰富性和复杂性，这导致了理解哈姆莱特性格的无限丰富性和复杂性，所谓"一千个读者就有一千个哈姆莱特"。当然，这种丰富性和复杂性并不全部源于哈姆莱特，在相当的程度上也与读者的主观阐释活动的无限丰富性和复杂性相关。不同的读者从他的立场、观点、倾向、方法来理解就会重新建造一个与他人不同的哈姆莱特出来。读者理解活动的丰富性和复杂性不是本文考察的内容，我们还是回到哈姆莱特身上来。

　　在莎士比亚的笔下，哈姆莱特是软弱的，别林斯基就认为，哈姆莱特的"意志是软弱的"①，但我们也很容易找到他坚强的时候；哈姆莱特是犹豫的，但我们也不难找到他果决的时候，如果说在克劳狄斯

---

　　① 杨周翰选编：《莎士比亚评论汇编》（上），中国社会科学出版社 1979 年版，第 436 页。

忏悔时他没有杀他表现出犹豫，可他把波洛涅斯当作克劳狄斯并杀了他，此时他又是十分果敢的；哈姆莱特充满思虑，但他比剧中的其他人更富于行动性，他在与克劳狄斯、波洛涅斯、雷欧提斯、奥菲利娅等人的关系中，始终居于一个主导的和中心的地位，他才是行动之源。他杀波洛涅斯，他调整与奥菲利娅的关系，他装疯，他组织宫廷演出，他设计除掉罗森格兰兹和吉尔登斯吞，他与雷欧提斯决战等，无不是一种重大的剧烈的行动，所有这些行动都有一个明确的指向，那就是克劳狄斯以及他所代表的势力。但我们也不能因此而说，哈姆莱特是坚强的，而不软弱；是果敢的，而不犹豫；是行动的，而不思索。莎士比亚同时向我们展示的哈姆莱特性格中的两面性和多面性，因此我们在给出判断时往往容易走向这判断的反面。这就是为什么我们看到古今的"莎评"在涉及哈姆莱特性格时，觉得它们都只是说出了部分真理的缘故。

苏联文艺学家阿尼克斯特看到了哈姆莱特性格中的这种丰富性和复杂性，他说："思想与意志的分裂，愿望与实践的分裂，理想与现实的分裂形成了哈姆莱特的精神悲剧的最高点。"[①] 阿尼克斯特看到哈姆莱特性格中的分裂，但他并没有看到这种分裂的统一性，在很多时候我们也看到哈姆莱特精神上表现出思想与意志、愿望与实践、理想与现实的统一。而且分裂只是他表现的一个显在的层面，而在精神深处哈姆莱特的性格则是统一的，他有他的思考、判断，并不断地采取相应的行动；他始终站在他的立场、他的处境和现实可能性上采取行动。装疯是他精神分裂最集中的表现，装疯就是没疯，他的精神保持着清醒的和明敏的对现实的判断。笔者认为，哈姆莱特精神最重要的一个方面是他的性格的正在形成性，也就是说他是一个成长中的王子。莎士比亚把他的性格中的各种因素打开，但并没有给这种性格一个定型化的说明，因此我们看到的哈姆莱特的性格并不是由一个或几个相关的行动所能确定的，在相当的时候，莎士比亚在哈姆莱特的性格正在形成的过程中，又通过另外一些相反的行动把它给否定了。在他坚

---

① 杨周翰选编：《莎士比亚评论汇编》（上），中国社会科学出版社 1979 年版，第 513 页。

强时赋予他软弱，在他行动时赋予他思考，在他犹豫时赋予他果敢。这样我们便看到了哈姆莱特性格中所展开的各种可能性，他是一个正在形成中的性格。

莎士比亚如此塑造哈姆莱特并非出于剧作结构的安排，有人说，《哈姆莱特》在第二幕时便可结束，只是不愿让剧作过早结束才安排了延宕的情节。这种论点没有看到哈姆莱特性格的特征。哈姆莱特之所以没有在克劳狄斯忏悔时杀掉他，剧中的台词理由是他不想让克劳狄斯进入天国，然而在哈姆莱特的内心深处还有他对他母亲的爱；同时还有老王的嘱托，那就是不要伤害他的母亲，对她"有什么不利的图谋"。如果就此结束克劳狄斯的生命，他的母亲会怎样呢？哈姆莱特并没有向他母亲解释这一切，他的母亲并不明白他杀克劳狄斯的动机，如果在他母亲还不知情的境况下杀了他，那无疑对他母亲是一种伤害。从这一点上来说，正是缘于对母亲的爱，哈姆莱特才如此软弱。所以，在这种情况下，哈姆莱特杀与不杀克劳狄斯的理由一样充分，一边是他的父亲，一边是他的母亲。我们不能把《哈姆莱特》降为一种编剧技巧，应该指向对哈姆莱特性格的形成过程。

他是王子可不能做王子，他是儿子可不再是儿子，他是爱人可不再是爱人，他是学者可也不再是学者，他是军人可没有军队，他是臣子可没有臣民……他的身份陷入空前的尴尬中，他的过去被中止，他的现在不能在过去的基础上展开，他的未来变得不可预测，总之他的一切都不可确定。他是他自己又不是他自己，他是个不彻底的人！他不能做一个彻底的王子，不能做一个彻底的儿子，也不能做一个彻底的情人。然而他并不平庸，也绝不甘于沉沦，他始终意识到他对整个国家的责任，即使在他遭受重大的生活打击时，他也没有改变他的初衷，始终充满着旺盛的斗志和信念，从这个意义上来说，他是一个不断反抗的英雄！对邪恶、犯罪和腐朽势力的不妥协的抗争，构成了他精神的主导倾向。他的反抗方式是个人的英雄主义，这就极大地限制了他反抗的力度和成效；当然这种选择与他对整个形势的判断有关，他认为整个世界都腐烂了，"我们都是些十足的坏人"，除了霍拉旭，他找不到一个可以充分信任的人。因此他的精神上就混杂着各种因素和力量，而每一种因素和力量都没有条件去充分地实现，当一种因素和力量正在展开时，另一种因素和力量却在阻碍着它的发展。当他在显示他的犹豫时，他也同时在显示他的果敢；在他不断行动时，他也在持续地思考着。他的性格的这种特殊性就不能用单一的人物性格去给予定性化的分析与理解，而必须放在他的性格正在形成的一个过程中来加以说明，放在他性格正在打开但又没有充分实现的整体状态中来进行判断。否则，我们所得到的哈姆莱特的性格就不会是完整的，而只是其中的一个方面。

笔者的结论是，哈姆莱特是一个展示出各种性格可能性的人，是在特定情境下性格没有定型的人，这是我们进一步理解哈姆莱特精神内质的一个基础。

二

的确，哈姆莱特性格只是打开了，但没有完全实现，这并不表明莎士比亚塑造的这个人物不成功，相反，在突破了人物的定型模式而将人物置于各种可能性之中后，他的人物形象就变得异常丰富和复杂，比我们目前所能见到的分析还要丰富和复杂。但这并不等于莎士比亚刻画的哈姆莱特在精神上没有其主导的一面，我们仍然可以从哈姆莱特精神所呈现的各种可能性中把握其最主要的一面，这一面就是他的思索特征。可以说，哈姆莱特是一个思想家。

哈姆莱特这种思考的特征被一些批评家注意过。柯勒律治说：
"他由于敏感而犹豫不定，由于思索而拖延，精力全花费在做决定上，反而失去了行动的力量。"[1] 英国批评家赫士列特称哈姆莱特为"哲学冥想者之王"[2]。阿尼克斯特干脆就说哈姆莱特"是真正的思想家"[3]。杨周翰也指出过，"他（哈姆莱特）是一个典型的人文主义思想家"[4]。他们指出了哈姆莱特身上所具有的思考的特征和概括的能力，但只是

---

① 杨周翰选编：《莎士比亚评论汇编》（上），中国社会科学出版社1979年版，第147页。
② 同上书，第214页。
③ 杨周翰选编：《莎士比亚评论汇编》（下），中国社会科学出版社1979年版，第508页。
④ 杨周翰、吴达元、赵萝蕤主编：《欧洲文学史》，人民文学出版社1982年版，第175页。

停留在判断本身，并没有对此给予有说服力的证明，所以他们的这些有见地的观点并没有引起足够的注意。一般而言，哈姆莱特思索的特征是容易被人感觉到的，人们也会把它作为他精神构成的一个方面，但由于没有建立哈姆莱特性格不定型的概念，就不能明了思索在他的性格中的核心作用，也不能进一步清理思索在他性格可能性中的种种表现。有的教科书把哈姆莱特的心路历程概括为快乐王子、忧郁王子、延宕王子、行动王子四个阶段，这种划分未免机械，它忽视了哈姆莱特生命存在的整体性，看不到哈姆莱特不同阶段的内在统一性或转化线索，这种内在统一性恰恰就是思考本身。如果一定要给哈姆莱特一个王子称谓，我们可以将他称为"思考王子"。

思想是哈姆莱特精神特质中核心的内容，他的行为只不过是他这思想的结果。什么是思想家？思想家最重要的特征就是他的怀疑和批判精神，毫无疑问，哈姆莱特具有强烈的怀疑、否定和批判精神。他的这种精神是建立在强烈的现实性之上的，以致人们往往会忽视这已成为他精神的最重要方面。这个现实性就是他的生活中突然出现的重大变故："人世间的一切在我看来是多么可厌、陈腐、乏味而无聊，那是一个荒芜不治的花园，长满了恶毒的莠草……"这是哈姆莱特思考的一个基调，是对整个世界的基调。他认为，这个时代"是一个颠倒混乱的时代"，"整个世界""也是一所牢狱，丹麦是其中最坏的一间"，而生活在这个世界里的人全都腐化、堕落了，包括他的母亲，他认为，"这个世界一万人中间不过只有一个老实人"，而他的母亲，"短短一个月以前，她哭得泪人儿似的，可那流着虚伪之泪的眼睛还没有消去红肿，她就嫁人了"。哈姆莱特对整个世界的否定与批判是相当彻底的，但这种否定与批判并没有使他坠入到虚无之中，因为他还在相信着，希望着且奋斗着。在他的心目中有浓厚的人文主义精神和理想，那就是对人的本性、人的理性和力量的肯定。"人类是件多么了不起的杰作、多么高贵的理性！多么伟大的力量！多么优美的仪表！多么文雅的举止！在行为上多么像一个天使！在智慧上多么像一个天神！宇宙的精华！万物的灵长！"正是这种对人的本性的坚定信仰，使哈姆莱特获得了否定和批判社会现实的根基；哈姆莱特的强大不是在现实性上的强大，不是他拥有多少军队和呼风唤雨的权威，而是他的信仰和精神力量的强大，他就是以此来与整个社会抗争的。

作为一个思想者，哈姆莱特具有高度的理性能力，准确的判断力和深刻的思辨力。哈姆莱特在剧中有六大内心独白，这些内心独白是他对世界、社会和人生看法的集中表现。如上文提到的对人的本质力量思考的著名独白，就是文艺复兴时期对人的本质力量思考的最高成果。他对人类所面临的永恒问题即使在他心力交瘁时也没放弃："生存还是毁灭，这是一个值得思考的问题"，这是每个个体都可能面对的问题，是人在具体的情境中可能遇到的现实问题，它由哈姆莱特提出来，至今变成了人类的一个普遍的问题。此外，哈姆莱特极善于把生活事件上升到哲学的层次加以把握，他极善于透过事物的现象看到事物的联系和本质。如他母亲的改嫁，他得出的结论是："脆弱，你的名字是女人。"他揭示王权的嬗变中的罪恶："葬礼中剩下来的残羹冷炙，正好宴请婚筵上的宾客。"对罗森格兰兹之流的本质，他一针见血地指出，他们是"一块吸收君王的恩宠、利禄和官爵的海绵"。总之，现实生活中的各种现象，一旦经过了哈姆莱特的头脑就具备了鲜明的思考痕迹，而且他能赋予这种思考以深刻的洞察力，成为后世的人们认识和观察世界的思想武器。

当然，作为一个思想者，哈姆莱特还具有强烈的内省意识。内省意识即自我反思，它也是思想家的重要特征之一。哈姆莱特既敢于无情地尖锐地揭露、批判社会现实，同时也敢于无情地尖锐地拷问自己。他说："我很骄傲，有仇必报，富于野心。我的罪恶是那么多，连我的思想也容纳不下……像我这样的家伙，匍匐于天地之间，有什么用处呢？我们都是十足的坏人。"由此他通过对自己的批判将整个社会的腐朽剖示出来。整个社会成为毁灭哈姆莱特的力量，而他也成为这毁灭力量一部分。由此我们更能深刻地感受到《哈姆莱特》的悲剧性质与悲剧的普遍性：他的悲剧不是由某一个具体的人造成，而是包括他自己在内的整个社会的力量造成，是一种人性的和社会结构性的悲剧。在他错失报仇雪耻的良机，被遣送到英格兰的旅途中，他这样反省自己："我所见到、听到的一切，都好像对我的谴责，鞭策我赶快进行我蹉跎未就的复仇大愿！"哈姆莱特始终是个清醒的智者，他知道自己在干什么和应该干什么，在每一次的行为之后反思自己，批判自己，这正是一切伟大心灵的标志，哈姆莱特便具有这种伟大的质素。

哈姆莱特作为一个思想家，他所达到的境界是人类思想家所可能达到的境界，但与现代学术意义上思想家的表达方式又有所不同。他具备一个现实的思想家应有的智慧、才华和思维力，只不过他不完全是用概念和逻辑来思考，他更多地用他的感觉、体验和诗的语言来穿透事物，他紧紧抓住了他的个体生命体验，并将这种体验上升为普遍的人类经验。而且，他的思考具有强烈的感情色彩，一方面，他的感情无不体现出他的思想，他在表达一种感情时也往往表现出睿智和深刻，他的感情成为他思想的内驱力；另一方面他的思想无不主导着他的感情，他的感情的价值、意义和发展方向都受到他的思想的规定。所以他的行动，他的语言、他的思想和他的情感是紧密地联系在一起的。但是，我们必须指出，哈姆莱特作为一个思想家，与他作为王子、作为儿子和作为情人一样，也并非是完全彻底的，他打开了他作为一个思想家的全部可能性，他并不是一个纯粹的思想家，而是一个诗性的或感性化的思想家。

三

当我们将哈姆莱特作为一个诗性的或感性化的思想家时，事实上我们已认可了他作为思想家的特征，这种特征不可能不对他的现实生活发生影响。

哈姆莱特的装疯是理解哈姆莱特的关键。好端端的人为什么要装疯？装疯在剧中起到什么作用？它与作为思想者的哈姆莱特究竟有什么联系？装疯的表层原因是父王的死和母亲的迅速改嫁，深层原因则是哈姆莱特的理想与现实的矛盾，是他的伟大目标与实现这目标的力量、手段之间的巨大不平衡所造成的。如果仅仅是复仇，那么这个单一的目的哈姆莱特是不难实现的，然而作为一个人文主义者，他怀抱着更远大的理想，那就是他要担当起重整乾坤的大任，这是一件比单纯复仇更为艰难的事情。当听到父王鬼魂的昭告之后，哈姆莱特便开始了自言自语，以致霍拉旭很快便感觉到他的话有点"疯疯颠颠"了。此后，他上身不扣纽扣，头上不戴帽子，衬衫上也沾着污泥，脸和衬衫一样白，像刚从地狱里出来一样。装疯至少有四个作用：其一，可以舒缓哈姆莱特紧张郁闷的心情，是他受到刺激后的一种自然反应。其二，可以麻痹世人，不致引起国王和臣子的警觉。其三，通过装疯可以尽情展现他的思想锋芒，毫无顾忌地倾吐他对世界、对人生的认识，因为"疯狂的人往往能够说出理智清明的人所说不出来的话"。《哈姆莱特》剧中的思想力量在相当程度上是通过他的疯言疯语表达出来的。其四，更为重要的是，他要通过装疯来求证国王的犯罪，他令一班伶优到宫殿演出，亲自修改剧本，既编且导，可谓用心良苦，因为担心自己判断不准确，他特意请霍拉旭留意国王观戏时的表现，再把他们两人观察的结果综合起来，给他下一个判断，体现出他作为一个学者严谨、实证的科学态度。

哈姆莱特被称为犹豫的王子，没有犹豫就没有哈姆莱特，这仅仅是一个方面；另一方面，哈姆莱特不是个容易犹豫的人，相反，他具有敏锐的洞察力，并善于做出迅速的决定。当他听到鬼魂的道白之后，他首先想到的是重整乾坤的责任，而且马上让他的朋友们宣誓，不要将此事外泄出去，并叮嘱他们以后即使看到他疯了也不要感到意外。在他误杀波洛涅斯之后，他预感到他被遣送到英国的行期将要提前，他便提前采取行动。在罗森克兰兹和吉尔登斯吞送他到英国的途中，他敏锐地感到这是一个圈套，对他们给予高度的警惕，并采取策略把他们消灭掉。可见哈姆莱特"有理由、有决心、有力量、有方法"，能干他想干的任何事情。哈姆莱特之所以犹豫不决，一个重要的原因便是他沉溺于思考之中，犹豫体现为他的思想过程、方式和结果。其实，在《哈姆莱特》中要找出哈姆莱特不犹豫的地方十分容易，他杀波洛涅斯，故意疏远奥菲利娅，处死罗森格兰兹和吉尔登斯吞，最后杀死国王，这些重大行动都是十分果决的，没有丝毫的犹豫，但我们也不能因此说哈姆莱特不犹豫。哈姆莱特之所以犹豫便是因为他习惯于思想，喜欢寻根究底，喜欢明晰的判断，并喜欢从思想上确定做一件事的合理性。正是这种思想特征成就了哈姆莱特作为一个学者，也使他成了一个犹豫的人，一个只完成一半责任的人。哈姆莱特自己说："重重的顾虑使我们全变成了懦夫，决心的赤热的光彩被审慎的思维盖上了一层灰色，伟大的事业在一种考虑之下，也会逆流而退，失去行动的意义。"因此，当国王在祈祷时他没有一刀结果他。在他的理性看来，如果这样便会让他进天堂，从而错失了一次良机，以致随即遭受阴谋遣送，后来他追悔莫及。然而，只要哈姆莱特不进行思考时，他就显得很果断，不再犹豫，因此我们不能说他犹豫，也不能说他敢于行动，应该看到思想在他的行动中所占有的意义，他不清楚明白的，他不能准确判断的——他杀波洛涅斯时他确定那是克劳狄斯，否则他就不可能刺杀他——也就是他不能采取行动的。而当他一个人面对整个世界时，尤其是当这个世界显示它的复杂性时，他的行动往往对整个国家具有不同寻常的意义。在这种情形下，他的思虑也就非常深重，而思虑的审慎进一步延缓他的行动，所以看上去哈姆莱特是十分犹豫的。如果我们不从他所具有的思考性特征去考察他的行动，就会极容易把它当成了哈姆莱特性格中的一个弱点——软弱，或者就把它看成是哈姆莱特性格中基本构成——犹豫。这就不能解释哈姆莱特身上所具有的复杂性，也就难以理解他为什么有时犹豫，为什么有时又不犹豫。

现在我们不能不谈谈哈姆莱特的爱了，不理解哈姆莱特的爱，就不能理解他的思想。哈姆莱特有三重爱：一是对他父王的爱，他父王高雅而优美，"太阳神的卷发，天神的前额，战神一样威风凛凛的眼睛……神使一样矫健的姿态"。他对父王的爱与他的理想紧紧地联系在一起，那是秩序、理性、正义、完美、卓越和爱情，是他作为一个人文主义者的最高理想。当这一切被毁灭之后他觉得他的心一下子垮了，他的身体一下子衰老了。这种爱以及在这种爱的哺育下成长起来的对理想和信念的执着，成为他永不消沉的内在力量，成为他的思想不断涌现的源泉。二是对他母亲的爱，这种爱更多地表现为怨，实际上他是欲爱而不能。他觉得他母亲脆弱、失贞、伪善、缺乏分辨力，当他母亲一个月后就改嫁给他的叔叔时他深感厌恶，他从叔叔和他母亲身上看到了人性的丑恶，这促成了他对人生和现实的否定与批判的思考。但他不愿意伤害他母亲，他宁愿做一个凶徒，也不愿意做一个逆子。他可以用像刀一样的语言去刺伤他母亲，但也不愿意伤害她身体的一根毫毛。三是对奥菲利娅的爱，他深爱着她，"四万个兄弟合起来的爱也不及我对她的爱"，他甚至想跳下坟墓和她活埋在一起。可他处于被毁灭的深渊之中，他的爱被中止了，他的爱表现为一种理性的对待，他在她面前装疯，去调侃她，并没有考虑到他这些变化给奥菲利娅所带来的影响，并没有寻找与她沟通的方式和途径，连他最心爱的人儿他也不信任。他的爱让位于、服从于他的复仇理念与重整乾坤的责任，当然他有充分的理由这样做。在这里不是哈姆莱特的行动不可理解，而是他的对待爱情的方式，他把感情让位于理智，让位于他的生存策略，我们看不到他从爱中得到欢愉，看不到他从爱中吸取力量。他甚至说："人类不能使我发生兴趣，女人也不能。"他让仇恨和责任压得他喘不过气来，变成了一个中止爱情的人。只是当他得知奥菲利娅淹死后他才悲从中来："哪一个人的心里装载得下这样沉重的悲伤？哪一个人的哀恸的辞句，可以使天上的流星惊疑止步？那是我，丹麦王子哈姆莱特！"第一种爱是对理想和信念之爱，第二种爱是对第一种爱被毁灭的恨与怨，第三种爱是情爱，是对第一种爱的让位与服从。在这三种爱中，每一种爱都充满了理性和思考，而这正源于他对父王的爱。可见对父王的爱，也就是对于理想和信念的爱居于哈姆莱特心中一个重要的位置，当他失去其他的爱时，或者其他的爱不对他的这种爱构成某种支撑时，这种居于中心地位的爱就不能不具有深刻的悲剧因素。他被毁灭，同时也在毁灭别人。克劳狄斯杀死了他的父王，他却杀死了波洛涅斯，间接地杀死了奥菲利娅，杀死了罗森克兰兹和吉尔登斯吞，最后杀死了雷欧提斯和克劳狄斯，而这种种的杀戮并非全都表现为正义，甚至也不是复仇，这才是《哈姆莱特》的悲剧意义之所在。

　　总之，哈姆莱特的精神构成是异常复杂的，这种复杂性表现为他性格的各种因素处于一种不断地运动和展开之中，由于这种运动和展开没有充分地实现，我们对它的判断往往就走向这判断的反面。所以不能仅仅从哈姆莱特的性格来理解哈姆莱特，而应该深入到他的精神构成中去探寻，他的精神中最重要的质素就是他具有思考的品质，这种品质贯穿于哈姆莱特的所有行动中，包括他的日常生活，思考才是哈姆莱特最为重要的精神特征，不从这个特征来理解哈姆莱特就容易把哈姆莱特看成是一个心灵分裂的人，也不能理解他的性格以及这些性格所纠结成的各种矛盾。

（原载《理论月刊》2009 年第 12 期）

作为学科的表演与作为科学的表演

一 问题：专业、学科与科学

如果从 1949 年中央戏剧学院成立表演系算起，表演作为一个专业在中国已经存在整整 60 年了。60 年来，以中央戏剧学院、上海戏剧学院和北京电影学院的表演专业为龙头的高等院校，为中国的表演事业培养了一大批表演人才，积累了丰富的表演教学与研究的经验，推出了一大批成功的戏剧和影视作品，这些院校也因此获得了广泛的社会影响和崇高的品牌荣誉。但这是否意味着表演作为一个学科业已成熟？表演能成为科学吗？

笔者的回答是，表演作为一门专业虽已存在了若干年，形成了表演专业的基本或骨干课程，也积累了不少的表演经验谈，而且按照现有的方式也能培养出相应的表演人才，但是作为一门严格意义上的科学却远远没有形成。也许有人会说："我们培养了一大批戏剧影视明星，说明我们的专业办得好！"没错，明星是出了不少，但我们谈论的问题不是人才，而是学科。况且人才不一定非得接受大学本科的教育。事实上很多演艺人才就没有读大学，像 1949 年之前的中国演员基本上就没有读过表演本科专业（虽有戏剧专业，但学表演的人极少）；还有许多人虽然进了大学，后来却中道而返，最终也成为表演领域的杰出人才，如美国的朱迪·福斯特从耶鲁大学辍学，娜塔丽·波特曼从哈佛大学辍学，波姬小丝从普林斯顿大学辍学等，但这并没有妨碍她们成为戏剧影视领域最出色的表演人才。所以纯粹从人才的角度来评判表演是否能作为科学并不可靠。那么，我们该如何来判定一门学科是否科学呢？

衡量一门学科是否可以作为科学，应该从这门科学的内在结构去寻找，这里有两个最基本的思考点：一是这个学科是否拥有自身的历史；二是这个学科是否形成自足的理论。也就是说，一个学科成为科学，必须要有自己的历史和理论。德国艺术史家格罗塞在谈到艺术作为一门学科的条件时曾说："艺术史和艺术哲学合起来，就成为现在的所谓艺术科学。"① 可见，艺术的历史和艺术的理论是艺术成为科学的充分必要条件，而其他的条件诸如培养目标、培养方案、人才的多少、作品的有无，都不能成为艺术作为科学的充分必要条件。表演作为艺术门类之一，它能否成为科学，也必须考察表演这门学科是否具备了表演的历史和表演的理论。遗憾的是，到目前为止，表演专业中的表演教学，既没有表演史的教学，也没有表演理论课的教学。也许有人反驳说："我们的表演课上就有斯坦尼斯拉夫斯基的表演理论内容呀！"笔者指的是表演作为一门单独的理论课，而不仅仅是在表演课的某些环节或某些内容上提到表演理论。正如文学史课上也会提到文学理论的内容，但它不等于文学理论课本身。

这似乎是一件不可思议的事情。文学、历史、哲学、新闻、法律、政治、经济……作为一个学科，它们的主干课程就是围绕着该学科的历史和理论展开的。如汉语言文学的主干课程就有中国古代文学史、中国现当代文学史、外国文学史和文学理论。同样作为艺术专业，音乐、美术、建筑、电影，它们的主干课程也同样离不开历史和理论两类基本的课程。音乐有音乐史和音乐理论，美术有美术史和美术理论，电影有电影史和电影理论。唯独表演专业是一个例外，既没有表演史，也没有表演理论。即使像中央戏剧学院、上海戏剧学院这样全国顶级的戏剧专业的高等学府，虽然开办表演专业半个世纪了，令人遗憾的是，他们的表演专业既没有表演理论课程，也没有表演历史课程。

全国其他几十所大学的表演专业，基本上是仿照中央戏剧学院和

---

① ［德］格罗塞：《艺术的起源》，蔡慕晖译，商务印书馆 1984 年版，第 1 页。

上海戏剧学院的表演专业课程体系开设的。表演专业的主干课程基本
上是声、形、台、表，这"四大件"成为表演专业的必修课程。这些
课程重要不重要？当然重要，而且是每个表演专业必须开设的，它是
表演专业之所以成为表演专业的特色课程，声乐、形体、台词和表演
等方面的基本技能是演员进行表演创造的前提条件，每个表演专业的
学生都必须高度重视声、形、台、表课程的学习和训练。但如果我们
从学科建设的角度来反思，仅仅有这些课程仍不能保证表演专业成为
一种科学。因为表演专业作为一种科学，必须有表演理论和表演历史
两类课程。否则，我们的表演教育仍然摆脱不了院团制或剧班制，像
1898 年，斯坦尼斯拉夫斯基和聂米罗维奇—丹钦科创办的"莫斯科艺
术剧团"，1913 年梅耶荷德创立"演员工作室"，1947 年李·斯特拉
斯伯格执掌的"演员工作室"，1953 年格洛托夫斯基创建的"十三排
剧院"，以及同年浅利庆太创办的"四季剧团"，这些机构都有培训演
员的重要功能。许多大名鼎鼎戏剧电影明星都参加过"演员工作室"
的培训，如美国演员保罗·纽曼、玛丽莲·梦露、金·史丹利、杰拉
尔丁·佩奇、本·吉扎拉、艾伦·伯斯汀等都在演员工作室培训过。
然而，这种培训毕竟不是现代意义上的高等教育，虽然它也同样能培
养出演员来，它只是表演培训机构，不是一个专业，不是学科，更不
是科学。

二 学科结构的缺失及其后果

为什么历史和理论对一个学科如此重要？以至于缺少了它，这个
学科就称不上科学？历史是一个学科在时间上的整体呈现，它勾勒出
这个学科清晰的发展轨迹，它由历史人物、历史事件和历史影响所构
成，它也内含着这个学科吸引人去探索的规律之谜。人们关注历史就
是想知道学科的来龙去脉，了解已经存在的东西及其发展的方向，从
而形成自己对历史的观念，确立自己在历史中的位置，进而去创造属
于自己的历史。而理论则是对历史的反思，是人们对这个学科的基本
现象和基本规律的理性思考，在一定程度上也是我们进行思考的支点
和工具。没有理论，历史就永远只是历史本身。

　　表演专业由于它的特殊性，它的历史留给后人的东西只是文字、文献、雕塑、绘画、石刻、壁画，也就是说，它是以另一种文化形态留在历史上的。我们基本上看不到历史上曾经辉煌的表演形态，它的舞台行动的连续性不复存在。我们更多只能依靠想象去复活表演的历史，这也是表演的历史作为一门课程的困难所在。但是这种困难在其他学科也同样存在，如历史，凡是人类历史的活动，都不可能以活动方式遗存至今，同样也必须依靠想象才能再现。所以人类的历史活动更多地是以非历史本身的方式，更准确地说，是以另一种媒介形态展现在我们面前的。表演也是如此。所以我们不能苛求表演的历史以表演本身的面貌呈现出来，我们应适应历史本身的特殊性，通过其他的媒介形态来观察表演。

　　由于没有表演的历史教科书和表演历史的课程，表演专业的学生基本上没有形成关于本专业的系统的历史知识，他们对本专业的发展轨迹是模糊不清的，也就不清楚自己在发展中所处的位置，也就不能形成关于本学科的历史学的判断。我们知道索福克勒斯的《俄狄甫斯王》和《安提戈涅》，它的故事情节、悲剧风格、人物行动、城邦的苦难和命运的捉弄，我们却无从知晓它的表演形态。俄狄甫斯王如何刺瞎自己的双眼？歌队用何种声音来哀叹这远古的悲壮？这与文学和美术专业的学生很不一样，文学和美术专业的学生能直接阅读本专业的历史遗存，而表演专业的学生则只能大抵阅读非本专业的历史遗存，从相邻相近专业中去了解本专业的历史。但这是否就证明表演专业不可能有自己的历史呢？我只能说表演专业的历史可能与其他专业不一样，它可以有自己的历史，而且这历史是实实在在发生过的，这主要取决于描述历史的角度和方法。历史学、文学、美术学、建筑学、人类学、文献学、考古学将成为表演历史的材料、对象和方法，它不一定是历史本身，它却是表演的影子、折射和回声，透过它我们可以不断趋近表演。没有历史，表演作为一个学科就不能够成立，表演专业就成了无根的专业。

　　任何一个专业都有关于本专业的基础理论，它是人们对本专业的理性总结，也是人们思考本专业的思想资源和思想方法。表演专业发展至今，当然有它自己的理论，斯坦尼斯拉夫斯基的理论就是十分精辟且深刻的表演理论，但这并不意味着斯坦尼斯拉夫斯基的理论等于表演理论。事实上，还有梅耶荷德的理论，格洛托夫斯基的理论，理查得·谢克纳的理论……这些理论同样是对表演的理性抽象，同样能培养出相当杰出的演员来。这些理论是否可以等同于表演理论？恐怕不能。笔者所说的表演理论是表演的基础理论，包括表演的本质、表演的范畴、表演的对象、表演的观念、表演的方法，是融合了各个表演理论家，包括各个流派、各种风格理论成果的基础理论。而这个表演基础理论，目前我们的表演专业并没有提供出来。基础理论培养学生的反思能力和思维习惯，是运用概念、观点、原则与方法来进行理性思考的思想资源和工具。由于表演基础理论的缺乏，表演专业的学生基本上没有形成理论的自觉，因而也不能形成对本专业的富有价值的理论判断。

表演专业的历史和理论的缺乏所导致的后果是严重的。

首先，表现在学生没有历史的根基和反思能力，忽视甚至轻视理论学习，以为专业技能的学习就是一切。表演专业的学生是非常勤奋也异常辛苦的，其中许多人也是相当聪明的，由于课程体系设置的没有考虑学科的科学性，致使表演专业的学生无力解决专业的思想困惑。表演教学演变成表演技能的培养与训练，表演教材成了对表演技术的说明书，表演教师成了传授表演技巧的技师，学生成了习得表演匠艺的学徒。总之，表演专业的教学沦为"师傅带徒弟"的技工活动，表演学校成了可以发放本科专业毕业文凭的演员培训机构。这样，表演专业作为现代高等教育的意义就被人为地降低了，因为作为一个学科所做的工作，一家表演培训机构也完全可以胜任。早年，格列高里·柯静采夫的"奇异演员养成所"做的就是这个工作。现代高等教育与传统的私塾和一般培训中心最大的不同，就是它要完成对本专业的理性思考，而失去了思考的教学活动就等于失去了灵魂。

其次，将表演专业与其他专业完全隔离开来，将学科与学科之间的联系中断了。正如笔者前文指出的，表演历史必然要从历史学、文学、美术学、建筑学、人类学、文献学、考古学中吸取营养，它才能形成自己的独立的学科，而表演基础理论也必然会吸收、借鉴其他诸如哲学、心理学、美学、社会学、建筑学、符号学等的学术成果。这样，表演专业在形成自身的过程中就会真正实现与其他学科的会通。这两类课程将极大拓展学生的文化视野，培养他们丰厚的人文底蕴，明白本专业在整个学科结构体系中的位置。但是目前的表演专业仍是自我封闭式的开办，除了外语和其他公共课，学生只是在接受专业的技能训练，基本上不与其他专业发生会通，更不用说获得其他专业的启迪和影响。

最后，表演的学术传统没有建立起来。一代一代的表演专业的学生，他们以立志成为一个优秀演员作为自己的最高目标，这个目标本身没有错，但这绝对不是表演专业的全部目标。立志把表演作为自己终身研究的对象，立志成为表演理论家的学生几乎没有。这与其他专业很不一样，文学专业可以培养作家，也可以培养文学理论家；法律专业可以培养律师和大法官，但同时也可以培养法学家；新闻可以培养记者，也可以培养传媒理论家；建筑专业可以培养建筑师，也可以培养建筑理论家。可以说，这些专业能够培养实践家，也能培养理论家。但表演专业除了培养演员外，几乎没听说培养表演理论家。究其原因就在于表演专业的学术传统没有建立起来，一是表演的学科结构没有按照科学的规范设置；二是表演的师资基本上没有接受科学的学科体系的训练，他们的老师没有给他们传授表演的历史知识和基本理论，他们也不会给他们的学生传授表演的历史知识和基本理论；三是没有确立学术意识，没有把表演当成一个研究的对象去进行学术探讨。

三　表演如何成为科学

如果我们把表演放在整个学科结构中来考察，就不能不考虑表演专业学科的科学性问题。第一，表演专业是一个本科专业，它必须符合本科专业应有的规范，它不能外在于这种规范，不能以它的特殊性来取消这种规范性；第二，现代高等教育的本科专业设置必须符合科学性，这个科学性就是对所设学科从历史和理论两个方面来保障，否则它就不是现代高等教育。从目前表演专业的学科体系来讲，其核心课程基本上是由声乐、形体、台词和表演四大部分组成。声乐又细分为乐理、视唱练耳、演唱等课程；形体又分成芭蕾舞基训、现代舞（爵士舞、踢踏舞）、民族舞（古典戏曲身段、古代礼仪）、宫廷舞（法国小步舞、西班牙斗牛）、击剑课等；台词又分为基础练习（正音、气声字、绕口令、口齿舌练习）、片断对白（中国剧本片断、外国剧本片断）、独幕剧等；表演又分成表演基础（解放天性训练、观察生活练习、无实物练习）、小说改编、剧本片断、独幕剧等。从这些课程的结构来看，基本上是传授表演的技术与技能，也就是说，表演专业注重的是"术"的课题；而表演的"道"的问题，从现有的课程体系中是很难找到相应课程来回答这个问题的。

表演要成为科学，首先必须解决表演作为一个学科的科学性问题，现有的表演课程体系是不完整的、有重大缺陷的，它将标志一个学科得以成立的两类基本课程排除在外了，一类是表演历史（中外表演史、中外表演大师研究），另一类是表演理论（表演原理、表演理论史）。这两类课程基本上是解决表演的"道"的问题的，也就是回答表演的价值、意义和终极关怀的课程。一方面要梳理表演的现象和经验、风格与流派；另一方面也要回答表演何以如此，为什么如此。它要说明表演过去是什么样子，阐释表演现在为什么是这样子，还将揭示表演将来是什么样子。总之，它要提供给学生思考表演、研究表演、反思表演的理论和方法。表演专业只有像其他学科那样，把表演的"道"与"技"结合起来，把理论与实践结合起来，把形而上与形而下结合起来，它才能真正称得上是一门具有科学性质的学科。

表演要成为科学，还必须解决表演训练的科学性问题。现在的表演训练系统太过庞杂，训练的目的是什么？训练的核心是什么？训练解决的问题是什么？各门课程之间的联系是什么？这些问题没有被追问，除了毕业大戏在实践上来统摄它们，在理论上却没有相应的课程来进行学术本身的整合。我们先要弄清表演训练的基本内容有哪些，这自然包括身体训练（包括表演基本功训练）、表演创作元素训练（包括毕业大戏排练）、表演理论思维训练。

所有训练的基础来自于身体，对身体的不同认识导致不同的训练体系的产生。斯坦尼斯拉夫斯基的将身体看成体验与体现系统，具体由形体、心理和语言等组成，他的表演训练也就主要围绕着这三个方面来展开，后世的表演训练也基本上沿袭了斯坦尼斯拉夫斯基训练模式，或者吸取了斯坦尼斯拉夫斯基训练的精华内容以丰富各自的训练体系；格洛托夫斯基则将人体视为刺激—反应系统，他着重于身体的声音和肢体的授与受来进行训练；理查德·谢克纳将人的身体分为四个系统：内脏、脊骨、肢体和脸部，他的表演训练也是在此基础上进行的；贝拉·依特金则将人的身体看成一个知觉系统，她分别从人的视觉感知、听觉感知、触觉感知、嗅觉感知和味觉感知等方面来展开训练。客观地说，这些训练系统都能独立地成功地培养出好的演员，并不能说哪一种训练方式是唯一的，至于采用什么样的系统进行训练，则是根据表演观念、表演流派和表演风格决定的。但有一点可以肯定的是，新的表演训练方式发现，必然是建基于对人的身体的新的观察和认识之上的。

身体的训练毕竟是初步的，它必须落实在表演创作元素的训练上。表演创作元素训练，是在身体训练的基础上，对创作环节和创作方法的训练。表演课上的小说改编、剧本片断和独幕剧都属于创作元素训练，它们都是大戏排练的准备课程，但在这些训练环节上往往容易忽视创作元素本身。斯坦尼斯拉夫斯基的《演员的自我修养》与《演员创造角色》涉及了基本的表演创作元素的训练内容，譬如作为假定性与真实性的创作原则，真实感与信念的问题，体验与体现的问题，舞台注意和肌肉控制的问题，再体现与性格化的问题，规定情境、最高任务与贯串动作的问题，演员和角色远景的问题。这些创作的原则、观念与方法，是现实主义表演创作的重要内容，理所当然地成为表演创作元素训练的核心。但是我们必须指出，斯坦尼斯拉夫斯基的创作原则和方法，只是表演创作理论中的一种，不是唯一，不是全部，更不是终结。事实上，即使是受斯坦尼斯拉夫斯基体系所浸润的梅耶荷德和格洛托夫斯基，他们也同样在表演创作领域为戏剧作出了独到贡献。所以表演创作论不应成为斯坦尼斯拉夫斯基论，而应该吸取戏剧史上一切有价值的表演创作论以丰富表演。

　　与表演身体训练和表演创作元素训练相比，表演理论思维训练受到极大漠视，不仅在一般接受表演欣赏者眼中，即使在专业人员的眼中，表演理论基本上不被接受，这是困扰表演走向科学的症结所在。这主要是由于表演理论缺乏传统，表演理论的学术史无人问津，人们更看重的是表演而不是理论，甚至把表演与理论对立起来。另外一个原因，学表演的人不懂理论，学理论的人不懂表演，致使表演和理论各自为阵，缺乏真正的受惠于彼此的交流。实际上，表演从理论那里获益良多，试想，如果没有斯坦尼斯拉夫斯基的理论，表演将是何等苍白！那跟杂技或魔术的现状有什么不同？可是没有几个人愿意承认这一基本事实，不愿意看到表演因为理论而得到重大的提升。这是表演作为一个学科难以走向科学的最大障碍。表演理论思维训练包括对表演历史、表演现象和表演经验的观察、判断与总结，包括对表演基本概念与范畴的厘清与确定，也包括对表演观念和表演规律的甄别和价值判断，还包括对表演方法的选择、比较与整合。而这其中的许多工作都还是初步的，甚至还处于未开垦的状态。

　　表演要成为科学，必须完成对表演的严谨而系统化的理论阐述。一个学科的严谨而系统化的理论阐明是该学科成熟的标志，也是该学科走向科学的证明。迄今为止，没有哪一个称得上科学的学科没有得到系统化的严谨的理论阐明。表演作为一个学科当然也不能例外。令人遗憾的是，表演作为一个学科却始终没有得到这种阐明。这倒不是说，表演没有理论，当然有的，许多演员发表的表演创作经验谈就是表演理论之一种，但仅仅有这个是不够的，它远远没有达到理论的系统化的严谨的程度。在斯坦尼斯拉夫斯基之前，亚里士多德、歌德、莱辛、狄德罗、法兰斯瓦·德沙特、哥格兰、欧文等分别从不同角度和立场论述过表演，但这些论述都谈不上是对表演的系统化的理论说明。直到斯坦尼斯拉夫斯基出现之后，表演才得到了完整的系统化表述，表演才有了属于自己这个学科的系统化的理论说明。然而，必须指出，斯坦尼斯拉夫斯基虽然建立了自己的表演理论系统，形成了自己独特的表演概念和范畴，也抽象出了他的一系列指导表演的见解与观点，但他的文字更多由讲堂记录、随感和日记体构成，还不能称为严格意义上的理论形态的作品。

四 科学的表演理论

表演理论是表演专业能否成为科学的关键，没有科学的理论，也就不可能有科学的实践。表演作为一个专业，经过了一代代戏剧家们的努力，终于有了现在的可能成为科学的基础。特别是斯坦尼斯拉夫斯基、梅耶荷德、布莱希特、阿尔托、格洛托夫斯基、彼得·布鲁克、尤金尼奥·巴尔巴、理查德·谢克纳等人的创造性的工作，表演摆脱了杂耍和魔术行业的地位，成为一个独立的学科。如果没有表演理论，表演仍将处于艰难的摸索之中；如果没有表演理论，我们关于表演的知识仍处于蒙昧之中。表演的每一次重要发展，都离不开理论的先导和理论的总结。可以说，表演理论是表演学科的灵魂。但是我们也应注意到，这些戏剧家们往往集戏剧理论家与戏剧导演于一身，他们的表演理论与表演实践是紧密联系在一起的。这与其他学科是很不一样的，其他学科的理论家与实践家的身份往往是分离的，有专事某学科的理论家。如并不兼任法官的法学家，不从事绘画创作的美术理论家，不创作文学作品的文学理论家，等等。在电影领域，最有影响的一批理论家中，除了爱森斯坦将电影理论家与导演双重身份集于一身，其他的如明斯特伯格、巴拉兹、爱因汉姆、巴赞、克拉考尔、米特里、麦茨都只是独立的电影理论家，他们的理论同样也对创作产生过影响。但在表演领域，没有从事表演创作实践的表演理论家几乎还没有出现过。

这是否表明表演作为一个学科比其他学科更加严重的依赖于实践？或者是由于表演本身的学科意识还没有建立起来所致？任何一个学科都有理论和实践的问题，不存在某一个学科比另一个学科更重实践的情况。客观上来看，上述的表演理论家都是导演，都会直接地具体地面向舞台实践，他们都有一个明确的任务，就是把剧本变成舞台现实。所不同的是他们的表演观念、手段和方法存在差异而已。由于他们的表演思想和观念不同，在演员训练上，在表现手段上，在表演方法上，在表演结果上都显示出很大的不同。一般来说，每个真正的导演都有一套独特的训练演员的方法，这种独特性来自他对表演本质的深刻观察，它保证了不同导演即使执导同一个剧本也会显示出独到的气质和风格。他们最终的目标就是创作出一部完整的舞台作品。因此把表演作为一个学科来看待既不是他们的责任，也不是他们的工作目标。也就是说，占据他们头脑的是创作意识，而非学科意识，他们的观念里就是训练演员以完成创作。这种工作方式对后来的表演作为一个专业（教学意义上）产生了重大影响，因为按照这种方式也能培养出演员来。所以训练本科学生，使他们完成毕业大戏就成了表演专业的基本思路。这种工作思路与剧院和工作室的思路基本一致。然而，大学的表演本科教育与剧院和工作室的培训是完全不同的，那就是它必须具有非常明确的学科意识，否则，大学本科表演专业教育就没有存在的必要。

　　笔者并不是否定那些身兼双重身份的导演与戏剧理论家们所做的工作，正如笔者前文所述，没有他们的创造性的贡献，表演无论是作为一个专业还是作为一个理论系统都无法建立起来。事实上表演作为一个学科的建设在相当程度来源于他们的艰苦探索，但我们也必须清醒地认识到，他们的工作中心是训练演员以完成戏剧创作，而不是进行学科建设。所以目前的表演理论是以创作为中心的表演理论，而不是把表演以学科建设为中心的表演理论。而作为学科建设的表演理论必须遵循学科建设的规范性和系统化，那就是要确立表演理论的基本概念和范畴，辨析并且明晰表演的本质，探讨演员的素养以及演员的身体和心理功能，总结表演创作的基本规律，清理不同流派和不同风格的表演及其对创作的影响，揭示表演创作方法和训练方法的基础、功能及其表现的结果。总之，表演理论必须对表演现象、演员和角色、演员和观众、风格与流派、训练与表达、体验与表现等表演的基本内容进行规律性的把握，给予严谨的系统化的理论说明。

　　每一个成熟的学科都有自己独特的概念系统和范畴系统，这是在长期的实践活动过程中历史形成的理论概括与抽象，揭示了这门学科赖以存在的核心、主体和特性，从而成为这门学科标志性的所指。迄今为止，表演作为一个学科它的基本概念和范围却始终没有被确定下来，哪些是表演的元概念？哪些是表演的基础概念？哪些是表演的衍生概念？这些概念的内涵与外延是什么？这些概念的类属和功能是什么？这些都没有得到清楚而明确的厘定。也许有人会说，我们有斯坦尼斯拉夫斯基的概念，比如体验、表现、真实感、信念、假使、想象、最高任务、贯串动作、规定情境、性格化、再体现、舞台注意、肌肉紧张、角色远景等。没错，斯坦尼斯拉夫斯基的这些概念现在已成为表演的最基本概念，这确实是斯坦尼斯拉夫斯基的伟大贡献。但这些概念是否可以成为表演理论的基础概念？如果是的话，那么表演理论就等于斯坦尼斯拉夫斯基的理论，事实上，许多导演和理论家并没有使用斯坦尼斯拉夫斯基的这些概念，他们也同样可以训练出演员并且进行有价值的戏剧创作。比如体验，这是斯坦尼斯拉夫斯基最基础和最核心的概念，在布莱希特的体系它不仅不是最重要的概念，而且是演员所应极力反对的概念。因为布莱希特的核心概念是"陌生化"和"间离效果"。基础概念的不同导致衍生概念的巨大差异，从而形成不同的表演风格和创作流派。那么，哪些概念既可以作为斯坦尼斯拉夫斯基的，又可以作为布莱希特的理论的基础概念？这就是表演理论所要完成的工作。

在表演理论中，对表演本质的认识最为薄弱，人们对表演本质的阐释一向讳莫如深。即使在戏剧表演大师那里，我们也很难得到表演本质的答案。然而，探寻表演本质却是表演理论中最为基础的工作。因为它涉及对表演的总体或根本性的看法，表演的其他问题都是这个看法的展开方式和具体化。在目前我们所得到的表演本质的看法中，更多的是与戏剧本质看法联系在一起的，或者说，我们是借助对戏剧本质的看法来认识表演的本质的。这表明戏剧无法离开表演来认识其本质，表演在戏剧活动中居于一个核心的位置，即使是亚里士多德的悲剧定义也没有离开表演来谈论。格洛托夫斯基将戏剧的本质认定为"质朴戏剧"，他说："没有演员与观众中间感性的、直接的、'活生生'的交流关系，戏剧是不能存在的。"[①] 这虽然不是严格意义上的戏剧定义，但我们可以得到这样的思想：演员与观众中间感性的、直接的、活生生的交流，这就是戏剧。彼得·布鲁克将格洛托夫的思想作

---

① ［波］格洛托夫斯基：《迈向质朴的戏剧》，魏时译，中国戏剧出版社1984年版，第9页。

了进一步的发挥，他说："我可以选取任何一个空间，称它为空荡荡的舞台。一个人在别人的注视下走过这个空间，这就足以构成一幕戏剧了。"① 这就是他们对戏剧本质的看法，但这个看法是否能等同于表演本质看法？固然他们戏剧的本质论更多从表演的角度来切入与说明，但戏剧是比表演更大的范畴，表演的本质必须立足于表演自身。因此戏剧的本质论不能代替表演的本质论。

演员的身体应该纳入表演理论的基础研究之中，因为这个身体与其他艺术中的身体都不一样，对表演而言它是更为根本的。斯坦尼斯拉夫斯基的体验论，布莱希特的表现论，梅耶荷德的有机造型术，阿尔托的残酷戏剧，格洛托夫斯基的媒介论，理查德·谢克纳的环境戏剧，贝拉·依特金的感知反应论，等等，他们的表演理论差异的基点就在于身体，正是对身体的不同看法才导致他们产生不同的表演观点，进而发展出各自独立的表演训练方法。对身体的看法不外乎三种类型：肉体的、心理的、精神的，其他的都是这三类的变种。斯坦尼斯拉夫斯基着眼于人的心理层面，尤其是人的潜意识和下意识层面，所以他强调体验；梅耶荷德将人体视为机能反应体，什么样的肌肉运动则产生什么样的情绪心理，所以他强调外部形体的运动与造型，从而发展出与斯坦尼斯拉夫斯基相反的从外部到内部的表演方法；布莱希特强调人的精神层面，特别是人的理智层面，所以人在戏剧面前要保持清醒的头脑，形成自己的独立判断；阿尔托将人的身体视为有疾患的躯体，如同瘟疫一样，因此表演要叛逆、抗争、激化冲突、激发体内的能量；格洛托夫斯基将人体视为与他人交流的刺激—反应体，表演就是以他人为媒介进行一系列刺激—反应；理查德·谢克纳将人体视为一个空间，这个空间与外界的环境空间保持着紧密联系，人体由四个空间系统组成，表演就是激发出人体空间的反应故事；贝拉·依特金将人体看成感知反应系统，如视觉感知、听觉感知、触觉感知、嗅觉感知和味觉感知，表演就是运用人的感知技巧进行角色创造。

---

① ［英］彼得·布鲁克：《空的空间》，邢历、小风译，中国戏剧出版社 1988 年版，第 1 页。彼得·布鲁克在《敞开的门》一书中进一步阐释了他的这一思想。

　　当然，表演理论还应包括表演创作论和表演方法论。这也是目前表演专业课所传授的主要内容。但这种传授存在两个弊端，其一，把斯坦尼斯拉夫斯基的表演创作和表演方法当成了唯一，只讲现实主义的创作原则与方法，而对其他的表演创作原则与方法则视而不见。可在世界表演历史上，现实主义表演原则与方法并不占主导地位，也就是说，它只是某一个阶段的创作原则与方法，而且在世界范围内，整个东方戏剧包括中国戏曲、日本能剧和歌舞伎、印度梵剧、巴厘岛戏剧也都不是现实主义戏剧，而东方戏剧从 20 世纪 20 年代以来，深刻地影响了西方戏剧，斯坦尼斯拉夫斯基、布莱希特、阿尔托、格洛托夫斯基、阿里亚娜·姆努什金、尤金尼奥·巴尔巴、理查德·谢克纳等，这些 20 世纪的戏剧大师们都曾把惊艳的目光投向东方，并从中获得了丰富的滋养和不竭的创作灵感。可目前的表演专业，不要说东方戏剧，就是中国戏曲也成了古旧和过时的代名词，它的重大价值被人严重轻忽了。其二，我们把创作论和方法论当成了技术，缩小了创作论和方法论的思想内涵。无论是表演的创作原则，还是表演创作方法，它们首先是思想的，其次才是技术的。而我们表演课程的出发点和落脚点都把它降为技能培训，学生基本上不具备通过表演来反思表演的能力。

　　表演由一个行业发展成专业，再发展成学科，最后发展成为科学，这是表演自身运动发展的内在要求，也是表演对表演理论家们和表演史家们的呼唤。

（原载《华中师范大学学报》2011 年第 5 期）

表演叙事论

　　叙事与文本是相互联系的，表演是否可以作为一个文本呢？这似乎不是一个问题，然而，如果问它是怎样一个文本，那就成了一个问题。文本（text）在英文里指的是正文，是与注释和说明相对的印刷品或著作，总之它是一种文字或者与书写相关的东西。正是在这个意义上，保罗·里科称文本为"由书写所固定下来的任何话语"。按里科的解释，书写固定是文本的构成要素。其实，书写的就是固定的，这无异于同语反复，也许里科想强调它既成的物化形式，它的稳定性一面。但这里的关键还是话语，话语就是语言现象或语言运用，它或者是口语，或者是书面语，总之它要"凝固"为书写才能构成文本。书写从日常的谈话发展而来，是固定了的谈话，里科也承认谈话对书写的优先地位，但同时他又认为，"书写的固定代替了谈话，出现在谈话出现的那个位置上。这就意味着，只有在文本不被限制抄录先前的谈话、而直接以书写字母的形式铭记话语的意义时，文本才是真正的文本"①。在戏剧中，当然也有里科所说的文本形式，剧本就是一种典型的书写，而且就是对谈话的某种固定，但这种书写形式主要不是

---

　　① ［法］保罗·里科：《解释学与人文科学》，陶远华、袁耀东、冯俊、郝祥译，河北人民出版社1987年版，第148、149页。关于text，国内有两种译法，一种译为"本文"，另一种译为"文本"。"本文"的意思较接近英文的原意，但汉语中的"本文"是"此文"或"这篇文章"之意，并不是与之对应的词，所以翻译过来易引起误解且显得很生硬；"文本"合乎汉语的表达规范，而且它的范围比"本文"更广，因此它能囊括下文将讨论的杰姆逊的意思。故此，笔者一律采用"文本"。

供阅读的，而是用来表演的，这就使得戏剧文本具有解构的性质。它从谈话中来，又要回到谈话中去，书写或印刷的物化形式在表演中不见了，而代之以活的生动而具体的演出。所以戏剧中的文本较之里科所说的文本更具有开放性，它不是固定在狭窄书写或印刷的范围里，而是对书写或印刷的话语解放。当然，物不能解放物，只有人才能解放物，戏剧文本，笔者指的是表演文本，是人的主体因素的再次加入，它不仅没有缩小原文本，相反地丰富和扩大了原文本，它使已沉寂了的声音再次复活，因而是一种活动或运动着的文本。可见表演文本是对书写文本的突破，它没有拘泥于观念界或语言界，而是面向整个人的和"属人"的世界，这种文本可称为符号文本。杰姆逊说："整个世界就是一堆作品、文本，时髦、服装也是一种文本，人体和人体行动也是文本。"① 表演作为人体行动的一种方式，理所当然地应列入文本。将表演视为文本的意义在于，表演一直被排拒在文本之外，而亚里士多德以降的表演研究基本上局限于书写文本，也就是戏剧的文学性研究，而对非文学性的表演要么置之不理，要么点到即止；将表演视为文本，便可以从表演的统一性上来理解表演，从书写与谈话的关系来把握表演。这是其一。其二，承认表演是一种语言符号。表演由于它自身的特性，人们很容易把它理解为技术或技能，以及一种形体肌肉训练的过程与方法，回避或无视表演的语体学、语用学和语义学内涵，致使表演的符号学意义丧失殆尽。忽视理论便是忽视自身，忽视理论便是自身的贫乏。表演不仅是实践的，而且也应该是理论的。任何一种技术，如果缺乏理论的支持和提升，充其量不过是匠艺，它缺乏途径或方法来领略其自身所可能达到的无限风光。最重要的是，将表演作为一种文本，使我们有可能从新的角度来理解表演的蕴涵。下面笔者将给予详细的剖析。

任何文本都是被表达出来的，表演也不例外。在表达之前，也就是在文本形成之前，只存在事实、故事、谈话或语言现象，这些自在

---

① ［美］杰姆逊：《后现代主义和文化理论》，唐小兵译，北京大学出版社1997年版，第204页。

若要转化为文本，必须满足三个条件：第一，一切文本都不能自我生成，也就是说文本不能生产文本，文本的产生依赖主体的介入，所以一切文本都是"属人"的，并且仅仅是"属人"的。第二，从事实到文本是一次飞跃，但不是认识论上的飞跃，而是叙事学上的革命。文本的实现是叙事对事实的革命性转换，当然不是消灭事实，事实是消灭不了的，而是对事实进行结构和形态上的转换。第三，文本产生之后并不意味着文本最后的完成，它可以称为准文本。如果一个文本从来没有被阅读或者被观看，那这个文本就算不得真正意义上的文本，它的价值应该被质疑。因为文本的性质有一种阅读期待，它要在阅读中显现自身，这种价值与创造文本的价值不能混为一谈，所以被阅读或被观看是文本的构成性要素。这三个条件形成了一个完整的叙事系统，叙述者—叙述—接受者，其中叙述是核心，主体是关键，阅读是结果。表演作为文本，它也有一个叙述者、叙述和接受的问题。

表演从本质来说就是叙事。"叙事"这个词在汉语中为动宾词组，它十分清晰地反映了叙事的特征，一是主体的活动"叙"，二是活动所及的对象"事"，这就构成了一个"叙—事"的关系。也就是说，任何表演都是一种虚构，并不是实有其事。事实永远是事实，一旦发生就覆水难收，因为它总是处于一定的时空之中。即使有些事实看上去可以重复，但从根本上而言，它已是另外一件事，因为伴随它的时空已经不再。表演中所出现的事实从艺术价值来判断它可能更真实，但它已绝然不是事实本身。这里还存在一个更根本的问题，即这事实是被演员用他的身体"叙述"出来的。亚里士多德在定义悲剧时这样说："悲剧是对于一个严肃、完整、有一定长度的行动的摹仿；它的媒介是语言……摹仿方式是借人物的动作来表达，而不是采用叙述法。"① 虽然这是个悲剧定义，但笔者愿对这个定义给予最高的评价，因为他是从表演的角度来定义悲剧的。"行动的摹仿"这个说法有两层意思，一是剧本所描写的是"行动"，二是演员的表演也要按照这"行动"。如果仅仅是前者，那么史诗中也有描写"行动"的，可是不

---

① ［古希腊］亚里士多德：《诗学》，罗念生译，人民文学出版社1982年版，第19页。

能称之为"剧",所以最重要的在于这"行动"是用来表演的,因而亚里士多德补充说,"摹仿的方式是借人物的动作来表达",译者罗念生注释道,此处"含有'表演'的意思"。亚里士多德这个定义的重要之处还在于,他使用了"摹仿"一词,在戏剧中摹仿应为 mime,即用面部表情和手势讲述故事,摹仿规定了戏剧事件的性质。也就是说,这个事件不是实际发生的,而是被人讲述出来的,虽然看上去它跟真的一样,但归根结底它是虚构的,虚构是一切艺术品的根本特性。摹仿一方面揭示了戏剧与事件的渊源关系,它澄清了虚构与真实的界限,如果真实与戏剧是同一的,那么就不需要另外去"摹仿";另一方面,摹仿就是通过一定的方式去讲述事实,对表演来说,它是演员以自身的身体去讲述。但亚里士多德还没有文本这个概念,所以他把摹仿的方式仅仅限于语言,因此他否定了戏剧中存在着叙述法。然而在戏剧中构成媒介的不仅有语言,还有动作;叙述不仅是存在的,而且还以不同的方式存在着。情节的展开,人物的心理,人物的感情的呈现不是实存,而是 talk(讲述)。在《诗学》第三章,亚里士多德就承认了戏剧中存在着叙述,"假如用同样媒介摹仿同样对象,既可以像荷马那样,时而用叙述手法,时而叫人物出场,或化身为人物,也可以始终不变,用自己的口吻来叙述,还可以使摹仿者用动作来摹仿"①。亚里士多德的悲剧定义已经接近表演的本质了,他看到了行动,但看不到行动的叙事学意义,他把行为叙事与语言叙事对立起来,既排除了语言在表演中的叙事作用,也排除了行为在表演中的叙事功能,因而也就不能形成完整的表演叙事的观念。他对表演的认知停留于摹仿,始终不能从文本的统一性上升为叙事概念。

只要存在故事(或事件)以及对故事的表达,那么就存在着叙事。人类的文明包括文学、历史、哲学、艺术等都可以作如是观。世界其实很简单,一是事,二是说,复杂在于出现了说事,即叙事。世界是同一个世界,但说的角度不同,方式与方法不同,结果也不同。文学家、历史学家、哲学家和艺术家的不同正在于后者,所以世界的

---

① [古希腊]亚里士多德:《诗学》,罗念生译,人民文学出版社 1982 年版,第 9 页。

复杂便是"说"的复杂。讨论问题就要善于将复杂的问题简单化，这样问题的真相才会显露出来。笔者将世界还原为两种最基本的存在，目的是为了凸显人类文明的叙事特征。现在的问题是，叙事何以构成？

　　自然和人行为的总体称为事实，对事实的描述、判断和思考称为表达，事实和表达的关系便是叙事关系。一个事实即使不被表达它也存在着，它以物或物态的形式存在着，不能说它没有价值，它的价值在于它可能被表达，也就是说，它始终趋向于表达并且等待着表达。在被表达之前，它是它自身，它以自身的理由存在着，然而，一旦被表达出来，它就不是它自身了，它以表达的方式存在着，所以表达以改变事实的性质或存在方式而述说了事实；没有表达的事实仍然存在着，可没有事实，表达便不存在，也就是说，一切表达都是关于事实的表达，事实成了表达的根源。我们已经说了，事实被表达出来后便不再是事实，此时它可称为对象，叙事主体的对象。对象一词内含着双重的指向，它既指向事实，同时也指向叙事者主体，如果没有事实它就什么也不是，如果没有叙事主体它就不能构成对象。对象一定要与他者共存，对象是相互的。事实转化为对象必须经由叙事主体的注视，这就是说，事实要经过主体的身体、眼睛、心灵才能成为一个对象，对审美而言，它要经过肉身化的过程，"绘画的眼睛"和"音乐的耳朵"便是肉身化的具体体现。肉体以及肉体所本有的知觉像一道光，凡被它照亮的地方即成为对象。对象从黑暗中苏醒过来，它就被内化为主体，它不可能以物的形态存在于主体，而只能以观念态游荡于意识之中，对象是以观念形态或语言存在于人类文明的。所以人所看到的对象已不是事实本身，事实只能是事实，人所把握的是事实的观念，而事实作为一个总体则留存于肉身之外。人看到一只飞鸟，他只是看到了飞鸟的被他的知觉所把握的那一部分——飞鸟的语言组织或结构形式，而飞鸟的物质外壳依然翱翔在天空。所以，首先，对象是被看成对象的，它必须经由主体注视；其次，对象以观念或本质形式存在；最后，它具体的存在方式即语言或者知觉。我们说到一个对象时说的不是它本身，而是我们知觉、感觉或思考到的东西，没有知觉到的东西永远也说不出来。事实是无限的，我们一点点地说出它，但永远也说不尽，这便是人类思想生生不息的原因。因此叙事是永无止境的。

事实从外界进入到我们内心成为对象，它已经过了重大的形式转换。但人们仍固执地把对象等同于事实，这是认识论所犯的严重错误，其实事实进入到我们的心灵时已不存在，只剩下我们能够知觉到的对象，因此对象可以看成主体重建出来的虚构品。当然虚构仍可找到它和事实的联系，笔者愿再一次指出它不是事实；虚构绝不是无中生有，毫无本源，虚构是主体与事实见面的产物，艺术品便是如此。凡高的《向日葵》即是现实中的向日葵与凡高的主体心灵见面的结果，这向日葵根本不是现实中的任何一株，它只是以一种痕迹出现在凡高的作品中。所以《向日葵》是凡高通过叙事重新建构起来的对象，如果从审美的角度来看待它，它便是知觉到的向日葵。在人们心目中，历史是不应该虚构的，然而事实上，历史也同样是一种虚构品。首先，历史事件不可能以原貌重演，因为时间已一去不复返，不然就不能称为历史，所谓历史就是过去的事件；其次，我们所指称的历史一定是我们知觉到的历史，知觉不到的历史根本就不会出现在人们的头脑中。所以，实际发生的历史与我们所知觉到的历史根本上是两回事，我们没有任何理由把真实的历史与我们头脑中的历史当成一件事，所谓历史的真实是一种虚妄。司马迁的《史记》不是历史事实，而是历史对象，历史叙事，是历史事件作用于司马迁的头脑和心灵的结果。这就是说，历史不能重演，只能创造，所以一切历史都是历史学家的创造。由此我们可以得出叙事的第一个特征，虚构性。叙事的第二个特征便是它的个体性。一切叙事都落实为个体的行为，由一定的具有感觉和知觉能力的主体去承担。维特根斯坦认为对叙事者而言，若没有事实只有对象，他就不能说他不知道的事情。维特根斯坦以语言来划分世界的界限，他说："我的语言的界限意味着我的世界的界限"，"一个人对于不能谈的事情就应当沉默"①。维特根斯坦区分了两个世界，逻辑世界和生活世界，他所言说的或可以言说的是逻辑世界，而对生活

---

① ［奥］维特根斯坦：《逻辑哲学论》，郭英译，商务印书馆1985年版，第79、97页。

世界或伦理世界则只能保持沉默，可见维特根斯坦的语言具有相当的局限性。不管是逻辑世界还是生活世界，只要构成了"我"的知觉对象，那么"我"就可以"发言"，因为"我"的"发言"仅仅属于"我"，"我"的性格、气质、心灵在"我""发言"时注定会流露出来，"我"这样说而没有那样说，有时并不取决于"我"的主观意志，而是因为"我"的知觉并没有介入。也就是说"我"按照"我"的心智来建立"我"的对象，"按照"一词还不准确，应该说"我"的心智只能建立如此对象。个体的差异导致对象的差异，这就是为什么同样是"中国历史"，翦伯赞的《中国史纲要》就不同于周谷城的《中国通史》，而周谷城的《中国通史》也不同于白寿彝的《中国通史》。在文学艺术中，这种个体性表现得更为鲜明，同样的一个武则天，赵玫、须兰、北村、苏童、格非等人笔下的女皇就迥然不同；同样一段历史史料，在他们的小说中却出现了截然相反的"解释"，这实在是叙事个体性的绝妙版本。

上面考察了一般叙事的构成及其特征，这种构成和特征也同样适用于表演，但表演作为一种独特的艺术，自然也有其在叙事上的特殊性，下面笔者将给予论述。

表演就是以身体为媒介所进行的叙事，这是表演不同于任何其他叙事的特殊之处。在历史叙事、哲学叙事和文学叙事里，身体乃肉体、心智和灵魂的总体，不同的叙事类型依据它的需要采取与之相适应的部分。身体构造着叙事对象，但是身体并不直接参与叙事，它必须借助一定的语言媒介展开叙事；叙事品一旦完成，它就不仅不属于身体，而且与身体没有任何联系，从而获得了一种独立自足的存在品性。这几种叙事的存在方式就是语言本身，所以我们在历史、哲学和文学中看到的只有语言，是语言的不同结构和不同组合，任何历史、哲学和文学的文本分析都可以转换为语言分析。表演中的身体与此大相径庭，它既是感知体，又是媒体，同时也是叙事体，表演就是主体与对象、感知与叙事、叙事与作品的合而为一，叙事者无法把自身与叙事分离开来。在绘画叙事中，画家、颜料和作品是彼此分离的，它们都可以脱离对方获得自足的存在。这就使得表演在整个人类的叙事中成为一个特例，也是它充满无穷魅力和想象力的奥妙所在。所以表演中的身体比其他叙事中的身体具有更复杂的功能，它既是主体肉身，又是知觉对象，它以自身为媒介来叙述对象，在"叙—事"这种结构里，"叙"是它，"事"也是它，因此，表演中的叙事是自我叙事。当然表演中也存在着语言现象，剧本便由语言构成，但是剧本不是表演，它是文学性文本，并不是表演性文本，它提供了表演的说明和方向，它的大量的台词必须由演员说出来才叫台词。所以对戏剧而言，剧本并没有完成叙事，只是表演或者依赖表演，戏剧叙事才算真正完成；也就是说，剧本的一切语言只有转化为演员的肉身媒介才算叙事。

在表演叙事中，存在着许多悖论，如真实与虚构，注意集中与肌肉放松，压制个性与释放个性，第一自我与第二自我等。这悖论的根源来自表演叙事的特殊性，即叙事本质的虚构性与叙事表现的真实性存在矛盾。在一般叙事中，比如历史叙事，杨贵妃作为一个人物出现在历史文本里，她是作为一个语言符号显现在字里行间，是历史学家对她的语言命名。尽管历史学家描述了关于她生活的丰富细节，但这改变不了她作为一个文本人物的事实，也就是说她已内化为历史学家的对象，她的存在是充分虚构的。读者在历史叙事里看不到真实的杨贵妃，而是书写出来的杨贵妃，读者只能凭借文本提供的线索去想象杨贵妃。在表演叙事里，虽然杨贵妃也同样是一个虚构的人物，她也具备历史叙事虚构的共同性，但是它的叙事体不是一种语言符号，而是演员的真实身体，演员的一颦一笑、一举一动是根据对杨贵妃的理解虚构出来的，但演员此刻在舞台上的举动却是绝对真实的，观众看到的是既真实又虚构的杨贵妃，也就是说，表演是真实的，表演的对象却是虚构的。表演的逼真性使观众的想象力在相当程度上被遏止，杨贵妃的一颦一笑以一种规定性显现在舞台上，观众在剧院里无须去想象杨贵妃的一颦一笑，他只能去接受演员表演出来的这一颦一笑，这就是表演的真实性所导致的欣赏的直接性。叙事本质的虚构性与叙事表现的真实性构成了剧场艺术的最大矛盾，也可以说是戏剧艺术的矛盾之源。本质的虚构性意味着一切表演都是"假使"，即使表演再真实、再贴切也不能视之为"真"，因此不能从本质性上对演员的表演提出真实性要求；表现的真实性意味着所有的表演都是"实存"，即使是"坏"的表演也是"实存"，也就是说，表演的真实性是注定的，但这种真实是媒介的真实，是叙事手段的真实。因此必须从对象的性质上对表演叙事提出要求，这就是斯坦尼斯拉夫斯基所提出的"规定情境"，它要求演员的表演不能兴之所至或者轻举妄动，而必须接受叙事对象的种种规范，否则他的表演就会在技术上和叙述上做"假"。

在一般叙事中，叙事即讲述某事。"某事"或者是已经发生的事，或者是正在发生的事，或者是将要发生的事。也就是说，一切事情都会以一定的时间形式存在，当某事被叙述意味着某事必然会以一定的时态存在于文本中。克罗齐曾说过："一切真正的历史都是当代的历史。"① 克罗齐准确地揭示了历史与当代的联系，他强调了当代人对历史的参与，当然，这种参与不是事实的参与，而是观点、思想和心灵的介入。他还说："每一篇人类事务的叙述，每一篇人类行动与经历的叙述，都必有这种主观的原则或标准……只消打开任何一部历史一读，马上就可以发现作者的观点。"但克罗齐没有形成叙事学的理论和观点，因此他只看到了历史中存在着历史学家的思想、情感和心灵的印记，而没有看到历史只能以对象的面目出现，历史便是叙事。而且"当代"不是一个历史概念，而是一个叙事学的概念，当代成了一个叙事点。思想和情感的印记只是叙事的结果，而不是原因，关键在于历史学家是个叙述者，历史便是作为叙述者的历史学家的叙述品。可见叙事才是历史文本中的核心要素。于是就出现了过去时态向现在时态的转换，一切历史文本都是现在时态的文本。我们已经知道，在文本叙事中，除了历史叙事，还有文学叙事和哲学叙事等，历史只能面向过去，但文学和哲学既可面向过去，也可以面向现在，还可以面向将来。不管叙事所面对的对象时态是哪一种，它们都无一例外地要

_____

① ［意］克罗齐：《历史学的理论与实践》，商务印书馆 1982 年版，第 2 页。在他之前，伏尔泰即有"一切历史都是现代史"的说法；在他之后，柯林伍德又发展了他的说法，提出了"一切历史都是思想史"的观点。

回到现在这个点上，现在是叙事的出发点，这是一般叙事的共性。表演叙事严格遵循这一叙事规律，而且还表现出与一般叙事的区别。在一般叙事中，叙事文本一旦形成，它就会成为过去，成为事实，等待新叙事者对它进行叙事，它要不断地活在叙事者的叙事里才能获得叙事性的存在。而新的叙事不可能在结构上和形态上对它予以复现，因此它在相当的程度上被固定在过去时态里。表演叙事从来就没有一种固定的文本，文本一旦出现又马上会消失，因为它不是"书写"文本，它是一种"动作"文本，动作不可能有过去时态，也不可能有将来时态，动作永远是现在的动作。摄影机试图记录下舞台表演动作，可它所记录的只是动作的痕迹或影子，是动作曾经具有的形态，作为事实的动作已经一去不复返了。所以表演叙事是一种不断开始的叙事，它永远处于现在时态。

最后，笔者想谈一谈表演叙事中书写与谈话的关系，对这种关系的了解有助于深化我们对表演的认识。

书写从哪里来？从事实中来，从谈话中来。而谈话是一种声音的对峙与交流，它是诉诸听觉的。书写是对谈话的记录，然而声音是记录不了的，声音从口里发出，然后以一种声波在空气中传播，显然书写并不是记录声音的有效工具。书写只是记录下了声音所留下的合乎语法规范的语词或句子，也可以说，书写记录了它记录不了的东西，而且它在记录的过程中，必然会有所遗漏。比如，"我要回家!"书写所记录的就是这个句子本身，而作为声音的"我要回家"却要丰满和丰富得多，声音的语调、语气、节奏、停顿和音量所具有的信息并不亚于这个句子本身，一个孩子、老人、情人、游子在说出"我要回家"的声音时又各不相同，这些都在书写的过程中"漏"掉了。再有，书写会以它自身的方式去记录，书写作为一种工具，必然会打上这个工具自身的烙印，最明显的，它将一种音响变成了一种文字，而且文字有它的自律，有它的文法规范，因此，它在记录的过程中必然会把它作为工具的特性一并记录进去。还有，书写一定存在一个书写者，书写者也必然在书写的过程中把他的思想、感情、气质书写进去，他会去掉一些东西，也会增添一些东西，这就进一步加剧了声音与书写的差异。所以，笔者说书写不是事实，书写只是叙事。表演是从剧本开始的，剧本中存在着大量的对话或谈话，作为"书写"的剧本只能看成对谈话的叙事，表演实际上是对剧本叙事的再叙事。表演中的"书写"不存在了，取而代之的是谈话，看上去是声音复活了，然而真正的声音是复活不了的。它所复活的声音是个崭新的东西，是剧本叙事的声音，一个充分主观性的产物。表演在声音复活的过程中又会将书写所具有的全部特性重新来过，因此表演的声音可以看成是对书写声音的"书写"，看上去它是在复活一种声音，实际上它仍然在书写。所以声音是复活不了的，它只能促进新的文本的再生。由此我们可以得出这样的结论：声音一旦成为文本，它就不再是它自身；它被叙述的机会越多，远离它自身的程度就越大，它被叙述一次，也就是被创造一次。所以说文本是虚构的，是艺术品。

（原载《戏剧艺术》2003 年第 4 期）

戏剧即相遇

　　1968 年，彼得·布鲁克出版了《空的空间》，开篇有这么一句话："我可以选取任何一个空间，称它为空荡的舞台。一个人在别人的注视之下走过这空间，这就足以构成一幕戏剧了。"此话说得相当漂亮，内涵隽永。我想，任何一个思考戏剧本质的人，看到这句话一定不会无动于衷。2005 年，彼得·布鲁克出版了《敞开的门》，文中有这样一句话："戏剧开始于两个人的相见，如果一个人站起来，另一个人看着他，这就开始了。如果要发展下去的话，就还需要第三个人，来和第一个人发生遭遇。这样就活起来了，就可以不断地发展下去。"和 1968 年的那句话相较，2005 年的这句话不再强调空间，除了保留一个人和另一个人，还加了第三个人，这使他的想法更加清晰。当然这不是最重要的，重要的是"注视"、"相见"和"遭遇"所蕴含的戏剧思想，这个思想是彼得·布鲁克一直感觉到，但并没有从理论上说出的"相遇"概念，笔者以为这是戏剧最为重要的元概念，所有其他的戏剧概念如模仿、冲突、关系、性格、悬念、行动、场面、环境等都由此诞出。所谓相遇，就是人与人、人与物的彼此面对面，是他们带着各自的性质和特点来打交道，由此结成一种在他们见面之前没有过的联系，在这种联系中，他们向着对方把自己打开，实际上是给对方一个刺激（同时也接受对方的刺激），对方因了这个刺激而作出调整、适应或对峙的反应，不断的刺激引发不断的反应，每一次反应又会形成新的刺激。在刺激的过程中，人物将自己的生命意志释放出来，对方的生命意志会进行顺应或抵抗，戏剧就此诞生并不断地演绎下去。

所以说，戏剧就是相遇。

　　相遇，在舞台上，就是人物与自我、人物与角色、人物与人物、人物与观众、人物与道具，结成一种临时的、现场的、当下的面对面关系。戏剧表演总是在一定的空间里，或传统的镜框式舞台，或临时搭建的命名的空间，如理查德·谢克纳的《大胆妈妈和她的孩子们》就是在一个车库里，《酒神在 1969 年》就是在伍斯特大街上，这两出戏都还有一个固定的空间，而尤金尼奥·巴尔巴的《进军》则是在秘鲁的利马街头，演出是流动的，观众也是流动的，相遇在时刻发生着、调整着、演绎着。但不管戏剧演出空间如何变化，演员与角色、演出与观众的相遇仍然存在；而且，这种相遇带着强烈的随机性质，未可知的、不确定的情境随时在发生和改变着，戏剧向着一种不断去构成的方向演进，演出现场不可预知的情况成为新的变量，每一次新变量将导致戏剧情境发生微妙的调整和改变，这便是真正的戏剧魅力所在。相遇不是两根木头的会面，而是人带着他的前传，他与环境经年磨砺而就的性格，他的欲望、本能和目的，前来与另一个同样有着丰富性和复杂性的个体相会，是他的生命意志与另一个生命意志在戏剧的召唤下碰面，每一个生命意志出现在另一个生命意志面前都是人间奇迹，他把自己在另一个人面前打开就是刺激，而另一个人在这种刺激面前无论如何都会做出反应，同时这种反应又会变成新的刺激，刺激与反应，反应与刺激，衮衮向前，戏剧情境便是不断地刺激与反应闪出的惊心而夺目的光焰。

　　确立相遇为戏剧的逻辑起点，意味着确立新的戏剧原则。戏剧从来没有被固定，也不能被固定，戏剧的发展总是从传统中脱胎而出，但又演变为不同于传统的新形态。赓续不变的是相遇的原则，其他的戏剧要素都在变化，唯有相遇是不变的，二千多年来都不曾变化。而所有戏剧要素中，人、人物是其中最大的变量，他不仅会改变自己，也会改变他所遭遇的一切。比如剧本是固定的，同样的《哈姆莱特》，古人演的和今人演的就不一样，中国人演的和英国人演的就不一样，不是剧本变了，而是演剧本的人变了，他会把时代因素、环境因素和他自身的因素加入其中，导致整个演出形式和风格的巨大变化。因为每个人都在以他自己的方式与《哈姆莱特》相遇。相遇不是主体与客体的碰面，笛卡尔发明的两分法，必然会把一方面看成中心，另一方面看成边缘，两个人物在舞台上，你不能说娜拉是主体，海尔茂是客体，反过来也一样，这样区分的理由是什么？两分法的症结在于，必然会保全一方为主体而牺牲另一方为客体，最终必然导致所有人物都沦为客体，因为客体才是稳定的可供研究的对象。破除主客两分法，就是要破除主体中心观念，在现象学上还原到相遇这个元点上，相遇是什么？与其说相遇是一个事实，不如说相遇是一种活动，是人与人、人与物面对面之后的一系列刺激与反应，说它是一种活动而不是事实，是因为它是不稳定的、时刻处于变化之中的，因为刺激和反应都不是定量的。人与世界的相遇产生文明，人与舞台的相遇产生戏剧。在这个意义上，马丁·艾思林的"剧院是检验人类在特定情境下的行为的实验室"才能真正建立起来。

戏剧创作从相遇开始，从第一个人遇到第二个人开始。我们不妨以杨利民的《大荒野》来分析。春天，北方的大荒野，一口高压天然气井，孤零零地埋在荒原深处，远离城市，一个老头守着，伴着他的只有一条黑狗。幕启时，已调离的大毛嘶哑地唱着歌，将老梁头的环境唱得悲切而怅然。剧作家构置了一个诗意的伤感的情境，这情境是围绕着老梁头营造的各种关系，老梁头与荒野和气井、老梁头与大毛、老梁头与牧牛婆、老梁头与狗黑子，但这种关系都必须依赖于老梁头与这些人或物的相遇。在相遇之前，他们不构成戏剧，他们被尘封在各自的状态里，如同没有归宿或目标的漂浮物，相遇激活了其中人物的生命意志，老梁头赋予荒野人性气质，荒野也将诗意投射在老梁头身上，气井是老梁头的生命意义和价值所在，会说话的黑子是老梁头孤寂生命的外延，也是忠诚与坚韧品质的象征，大毛是老梁头与现实世界的联系，这就是老梁头与世界通过相遇的情境构成。当然，最重要的是老梁头与牧牛婆的相遇，他们都有自己的人生遭际和生活轨迹，虽孑然一身，但都同样坚韧而执着，一出场，他们只是照过面，但并不熟悉，牧牛婆的出现不断地给老梁头刺激，先是远远地固执地望着他，显然她对老梁头是有意思的，然后是抽烟，然后是讨水喝，老梁头对她的反应并没有特别之处，只是一个守井的老头儿对一个总是跑到他这儿牧牛的老太婆的正常反应，谈不上好感，也没有恶意，只是有些不解，当他的黑子向老太婆吠声时，他的反应是本能地制止。可当老太婆想在这儿抽烟时，他的情绪反应变为反感，当即阻止，阻止无效时，他便呼叫他的黑子，老太婆面对这刺激才做出中止抽烟的反应。当老太婆不抽烟了，老梁头情绪变得正常，说出了他心中的疑惑，为什么从那么远跑到这儿来放牧？老太婆停顿了一下，她当然不便唐突地说出她的心迹，回答得也很正常，你这儿草好呗。看到老梁头关心她，牧牛婆便主动要水喝，老梁头对她的主动不太适应，也许还对她乱抽烟有些意见，让她自己去倒水喝。牧牛婆喝完水，兴头起来了，问出了她心中的疑惑："为什么你一个人在这儿守井？"老梁头对她的问话感觉突然，也许还有点防备心理，做出你打听这个干啥的反应。牧牛婆觉得自己只是随便问问，或者想套个近乎，得到这么个不冷不热的回答，她的不满也发泄出来了："不告诉就拉倒呗。"老梁头也觉得自己的回答有点生硬，或觉得告诉她也没什么，便说出了自己一个人守井的原委。就这么一问一答，在温情的刺激与反应里，《大荒野》的戏剧情境便生动地呈现出来了。剧作家完全是按照人性本来的样子，自然、准确地写出了两个老人在荒野里相遇时的情境，写出了他们孤寂的生命在相互慰藉中自由而美好的释放和他们在变动的时代中不变的信念与情感的坚守，而大荒野、气井和残阳则与他们的生命、情感和愿望融为一体，渲染出与人物内心相应和的辽远、粗犷和诗意的绚烂情境。

（原载《中国文化报》2016 年 7 月 26 日）

戏剧与文学

一　戏剧起源于两个人的相遇

现代戏剧实验之父、后现代主义戏剧导演的先驱彼得·布鲁克曾说："戏剧开始于两个人相见，如果一个人站起来，另一个人看着他，这就已经开始了。"[1] 这句话蕴含着极其重要的戏剧学思想，那就是戏剧起源于两个人的相遇。"相遇"意味着两个人彼此的面对面，至少一方在注视另一方，在关注、在观察、在欣赏、在判断，而被注视的那一方或者在行动，或者同样在观察、在判断、在欣赏，只要出现这种情境，戏剧便宣告了它的存在。

这种思想可溯源至格洛托夫斯基的"贫困戏剧"，即"极简戏剧"，也就是，戏剧最低限度的生存问题。格洛托夫斯基的结论是，只要演员和观众在，戏剧便存在，剧本、导演、服装、道具或有或无，都不影响戏剧称为戏剧。这种正本清源的工作很重要，可以让我们直抵戏剧的本质。多少年来，人们一直认为，戏剧不能没有剧本，后来又认为，戏剧不能没有导演。事实上，人类的戏剧开始并没有剧本，如果我们将始祖的祭祀看作戏剧的话，那是没有剧本的；巴西的狂欢节和巴厘岛的巫术仪式也没有剧本。如果就纯粹的戏剧而言，意大利的即兴喜剧在 150 年里也没有剧本，戏剧不也照样存在吗？拉美博奥的"论坛戏剧"更是一种即兴演出的戏剧，观众随机地参与到表演中

---

① ［英］彼得·布鲁克：《敞开的门》，于东田译，新星出版社 2007 年版，第 17 页。

来，使戏剧成了寻常人的日常生活。导演最早出现在 18 世纪的梅宁根公爵的演剧活动中，此前的戏剧导演是不存在的，可到了 20 世纪，戏剧没导演似乎就不叫戏剧了。

戏剧并非演员和观众的简单相加，必须而且只能是演员和观众的相遇，遗憾的是，彼得·布鲁克并没有对"相遇"给予理论化的阐述，所谓"相遇"，即一个主体和另一个主体因某种机缘或情境而产生的面对面的情形。戏剧中的演员，作为表演的主体，他通过自己的身体把他对戏剧的理解呈现出来，他把自己作为一个作品交给了观众，而观众作为欣赏的主体，他被演员的表演所感染、所激发，他从演员的身体动作中获得了调动自己情思的契机。在这个过程中，演员和观众相互把自己交给对方，由此形成了一种新的可能性存在，这种存在没有被规定，也不能预测，它是现场的、随机的、临时的、由演员和观众相遇而构建起来。

戏剧中的一切都源于相遇，演员与他自己有一个相遇，演员与导演有一个相遇，演员与对手有一个相遇，演员与剧本也有一个相遇，"相遇"在戏剧的全部创作过程中普遍存在，无论是作为作品，还是作为环节，相遇始终存在着，构成了戏剧最深刻的永恒的奥秘。这个奥秘在于戏剧不是一成不变的，而是时时刻刻都在变化、发展、形成，因为相遇中随机的因素在不断出现，这种新因素又会成为相遇的新契机，从而促成相遇过程出现新变化。以表演为例，演员在舞台上把自己打开，他的对手会接受他的信息，并且会对这信息进行反馈，这就催生了刺激—反应，再刺激—再反应的不断发生，谁也不能预料会出现什么新的情况。这样，相遇就撕开了戏剧的各种可能性，不要以为表演永远是一种状态，表演会因时间、地点、对手当下表现的不同而千差万别，这正是戏剧区别于电影和电视的魅力所在。

二　剧本是独立于戏剧的

剧本当然是文学的范畴，但剧本不是戏剧。中国有许多戏剧史，实际上根本不是戏剧史，而是剧本史，或者说是戏剧文学史。这些戏剧史在研究的基本上是戏剧的文学性，如戏剧人物、戏剧结构、戏剧语言以及戏剧作品中蕴含的思想和文化内涵。其核心是围绕剧作家及其作品来展开的。戏剧舞台、戏剧表演、戏剧导演这些戏剧特有的构成性要素基本上不予探讨，久而久之，我们就形成了剧本等于戏剧的思想和观念，这是对戏剧的极大误解。

剧本就是剧本，剧本至多只能视为戏剧的一个构成方面，如果一定要给剧本一个归属，那剧本毫无疑义地属于文学，剧本以文字为媒介，诉诸读者的想象力，从索福克勒斯、埃斯库罗斯、欧里庇得斯，到莎士比亚，再到易卜生，直至贝克特、尤奈斯库，这些剧作家所创作的剧本无一例外地符合文学所有特征，人们阅读他们的剧本所激起的美感与最伟大的小说和诗歌并无二致。

剧本依据舞台假定性原则创造出许多剧本的写作规范，而且不同时代有不同的写作规范，如"三一律"原则是古典主义戏剧写作的最高规范，但并不是所有时代都遵循的；我们所尊崇的现实主义创作原则，其实只在人类戏剧写作史上占有极小的份额；西方戏剧大体上是分幕分场的，但也有许多剧本是无场次的；我们常说，没有冲突就没有戏剧，这个写作原则在现代西方戏剧则被漠视，许多剧本已找不到对峙与较量的冲突双方了；中国古典戏剧的规范更加严格，我们不叫戏剧而叫戏曲，写戏被称为填曲，合格律和音乐性是中国古典戏曲的最大规范，这套写作规范中国现代剧作家已经没人再去遵从。但是，戏剧写作原则不管如何嬗变，舞台的假定原则是没有改变的。

我们欣赏剧本就是根据剧本的写作原则来欣赏，并不一定要去看这个剧本的舞台演出，因为我们从剧本中得到的审美享受与其他文学作品没有区别。当初曹禺的《雷雨》被巴金发现，并不是从演出中发现的，他直接通过剧本就确定了这个剧本的审美价值。绝大多数剧本是没有在舞台上呈现的，人们更多地通过文字在欣赏与传播，至于这个剧本在舞台上被传播，那仅仅是机缘巧合的幸运事。人们在阅读剧本时，并没有感到任何不适，剧本所传达出来的美感也没有被削弱，有时，一个伟大的剧本被表演出来时，比剧本本身所传递给我们的美感要差得多。笔者看过几个不同的《等待戈多》的舞台演出，没有一出比贝克特的原著给笔者的冲击来得更大，也没有一出带给笔者更强烈的审美体验。所以，剧本首先是用来阅读的，而不是用来演出的。

剧本的独立的文学价值并不容易被人们接受，人们通常以为，剧本就是为演出而创作的，没有被演出的剧本就没有什么价值。黑格尔在《美学》中曾说："我认为任何剧本都不应正式印行，应该像古代那样，把稿本藏在剧场的剧本库里，尽量减少流通。"① 黑格尔是从舞台表演的角度来要求剧本，他并没有看到剧本自身的文学价值，这种价值也是人类文化的一份丰厚的遗产。我们不能设想，世界文学史中缺少了剧本的发展史会变成什么样子？如果人类文化中缺少莎士比亚的剧本又会是什么样子？虽然莎士比亚剧本每天都有人演出，但莎士比亚被人们广泛接受，主要还是在对他的剧本的阅读中。

三 戏剧和文学都属于艺术

戏剧是戏剧，文学是文学，戏剧和文学都属于艺术。戏剧是表演的艺术，文学是语言的艺术。

多少年来，我们一直将戏剧归属于文学的一个门类，文学这个门类下辖四个一级学科：文学、比较文学和世界文学、新闻学和艺术学。这种划分严重混淆了这几个学科的差异性和独特性，没有什么科学性可言，如果一定要划分，倒是应该将文学归到艺术这个门类里去。意大利美学家卡努杜将艺术分裂出七大学科：诗歌、音乐、绘画、舞蹈、建筑、戏剧和电影，其实可以将文学列为广义的诗歌。2010 年，我国将艺术从文学这个门类中分离出来，单独增设了第十三个学科门类，这标志着中国学界和教育界已看到了艺术有其自身的特殊性，从而为艺术的发展奠定了学理的基础。

戏剧是以演员的身体为媒介，面向观众直接表演的艺术。身体在整个戏剧创作中具有特殊地位，剧本创意、导演阐释，最终必须体现为演员的身体艺术，创作者、创作材料和创作成果的"三位一体"成为戏剧创作的鲜明特征。这个身体包括演员的形体、心理和语言，演员的训练归根结底就是身体的训练，世界上产生过形形色色的表演理

---

① [德] 黑格尔：《美学》（第三卷下册），朱光潜译，商务印书馆1982 年版，第273 页。

论，无论哪一种理论都是关于身体的理论，也可以说，对身体的不同看法导致了表演思想、观念和方法的差异。斯坦尼斯拉夫斯基认为演员的表演就是解决心理的问题，解决心理问题的关键是什么？就是信念和真实感，用他的话来说，即"我就是"，因此演员在舞台上不是表演，而是生活和体验。而梅耶荷德则认为，演员最重要的是形体问题，他从心理学家的实验中获得启示，肌肉运动在前，心理活动在后，看到一只老虎，我们先跑了，然后才有惧怕心理，而不是相反。所以，他创造了"有机造型术"以解决演员的身体问题。

而文学（剧本）则是以语言为媒介的艺术，剧作家以对语言敏感的天赋创作出一部剧作，读者在剧中看到的是语言的运用，不同的语言结构与组合形成不同的剧本。剧本主要是诉诸读者的想象力的，读者因此被震撼并受到深刻的启迪。而且剧本中的文字描述，身体是无法表演出来的，我们往往看到同一个剧本，在表演上却有巨大的差异。比如《雷雨》中有这么一句描述："她（繁漪）一望就知道是个果敢阴鸷的女人。"但究竟什么是阴鸷的女人，不同的人会有不同的理解与表现，而且它是人的身体整体上呈现出的一种状态，读者的想象中却是容易建立起这个形象感来的。况且许多剧本根本上就不是为了表演而写的，歌德的《浮士德》、拜伦的《曼弗雷德》怎么去表演？它在本质上是诗。所以，从剧本到表演，从文学到戏剧，必须经由形式转移，也就是从一种媒介形态转换到另一种媒介形态，即由文字书写转到身体动作，这种转换过程也就是艺术的再创造过程。

几千年来，戏剧和文学结下了不解之缘，文学极大地提升了戏剧的品位，丰富了戏剧的表现力，拓展了戏剧的思想深度和人文内涵。我们说到戏剧往往是和一大批伟大剧作家的名字联系在一起的，这些剧作家帮助戏剧树立了一座座巍峨的艺术丰碑。但我们是否可以因此说戏剧是离不开文学的？回答当然是否定的，戏剧没有文学照样存在。然而，文学极其深刻地介入到了戏剧的发展，业已形成了戏剧演变的核心要素，戏剧难以完全离开文学去完成自我建构，这正如物理和数学一样，它是两个学科，物理是独立的，但物理离不开数学。文学不是戏剧发展的障碍，我们不能因为强调戏剧的独特性，而强行排斥戏剧中的文学存在；相反，戏剧因为文学使自身变得更加强大。

（原载《长江文艺》2013 年第 12 期。原题为《戏剧与文学：不离不弃的伙伴》）

戏剧形态与戏剧编剧

戏剧形态是一个比较复杂且深奥的问题，几乎触及了戏剧的一切问题，也是戏剧编剧不可回避的问题。什么是戏剧形态？戏剧形态就是指戏剧的样式、体裁和种类。这个定义是如何来的呢？我们先看看卡冈关于艺术形态的定义，他说："艺术所利用的媒介的多样性决定了音乐、舞蹈、诗、舞台艺术等各种样式的差别"；"摹仿对象的特点造成了我们今天称之为体裁的差别（悲剧和喜剧）"；"摹仿方式的差别在诗歌中导致了后来称为种类的划分——即叙事类、抒情类和戏剧类的区分"①。

这里提及的样式、体裁和种类就是艺术形态学确立的基本规定，卡冈的这个定义又是从哪里来的？是从亚里士多德那里来的。《诗学》在论及摹仿时明确指出了导致其差异的根源所在，"史诗和悲剧、喜剧和酒神颂以及大部双管箫乐和竖琴——这一切实际上是摹仿，只是有三点差别，即摹拟所用的媒介不同，摹拟的对象不同，摹拟的方式不同"②。卡冈的贡献在于他从亚里士多德那里抽象出形态学的核心概念，即从媒介抽取出样式，从对象抽取出体裁，从方式抽取出种类，这种抽象不是简单的名词转换，而是艺术理论的重大提升，完成了一次对艺术从现象描述到理论归纳的关键飞跃。

为什么我们要研究戏剧形态？因为它与编剧的关系太大了，但迄

① ［俄］卡冈：《艺术形态学》，林继尧、金亚娜译，学林出版社 2008 年版，第 12 页。
② ［古希腊］亚里士多德：《诗学》，罗念生译，人民文学出版社 1982 年版，第 5 页。

今为止，极少有人从戏剧形态的角度来研究编剧。笔者从自己的创作中，深刻体会到戏剧形态这个问题太重要了，比如说笔者在写《西望乐山》的时候，最令人犯难的不是情节的设置，不是人物的构建，不是结构的安排，甚至不是对话本身，最使人难办的是究竟要写出什么形态的剧作。写一个现实主义的剧作？这无疑是自己最熟习的，但笔者又不太愿意，因为艺术形式总要有些探索才行。写一个先锋形态的戏剧？这跟自己求新求变的心性比较契合，也跟剧烈变动的时代精神比较吻合，但先锋戏剧在中国是没有扎根的，中国的先锋戏剧只是在形式上接受了西方现代派的外壳，但在精神内核上并没有完成其相应的转换。最后考虑的是，此剧特为了纪念武汉大学成立 115 周年暨西迁乐山 70 周年而创作，如果写成先锋戏剧，大多数人都看不懂，这肯定行不通；如果写成现实主义戏剧，又比较老套了，自己就接受不了。所以最终就做了一个综合的尝试：以武汉大学现在的学生记者团采访为线索，以武汉大学乐山时期的学生合唱团为线索，将两个时代的武汉大学并置在舞台上，从而实现当代武汉大学向乐山时期的武汉大学的致敬与献礼。在戏剧形态上，以现实主义戏剧为情节框架，但主要凸显人物的心理因素，融入当代西方文献剧因素和布莱希特的间离理论，将乐山时期的学生合唱团改装成古希腊戏剧歌队的形式，将现在的学生记者团采访设置成主持人的插入播报，两条线索灵活交织，以教授群体艰苦卓绝的哺育为主体，以学生在烽火中成长为主线，以东方润一家将教授和学生作为典型，真实、生动而完整地呈现了乐山时期武汉大学所创造的中国高教的辉煌。戏剧形态确立之后，人物的设置、结构的安排、情节的组织都十分顺畅地解决了。

戏剧发展到今天，出现了各种各样的戏剧形态，每一种戏剧形态都是一定的社会环境和文艺思潮影响下的产物，社会环境变了，文艺风尚变了，戏剧形态也会随之改变。纵观整个戏剧史，就没有一种戏剧形态是亘古不变的。那么，什么时代会产生什么戏剧形态，或者哪一种戏剧形态适合当今社会？这确实是一个重大的理论与实践问题。所以剧作家必须花足够的心力去研究他的时代，研究这个时代是什么，欠缺什么，需要什么，他必须从戏剧形态上找到他与时代的契合；否则，即使欧里庇得斯或莎士比亚在世，也仍然无济于世。每一种戏剧形态都有自身的特点，在人物选择、结构方式、时空处理、情节设置和对话风格上都迥然不同，不能以荒诞派的方式去写现实主义的戏剧，也不能把浪漫主义戏剧嫁接到直面戏剧中去，否则写出来的东西不伦不类，也与时代风尚格格不入。

当然，也可以自创一种戏剧形态，事实上，伟大的戏剧家或多或少会对戏剧形态有所改变。尽管这个很难很难，需要深厚的社会阅历、敏锐的人生体悟、透彻的人性观察和极高的语言天赋，尤其不可或缺的是对戏剧这种文体的娴熟的驾驭能力，才有可能独创出新的戏剧形态。当然，绝大多数戏剧家都是在前人的基础上，广纳博采，兼收并蓄，一点一点向前推进，创造出不同于前人的新戏剧形态。曹禺就是一个兼容并包的典型，他的戏剧属于心理现实主义戏剧，既不是心理戏剧（如表现主义），也不是现实主义戏剧，索福克勒斯戏剧、奥尼尔的戏剧、易卜生的戏剧这三个方面的戏剧对曹禺的戏剧创作有着深刻的影响。对于初学者，还是要了解基本的戏剧形态和每一种形态的特点与规律，如能对其中的一两种形态有比较深刻的理解与把握，就相当不错了。

一　媒介与编剧样式的确定

我们讲的戏剧编剧，既有戏剧，也有电影，当然也包括音乐剧和舞剧，这些不同的艺术形式，最大的不同在于媒介的差异：戏剧在舞台上通过演员的表演与观众进行现场交流；电影通过电影技术制作成的影像投射在银幕上与观众进行交流。这两种艺术形式是十分不同的，成功的戏剧不一定能拍成成功的电影，这取决于戏剧媒介向电影媒介的转换成功与否。

这个前提就是必须对戏剧和电影两种艺术样式的媒介手段具有深刻理解，伯格曼是最突出的一位，他一辈子执导过七十多部戏剧，导演过四十余部电影，这个成就在世界范围罕有匹敌者，他是一个真正的戏剧电影双栖的导演。而且，他的电影基本上是他自己编剧的，这里就涉及对电影作为技术的媒介的理解、控制和运用。许多一流的导演也是自己电影的编剧：黑泽明、费里尼、安东尼奥尼、波兰斯基、安哲罗普罗斯、阿巴斯·基亚洛斯塔米。为什么要自己编剧，实在是因为电影的编剧必须了解电影媒介与戏剧媒介存在重大的形式差异。一流的电影如果记录下来，形成电影剧本，可能就是个三流的剧本。贝拉·塔尔的电影就是如此，比如《都灵之马》这部影片，你如果把它写成剧本，怎么也写不出花儿来，没有多少吸引力的戏剧元素，第一天只有几个长镜头，28分钟，只有三句台词，整个过程必须通过叙述才能呈现出来，简直是令人崩溃的剧本，但拍成电影就不一样了，电影通过光影，通过移动摄影，通过视角的变化，通过长镜头内部景别的转换，通过凝重而简洁的音乐，将十分冗长的脱衣穿衣、煮土豆吃拍得令人耳目一新，一种我们熟视无睹的日常生活变得陌生起来，高贵起来，让我们领略到生存的价值和意义。从编剧角度来说，戏剧更能展现一个编剧的才华，他可以成为一个剧作家，但电影的作者更多的是导演，编剧并不能独立成为一个作者。

　　即使是同样一场对话，戏剧与电影的处理方式绝对不一样。戏剧对话里就是演员在一个舞台情境里各自说出自己的台词，观众看到的，是他坐的那个位置所看到的，也就是说，是一个单一的视角，当然他可以看到整个舞台，如果他愿意，他还可以特别留心舞台上的某一个演员，乃至某个演员身体的某一局部。这跟看电影不一样，看电影看的全是摄影机的选择结果，观众嚼的是摄影机嚼过的馍，而戏剧中的观看，是一种全视角的观看，映入他眼帘的是整个舞台，观众的自主选择会大得多，虽然观众看的是演员的表演，可他的视野却是整个舞台，所以他看到的表演就是整个舞台情境中演员的表演。那么演员的对话便始终是演员在整个舞台上与另一个演员在说话，是演员在舞台道具设置的环境中说出的与其性格与气质相一致的台词，是一个演员与另一个演员一连串的语言动作的刺激—反应，在这个过程中，有延滞、有急迫、有停顿以及只在现场才可能出现的应激情境。因此戏剧中的对话归根结底是说给观众听的，一个人在说话，另一个人在听并作出反应，而且这个刺激与反应必须与整个舞台场景相协调。由此我们可以得到戏剧对话中的三重位置关系，一是演员与对手的位置；二是演员与道具的位置；三是演员与观众的位置，只有深刻理解这三重位置关系，一场对话才能成为戏剧性的对话。

这种位置关系是戏剧所独有的，在电影中只存在单一的演员与摄影机的关系，观众是假想的，不存在的，演员不是对着观众表演，而是对着摄影机来表演；而且，电影中的环境因技术和手段的介入被瓦解或改变，可以用景别和蒙太奇来处理演员与场景的关系，哪怕演员从来没到过阿尔卑斯山，也可以通过剪辑让他处于阿尔卑斯山中。比如库里肖夫实验中一对青年男女相会于台阶，手指白宫，整个场景全是虚构出来的。电影中演员与搭档的对话也与戏剧迥异，他对摄影机说话比对着搭档说话更重要，而且电影通过景别、反打、特写、空镜头等多种手段来丰富对话，从而削弱了戏剧对话中的刺激—反应的功能，在许多电影中我们甚至找不到刺激与反应的对应关系。如《去年在马里安巴德》开头近八分钟的镜头，喋喋不休的画外音，配着近乎空镜头的建筑与装修的呈现，完全不构成影片内部的刺激与反应。这样，完整的戏剧场景在电影中被肢解、被重构，实际上就是电影空间的被肢解、被重构，进一步说，是演员位置关系的被排解、被重构，这是电影独特的媒介性质导致的。由此带来电影对话表现的丰富性与多样性，而这个工作在相当程度上不是编剧完成的，而是由电影导演完成的，电影编剧只是为电影导演提供他完成电影化的材料。

二 对象的选择与体裁的确立

体裁是对艺术作品的分类概念，如文章的体裁可分为记叙文、议论文、说明文；文学的体裁可分为诗歌、散文、小说、戏剧；戏剧的体裁则可分为悲剧、喜剧、正剧等。这种划分的原则是根据亚里士多德的摹仿对象的特点来确立的，也就是根据戏剧表现对象的不同特点来确定戏剧体裁的样式。如悲剧就是摹仿对象遭受苦难、面临毁灭时表现出来的强盛的生命意志，也就是生命意志与苦难命运的较量，苦难越大，越显出意志强大。

根据摹仿对象的意志程度以及人物与社会或人类的联系程度，又可分为英雄悲剧（《被缚的普罗米修斯》）、命运悲剧（《俄狄甫斯王》、《浮士德》、《等待戈多》)、家庭悲剧(《复仇神》、《厄勒克特拉》、《美狄亚》、《雷雨》)和小人物悲剧(《安娜·克里斯蒂》、《天边外》、《推销员之死》)。作为编剧,必须研究表现对象是什么人?他的环境,他的社会关系,尤其是他们的死所昭示出来的价值体现在哪一个层面?由此可见,即便是同质的表现对象,仅仅因为其意志程度不同也会导致体裁的差异,摹仿对象与体裁的确立之关系可见一斑。那么两千多年来,西方戏剧的摹仿对象经历了哪些变化呢?大致说来,西方戏剧人物经历了神人、巨人、凡人和非人四个发展阶段。

神人。古希腊罗马时期的戏剧人物,笔者称之为神人。所谓神人,既有神的一面,也有人的一面,但神的一面占主导地位。世界范围内,戏剧起源都与巫术、宗教和神话有关,宗教神话题材成为戏剧主要的表现对象。像埃斯库罗斯留存的作品有7部,其中6部取材于神话。索福克勒斯的7部留传下来的作品,全部表现神话题材。欧里庇得斯留传的19部作品,虽然相当多的作品取材于现实生活,但他最好的作品《美狄亚》、《阿尔刻提斯》都取材于神话。越往后发展神话题材的作品在减少,表现现实生活的作品在增加,即使是这样,表现神话题材的作品仍然占有相当的比重,而且更重要的是这一时期的代表作品大都与神话相关。阿里斯托芬是促使神话题材向现实题材转变的第一人,但这种转变不是对现实的歌颂,而是讽刺,是在与神相比和相对的过程中,对现实的批判与嘲弄。而且他的《鸟》也是取材于神话的,这部作品成为他最具代表性的作品。当然古希腊罗马时期的戏剧也有表现现实生活的,但这种表现不构成它们的主体,也不能代表当时戏剧的最高水平。古希腊罗马时期的戏剧人物最重要的不是人,而是神。这些神均取材于古希腊罗马神话,显然具有神的异禀、特异和超越之处,他们是普通人无可匹敌的神,在性格、力量、智慧和意志方面远超普通人。这些神有《普罗米修斯》中的普罗米修斯,《阿伽门农》中的阿伽门农,《俄狄浦斯王》中的俄狄浦斯,《安提戈涅》中的安提戈涅,《特剌喀斯少女》中的特剌喀斯,《美狄亚》中的美狄亚,《阿尔刻提斯》中的阿尔刻提斯和赫剌克勒斯。

巨人。巨人出现于文艺复兴时期,这是一个呼唤巨人并产生巨人的时代。莎士比亚、达·芬奇、米开朗其罗就是这一时代的典型巨人。戏剧的主人公不再是高高在上的神，也非平常凡庸的普通人，是半神半人，是从历史和现实中走上戏剧舞台的人。这种人还残留有神的特性，比如他们的智慧、膂力、业绩远非一般人可比拟，只不过与神人相比，他们多了一些普通人的人性、弱点和局限性。在莎士比亚的37部作品中，没有一部以普通民众为主人公的戏剧作品，有些作品还残留着古希腊戏剧"神"的遗迹，如《暴风雨》就是爱丽儿率领的众仙女，而普洛斯彼罗则是统驭精灵的神人，其他的作品基本上都是表现国王、大臣和贵族。直接表现国王的作品，如《李尔王》、《亨利四世》、《亨利五世》、《亨利六世》、《亨利八世》、《理查二世》、《理查三世》、《终成眷属》、《冬天的故事》、《约翰王》、《辛白林》、《泰尔亲王配力克里斯》、《爱的徒劳》等；直接表现公爵、大将和执政官的作品，如《裘力斯·凯撒》、《麦克白》、《泰特斯·安德洛尼克斯》、《皆大欢喜》、《第十二夜》、《安东尼与克莉奥佩特拉》、《奥瑟罗》、《一报还一报》、《错误的喜剧》、《仲夏夜之梦》等；其他则为直接表现王子、贵族的作品，如《哈姆莱特》、《暴风雨》、《威尼斯商人》、《维洛那二绅士》、《温莎的风流娘儿们》、《特洛伊罗斯与克瑞西达》、《科利奥兰纳斯》、《驯悍记》、《无事生非》等。这些作品中的主要人物大多是威权在握的国王或将军，或者是特权加身的王公或贵胄，远非一般意义上的普通人。他们具有超凡的外貌、品质、智慧、情感和意志，但他们不是神人，也不是凡人，而是巨人。莎士比亚是把他们作为区别于神的人来加以表现的，"人类是多么了不起的杰作！多么高贵的理性！多么伟大的力量！多么优美的仪表！多么文雅的举动！在行为上多么像一个天使！在智慧上多么像一个天神！宇宙的精华！万物的灵长！"这正是莎士比亚对巨人的高度概括，《仲夏夜之梦》是神与人的狂欢，亦梦亦幻，既残留着古希腊戏剧神的身影，又有文艺复兴人性的滋长。《特洛伊罗斯与克瑞西达》是莎士比亚的人物从神人到巨人的转变见证，本来阿喀琉斯、阿伽门农、赫克托、海伦都是古希腊神话人物，但到了莎士比亚这里，他们全都成了人，不再有神迹，而是被充分人性化了的人，特洛伊罗斯和克瑞西达两情相悦的海誓山盟是那样感天动地。从神人到巨人的转变，是人类由天国到人间的重大思想转变，直接促进了人的主体性的觉醒，为近现代西方思维方式和人文主义兴起提供了思想启蒙。

凡人。普通人和现实人，神的一面完全退隐，人的全部现实性、丰富性和复杂性得以呈现。凡人是最像我们生活中的那一类人，生活的柴米油盐、现实的矛盾纠葛、家族的兴衰荣辱、夫妻的爱恨情仇，这些戏剧说的是人间事，道的是人间情。戏剧经过两千多年的发展，终于回到了人世，聚焦于现实生活中的普通人身上。当时涌现出一大批杰出的戏剧家，如果戈里、易卜生、奥斯特洛夫斯基、高尔基、萧伯纳……真实性和典型性是这批现实主义戏剧家普遍遵循的创作原则。易卜生将现实主义戏剧推向了人类戏剧的第二个高峰，他的《玩偶之家》中的娜拉、海尔茂，《罗斯莫庄》中的罗斯莫，《海上夫人》中的艾黎达，《建筑师》中索尔尼斯，《小艾友夫》中的沃乐茂，这些人物深深扎根于现实的土壤之中，环境因素被前所未有的突出出来，包括社会环境以及人与他人、人与自我结成的关系，成为人物性格成长与发展的决定性因素，人物的动机或欲望成为人行为的最隐秘的力量。易卜生创造了一个后人难以逾越的高度，在他之后，现实主义戏剧朝两个方向发展，一是现实主义＋想象，着重于表现人物的精神幻象，可称为表现的现实主义，如斯特林堡、霍普特曼；二是现实主义＋心理，着重表现人物的心理，这种心理主要体现为人在现实关系中的心理感知，可称为心理的现实主义，如契诃夫、奥尼尔、田纳西·威廉斯、阿瑟·米勒、爱德华·阿尔比。

非人。所谓非人，即非现实之人，或异于常人之人。人类戏剧人物从神人到巨人再到凡人，用了差不多两千多年，可从凡人到非人则仅仅用了几十年时间。定义凡人的现实性已不复存在，剧作家通过想象向人的内心深处去发掘，探索人的下意识、无意识、本能和人的精神存在状态。人变成了物，变成抽象物，成为符号，变态人，病态人，畸形人，变成了非人。现代戏剧中极少凡人形象，已被各种各样的非人所取代。较早的将非人作为剧中人物是斯特林堡，他的《鬼魂奏鸣曲》创作于1907年，剧中的挤奶姑娘就是一个幻象，死人为一生前的领事，木乃伊为上校的妻子，这些在现实中并不存在的人却和现实中的人同登舞台，演绎着戏剧史上前所未见的人生故事。1921 年，皮兰德娄的《六个寻找剧作家的剧中人》将六个只存在于剧本中的人物复活，与一帮演职员上演了一出在现实中根本不可能存在的闹剧，颠覆了真实和虚构的界限，剧中的父亲、母亲、继女、儿子等全是子虚乌有的人物。1952 年，贝克特的《等待戈多》中的爱斯特拉冈和弗拉季米尔，他们只是活动的人物符号，剧作家剔除了剧中人赖以生存的环境及在环境中养成的性格，连人物的性别也是模糊不清的，他们完全可以相互替代而不会给剧本带来损害，因为他们只是戴着人物面具的符号而已。1964 年，斯托帕德复活了《哈姆莱特》中的人物，将罗森格兰兹与吉尔登斯特从配角变为主角，上演了一出集荒诞、戏仿与对存在意义的拷问于一体现代戏剧，剧中人物全是《哈姆莱特》中的文本人物，现实性被彻底消解，他们是只存在于想象界的非人。这种非人在 1979 年彼得·谢弗的《上帝的宠儿》中又有新的演变，风言和风语从社会存在变为人物存在，从而将观念态置换为戏剧态，它仍是非人，只是观念态人物。非人的演变并未结束，从 1995 年至 1999 年，短短四年时间里，萨拉·凯恩写出五部惊世骇俗的杰作，《摧毁》、《清洗》、《菲德拉的爱》、《渴求》和《4·48 精神崩溃》，这些戏剧中的人物有向现实回归的迹象，却是边缘人、吸毒者、变态狂、强奸犯和同性恋，性爱、暴力、强奸、乱伦、吸毒、变态、精神崩溃等被直接地赤裸裸地呈现在舞台上，但他们绝不是现实中的普通人，而是存在于内心深处、想象边际与精神裂变中的非正常的人——非人。

戏剧人物从神人、巨人、凡人，直至非人，他是从特定的社会与文化思潮中产生的，带着人类文明从原始向现代演进的文化密码。从神人到凡人，是人类以戏剧的方式从对神的关注向对人自身关注的转变，从神秘思维向理性思维的转变，从外宇宙向内宇宙的转变；巨人只是这种转变的自然过渡，而非人则是这种转变令人匪夷所思的变异，它仍在内宇宙范围之内，是潜意识或下意识对理性思维的反叛。那么，主导这种嬗变的内在驱动是什么？这就是人的感性冲动与理性原则的相摩相荡，相生相克。人类从蒙昧时代进入文明时代，戏剧在古希腊时期发展成熟，戏剧形态得以确立，这个过程就是从感性到理性的过程；当中世纪的理性禁锢严重束缚人的发展时，对人的解放的呼声就会成为时代的强音，从神人到巨人的转变就是这种反抗的结果，促成戏剧形态由古典主义向浪漫主义转变；当浪漫主义的感性奔放变成一种脱离现实的空洞理想时，理性的批判的现实主义便应运而生，由此促发了从巨人到凡人的转变，而现实主义的创作原则逐渐成为理性的规范和教条之后，以非理性的旗帜来反叛、瓦解、冲击、修正理性的戕害成为席卷 20 世纪的洪流，由此导致戏剧形态的深刻变革，凡人迅速被非人所取代。人物的类型和人物的特点不仅是戏剧表现的结果，而且，在相当程度上，它决定了戏剧的表现形态。

必须指出，两千多年以来，戏剧人物出现重大变化，但戏剧的体裁并没有太大变化，大体上仍然是悲剧、喜剧和正剧，过去如此，现在如此，将来恐怕还会如此。只不过可以再进一步分化，如悲剧可分为英雄悲剧、命运悲剧、家庭悲剧和小人物悲剧，这种分化的决定性因素仍然在人物，人物在不同时代的演变促成了悲剧体裁再分化，如小人物悲剧可再分为多余人悲剧、边缘人悲剧等。再如正剧可分为英雄剧、传奇剧和社会问题剧，这些题材的划分也仍然是以人物类型为基准的。由此，我们可以得出一些基本的结论：第一，戏剧的体裁是比较稳定的，这种稳定性是由人的特性决定的，体裁的悲剧、喜剧和正剧（狄德罗称之为严肃剧）都是根据人的情绪特点来划分的，而人的情绪种类两千多年来没有变化。但是人物的变化是巨大的，这主要是因为人物是时代社会文化思潮的产物，时代风尚的急剧变迁必将导致人物类型的深刻演变。第二，戏剧体裁的进一步分化从总体上来看也与人物相关，但不再以情绪为准绳，而是以人物类型、环境和遭际为判断依据的。如悲剧可细分为英雄悲剧和小人物悲剧、命运悲剧和家庭悲剧，而人小物悲剧可细分为多余人悲剧和边缘人悲剧等。第三，悲剧和喜剧是任何时代都有的，而戏剧种类却在不同历史时期会发生显著改变，也就是说，任何戏剧种类都有悲剧和喜剧；戏剧体裁是基本不变的，戏剧种类却在发生代际嬗变，这说明戏剧种类与戏剧体裁没有直接关系。那么是什么导致戏剧种类的演变？这是我们下一节要研究的问题。

三 摹仿方式与戏剧种类

按照卡冈的分类，诗歌分为三类，叙事类、抒情类和戏剧类，这种划分是根据摹仿方式的不同来加以确定的。在戏剧中，戏剧的种类十分繁多，有古典主义戏剧（《熙德》），有浪漫主义戏剧（《阴谋与爱情》、《欧尼娜》），有现实主义戏剧（《玩偶之家》、《北京人》），有表现主义戏剧（《琼斯皇》、《毛猿》、《变形》、《群众与人》、《原野》），有象征主义戏剧（《青鸟》、《沉钟》、《骑马下海的人》）、有荒诞派戏剧（《等待戈多》、《椅子》）。这些戏剧的种类相当不同，它们的差异既有表现内容上的差异，也有表现对象上的差异，但更主要体现在形式上的差异，在写作过程中，不能把现实主义的戏剧手法用在表现主义戏剧上，否则就会导致戏剧风格的紊乱。

这里必须探讨两个问题：每种戏剧种类的构成要素是什么？是什么决定戏剧种类的要素？构成戏剧种类的要素有很多，如戏剧情境、戏剧场面、戏剧人物和戏剧动作，但这是任何一出戏都具有的要素，它们并不能区分出戏剧的种类；还有一些要素，如性格、情节、悬念、冲突、命运等，它们只存在于某一种类的戏剧中，而另一些戏剧则完全不具备这些要素，但它们也同样能形成某一种类的戏剧。也就是说，某一戏剧之所以被称为某种形态的戏剧，是因为这些戏剧具备其他种类的戏剧所没有的要素。古典主义戏剧之所以被称为古典主义戏剧，是因为它们符合戏剧的"三一律"原则，即时间整一、地点整一和情节（行动）整一，而不符合"三一律"原则的戏剧则被排除在古典主义戏剧之外，而且，古典主义戏剧这个概念是有时间性的，即使现在某个剧本符合了"三一律"的原则，但因为它是现代创作的戏剧，如《雷雨》也遵循了三一律原则，就不能称为古典主义戏剧。现实主义戏剧，也同样有自己的内涵，首先它必须是反映现实的，或者是社会生活，或者是社会心理；其次，它还必须遵循真实性和典型化的原则。即使是现实主义戏剧，也有许多变种，因批判地表现现实的，为批判现实主义戏剧，如《钦差大臣》；因诗意地表现现实的，为诗意现实主义戏剧，如《原野》、《大荒野》；因表现人物在现实中的心理历程的，为心理现实主义，如《进入黑暗的漫长旅程》。如此看来，决定表现主义戏剧的要素，一是幻想，这个幻想不同于浪漫主义戏剧中的想象，而是植根于精神领域的怪异冥想；二是夸张，夸张是对突出特征的张扬，尤其在表演上，从动作、化妆、台词、语气和语调全都是一种强调式表演；三是变形，这主要体现在舞台美术设计上，在光影、形状、构图上是扭曲的。在《卡里加里博士的小屋》和《大都会》中，这些要素得到了天才般的运用。而荒诞戏剧则是荒谬的、玄思的和抽象的，这种荒谬不是某一具体的乖谬的生活情境，而是人在世界之中的整体的吊诡的存在状态，它必定会将人的生存逼迫到一种形而上的高度去拷问。而诸如情节、性格、悬念、冲突、想象、心理等戏剧要素，在荒诞戏剧中全然是多余的。最后，决定一部戏剧属于某一种类的因素，不是那种一般戏剧的共通要素，而是某些特定要素，这些要素只在同一种类的戏剧中存在，由此形成某一种类戏剧的质的规定性。

从上文分析可见，戏剧情境、戏剧场面、戏剧人物和戏剧动作，它们只是戏剧作为媒介的一般构成要素，而决定戏剧种类的要素却是某些特殊的摹仿方式，也就是说，不同的戏剧种类是由特定的摹仿方式决定的。当然，这个特定的摹仿方式必须在戏剧样式的前提下才能成立，比如超现实主义的艺术作品，它们都有一些共同的特定的摹仿方式，但决定其是戏剧，或电影，或绘画的要素却不是摹仿方式本身，而是其不同艺术形态的样式和体裁。那么，这个特定的摹仿方式如何理解？从根本上来讲，特定的摹仿方式是一种特别的看待世界的方式，也就是剧作者对世界的总体看法，但光有总体看法是不够的，小说也有对世界的总体看法。这总体看法必须转化为戏剧的看待世界的方式，而且从戏剧种类而言，还必须转化为特定的摹仿方式。比如"三一律"原则，在古希腊时期已有了萌芽，亚里士多德至少提到了时间整一和行动整一，到了古典主义戏剧，将地点整一整合进去作为严格的创作原则，这反映出戏剧家们对创作原则的自觉归依，体现为对理性、规范和秩序的追寻，这个创作原则与当时整个社会对理性主义的遵从又是吻合的。而浪漫主义戏剧则是对古典主义戏剧的反叛，国家民族意识的觉醒与狂飙突进是时代的最强音，浪漫主义戏剧则选择了理想、激情和想象来冲破古典主义的理性与规范的桎梏。所以，某一种类的戏剧摹仿方式体现为某些特定的创作原则，这一原则又是与特定时代精神高度契合的。

至此，我们可以得出一些基本的结论：第一，决定戏剧种类的要素是符合某一时代精神的特定的戏剧观念，而这种戏剧观念又往往体现为一定的戏剧创作倾向和创作方法；创作倾向和创作方法才是戏剧种类的决定性要素。比如现实主义戏剧的创作倾向就是真实性与现实性，其创作方法为典型化和性格化，在典型环境中塑造具有典型性格的人物形象，剧作家的功力在于观察并捕捉富有特征的细节。这种创作原则是一整套的创作理念，为现实主义戏剧所独有的，构成现实主义戏剧特定的摹仿方式。第二，戏剧种类是不可逆的，戏剧发展的历史表明，没有任何一个戏剧种类是永远不变的，所以不能幻想创作出一种适合所有世代的戏剧种类；戏剧体裁是相对稳定的，但戏剧种类永远在演变，这种演变与体裁无关，而与时代风尚有关。这就要求剧作家扎根于时代，成为时代敏锐的风向标和敏感的温度计。第三，戏剧种类不能被另一时代所复制，但戏剧种类的变化仍然会吸取以前戏剧种类养料，随着新时代的发展而产生变异。如我们在前文中指出的，现实主义戏剧采取批判的立场，会形成批判现实主义戏剧；着力于心理的审视，会形成心理现实主义戏剧；致力于诗意的营造，会形成诗意现实主义戏剧。每一种新的创作理念的介入都会促使现实主义发生变异，形成新的不同于以往也不同于其自身的戏剧种类。第四，戏剧种类形成之后，会对摹仿对象的表现产生深刻影响。虽然所有戏剧都在表现人，但不同戏剧种类中的人物迥然有别，从神人到非人演变的轨迹清晰可辨，那就是从外到内，从外在世界到内心世界的掘进过程。人物一旦进到内心世界，一个新宇宙就此打开，呈现出前所未有的纷纭、复杂、怪异的心理图景，从外形上，我们很难找到现实世界人的特征，因为 20 世纪戏剧的人物与其说是人，不如说是一种情结、一种心理、一种心灵、一种精神的外化，它仍然是活动在舞台上的人物，但已不是人。这样的人物看起来十分陌生、怪诞、诡异、扭曲、神秘和变态，因为它们是心灵波动与交织的结果。

小结

戏剧形态与戏剧编剧关系密切，选择怎样的戏剧形态，决定了编剧采取什么样式、体裁和种类。戏剧样式由媒介手段所决定，两千多年来，戏剧的媒介手段没有实质性改变，这是戏剧区别于电影和其他艺术的根本。戏剧也在借鉴其他艺术样式的媒介手段，戏剧借鉴舞蹈的媒介手段就成了舞剧，借鉴音乐的媒介手段就成了歌剧，借鉴哑剧的媒介手段就成了肢体剧，随着时代的发展，不少戏剧引入电影的媒介手段，这多少会改变戏剧样式，当然还无法改变戏剧的根本性质。两千多年来，戏剧人物发生了巨大变迁，从神人，到巨人，到凡人，到非人，但戏剧体裁的分类没有太大变化，决定体裁分类及其细分的依据是人物、情绪和人物类型，如悲剧、喜剧和正剧就是根据情绪特点来分类的，如果对悲剧和喜剧进一步细分则无关情绪，而与人物类型相关。与戏剧体裁相对稳定比较，戏剧种类则是不断变化的，而且是不可逆的，每一戏剧种类都是特定时代戏剧观念的产物，其中创作倾向和创作方法对戏剧种类具有决定性意义，新的戏剧种类的产生是承继此前戏剧种类基础上创新的结果。戏剧种类形成之后，会对戏剧人物的刻画产生深刻影响。

（原载《北大艺术评论》2016 年第 1 辑）

第四辑

影像阅读与影像感知

影像阅读是生活阅读的延续……人们看电影，然后谈论电影，但我们谈的电影已不是看的那个电影，而是电影与我们相遇之后，电影被我们意向性地给予的东西，由此形成影像感知。影像感知既不是观众，也不是电影，而是观众与电影相遇后形成的全新的东西。全部世界的奥秘即在于此。

电视语境与戏剧困境

毋庸讳言，戏剧在电视所构建的语境中正陷入前所未有的困境，观众的热情在减退，演出队伍在流失，剧团在苦苦支撑，剧场正空前的寂静……戏剧工作者在咀嚼从未有过的尴尬、无奈和悲哀。没人看戏，更没人买票看戏，甚至送票也送不出去，真是愁煞风雨愁煞人！难道我们的时代真的不需要戏剧？或者戏剧因素已是明日黄花？戏剧真的将随着 20 世纪的终结而终结？

一 戏剧的时代化

戏剧总是随着时代的变化而变化，从南戏到北杂剧，从清地方戏到文明戏，从样板戏到歌舞剧，绝没有一成不变的"戏"。一个剧种或一种戏剧形式始终受制于一定的社会环境及相应的审美需求，不同的时代产生不同的戏剧，不同的观众选择并造就不同的戏剧；表面上是剧作者在创作一部戏，实际上是一定的社会环境和一定的观众群在左右某一剧种的形成和发展。中国现代话剧的产生就是时代的产物，如果没有五四运动的思想解放和白话文的兴起，没有欧洲戏剧思想和形式的传入，由洪深命名的"话剧"便不会在中国诞生；广场剧和活报剧，就是适应中国战争需要所产生的剧种，因为这两种戏剧都受舞台和剧场条件的限制，迅速地反映时事以及灵活的演出形式的特点是与特定时代环境条件相一致的；同样，广播剧也是适应广播时代的特点而产生的新剧种，它是用对白、音乐和音响效果来塑造听觉形象和刻画人物的。所以每个时代有每个时代的戏剧，它是时代的新精神和新风尚在敏锐的作家身上的具体体现，艺术家的创造力就在于他对这种新事物新气象的准确理解和及时把握上，人为地变化或人为地不变化都是违逆时代的，必然会导致整个戏剧艺术的式微。

我们目前所处的时代就是媒体时代，即以市场为中心的电视—电脑网络时代，其总体特点是：第一，高度发达的精密和尖端的科学技术，已成为社会进步和发展的标志与发动机，由此而导致理性、冷漠和技术化的出现；第二，物质和信息的极大丰富，孕育出空前的市场规模，利益驱动、利益交换和利益共享成为全社会共同遵循的原则；第三，构成性的体制化社会，即它不是自然生成的，而是命名式的和建构性的，我们是先有了市场经济理论，然后才有了市场经济现实的，每个人必须按照社会的结构和要求来塑造自己，否则便找不到生活的位置；第四，个体化的消费趋向，广场式和狂欢式的消费方式已经终结，人们退回到自己的居室和内心深处。总之，人类从来没有像现在这样真正处于日新月异的变化之中，科学技术不仅创造着新的物质，而且也创造着新的生活方式，它已成为新时代所有艺术不可回避的切入点，甚至可称为基础，它正与绘画、电影、建筑、音乐诸种艺术形式达到新的更深的结合。物质和信息的丰富导致艺术选择的多样性，市场所带来的交换原则和经济原则正渗透到艺术领域中，没有一件艺术品不是商品。体制化的直接结果便是社会结构的重组，无论是艺术家还是艺术品都必须纳入到整个社会的结构中去才能生存和发展。个体化的消费方式造就了新的观众群和新的欣赏方式，反过来又影响艺术的生产。

时代变化越深刻，戏剧的变化便越剧烈。面对时代的变化，戏剧该作出什么反应？或者已经作出什么反应？戏剧是伴随着人类社会的发展而诞生的，也就是说，戏剧这种艺术形式满足了人类社会在一定发展阶段的艺术需求，人类需要在一种艺术形式中观察、批判、揭露、安慰和赞美自己，在一种既是自己又不是自己的艺术中维持距离地审视自己，这便诞生了戏剧。而今电视、电脑和网络的出现已动摇了人类欣赏戏剧的基础，戏剧的中心是舞台，古希腊的圆形剧场，古罗马的椭圆形剧场，中世纪英国的帐篷式剧场，19世纪末20世纪初的小剧场，都是以剧场为中心的，即便后来所谓的推倒"第四堵墙"运动也仍然是以舞台为中心的，舞台规定了戏剧的表现形式，"三一律"就是适应舞台而出现的戏剧原则，而且舞台还规定了观众的审美方式，那是一种集体狂欢式的欣赏，观众必须从 A 处到 B 处去欣赏，这个过程是从家居走向社会的过程，从而形成欣赏的社会化与公众化。而电视的核心是镜头，观众所看到的一切是镜头所看到的一节，虽然电视里也有舞台，但这舞台已主要不是为欣赏所设置的，而是为镜头所设置的，因之就失去了舞台所特有的现场感，电视也有现场直播，但这并不等于现场感，它看到了一些场景的同时也忽视了一些场景，而且这场景是摄影机选择的，观众只能被动地接受，与舞台的现场感不可同日而语。不过观众从此无须走出家居就可欣赏，这便把观众从社会拉回到家居。然而戏剧一旦失去观众，它就难以继续发展了。但这是否意味着戏剧走到了尽头？事件并非如此简单。既然戏剧是伴随着人类的社会生活产生的，它就不可能因为电视的出现而轻易终结，其中有两个东西仍然存在，一是作为戏剧的戏剧元素依然存在，只不过它的表现方式发生了改变；二是人类的审美方式"观看"仍然存在，只不过"观看"的形式发生了改变。这是戏剧适应新的社会现实而发生的嬗变，它变得如此迅速而猛烈，以致产生戏剧理论的失语和戏剧实践的举步维艰。

那么戏剧究竟发生了哪些变化？概而言之，与技术化时代特点相一致，戏剧已电视化，由此而导致戏剧结构和表现形式的变化，继而导致审美方式的变化，下面笔者将给予详细分析与探讨。

二　戏剧的电视化

首先笔者想从一出新戏开始探讨。这便是岁末年初由湖北省京剧团上演的《粗粗汉靓靓女》，这出戏从武汉演到了北京，获得不少观众特别是青年观众的喜爱。它究竟是一出什么剧？恐怕是观众首先碰到的一个问题。虽然在剧本上赫然标示着这出戏的性质——新编大型现代京剧，然而从创作实践来看，它至多表明，编导演与京剧（也许还有戏曲）可能存在着深厚的渊源关系，并不能向观众证明它就是京剧，京剧自有它特定的唱腔和念白，同时也不能说它是现代京剧，现代京剧是传统京剧唱腔和话剧与现代生活的结合，然而这出戏除此之外，还有大量的荆州花鼓戏和现代舞，甚至还有流行的音乐剧，它不是这一切，但又是这一切的结合，就像中央电视台一年一度的春节联欢晚会，什么都有——小品、相声、歌舞、京剧、地方戏、杂技、魔术……一切中国老百姓所喜闻乐见的艺术形式，应有尽有，百花争艳，共同装点着、构成着中华民族这个超级大国的传统节日。《粗粗汉靓靓女》就具有这种晚会的性质，笔者称这种戏为"晚会剧"，这是在中国土地上第一次出现的崭新剧种，尽管它还有这样或那样有待完善的方面，但它无疑是戏剧界在痛苦的暗夜中所寻找到的一抹曙光。

　　笔者以为，这是目前戏剧受到电视挑战后从电视那里所习得的第一个成果。应该说，这出戏敏感地触及到了戏剧的一系列重大的理论问题和实践问题，触及了戏剧的生存与发展的根本问题。戏剧日益严峻的局面本身就是对戏剧工作者艺术才能和勇气的巨大考验，无所作为、因循守旧、得过且过、无可奈何的思想和观点，都会使戏剧这一延续了数千年的艺术形式不再薪火相传。改革与创新是戏剧发展的唯一出路。因此，笔者要对艺术家的良知与勇气表示高度的钦佩，这表明我们的戏剧工作者还在存活着、冲动着、思考着，也在创造着，而这正是戏剧最可宝贵的源泉和希望。同时，笔者不认为这出戏取得了多大程度的成功，但这并不妨碍它具有重要的探索和实验的意义，这意义在于它能直面电视及其所受到的影响，这倒不是指它采用了电视的表现手段，如蒙太奇、淡入淡出、画面并置等，而是指它对电视的结构与审美功能的关注与热情，电视从戏剧那里吸取了太多的东西，现在是戏剧反过来向电视吸取的时候了。

　　前文已述，今天的戏剧已不再以剧场为中心，而是以电视为中心，屏幕成为公众关注的焦点。一方面戏剧在日益严重地萎缩和萧条；另一方面戏剧元素正悄悄地转移成新的艺术形式在吸引着观众。观众到哪里去了？到电视那里去了。小品是什么？小品就是戏剧化了的收视率极高的《编辑部的故事》和《我爱我家》，严格地说，也是拖长的一幕又一幕的室内剧。再看看中央电视台的综艺频道（3 套）和文艺频道（8 套），还有那些深受观众喜爱的栏目，如"综艺大观"、"曲苑杂坛"、"梦想剧场"，这些不都是由歌舞、小品、相声、话剧、戏曲、魔术、杂技等文艺形式所组成的？特别是"春节联欢晚会"，更是对各戏剧表演种类的盛大检阅，所有的戏剧种类在这个晚会上变成了奇异的花朵竞相怒放，每年欣赏这台晚会的观众达数亿人次，而确保晚会对观众吸引力的东西不是别的，正是"戏"，是"戏剧元素"，离开了这些元素，"春节联欢晚会"便彻底地没"戏"了。即使是非文艺类栏目，如"新闻"、"广告"，同样也离不开表演、舞美、灯光等戏剧元素，相当多的广告就是一个个戏剧性极强的戏剧片段，从广告词的撰写，到演员表演，到舞美设计都是至为讲究的，虽然绝大多数人都不是为了看广告才看电视的，但谁又能否认他记得一些广告词呢？谁不记得巩俐、刘晓庆、陈佩斯、冯巩的广告表演呢？可见观众并不是不喜爱戏剧，而是以一种新的方式在喜爱。

戏剧已经电视化了，这首先表现在戏剧的各种元素已分解在电视的各种节目中。在戏剧里各种戏剧元素是一个整体，它们服务于一定的戏剧形式，具有其自身发展的逻辑性和方向性，京剧就是由特有的唱、念、做、打所构成，日本的歌舞伎则不同，场上人物只表现动作和念白，歌者从旁伴唱。每个戏剧品种都是在人类特定的社会生活中形成并演化出来的，因而都具有鲜明的时代和地域特征，而不同的戏剧元素结合在一起就构成了不同的戏剧，满足着不同地区与时代观众的审美需求。而电视是面对所有观众的，通俗化、大众化和广泛性是它的显著特征，虽然所有的电视节目从理论上来说都是面向一定的观众群的，但从整体而言，电视的基本特征并没有本质的改变。

和戏剧一样，电视里也有表演，但这种表演已被电视化了。戏剧的表演是受制于舞台的，它必须使第一排观众和最后一排观众都能欣赏到演员的演出，因此，演员表演的动作幅度是很大的，是某种意义上的"装腔作势"（不是贬义），演员的声音和动作都被夸张了，但由于有舞台的情境规定，观众已把这种演出作为一种风格来加以接受。然而这种风格出现在电视中就变得不可容忍，电视是以摄影机的真实性来作为它的审美规范的，这就要求演员的表演自然而且真实，也就是生活化，他的举手投足严格遵循着生活的逻辑，开门就是开门，骑马就是骑马，像京剧中的开门和骑马是由一套"程式"表演出来的。电视节目主持人是"表演"最少的人，他在镜头前已不是他真实的自我，而是一个"角色"。因而也是一个演员，他的服装和化妆都应与他主持的节目相亲和，而且是极讲究的，但在效果上应做到自然得体，仿佛没有讲究一样。

更重要的是，电视中的"戏"与"剧"是"结构"出来的，电视由一个个的板块组成，每一板块之间并无必然的逻辑联系，这种拼接组装与摄影机的特点相一致，切、换、淡出、淡入、蒙太奇等都是一个个部分，一种种"零件"，需要进行组装才能构成一个整体，所以电视的每个栏目是拼接而成的，整个的电视节目也是拼接而成的。而戏剧则与此不同，戏剧是一个相对集中的整体，它所要反映生活的本质必然使其应遵循生活的逻辑，它与现实生活具有严格的结构上的"同源性"。戏剧中的人物，情节、主题、表演、歌舞、台词、化妆、道具、布景、排演、舞台、音响、舞美等是在戏剧的历史发展中逐渐形成的，它们既是戏剧的元素，又是戏剧的某种表现手段；电视把它们借鉴过来，并不是为了排演一出戏，而是构成一部电视片，所以它们在电视中只是一个个部件，是结构的要素，它们只有在这种结构中才具有意义。电视的这种结构性，是建筑在工业化社会的基础之上的，这个社会是理性的、建构性的、体制化的、命名性的。电视自然也打上这一社会的全部烙印。总之，电视受到了戏剧的重要启示和影响，它借鉴了戏剧的多方面的因素，而且依据它自身的特点对这些因素进行了改造，使之成为充分电视化的元素，它从戏剧中来，但又不是戏剧，观众欣赏的也不是戏剧，但又欣赏到了其中所蕴含的戏剧化的要素。

三　审美的屏幕化

戏剧电视化最根本的一点就是审美方式的变化，观众从舞台转移到电视屏幕前，从社会回到家居，由此而导致观众的大量流失，不是观众不爱戏剧，而是他们可以很方便地欣赏到戏剧，或者以一种新的方式欣赏戏剧，戏剧已变成各种各样的形式在持续吸引着观众。所以戏剧的危机只是剧场的危机，戏剧本身却在长足地发展，而且比以前任何时期发展得更为迅猛，但是剧场的危机，却是最根本的危机，在市场面前，没有观众就意味着没有票房，没有票房意味着失去了经济支撑，当一个剧团或一个剧种仅仅依赖某种行政手段或人的主观意志来维持时，那戏剧的末日就将来临了。多少年来，我们讲要"振兴京剧"，"振兴戏曲"，着急的是政府官员和戏剧人，观众不急也不理，他只管消费而不管生产，他没有相应的艺术欣赏准备和艺术责任，观众失去了，戏剧又何以"振兴"？因此我们必须研究观众，研究他出人意料的审美心理和审美方式。那么观众及其审美因素发生了什么变化呢？

首先，戏剧的环境因素发生了变化，使得艺术属性也发生变化。千百年来，戏剧一直处于无竞争的一枝独秀的状态，19 世纪末出现了电影，20 世纪 30 年代出现了电视，20 世纪末又出现了电脑，电影、电视、电脑的出现极大地改变了戏剧的生存环境，特别是电视和电脑内容的丰富多彩与包罗万象，导致了人们艺术选择的丰富性和复杂性，这又反过来影响了每一种艺术在人们心目中的分量，也就是说，没有哪一种艺术是至高无上、不可替代的。艺术正失去了往日的尊严和荣耀而成为一件消费品，戏剧只是无数消费品中的一种，戏剧的商品属性与非商品属性纠结在一起，使人们不能真正占有戏剧，由此而导致人们在心理上远离戏剧。这便是艺术品向消费品沦落的结果。其次，戏剧是舞台艺术，人们从四面八方汇集到舞台周围来欣赏戏剧，观众的欣赏是公开化和公众化的，他的眼泪和欢笑既是他自己的，也是大众的，而且他还必须受到剧场氛围的约束，不能为所欲为地从事与欣赏无关的活动，不能随意走动、喧哗与嬉闹，他来到剧场也就意味着他接受了剧场的规则，剧场是静穆而庄严的，人们往往像赶集一样整装出行，即使在今日，一些西方国家仍然保留着"盛装观剧"的传统，所以剧场的欣赏是仪式化的、庆典式的。而电视则把现代人从四面八方吸引到屏幕前，社会化的欣赏方式被个体化的欣赏方式所取代，没有了剧场的管束，现代人是放松的，也是自由的，他的眼泪和欢笑都在他的身体许可的范围之内，只要他愿意，他坐着、站着乃至躺着都可以欣赏，他可以边吃边看或者边说边看，这就决定了他的欣赏不再是仪式化和庆典式的，远离了严肃与崇高，而是生活化与世俗化的，生活并没有因为他的欣赏活动而中断，生活与艺术活动已融为一体。同时它也使电视的欣赏质量受到极大的削弱，所以从欣赏的角度而言，电视在数量上赢得了观众，戏剧则在质量上赢得了观众。

在没有电影电视的年代，观众可以长久地欣赏一出戏，戏剧因此能够得到自由而完整的艺术展现，这也就保证了观众欣赏艺术的完整性，观众的审美心理和耐力经受了锻炼，"好戏还在后头！"这在客观上培养了观众对戏剧艺术的理解力和鉴赏力。而今观众是在家里欣赏，除了亲人的干扰，还有朋友的拜访以及电话的骚扰，种种不确定性的因素都使得任何一次欣赏变得不那么完整，形成了一个个欣赏的"碎片"，即使是再好看的电视连续剧，也因为种种原因变得支离破碎。观众的审美力在一次次的"中断"，得不到系统滋养，他们对艺术的耐性也在急剧下降，某个剧只要稍微有一点不"抓"人，他们便会转换一个频道，再转换一个频道，直到某个节目的感觉符合他的心理需要。所以观众是以某种感觉来选择节目的，这便形成了欣赏过程中的无目的性、随意性和盲目性；这与欣赏戏剧是很不相同的，观众到剧场只有一个目的，便是欣赏戏剧，正是这一信念促使他能完整地欣赏到一出剧，久而久之观众的鉴赏力就得到了培养和提升。

四　结语：危机与出路

戏剧已逐步电视化，戏剧的危机是其电视化的一个结果，从前文的分析已可见出，这场危机的实质是以舞台为核心的危机，即观众的危机，戏剧及各种戏剧元素仍然存在。那么戏剧该怎样面对这场危机呢？或者戏剧的出路在哪里？

既然戏剧的危机之一来自电视化，那么戏剧的出路也可以在电视化方面去寻找，戏剧如果不谋求与电视的结合，那么这场危机无疑会进一步加深。事实上，戏剧已经做了大量的电视化工作，如将一出戏直接搬到电视里，由电视台向千家万户播放，京剧如果不是电视的长年累月的"支持"，可以想象到剧场去欣赏京剧的人可以数得出来，这些工作都是初步的，并不能从根本上化解戏剧的危机，戏剧的根本危机是观众的危机。

1999年年初，笔者在武汉话剧院看了一出戏《春夏秋冬》，和绝大多数观众一样，笔者看得泪水涟涟，好几次都快忍不住了，差一点就要失声痛哭起来，这是笔者看电视剧从来没有的情形，这说明我们有不少好的戏剧，但要观众去剧院看戏，这种可能性不大，不是戏不好，而是路太远、票太贵、太费时间。由此，笔者想到戏剧的出路问题，戏剧如果不与电视结合，那是没有出路的，剧团排演了一出戏，首先想到的不应该只是舞台，还应该想到电视屏幕，还有比电视屏幕更有吸引力的"舞台"吗？我们应该确立这样的信念，戏剧与电视不是对立的，电视就从来没有排斥过戏剧，反过来戏剧应善于把电视观众作为自己的观众，从电视的发展中获得自己的发展，从电视这一媒体形式中去发展，从电视的启示中获得发展。

电视给戏剧的最大启示也许是它的通俗化与大众化，那就是面对最广大的观众，而不是少数的票友、同人、评委和政府官员，这是戏剧多年来一直没有解决好的一个问题。以京剧为例，它剧目繁多，流派纷呈，本来是件好事，但也是件坏事，那就是越来越精细化，越来越专门化，那唱词那台步那身段那念白都积淀了太多的历史内容，除了圈内人士，广大观众莫名其妙不知所云，当然这种专业化更多的是历史形成的，在某个时代是通俗的，可在另一个时代则成了专业的，但不能因此强迫观众如业内人那样去训练、去接受历史，更不能以此去贬斥观众。面对最广大观众的另一个意思就是面对他们的生活，京剧的才子佳人帝王将相太多，真正意义的现代京剧太少，历史太多，现实太少，继承太多，创新太少，广大观众现实的喜怒哀乐在京剧中找不到可以宣泄的渠道，他能喜欢吗？所以戏剧除了要有一种专业的眼光，还要有一种大众和现实的眼光，更要具备将专业眼光变为大众和现实眼光的胸襟和能力。

还有一个启示：戏剧应该保持自己的特色，确立电视所不可取代的优势，任何一种艺术的存在与发展都必须以它的特殊性为前提。戏剧最大优势在于它是活生生的人与人之间的交流，这种交流既有思想上的撞击，也有感情上的共鸣，那里有任何精彩的电视节目所不可企及的现场感。电视的现场直播面对的是想象中的观众，它真正面对的是沉默不语的摄影机，是机械及其物质属性，它只是表演者在舞台上的自言自语，物质只能记录演出，并不能对演出本身作出即时的反应。而戏剧面对的是有思想有感情的人，各种不确定的可能性潜藏在舞台下面，观众的掌声和欢笑制造着一种特殊的气氛，既影响着演员，也感染着其他观众；伟大的演员甚至能感到观众心脏的律动，听到眼泪飞溅的声音，这本身就是一种语言，自然会影响到演员的表演，从某种意义上来说，它也构成了演员表演的一个部分。稍有经验的演员会感到此时此地和彼时彼地的演出是不同的，同样是欢笑和掌声，但它所反映出的修养、气质与境界，却存在着差异，一种微妙的但分明存在的差异，演员与观众共同创造着也分享着其所带来的满足与欣慰。所以说戏剧是真正与观众一同生长着的。戏剧是强大的，电视不从它那里吸取营养就不能发展，可电视更强大，戏剧不反过来从它那里接受启迪就难以生存。

（原载《戏剧》1999 年第 2 期）

电影史中的电影大师

　　电影大师笔者主要指的是对电影发展作出过卓越贡献并产生过重大影响的导演，如格里菲斯、爱森斯坦、奥逊·威尔斯、雷诺阿、卓别林、黑泽明、特吕弗、戈达尔、伯格曼、安东尼奥尼、费里尼、帕索里尼、阿仑·雷乃、库布里克、布努艾尔、塔尔科夫斯基、法斯宾德、大卫·里恩、文德斯、斯皮尔伯格、卢卡斯、基耶斯罗夫斯基、阿巴斯·基亚罗斯塔米……当然，电影史即使没有这些大师也是可以存在的，不过那只能是一般电影作品、导演和事件的记录；电影大师则改变了电影史的发展方向，他们才是电影史的核心构架。笔者提出"电影史中的电影大师"这个概念主要基于如下理由。

　　一部电影史可以浓缩为电影大师的历史。电影大师的出现一方面是对此前电影的概括，他凭借其天才和智慧将此前的电影集于己身；另一方面他的作品往往会引出一部新的电影史，他的经验与创造将成为新的电影大师的灵感源泉。一句话，所谓电影大师就是继往开来。所以我们看到的电影史是电影大师之间彼此辉映的历史。

　　让导演明确自己在电影史中的位置，确立电影史意识。如果他的作品不能上升到与电影大师对话的高度，便会被电影史无情地湮没。确立电影史意识的另一个含义就是为电影史而拍摄，电影发展至今，有许多种拍摄方式：为自己、为社会、为宗教、为政治、为金钱、为欲望、为娱乐……笔者倡导为电影史而拍摄。

　　中国电影发展已经百年，但中国电影缺少世界级的电影大师，或者说中国的电影导演在世界电影史中只占据很小的分量。这与中国在国际舞台上的地位不相称，随着中国全面地融入国际大家庭，中国电影应该更多地被写入世界电影史。这就需要中国电影导演自觉地研究世界电影史的发展规律和表现形态，理性客观地估量中国电影已经取得的成就和存在的问题，把自己塑造成电影史中的电影大师。

电影大师是各不相同的，每个人都有自己的表现风格、思想观念、关注对象和拍摄技巧，并在各自的领域为电影史的发展作出了独特贡献。但既然他们都称为电影大师就必然有作为大师共同的东西。那么成为电影大师的基本条件或要素有哪些？笔者将在电影史的框架下给予初步探讨。

一

在电影史上，凡称得上电影大师的导演都有自己的电影风格。电影风格是一个导演相对稳定的创作倾向、创作对象与创作方法。卓别林电影机趣，黑泽明电影诗性，伯格曼电影多思，布努艾尔电影隐晦，阿仑·雷乃电影知性，基耶斯罗夫斯基电影沉郁，法斯宾德电影残酷，塔尔科夫斯基电影凝滞，文德斯电影深沉，戈达尔电影灵变，大卫·里恩电影完美，费里尼电影夸张，阿巴斯电影朴素……笔者的这些概括仅是对一个导演整体风格的判断，并不是说他们之间没有共通的地方，也不是说他们的影片没有阶段性，相反，他们的影片也构成了一部个人生活与艺术的历史。但只要是一个电影大师，他就必然有作为大师一以贯之的独特要素存在，而风格就是他的影片所反映出来的整体、主要、根本的东西，是与其他要素相比要更强烈和更鲜明的东西。笔者之所以要强调一个导演的创作风格，是因为这是一个导演成熟的标志。如果一个导演所拍出来的一系列影片在整体上还无法贯穿起来，哪怕他拍出了很好的影片，那就说明这个导演还处在创作的探索期和形成期，他还没有找到属于他自己独特的视听语言，当然也就没有形成他自己的风格。

风格即个性。衡量一个导演有无风格，就看他的电影有无个性。个性就是独特性，独一无二性，不可重复性。如果他是一个电影大师，那么这个性就表现为不可模仿性。卓别林的电影之所以空前绝后，就在于他的表演不可模仿。任何对卓别林的模仿或者是生硬的或者是拙劣的，模仿得越是惟妙惟肖，就越摆脱不了卓别林的阴影，因为卓别林的存在本身就是对任何模仿的拒绝。所以个性又具有排他性。伯格曼也是不可模仿的，他的影片就是电影中的哲学，无论是《第七封印》、《野草莓》，还是《冬之光》、《犹在镜中》、《沉默》，抑或他后期的《喊叫与耳语》、《芳妮和亚历山大》，他都在用电影的语言来思考哲学问题，他的每一部影片就是一连串的反思，怀疑、否定和批判成为他的电影的基本精神特质。不仅如此，他所思考的主题也是哲学思考的母题：人与上帝的关系、人与他人的关系、人与自我的关系。尤其在探索人的存在，人的孤独与痛苦直至死亡等方面达到了新的高度。伯格曼通过电影打通了电影与哲学和文学的关系，或者说，他把电影的精神品格提升到与哲学和文学可以并驾齐驱的高度，从而使电影完全汇入人类现代主义文化思潮之中。这在电影史上不能不说是一个伟大的贡献。阿仑·雷乃也是不可模仿的，他的电影具有明显的贵族化倾向，表现出对电影的各个元素高度的自觉的控制力上，《广岛之恋》、《去年在马里昂巴德》，从剧本、摄影、音乐到表演都达到了理性的精确与完整。法斯宾德的残酷无人可比，在"德国女性"四部曲中他不仅向人们揭示了悲剧本身的可悲性，更重要的是他将悲剧不得不如此的一面解剖出来，让人们从历史发展的轨迹来认清悲剧的实质，因而悲剧是注定的、必然的，是任何力量都不可逆转的。大卫·里恩则是完美的大师，他的《阿拉伯的劳伦斯》和《日瓦戈医生》提供了完美的典范，特别是他的摄影，每一个画格、每一个场景、每一幅构图都在运动中达到了对西方古典绘画的精确再现。电影大师不仅是具有高度个性的，而且他们善于将这种个性拓展到极致。可以说，残酷的极致是法斯宾德，精确的极致是阿仑·雷乃，完美的极致是大卫·里恩，幻想的极致是布努艾尔，想象的极致是费里尼，表现性主题的极致是帕索里尼，把日常生活形而上化的极致是基耶斯罗夫斯基。如果说个性是他们存在的证明，那么极致则是他们存在的保证。大师之所以是大师，就在于他们能将自己的特点与优势推到一个顶峰状态。

　　笔者强调电影大师的个性并不意味着电影大师在电影史上是孤立

的存在，相反，电影史是电影大师的个性相互辉映的历史。早先的电影大师总会成为后继的电影大师的圭臬，后起的电影大师总会承继先前的电影大师，当然，有的电影大师还是先前的电影大师发现的。可以说，电影史上没有格里菲斯、爱森斯坦和奥逊·威尔斯，也就没有后来的电影史和电影大师。正是由于伯格曼的开创性努力，才有了后来的安东尼奥尼、费里尼和阿仑·雷乃所汇成的现代主义电影思潮。塔尔科夫斯基和基耶斯罗夫斯基是伯格曼精神的继承者。特吕弗曾那样深切地服膺于雷诺阿。斯皮尔伯格称黑泽明为电影中的莎士比亚。伯格曼说塔尔科夫斯基是最伟大的，他创造了崭新的电影语言。黑泽明说，电影起于格里菲斯，止于阿巴斯·基亚罗斯塔米。这绝不是电影大师之间相互的廉价吹捧，而是在对电影史的深刻观察之后所作出的准确论断。所以电影史不是电影大师孤立存在的历史，而是大师与大师之间相互对话相互照耀的历史。我们可以从一个电影大师那里了解整个电影史，也可以从这个电影大师看到另一个电影大师的踪迹；一个大师越是伟大，那么他与电影史的联系就越是紧密。

二

　　一个导演被称为电影大师，他工作的意义就不是电影所能限定的；换言之，支撑电影大师的绝不仅仅是电影，在相当程度上是电影以外的东西，大师只不过是以电影作为一种思考的手段而已。而且电影大师们的思考，重要的不在于他们提供了某种思考的结果，而在于他们思考的过程与思考的方式，在于他们为我们提供了新的思考的可能性。作为电影大师，他肯定会在影片中表现什么，但如果我们真要考察他表现了什么，那就很难说得清楚。大师们在故弄玄虚，还是他们表现的内容本身就难以说清？或者是人类的思考达到一定高度后就呈现为一种含混的特征？因为这种现象不是某一两个大师独具，笔者认为，电影大师的作品所表现的意蕴是含混的、不确定的。

　　伯格曼的影片是含混的代表作，他所思考的主题大都是抽象的哲学命题，如上帝是否存在，人的孤独与痛苦，生与死、善与恶的相互关系。在一部电影中哪怕仅仅表现其中一个主题都十分艰难，可伯格曼常常在一部影片中就同时思考这许多问题。伯格曼几乎通过他的全部影片都在思考这些问题，这些问题本身就没有现存的答案，而且伯格曼在不同的阶段对同一个主题也有不同程度的认识，比如关于上帝是否存在，就经历了早期的疑问、中期的否定到晚期的批判三个阶段。再加上电影的影像语言本身就不确定，这就进一步加剧了他的影片的含混性。黑泽明的《罗生门》也是如此，影片中三个当事人（妻子、强盗、丈夫）和一个旁观者（樵夫）讲述了同一个暴力事件，却出现了四个结论。也就是说，不同的人在讲述同一个事件时加入了主观的东西，这就揭示了客观真实与主观言说之间的复杂关系。即使是与事件较少利害关系的樵夫的说法，也不是事实本身，因而事实是无法还原的。黑泽明把一个单纯事件演绎到一种哲学的高度，从而瓦解了言说与真实的关系，使这部影片成为不确定影片的范本。布努艾尔的电影则是在更大范围的关于幻想与现实的关系的思考：什么是幻想的，什么是现实的，这是容易分清的问题，但在布努艾尔的影片中是难以回答的，他把真实的事故和虚构的故事，真实的人物与虚构的人物搅和在一起。他的影片中现实总是要趋于幻想的，而幻想总是要回归现实的，究竟什么是幻想什么是现实，我们不得而知，这就使他的影片呈现出极大的不确定性特征。阿仑·雷乃也是个不确定的大师，他的影片《去年在马里昂巴德》中的人物：陌生男子，少妇 A，少妇的监护人或丈夫 M，没有姓名，没有往事，他们之间没有联系，是不确定的；地点：马里昂巴德，不知是哪儿？在现实中还是在幻想中，也是不确定的；事件：去年在马里昂巴德约定今年在此相会，少妇同样莫名其妙，也是不确定的；他们的语言交流大都是只言片语，含糊不清，几乎构不成交流。这就使影片陷入彻底的不确定性之中。安东尼奥尼的《放大》也讲述了一个不可知论的哲学主题，摄影师托马斯在公园里偶然拍得了谋杀现场，影片讲述的就是托马斯在求证这是一场谋杀，可结果并没有找到答案。安东尼奥尼以此探索了现实与它的复制品之间的关系，结果发现它们的关系令人捉摸不定。基耶斯罗夫斯基的影片有一个特点，就是在不可言说处言说，无论是《三色》、《十诫》，还是《维罗尼卡的双重生命》，都充满了一种神秘主义色彩。塔尔科夫斯基的影片也是如此，每一个画面都是可以理解的，但是放在一起就难以理解。这个秘密就在于塔尔科夫斯基始终关注的是那些处于运动、发展和形成中的东西，因为这些东西也是不确定的。其他的电影大师也不会明确告诉你他们要表现的是什么，即使是《阿黛尔·雨果的故事》这样表现单相思的影片，特吕弗也并不是限定在这么一个单一的主题上，而是力图挖掘出固执的情感所带来的复杂的悲剧性质。戈达尔的影片也总是喜欢表现多种因素、多种力量的拼贴，《芳名卡门》把一种男女之间的几乎是对立的情感同时呈现出来，同时又通过平行蒙太奇把这种情感朝多种向度上引导，因而使观众不能对这种情感作出单一性质的判断，而拼贴所导致的效果同样也是不确定的。

总之，不确定性是电影大师们共通的素质，这是他们的电影能被反复阐释但又阐释不清的重要原因。笔者把这个问题提出来，是有感于中国电影的主题太单一，总能用一两句话说得清楚，影片随着放映的终结而终结。即使是像张艺谋这样的大导演，他的电影也同样是单一的，人称"一根筋"。张艺谋的电影在技术的层面上全面超过了黑泽明，但把它们合在一起的最终的境界，却没有超过黑泽明。这其中的原因是令人深思的。在后现代主义和市场票房的双面夹击下，中国电影的主题越来越单一，越来越浅薄，致使影片的人文内涵进一步下滑。这是无论如何也造就不出世界电影大师的。如果中国电影界对此没有清醒的认识，那么，我们对中国产生世界级的电影大师的期待还要往后延缓。当然，不确定性并不是故弄玄虚，而是以深厚的人文背景作为依托，是一种观察与表现世界的方法。

三

电影大师被称为电影大师，当然与他们对电影本身的贡献分不开，他们以各自的独特性不仅创造了自己的电影，而且也创造了电影发展的历史。

在卢米埃尔兄弟之后，最早奠定电影语言的是格里菲斯和爱森斯坦，如果没有这两位电影大师，电影的发展肯定会滞后许多年。他们共同创造了电影的蒙太奇，使蒙太奇成为电影的基本语言与文法。蒙太奇的类型、功能、运用和审美价值在他们的手中已基本成型，可以说他们对电影的发展作出了最伟大的探索，他们创造的许多经验至今也成为电影家们难以逾越的金科玉律。格里菲斯在《党同伐异》中已成功地运用了平行蒙太奇、交叉蒙太奇和对比蒙太奇，他认识到电影要实现时间的自由转换必须依靠摄影机的运动，而镜头的不同组接便会产生新的含义。在该片中他还创造出"最后一分钟营救"的剪辑方式，这仍是今天各种类型的电影表现追逐的基本手段。在他们之后，奥逊·威尔斯在《公民凯恩》与雷诺阿在《游戏规则》中又创造了电影的长镜头，极大地丰富了电影在组织镜头运动方面的非凡表现力。蒙太奇和长镜头是电影史上最杰出的创造。

伴随着现代主义电影的兴起，现代电影大师根据他们影片所表现的内容还创造了不少新的电影语言。伯格曼在《野草莓》中为了表现复杂多义的主题，创造了一种将过去和现在、梦幻与现实并置在同一画面的"闪回"技术。费里尼为了表现现实与梦幻、往事与现实的复杂的情感结构，创造了"片中片"的"套层结构"，这种"片中片"的叙事模式直接启示了戈达尔的《芳名卡门》和阿巴斯的《橄榄树下》。安东尼奥尼的《红色沙漠》着重在电影色彩的探索上，影片中的红色、白色、灰白、灰蓝、粉红、青绿……组成了色彩的交响，色彩的变化呼应着人物心境的变化。法斯宾德则在电影摄影的视点上取得令人瞩目的成就，他能根据剧情的需要变换镜头的视点。在《恐惧吞噬灵魂》中，他可以将摄影机从人物的主观视点变为客观视点再变回到主观视点，在这种视点的频繁变换中，观众与人物保持着若即若离或且即且离的关系，既能对人物命运给予关注，也能保持一种对人物的理性批判。在这些大师中，戈达尔不能不提，他的电影是蒙太奇剪辑，但已不同于传统的剪辑方式，他往往将故事中断，穿插进许多新闻、纪录片、图片、标语，构成一种拼贴的万花筒，《中国姑娘》就是一个典型代表。而他的《芳名卡门》则被认为是声响革命的一座里程碑，这部影片仍保留了他一贯的拼贴风格，将故事与乐队的演奏、大海的空镜头拼贴在一起，有效地改变了故事的性质，使一个紧张的故事变得格外抒情，间离了观众对人物的认知态度。此外，他将人声、枪声、城市噪声、海浪的拍岸声、海鸥的叫声、乐队的演奏声交织在一起，使声音成为影片中不可或缺的叙事元素。备受戈达尔推崇的阿巴斯是一个擅长使用长镜头的大师，他对电影语言的贡献则突出表现在他对电影声音的革新上。在《橄榄树下》开头有一个很长的长镜头，整个画面没有人物出现，只有一辆车的车头沿着小路向前行进，人声则在画外，在这里人声本身就成了悬念，成为推动电影叙事向前进展的重要因素。

电影发展到了当代又出现了新的变化，那就是数码技术带给电影的革命性影响。以斯皮尔伯格和卢卡斯为代表的新技术主义则改变了以往的电影语言传统，影像不再严格依赖对现实的复现，而是通过电脑绘制出来的。与传统的电影胶片存储影像不同，传统电影是模拟信息，画面就是画面，而数码影像是数字信息，画面成了数字，是电影里面的一组数据。想要修改某个画面，不是去重拍，而是通过光学洗印技术完成，或者修改和调整某些数据就行了。一组画面就是一组组的数据，而且只要拥有了某些图像的数据，就可以根据这数据创造出新的图像，当然也可以完全根据自己的想象去创造一个从来没有见过的影像。斯皮尔伯格的《侏罗纪公园》中的恐龙和卢卡斯的《星球大战》中的机器人都是数码影像，是完全虚构出来的。

从这些简略的分析中可以看出，电影语言的形成经历了一个漫长的阶段，而且随着电影的不断发展，电影语言必然会有新的发展。电影语言的变革依赖于电影作为一种科技手段的进步；同时也与电影表现的基本内容有密切关系，不同的内容要求不同的表现形式。此外，电影所受到的社会文化思潮的影响也是其进行革命的另一个重要的灵感源泉。当然，电影大师们的天才创造也是电影语言变革的根本动力。

（原载《电影艺术》2004 年第 4 期）

《英雄》的传播学价值

张艺谋的电影《英雄》上映三天，票房即突破了 5000 万元，上映一星期即突破了一个亿，上映十天达 113 亿元，创下了中国电影票房的最高纪录。毫无疑问，《英雄》已成为中国当前最引人注目的一个传播现象，而且可以预期，这个现象将对张艺谋、电影和传播本身产生巨大影响。如何评价这一现象，仅仅从张艺谋或者电影艺术或者传播功能的角度都难以阐释清楚，只有把《英雄》放在更加综合的层面上去把握我们才能确切理解它的价值。笔者认为，一个现象之所以成为引起全社会瞩目的传播事件，取决于这个现象的构成要素对社会的可信赖程度、这个现象本身的价值以及这个现象被整个社会（例如媒体）的关注程度，一句话，取决于这个现象被社会的介入程度。电影《英雄》无疑从它制作之初就被社会深刻地介入了，它的成功就不仅是张艺谋的，也包括剧组、媒体和运作机制在内的整个社会的成功。

张艺谋神话： 可信度分析

毋庸置疑，张艺谋为中国电影界的第一大导演。从早年担任《一个和八个》、《黄土地》的摄影到主演《老井》中的旺泉，再到执导《红高粱》、《菊豆》、《大红灯笼高高挂》，这些创作活动使他完成了由一个电影摄影师到演员直至导演的转变，他所获得的一个又一个国际奖项证明了他的电影才能是多方面的和巨大的，这为他进一步在中国电影界掀起狂涛巨澜奠定了坚实的基础。此后，张艺谋在电影艺术上也作了一些重要的调整，也就是从纯艺术电影向多元化电影方向去发展，一是商业电影的尝试，如《代号美洲豹》、《古今大战秦俑情》、《摇啊摇，摇到外婆桥》、《有话好好说》和《幸福时光》；二是向主流意识形态电影的靠拢，如《秋菊打官司》、《一个也不能少》；三是他主观上想拍的电影，也承继了他先前艺术电影的道路，如《活着》、《我的父亲母亲》。他先后担任了歌剧《图兰朵》的导演，北京申办2008年奥运会宣传片导演，上海申办2010年世界博览会宣传片导演，这是包括政府在内的艺术界、导演界和电影界对张艺谋艺术表现上的信任，对张艺谋作为导演权威承认的表现。在中国还没有其他任何一个导演享有如此的风光，他无论做什么样的导演都会成为一条社会新闻，成为媒体密切关注的对象和人们茶余饭后的谈资。《英雄》便是在这样的背景下开始拍摄的，而它的运作过程中的商业保密只不过为《英雄》增加了一个巨大的悬念，激起人们更为强烈的期待、关注与热情。

《英雄》：　艺术价值分析

　　张艺谋的声望和成功所获得的可信任度只是《英雄》得以广泛传播的充分条件，但不是必要条件，《英雄》本身所具有的艺术价值才是它被人们争相观看的必要条件。《英雄》的价值首先来自张艺谋对电影史和电影大师的解读，黑泽明是张艺谋电影的精神导师。早年张艺谋曾观摩过45遍《罗生门》。《英雄》的叙事的框架是"罗生门式"的，即它的故事不是平铺直叙的，而是由主人公视点叙述出来的。所不同的是，《罗生门》通过几个散点（多襄丸、真砂、武士、老樵夫）叙述了一个故事，而《英雄》则通过一个焦点（无名）叙述了几个故事。这种差异导致了《罗生门》的题旨是不确定的，由于不确定便可刺激人们一再探索，而《英雄》的题旨则是确定的，由于确定，人们便难以激起再看的欲望。除了《罗生门》之外，《英雄》还可以见出《影子武士》和《乱》的踪影，黑泽明创造了马队在原野上飞驰腾起尘雾的气势恢宏的场面，这也成了张艺谋表现强秦势不可当的基本影像。

　　但张艺谋也有超越黑泽明的地方，他叙述故事的能力比黑泽明更强，他的场面调动比黑泽明更壮观，在具体的感受性上，张艺谋比黑泽明更具想象力和煽动性。老实说，《罗生门》的叙事是有那么一点生涩的，而《英雄》的叙事则流畅和紧凑得多，除了影片开始的蒙太奇剪辑节奏太过急遽，转换过快，镜头的长短运用有些失当之外，全片大体上一气呵成。不仅如此，全片有不少场面可谓精彩绝伦，不说是黑泽明，即使是好莱坞（如果不借助高科技手段的制作），也绝少达到张艺谋的高度。马队在大漠中奔驰的雄劲与粗犷，水上残剑与无名搏击的轻盈与细腻；棋馆雨中长空与无名雨光映剑、剑击雨珠，伴随着大珠小珠落玉盘的琴声的急切；胡杨树下飞雪与如月双鱼似地旋转，黄灿灿的树叶与红彤彤的轻纱交相辉映，伴随着色彩变幻的曼妙；乌云似的箭矢掠过天空，沉实地落在屋顶、城门和赵国人的身体上；满屋的竹简在刀光剑影下瞬间坍塌，密匝匝的短箭飞过来，随着无名剑起剑落一起腾向空中，又齐刷刷地落在地下，一只冷箭飞来，剑准确穿过箭心放着寒光。这些影像随着剧情的变化或奔放或灵动，豪气冲天，美轮美奂，既是叙事也是抒情，紧张而美妙，刺激而惊险，不仅为中国电影史所绝有，即使在世界电影史上也少见。

　　尽管如此，笔者认为，在最终的境界上，在需要艺术家人格魅力和人生境界出场的地方，张艺谋不及黑泽明。张艺谋曾在北京电影学院讲演时说："电影就是电影，还是让人看，不一定托起意识形态那么多东西，能悟多少算多少，不要拍得特别累。""拍电影要多想想怎么拍很好看，而不要先讲哲学，搞那么多社会意识。"① 《英雄》的确拍得好看，但缺少了更多让人回味的东西。如果电影全只是好看，或者仅仅只剩下好看，让人联想不到更多的社会和人生的东西，那电影一定会像雕虫小技一样没落。因为任何艺术的最高境界都不在艺术本身而在艺术之外。如果说好看，《罗生门》算不得一部好看的片子，伯格曼、费里尼、布努艾尔、戈达尔、阿仑·雷乃、塔尔可夫斯基、基耶斯罗夫斯基、阿巴斯·基阿鲁斯达米，他们有几部片子是好看的呢？但他们已成为电影史上的巅峰，这不仅因为他们以自己的卓越才

---

① 中国电影家协会编印：《电影艺术参考资料》总第188期。

能革新了电影的技术与艺术，更重要的是，他们在影片中把自己对社会以及生活于其中的人、人性锐利而深邃地剖示给世人，他们照亮了整个电影史并且启示着也指示着电影发展的方向。而好看的电影在电影史上当然有，但那毕竟只在一个并不显赫的位置发着暗淡的光。

　　张艺谋太灵光，具有罕见的适应性，他可以适应电影观众，也可以适应电影大师，还可以适应意识形态，而且每一种适应都有不凡的表现。《英雄》便是对好莱坞的适应，这是中国大陆本土所能拍出的最投合好莱坞的电影。好莱坞情结之于中国电影家，正如诺贝尔情结之于中国文学家，是一股剪不断理还乱、既爱且憎的情结，中国人太需要一种外在的世界性的力量来肯定自己。张艺谋的电影获得了世界上最重要的电影奖——金棕榈奖、金熊奖、金狮奖，唯独没有获得奥斯卡金像奖，而世界上最伟大的导演绝少没有获得过奥斯卡奖的，美国的斯皮尔伯格、斯科西斯、卢卡斯、科波拉不用说，英国的大卫·里恩和库布里克也不用说，瑞典的伯格曼简直是奥斯卡奖的常客，他四次获得奥斯卡金像奖，日本的黑泽明、意大利的费里尼和安东尼奥尼、法国的阿仑·雷乃、西班牙的布努艾尔，他们都把自己的名字镌刻在了好莱坞的历史上，而中国本土导演的影片没有一部获得过奥斯卡奖。所以，近来陈凯歌和张艺谋比赛似的进军好莱坞，不正是想实现中国电影人的夙愿——和世界电影大师站在一起。这本来也无可厚非，如果获奖也还是件值得高兴的事情。但问题是不能在适应好莱坞的过程中失去了自我，失去了理想、独特性和自己所坚执的东西；《英雄》是张艺谋的片子最接近好莱坞风格的一部，但也是张艺谋失去自我最严重的一部，他按照好莱坞的制作模式——大制作、大投入、国际明星阵容来制作《英雄》，从编剧、画面、色彩、音乐、动作、服装等方面全面迎合好莱坞，在情节的高潮设计上，在娱乐性的增强上，在视听的感官刺激上，它远远超越了一般中国影片的制作水平。如果从中国也可以制作出好莱坞式的影片的角度来说，《英雄》是史无前例的成功，是一个里程碑，但从制作理念和制作本身来看，从制作者的主体性和人格魅力而言，它的价值只在其次，因为艺术最忌讳的便是它的功利性太强。

并非策略的策略： 市场运作分析

《英雄》的价值还在于它按照现代电影市场运作的方式向人们证明：中国人有能力在电影面向市场后可以创造巨大的商业利润，电影市场的低迷景象是可以改变的；不是中国人不爱进电影院看电影，只是不爱进电影院看不好看的电影；《英雄》为中国商业电影时代的来临开创了一个成功的案例。

首先，张艺谋试图唤起人们对电影的兴趣，建立对电影的信心。用张艺谋自己的话来说："我们吊起了观众的胃口。"当然，张艺谋利用了自己的魅力和影响力，这在商业时代本身就是资本。他只是告诉观众他在干什么，至于怎么干一直讳莫如深；整个剧组中的其他成员也都有自己的魅力和影响力：影星李连杰、梁朝伟、张曼玉、陈道明、章子怡、甄子丹，包括音乐家谭盾，摄影师杜可风，动作设计程小东，服装设计和田惠美……这些人本身就是商业的卖点，而把他们加在一起无疑具有风暴的效应。但是，他们在《英雄》中做了什么以及怎么做，外界也一无所知。而且投资方与剧组所有成员签订了一份合同："不得向媒体泄露关于《英雄》的剧照、录像和文字等一切资料。"①说实话，《英雄》剧组真还没有如某些媒体所说的那样炒作自己，只是这些人本身汇在一起太具有新闻价值，张艺谋低调的作风反而激发起人们强烈的兴趣。当然，这也不是说他们的行踪外界一点也不知道，在不会降低观众兴趣和不触及商业利益情况下，他们还是被外界捕捉到了《英雄》的"事迹"：开机、关机、九寨沟车祸、《时代》杂志采访、被米拉麦克斯电影公司买断在欧美等地的发行权、剧照第一次在天津曝光等。他们用自己的方式以最低的成本获得了全社会的最大关注与热情。

其次，制片公司富于创意的运作也是《英雄》得以成功传播的重要因素。据报道："从深圳试映的防盗版策划到人民大会堂首映发布会的成功举行；从对《英雄》VCD、DVD版权的拍卖到剧组集体包机

---

① 《南方周末》2002 年 12 月 25 日。

全力出击上海、广州，开销 1500 万元等八大炒作为《英雄》的成功发行编织了一张强大的宣传网，这一切都是在两个月内完成。其耗资之高，规模之大，动用人员之广，对于我国民营企业来说，堪称‘中国第一炒’。”① 他们实质上做了两件事，一是宣传，二是防盗版，而防盗版也可以起到宣传的作用。在中国，如果不有效防范盗版，所有的努力将会前功尽弃。姜文的《鬼子来了》只在小范围内放映了一场便风靡全国，陈凯歌的《和你在一起》还没放映盗版碟就已经流行。所以，他们比此前的其他投资人更注重商业的机密保护，在深圳试映还检查身份证，甚至在剧场采取人盯人的战术，从而保证了在开映之前不会出现盗版碟，为下一步的竞拍打下了坚实基础。当然，防盗版可不是件容易的事，如果没有政府的介入，防盗版不可能如此成功，在北京，只要一经发现，将采取最严厉的手段予以惩治，所以盗版商们不敢轻举妄动。

再次，媒体对《英雄》的传播起到了推波助澜的作用：《英雄》参选奥斯卡、由剧本改编的同名小说的面世、电视纪录片《缘起》的发售、国内 VCD 和 DVD 的拍卖、人民大会堂的首映式等报道都是通过媒体披露的。当然媒体并不是全部配合《英雄》在做文章的，媒体有媒体的生存需要，《英雄》的成功应当感谢媒体，正是全国的每一家电视台、报纸、网站和电台深入而持久地参与了对《英雄》的传播，才使《英雄》成为全社会关注的事件。

最后，也最重要的还是观众的参与，笔者所了解的观众中间许多人不是一年半载没看电影，而是十多年甚至二十多年也没看几场电影。他们从家里走出来，放弃看盗版碟而进入电影院，这已经不是在看电影而是在享受电影了。他们对电影的热情被张艺谋唤醒，毕竟电影院的宽银幕和高清晰的画面具有电视机不可比拟的优势，电影院的多声道的音响比家庭影院的音响更具震撼力，那才是满眼清爽和满耳丰富！而且那么多的人聚在一起，享受着每个人所创造的氛围，那里有仪式、有气场，也有狂欢，把自己放在众人面前感受自己，感觉电影。这是

① 《北京青年报》2001 年 12 月 31 日。

观众对张艺谋的欣赏与热爱，也是观众对电影尤其是对中国电影的期待与热情。也许他们并不愿意知道，他们来到电影院就是对中国电影的支持，如果观众不买票，中国电影就没有前途。中国电影的辉煌既有赖于中国电影家的创造，更有赖于中国观众的创造，在这个不是电影选择观众而是观众选择电影的时代。《英雄》的运作策略的根本就是服务于观众的意识，不是为自己，也不是为电影，更不是为评论家，而是为观众，当然，获奖是需要的，因为它可以带来更多的票房。这是张艺谋的《英雄》与他此前的电影的一个很大的不同。张艺谋完全有能力拍出他以前熟悉的艺术电影，增加或者减少一部这样的电影意义并不大，但拍出一部观众喜欢看的好看的电影则具有生存论的意义。

《英雄》的成功不是哪一个人的成功，也不是哪一伙人的成功，而是包括观众在内的全体中国人的成功。每个电影人都会感到鼓舞，因为它是属于电影的，每个观众也会感到骄傲，因为他们见证并参与了这奇迹的创造：电影值得我们去热爱。

（原载《现代传播》2003 年第 2 期）

时代的《水浒》

——评电视剧《水浒传》的改编

中央电视台的大型电视连续剧《水浒传》播出之后，激起了国内外观众的强烈反响。虽然每个人欣赏和评价的角度不一样，但就人们能自始至终地观赏这一事实，便可说明《水浒传》的改编是基本成功的。这种成功就在于，它能以现时代的眼光和价值观念对历史名著作出审慎的改编。

一　关于版本和主题

在选择 70 回本、100 回本或 120 回本的《水浒传》这一问题上，编导们煞费苦心，因为它直接关系到《水浒传》在历史上最初的存在形式，关系到对《水浒传》英雄形象的认识、塑造和评价，关系到我们能否以现时代的价值观念对《水浒传》的主题进行深化与拓展。笔者以为，选择后者比选择前者更容易表现对上述几个问题的思考，拍摄起来会更有"戏"。在金圣叹之前，就已经有了一个 120 回本《水浒传》。金圣叹根据他的美学原则和理想砍去了其中的 42 回，使故事中止在梁山排座次这一情节。这种"改"法应该说有较深厚的群众基础，那就是迎合了民间对英雄的信仰和崇拜。但结果是梁山英雄只有"义"而没有"忠"了，从而使英雄的悲剧性的一面丧失殆尽。梁山好汉的英雄行为或业绩在他们被逼上梁山之前或之中就已经完成了，即使他们不上梁山也是英雄，他们之所以汇集梁山是因为他们被"义"所深深吸引和召唤，"义"使他们的英雄行为获得了一个归宿，也使他们的英雄行为放射出人性的光芒。然而如果仅限于此，那么英雄的美学价值将受到斫伤，我们认识到的英雄就只是一个单一的平面；如果将英雄行为与悲剧因素结合在一起，那不仅可以使人们消除对英雄"神"的隔膜，而且也使英雄行为更能激起人们的扼腕感叹。梁山好汉因"义"而聚，又因"忠"而散。所以，100回本引入"忠"不能仅视为对朝廷奉迎的结果，而更应看成作者对小说审美价值的认识达到的水平所致。电视剧《水浒传》恢复了被金圣叹砍掉的"忠"的那一部分，既是为了恢复历史小说的原貌，同时也是对小说中审美因素的尊重。

电视剧《水浒传》中的"忠"主要是通过宋江这个人物体现出来的。在宋江还没有入主梁山之前，他就有了"招安"的意向，他为梁山英雄们的义举所感动，这种感情逐渐化为对梁山好汉的责任感和使命感，也就是梁山的出路的问题。这个问题一般人是没有想到的，它却是宋江处心积虑的焦点所在。在梁山好汉面前不外乎三条出路：一是维持现状，落草为寇；二是仿效方腊，推翻朝廷；三是受降招安，归顺朝廷。然而第一条路显然是不光彩的，大多数人并不情愿如此，也是与梁山好汉所举的义旗相悖逆的。而第二条路是一条"不忠"之路，这一方面固然受到了作者当时所处的时代的限制，同时也与梁山好汉大多数是被逼上梁山的思想基础不甚投合，他们只反贪官不反朝廷，并没有想到建立一个新的王朝。而第三条路既没有使他们陷入不忠的境地，又能回避第一条路的不名誉忌讳。宋江就选择了第三条路。所以他上梁山后的各种重大决定和措施都是为了实现这一目的，他亲访京师，设计逼卢俊义上山，释放与梁山好汉有深仇大恨的高太尉，都是为了完成他想为梁山兄弟寻找一个好归宿的意愿。其他兄弟听令于宋江并不都是为了尽"忠"，大多是为了全兄弟之"义"，可以说是宋江一人为梁山兄弟选择了这条毁灭之路。这就形成了梁山内部在尽忠与全义力量对比上巨大的不平衡。只有宋江一个可以说忠义两全，而其他兄弟只是为义而生、为义而死，所以宋江成为全剧核心所在，成为全剧的最富悲剧性因素的人物，从而激起观众巨大的感情波澜。其他的梁山好汉都以他们光辉的英雄形象铭刻在观众心里，而宋江却落得个千夫所指、百口莫辩的境地。所以，笔者认为选择100回本更震撼人，更有利于艺术的深化和挖掘。

二　关于人物形象

毋庸讳言，原著《水浒传》在塑造人物方面大体上使用的是一种类型化的方法，除了林冲和宋江等少数人物的性格有所发展外，绝大多数的人物基本上是脸谱化的或符号化的，无论英雄还是奸臣都可以用一种性格类型来加以概括或说明，这不能不说是原著所留下的最大遗憾。而电视剧《水浒传》的最大成功即在于较大程度上弥补了这种遗憾。

随着时代的发展，今天的人们已不再用一种简单的非此即彼的两极判断来看待生活或者小说中的人物，即好人或坏人、善人或恶人，而是以一种复杂的眼光来理解和评判人物，好人或坏人都不是绝对的、凝固不变的，并从他们的生活处境、他们与他人的联系来把握他们的性格发展的逻辑。电视剧《水浒传》就顺应了时代的发展观念，将原著中的人物从固定的脸谱模式中解放了出来，致力于人物性格真实可信的拓展，使人们相信这才是有血有肉的活生生的人。如鲁智深好酒，电视剧就进行了一些合理化的想象性的改写。他一个人在山里大喊"酒啊酒！"这个场面就很富有艺术的冲击力。他闹事后答应长老戒酒，下山后他不准同行的和尚提"酒"，然而在听到其他同伴在酒店里故意诱惑他时还是忍不住犯忌，这十分贴合人物性格的内在逻辑，有力地挖掘出了人物性格中应有的内涵，丰富了人物性格。

这种改写的原则同样适用于电视剧中女性形象的塑造。原著中的女性形象基本上也是模式化的，尤其是潘金莲算得上经典的"淫妇"。如何改编这样的人物，其难度比改编梁山英雄形象更为艰巨，更具风险性，因为它既要突破小说的既定模式，又要突破观众的传统欣赏与接受习惯。在这两点上笔者以为电视剧是成功的。首先，这种改编并没有改变原著中对人物的原则设计，无论出现怎样的变化，比如将潘金莲改变成一个贤惠、善良、守妇道的女人，但她仍然是"淫妇"，这一最后命运没有改变；其次，编导不是把注意力放在人物性格最后的结果上，而是着力于人物性格发展的过程上，也就是她是如何成为这样的一个人的。如潘金莲，刚开始并不是以一个淫妇的形象出现在观众面前的，相反她是个体贴、勤快的娘子，武松的出现使她有机会在他们兄弟两人中进行比较，这比较的结果是潘金莲爱上了武松（原著中就没有这一点），遭到武松的拒绝后她把这种感情转移到西门庆身上，直到堕落为杀夫的淫妇。这样，我们所看到的潘金莲就不再是个静态的观念式的潘金莲，而是个有血有肉的动态人物形象。她的堕落是由于陷身王婆和西门庆所构成的特定环境，离开了这个环境就没有潘金莲，就没有了人物性格的真实性。而编导们正是在这个环境上下足了功夫。再加上演员王思懿的表演功力深厚，才使银屏上出现了一个既可爱又可恨的潘金莲的崭新形象。然而这种改写并不是所有人都认同的，有人就认为现在电视剧公然为潘金莲翻案令人难以接受。笔者觉得难以接受的不是现在的改编，而是人们头脑中的固定观念。电视剧《水浒传》对潘金莲的改编，是以人物性格发展的可能性为出发点对固定观念的成功冲击。

三　关于动作设计

武打及动作设计对于电视剧《水浒传》是不可或缺的重要元素。绝大多数梁山英雄都是身怀绝技、武艺超群的汉子，盖世武功业已成为他们英雄行为和英雄性格的一个重要组成部分。正是认识到了这一点，《水浒传》剧组特地从香港聘请了两位动作设计师，从而保证了《水浒传》的武打和动作设计取得成功。

当然，《水浒传》毕竟不是一部纯粹的武打功夫片，武戏只是其文戏的一个重要补充。《水浒传》的武打很多，也很刺激，它却有一个原则：这就是不让武打喧宾夺主地冲淡整个剧作的思想意蕴，在武打中见人物性格，在动作中显英雄本色，这就成功地保证了《水浒传》的武打既新鲜刺激又有着落和根基。如鲁智深大闹五台山，拳打镇关西，武松打虎，醉打蒋门神，就是在武打中见出人物的性格、气质和英雄气概的。特别是林冲在山神庙前与陆谦交手的那场戏，刀来枪往，进退、扑腾、翻滚、闪跳，设计得紧张、刺激、扣人心弦。有人觉得这场武打没有必要，理由是陆谦是个没什么本事的人，却让八十万禁军教头林冲打了那么多回合，不可信。这种说法似乎有些道理，但持这种观点的人并不理解这刚好是艺术表现的需要。不错，陆谦不是林冲的对手，原著中只有一句："把尖刀向心窝里只一剜，七窍迸出血来。"然而，林冲坎坷的人生遭遇就是这个林冲有恩于他的同乡一手陷害的。从欣赏的角度来说，观众已积累了对林冲的深深同情和对小人陆谦的憎恨，如果让林冲一枪就结果了陆谦的小命，那就无法平衡观众对林冲和陆谦的感情；先让林冲像猫玩老鼠一样与陆谦过几招，在一定程度上平衡了林冲和观众的积郁心理。这种改编既符合人物身份和特定心情，又满足了观众艺术欣赏的需要，应该说改编得很成功。

当然，笔者说《水浒传》改编成功也不意味着它的改编完美无缺，事实上，它与其他的名著改编一样，也留下了不少遗憾。如招安是全剧的关键内容，但由于着力不够，从而使片子的思想和艺术含量没能更进一步；再如片中主要人物宋江的戏，前半部分显得较为粗糙，基本没进入人物的心灵结构，局部用力有余，而每一集与每一集之间缺乏必要的过渡与衔接，使整部片子始终处于游离和闲散之中。尽管它有这样或那样的一些不足，但成功还是主要的，这种成功在于它在忠于原著的基础上进行了合理化的创造，使它不同于金圣叹的《水浒传》，而成为我们时代的《水浒传》，一部反映出时代思想和艺术都在发展变化的《水浒传》。

（原载《写作》1998 年第 6 期。发表时署名中英光）

成功的意识形态影片

——评《离开雷锋的日子》

无疑，《离开雷锋的日子》（以下简称《离开》）是一部弘扬主旋律的电影，一部中国式的具有鲜明意识形态特征的"政治电影"，然而它尽可能地回避了重大主题或题材的简单政治说教，而以一种谨严的结构和独特的视角对雷锋精神以及这种精神的社会必要性作出了新的阐释，这种阐释是那样强大和富有冲击性，以至我们每个人都不能不放弃自己灵魂中卑琐的那一部分，包括政治上的冷漠、麻木和偏见，让我们的情感和心灵再一次面对雷锋，去接受雷锋精神的拷问和洗礼。《离开》是一部政治思想倾向与电影艺术形式完美结合的影片，它的成功主要体现在下面几个方面。

一　从神到人的拓展

今天的雷锋，已不再是一个普通的姓名，而是代表一种时代精神风貌的政治语汇，由于政治的广泛、深入和持久的宣传，雷锋已从一个普普通通的人演变为一个万人景仰的神，在他身上笼罩着巨大而神圣的历史光环，他作为一个普通凡人的痛苦和哀伤一般人无从知晓，他的心灵历程和成长道路由于他人的不可重复而变得遥远而神秘。然而乔安山不同，他是以雷锋生前的战友和历史见证人的身份出现的，而且，他就是导致雷锋牺牲的直接责任人，这样影片就赋予了乔安山迥别于雷锋的成长道路和思想基础，这个年轻的除了会写自己姓名不识字的士兵，与雷锋朝夕相处，同出同入，受到雷锋的关怀以及接受了雷锋思想的熏陶，他从一出现在银幕上就不是一个神，而是一个有过失又因过失而痛苦甚至想自杀的凡人，这真是一个了解雷锋进而接近雷锋的绝妙的入口，抓住了这一点也就成功了一半。影片通过乔安山可让观众直接感受到活的雷锋的步履和呼吸，而且通过乔安山还可以折射出雷锋伟大的人格和思想的光辉，在这种伟大与平凡的联结处，影片找到了一个坚实的基础：真实。影片中的乔安山是从怀着对雷锋的深深的内疚开始他的生命历程的，1962 年，雷锋作为他的亲密战友，又是全军的模范，他的生命、青春和前途因乔安山的一次偶然的失误而中断，这就使乔安山形成了一种终生都解不开的雷锋情结，注定了他一辈子都离不开雷锋，正如他自己所说："别人可以不学（雷锋），我不能不学。""要是班长还活着，他会比我做得好！"他是怀着对班长的敬意、内疚和怀念来学雷锋的，这使他学雷锋比任何其他人更真实可信，他绝不是为了形式，或者应付差事，或者想博得他人的好感来学雷锋。对乔安山而言，学雷锋是一种怀念战友的方式，化解心灵内疚的方式，学雷锋就是他的生命本身，雷锋精神深深地扎根在他心里，成为他生活的价值标准和尺度。所以，当他复员后做了一名公共汽车司机，碰到站长搞特权时他毅然拒绝："就是雷锋开这车，也不会给站长搞特权。"在他那里，雷锋不是抽象的，不是口号，不是宣传，而是具体的、活生生的，一种并不遥远的昨天的回忆，雷锋活在他的心底，成为他生活的另一种现实，不能排遣也不能忘怀的部分。影片就是在这种真实性的基础上谱写了一曲学雷锋的赞歌。

二　批判现实的笔触

1988 年的冬天，一辆小车撞倒一位梁姓老大爷后逃之夭夭，老人在雪地上痛苦地呻吟，车一辆辆过去，可没有救他，乔安山路过此地，将老人送进医院并付了医药费，可乔安山不但没有得到感谢，反而被梁家儿女咬定是肇事者。这场戏是全片的重头戏，也是最感人的一场戏，它之所以感人即在于乔安山学雷锋学出了祸端，深刻而犀利地道出了雷锋精神在市场经济条件下存在的危机。在两种境界和两种人格的鲜明比照下，我们一方面为乔安山的精神所感动，为他的遭遇而愤愤不平；另一方面也为梁家儿女的不仁不义而愤怒，更为严重的是我们为这种学雷锋不但得不到理解反而被误解的现实而深深刺伤。对乔安山而言，学雷锋做好事已是一种习惯，不！那就是他的生活，是一种近乎本能的生活原则和信念。"我要是不救，就不是雷锋班里的人。"可见学雷锋对乔安山不是一种装饰，而是化作血肉的现实行为和处事方式，只要是碰到需要帮助的人，他总是不自觉地伸出援助之手，即使救人救出麻烦他仍不改初衷，然而这不仅不为一般的人所理解，也为他的亲生儿子所不解——"谁学雷锋，谁是傻子！"还有比这更让人伤心的吗？学雷锋已属不易，可在遭致误解的情况下仍学雷锋，那是一种什么精神？需要多么强大的信念支撑啊！正是从这里，我们看到了雷锋对乔安山的深刻而久远的影响，看到了雷锋精神在那个时代留下的深刻印迹。然而，雷锋精神正在经受着新时代的考验，在这个商品经济时代，金钱正以它前所未有的力量腐蚀着人的灵魂，梁家儿女之所以刁难乔安山，就是因为不想付那笔昂贵的医药费，用梁家女儿的话来说："不谈雷锋，先谈账。"当乔安山的车陷入荒郊野地泥坑里，过路人竟要一千元才肯给予帮忙。正是从这里，影片完成了对社会道德水平下滑的鞭挞，正是从这里，我们才感到雷锋精神的伟大，正是从这里，我们才感到乔安山学雷锋的可敬可佩。"现在的人，只认得钱，咋一点良心都不讲！"这句话虽显得有些无奈，但它比那铿锵有力的话语更刺痛人心，它不仅是对影片中的某个人或某件事而言，还是对所有的人和所有的事说的，它一方面道出了对雷锋精神的深切缅怀；另一方面也道出了我们每个人内心深处可能存在的卑琐，因为影片中的人和事都是我们经常可以遇见的。这部影片震撼人的力量即在于，它让我们所有的人再一次感受到了雷锋，再一次体验到雷锋精神的伟大和崇高，而这种伟大和崇高又是平凡的，只要我们愿意就可以做到的。影片将雷锋、乔安山和我们每个人放在了同一起点，让人们在一种相互的比较和参照下认识自己，认识雷锋和乔安山。

三　雷锋精神的弘扬

雷锋精神的内涵很丰富，《离开》并没有面面俱到地去阐释这种丰富性，而是将重点放在了雷锋精神的重要内容——友爱和助人为乐的精神——的叙述上，具体来讲，就是遇到他人发生困难时怎么办？乔山安遇到他人有困难时，总是像雷锋那样，伸出援助之手，尽自己所能地帮助别人。

为了揭示雷锋精神存在的社会必要性，影片在结尾讲述了1955年乔安山父子被困在荒野的故事，对于一个一辈子都在学雷锋帮助别人的人，也到了需要他人帮助的时候，然而那些车和人都过去了，没有人想帮助他。有个人愿意帮助他，可开价一千元，对于一个终生都在关心他人帮助他人的乔安山，当他需要他人的帮助时得到了这样的回应，还有比这更令人痛心的吗？然而影片的立意并不仅限于此，显然编导还有更深的寄寓：我们每个人都是普通的人，都会碰到这样或那样的困难和问题，因此我们总是离不开他人的帮助的，那些乐于帮助他人的人并不是比别人更强大，或者是为了将来获得别人的帮助，而是他们比别人更善良、更高尚，有一颗金子般的心，这才是我们每个人能幸福生活的社会基础。所以当我们看到乔安山被一次次拒绝时，我们的感情就不能不掀起巨大的波澜，从而使人思考我们每个人应以怎样的思想和心灵来加入这个社会。这样，影片的主题得到了进一步的升华——学雷锋并不仅仅是与雷锋有直接生活联系的人的事，而是我们每个人的事，是全体社会的事。难怪美国总统克林顿看了《离开》之后向美国人推荐此片，可见《离开》已超越了一般意识形态的隔绝而达到了一个全人类的高度。

当然，乔安山被困的车最后还是被一群青年志愿者拖出了泥坑，这场戏处理得很巧妙，这群青年志愿者的领头人就是当年雷锋当校外辅导员时辅导过的少先队员，33年后她和乔安山相聚在一起，让我们想起影片开始时去世的雷锋，不仅在结构上呼应了开头，而且也不使人感到虚假和做作，同时也是对好人应当得到好报的一种慰藉，更为重要的是，它是对雷锋精神的深情祈望与呼唤。

雷锋虽然离开了我们，但雷锋精神被乔安山以及受到过雷锋精神哺育的人传承了下来，这是我们时代最可宝贵的一笔精神财富，《离开雷锋的日子》以其感人的画面向我们雄辩地证明了这一点。

（原载《写作》1998年第11期。发表时署名中英光）

第五辑

相遇:感性
冲动与理性规约之建构

人最根本的素养即感性冲动与理性规约，这两方面平衡发展可成完人。如果出于谋生需要，可选择一门专业深造之。感性冲动＋理性归约＋专业素养，此即高等教育人才培养之结构。艺术教育，即美育，在其中起着灵魂的作用。

艺术于我有何用?

我今天演讲的内容有两个:一个是艺术教育问题,一个是艺术素养问题。在正式演讲之前,我想给大家介绍艺术这个概念,作为我演讲的基础。什么是艺术?历来定义很多,我的定义是:能引起人们惊讶或唤醒人们生命冲动的感性形式,就是艺术;一般来讲,艺术史家或艺术理论家,如意大利美学家卡努杜把音乐、舞蹈、诗歌、绘画、建筑、戏剧和电影等称为艺术。

艺术是很高雅、很纯粹的东西,但我现在演讲的题目,却是很俗气、很功利的。这主要是中国人的艺术观念或对艺术的态度出现了问题,更进一步,是因为中国的艺术和艺术教育发展出现了问题:中国人的普遍的艺术素养是很低的,一般中国人把艺术仅仅看成是欣赏、娱乐的东西,根本意识不到艺术在整个人类发展中的位置,意识不到艺术素质在人的整体素质中的灵魂作用,更意识不到艺术与人的创造性能力的培养具有深切的关系。艺术被矮化、被漠视、被边缘化,甚至被妖魔化,以至于我们现在不得不花费很多的时间与精力来做艺术的普及工作,我今天的演讲就属于这种工作。只要中国人还没有形成艺术的自觉,这种工作就是重要的。

首先来谈谈中国与美国高等教育中的艺术教育问题。

美国是一个值得我们认真研究的国家,无论从哪一个方面。美国成为当今世界上的头号强国,拥有最多的诺贝尔奖获得者,从1901年算起,美国共有279名诺贝尔奖获得者,这意味着美国是一个拥有强大创新能力的国家,他们必须依靠创新解决前进道路上的一个又一个难题。当然，一个国家强盛的原因是多方面的，政治的、经济的、科技的、教育的、军事的、文化的等，——我这里想提供一种从艺术的角度来解读的方式——这许多因素共同作用构成一个国家的核心竞争力。但不管是哪一方面的原因，都与人有关，也就是说都与人的素质有关。人的素质归根到底就是两条：一是专业素质；二是创造能力。美国的高等教育为学生的这两个素质的培养起到了关键的作用。在美国，最早创立艺术史系的大学是哈佛大学、耶鲁大学和普林斯顿大学，随后创立艺术史讲座教席的有密西根大学、佛蒙特大学和纽约大学。像耶鲁大学就有非常好的音乐学院和艺术学院，纽约大学有非常好的电影系，哈佛大学拥有全美最先进的剧场，麻省理工学院虽然是一所工科院校，但麻省理工学院院长苏珊·霍克菲尔德在访问清华大学时说："人文、社会科学和艺术同样在研究和教育中起着非常重要的作用。"1947 年，美国各大学开设的艺术类课程达 800 余门，现在无论是课程种类还是选课的学生，都获得了与当年不可同日而语的增加。总结一下，在美国，艺术教育在普通高等院校中不仅历史悠久，而且普遍存在；艺术教育很少在单科艺术院校进行，而是放在普通高等院校中，也就是说，艺术与其他学科能够进行学科上的互补与渗透；艺术教育在整个人的素质教育中地位独特且功能独到；每个学校有自己的艺术教育的专长、特点与优势。

在中国，高等教育中的艺术教育如何呢？在我看来，至少有四大失误。

第一，是 1952 年的院系调整，将综合性艺术院校的艺术专业归并到单科艺术院校去，如中央美术学院、中央音乐学院、中央戏剧学院，如北京大学原来就有艺术学院，后来就没有了，南京大学（原中央大学）原来就有艺术系，后来也没有了。将综合性院校的艺术专业一锅端掉，把艺术专业与其他专业人为分割开来，从而导致学科结构调整上的彼此互补和渗透不复存在，从而使艺术专业的发展失去了其他学科的支持，也使其他专业的结构失去了艺术专业的补充。这种后果使艺术院校获得一定的独立发展空间，也使后来成立的艺术院校走上了单科艺术院校的发展歧途。

第二，中国绝大多数大学都失去了艺术教育课程，没有师资，没有课程，没有场地。如果按 4 年为一代人，那就意味着在 43 年时间里，有 40 代人没有得到艺术教育的机会。所以我们中国的绝大部分高等院校在相当长的时间里，艺术教育处于真空状态，这在世界高等教育史上是没有的。从 1952 年到 1995 年，这期间毕业的大学生失去了最后的获得艺术教育的机会，他们只是获得了某些专业素养和能力，但没有得到艺术的滋养与熏陶。这对我们国家产生了什么影响，没有人评估过。

第三，在整个高考中将艺术院校学生与普通院校学生区别开来，从艺术专业特点的角度将艺术考生的分数降低，导致整个社会觉得艺术类考生不需要那么好的文化，从而使艺术类考生文化偏低，不利于这一类考生的成长成材，也使优秀的艺术类生源流失，那些文化成绩好又有艺术天赋的考生不会去考艺术类专业，还使得整个社会产生投机心理，觉得考不取普通高校才会想到去考艺术专业。

第四，中国高校这种艺术教育的政策和现实导致我们一代又一代的大学毕业生没有对艺术的信念，没有艺术感觉，没有艺术冲动，艺术审美集体性丧失。曾几何时，我们的楼房千篇一律，我们的服装千篇一律，我们的桥梁千篇一律，我们的艺术创作千篇一律，进而我们的思想观念也千篇一律。中国人生活在一个艺术环境空前匮乏的时代，这是一件多么可怕的事情。现在中国的各行各业大体上都是这批没有受过任何艺术教育的人在把持着，在相当程度上他们决定着中国的未来，但这些人的创造能力的培养在他们年轻时就是不完善的。我们怎么能指望他们去摘取诺贝尔奖？我们又怎么能指望他们站在全人类的高度来进行创造？

1995 年，李岚清副总理在主管教育时曾给全国省市教委主任美育学习班的一封公开信中指出：为培养面向 21 世纪全面发展的优秀建设人才，就必须重视和加强学校的美育和艺术教育，将艺术教育作为应试教育向素质教育转轨的重要途径之一。此后，中央以文件形式要求各高等院校普及艺术教育，中国高等院校的艺术教育才正式开展起来。全国各个大学包括重点综合性大学纷纷开设艺术教育课程，艺术专业的建设也从无到有。现在开设有艺术院系的重点大学有：清华大学、南开大学、厦门大学、北京大学、武汉大学、中国人民大学、四川大学、南京大学、复旦大学等。但这只是初步的，还有更漫长的路要走。艺术专业建立起来后就有条件储备更好的教师，开设更好的艺术课程，同学们可以很方便地接触到更好的艺术资源，欣赏到更多的艺术作品。

中国与美国的差别很大，但在一段时期内，中国与美国的高等教育中的艺术教育存在很大差异，它对中美两国的发展究竟有没有影响以及有什么程度的影响，需要我们去认真研究。我的一个基本判断是，中国人现在的艺术观念、艺术信念、艺术素质、艺术能力与我们的艺术教育存在密切关系，影响到了我们作为人的整体的素质，进而影响到了整个中华民族的创造能力。

对艺术专业的同学而言，艺术当然是有用的；对于非艺术专业的同学而言，艺术同样是有用的。学艺术，对绝大多数人来说，不是为了当艺术家，或者以艺术为职业，而是为了做好别的事情。所以，对于一般人而言，成为艺术家是一种偶然，但更好的生活和更好的创造，就离不开艺术。

那么，艺术对我们一般人而言究竟有何用？我想，艺术至少有如下几个作用。

第一，艺术可以培养人们的鉴赏力，可以提高人生品味和生活质量，这是艺术最起码的作用。在现实生活中，我们不是艺术家，我们却要进行艺术判断，比如城市建筑规划与设计，政府官员就要进行艺术判断，我们说一个城市很美，实际上是说这个城市一代又一代的政府官员的艺术判断力很好。武汉大学之所以美，是因为我们有一批20至30年代的建筑，它与以李四光为主的一批校务委员具有高度的艺术眼光分不开，李四光不仅是科学家，也是杰出的音乐家，只是一般人不知道而已。人类进入20世纪后半叶以来，艺术的存在形式正在悄悄改变，即艺术由原来的经典存在方式进入世俗生活，过去艺术存在于艺术品中，可现在艺术还存在于生活中，现实生活本身成为审美活动，我们不是在欣赏艺术品，而是艺术地在生活。我们的衣食住行越来越艺术化，我们设计房屋、设计服装、设计发型，甚至博客设计，总之我们的生活越来越审美化、娱乐化和游戏化。富有艺术品位的人花同样多的钱或更少的钱却可以获得更好的生活环境和生活质量，原因就在于他有艺术的鉴赏力，鉴赏力是我们对艺术品高下的审美判断力。艺术的鉴赏力成为现代人最重要的一种能力。粗糙的生活不需要鉴赏力，但高品质的生活必须有鉴赏力。一个人有了高度的艺术鉴赏力，他差不多也是个艺术家。所以，我们不是艺术家，但我们不得不艺术地生活；为了更好的生活，我们又不得不是个艺术家。

第二，艺术可以培养人们的感性能力。人最重要的能力就是两个：理性能力和感性能力。理性能力是人的理智思维能力，感性能力是人的感知直觉能力，仅理性能力强或感性能力强都存在偏颇，只有这两种能力的平衡发展才会造就一个完美的人。艺术就是唤醒感性的，法国美学家杜夫海纳称之为"灿烂的感性"，它是我们对一个对象最原始的、最直观的、最朴素的感知，所谓艺术或美就是感性知觉的完满（perfect）表达。我们对一个对象的判断、加工或处理总是要不断地回到这个感性上来，回到这个最初的印象上来，它是原始的、粗糙的、活泼的、充满可能性的，它是创造的基点。艺术是不能依照概念来掌握的，只有通过艺术品、通过审美体验我们才能获得关于艺术的感受。

第三，艺术培养我们的创造力。李政道先生曾说："科学和艺术是不可分割的，就像一个硬币的两面。它们共同的基础是人类的创造力，它们追求的目标都是真理的普遍性。"在中国，我们是崇尚科学的，但对艺术不说是贬损至少也是忽视的。具体表现在我们对专业知识学习十分重视，但对艺术修养的提高存在严重误区，总认为艺术是休闲娱乐，是浪费时间，是不务正业，将艺术与科学对立起来，根本上看不到艺术与科学是一体的，它们都关涉到人类的创造力。爱因斯坦就是将科学与艺术结合起来的典范，他既是物理学家，也是钢琴家和小提琴家。他六岁就开始拉小提琴，钢琴也弹得相当了得，他和量子力学的创始人普朗克合奏钢琴曲被传为美谈。他说，仅用专业知识教育人是不够的，通过专业教育，他可以成为一个有用的机器，但不能成为一个和谐发展的人。李政道先生将科学与艺术相提并论，而没有将科学与哲学、经济、法学、新闻学和其他学科相提并论，说明艺术具有其他学科所没有的独特功能,担负着独特的学术创造的使命。但科学的发现不是自我生成的,也不是逻辑的自我展开,否则只要公式正确,逻辑无误就可以自我发现了。埃德加·莫兰曾说:"科学发现的行为是无法用逻辑分析来掌握的。"他还曾说:"科学是建立在非科学之上的","应该建立科学和艺术之间的十分密切的联系,而结束它们之间的相互蔑视。因为在科学活动中有一个艺术方面,而且人们经常看到科学家也是艺术家,只是他们把他们对音乐、绘画、文学等等的爱好降格为业余爱好或消遣"。我认为,学习某个专业,只是解决了在哪个领域创造,物理、化学、生物,但这些学科并不解决创造本身;专业提供了创造的形式,创造的动力来源于艺术感觉。

第四,艺术使人纯粹。艺术是非功利的,无目的的,这一点对于中国人尤其重要。我们中国人太实际,实用主义色彩太强,中国人为人处事总喜欢从有用性或实用性的立场来看待,只要一件事没有实际的用途或者暂时用不着,就会被冷落或置之不理。殊不知,这虚与实、有与无、利与害都时时处于转化之中,并不是那样一成不变的。学习其他学科,我们有一种不断充实的体验,学习的过程也就是大脑不断被充满的过程;学习艺术则不一样,艺术使人们获得轻松、愉快和享受的满足,我们不是被充实的感觉,而是获得一种放松、清空和虚无的体验。精神上虚无的感觉是精神活跃的前提,正如满满一瓶水是死的,而半瓶水才会产生波浪。人太实际了就需要超越,人太紧张了就需要休闲,精神上的虚空过程就是舒服过程,一种纯粹过程,在艺术品面前我们流连忘返、忘乎所以、深深激动、久久战栗。所以,艺术的非功利可以给我们一种超越的眼光,纯粹的态度,认真的立场,执着的精神。一个人的思想上有这样的东西和没有这样的东西是大不一样的。纯粹是人的精神生活中很重要的境界,对一个人来讲,纯粹与不纯粹是不一样的,曾经纯粹与从来没有纯粹是不一样的。

第五,艺术具有治疗的作用。波兰戏剧家格洛托夫斯基曾在戏剧中探讨艺术对社会的治疗作用,美国戏剧家理查德·谢克纳在环境戏剧中通过萨满教来讨论艺术的治疗问题。所谓艺术治疗就是病人通过使用不同艺术媒介来表达或解决身体或心理的疾患问题。在治疗过程中，艺术品成为一种个性化的陈述，也成为人们讨论、分析甚至自我评估中的一个焦点。1946 年英国就开始设立艺术治疗职位，但一直到 1981 年艺术治疗作为一个行业才获得正式认可。目前，中央音乐学院设有音乐治疗学本科专业。心理治疗中运用艺术来解决人的心理和精神的疾患也很普遍。随着社会竞争的加剧，艺术治疗将越来越受到人们的重视与欢迎。有时，听听音乐、看看舞蹈、蹦蹦迪、画个画就是一种轻微的心理治疗。

当然，艺术的作用远不止这些，艺术还可以完美人的人格，培养人的个性等。我就不一一讲述了。我的讲演就到这里。（掌声）

下面请同学们提问。

问：彭老师您好，我们都曾听人说过，艺术在生活中，常被人为地划分为高雅的和通俗的，所谓阳春白雪和下里巴人。我想知道您如何看待这个问题？

答：谢谢你的提问！艺术在生活中的确被划分为阳春白雪和下里巴人，这是对待艺术时常常碰到的一个现象，在戏曲史上就有"花""雅"之争，在整个文学艺术领域里面，这种情形更为普遍，比如说音乐领域里面，有技巧非常高深西洋音乐，这体现在无论是它的演奏技术还是发声技巧方面，都十分高深；同时也有十分流行的通俗歌曲。在人们看来，高雅音乐曲高和寡，好像只是一种技术，与我们日常的喜怒哀乐联系不大。我们更喜欢听来自我们身边的一种流行的旋律和曲调，因为它是从我们生活中来的，切合了我们日常现实的生活情感。要说这两种形式，即阳春白雪和下里巴人，它有一种历史发展的阶段。在某一个时期它是阳春白雪，到另一个时期它可能又成了下里巴人，反过来说也是一样。所以这其中也有一个转化的、发展的过程。因此对于我们研究艺术的人来说，不管是阳春白雪还是下里巴人，只要它们能带给我们一种艺术的感觉、艺术的冲动、艺术的激情，我觉得我们就应该去欣赏它、接受它。另外，对于高雅艺术和通俗艺术的划分来说，雅到极处也就成了俗，俗到极处也就成了雅。比如说中国戏曲，它在清朝时期是非常俗的一门艺术，到了今天已成了非常雅的艺术，我们一般人接受不了，只有经过训练的人才能完全接受，这也就是一种延续,从极俗变成了极雅,它实际上也是在变化的。因此,就像我刚才讲的那样,不管是高雅还是低俗的艺术,只要能带给我们艺术的激情和艺术的冲动,我觉得就是我们可以接受的。我不知道这个说法是否能令大家满意。谢谢!(掌声)

问:彭老师您好,现在社会上普遍流行一种审丑的趋势,不知道您如何看待这一现象?

答:这个问题提的非常好,非常有水平!现在社会的确有一种审丑的倾向。其实在美术史上也有这样的例子。比如我们看罗丹的雕塑,其中最著名的就是《思想者》,他的其他著名的雕塑还有《永远的青春》、《永远的偶像》、《吻》、《海神之女》等,这些都是非常美的作品,还有他的《青铜时代》,严格按照我们人体的比例来塑造一个雕像,它是非常经典的,是雕塑史上最美丽的作品之一。但是罗丹还做过另外的雕塑,比如说《老娼妇》,塑造的是一个人老珠黄的妓女,身体干瘪了,乳房也下垂了,就毫无美感可言,但它却是艺术史上著名的雕像。其实,"美"和"丑"从来都是共存于艺术史上的。到了近代社会,尤其是当代社会,人们更倾向于审丑,这有它特定的历史原因。由于人所处的社会环境的变化,也促成了人的变化,再则,人们长期地接受某一种美的熏陶。一旦到了一定时期,我们所欣赏的,也就不一定再是这个美的东西,而可能是另外一种东西。因为人是要不断地超越自己的,而艺术也最反对单调的、重复的。如果人们长期接触一件艺术品,天天看,就会麻木了,就会发问,美从何而来?因此怀疑就出现了,但是它确实也曾打动过你。这是什么原因呢?难道是艺术品的美感变了吗?其实是欣赏者的环境的和心理的变化。这是一种反叛,从而导致对另外的东西大量地接受。我们现在就常常喜欢以丑为美,曾几何时我们不以为然的东西,曾以为丑的东西现在却变成了美的。在艺术史上,对一类艺术的接受到了一定阶段,会产生一种背离,我们现在之所以能够更多地欣赏丑,是因为我们欣赏的环境和历史,以及我们欣赏的心理都发生了变化。这就是我大致要表达的意思,不知大家是否满意?谢谢!(掌声)

问:彭老师您好,说到艺术,我们在日常生活中经常接触到,有时它是一个名词，有时又是一个形容词，或者一个副词。比如我们经常说某个人很"艺术"地去做某件事。因此，对于我们大部分不是艺术专业的学生来讲，您是否可以讲一下什么叫作艺术呢？

答：这位同学非常善于回到自我来进行思考，我觉得很好。其实在开讲之前，我提出了一个关于艺术的概念，我认为凡是能够唤醒我们生命冲动，或者引起我们惊讶或惊喜的一种感性形式，我们就称之为艺术。这其中包括音乐、美术、雕塑、戏剧、诗歌、电影、舞蹈等诸多领域，凡是这些能够引起我们惊奇，能够带给我们新意的东西，它是一种具有新意的感性形式，这两条我们必须把握住。也就是说，它能使我们耳目一新，感觉不同，比如说送花，第一个送花给女生的令我们惊讶，而其他送花的就不会使我们惊讶，哪怕送九千九百九十九朵玫瑰，我就见过这样送花的人，他送给一个女生，可这样女生毫不在意，看也没看，全送给了其他人。其实人做的任何事都可以是艺术。也就像刚才这位同学所说的那样，人做事达到一定程度后，可以通权达变了，也就可以称之为艺术。当领导的有领导的艺术，踢足球有足球的艺术，而一个人说话很甜，我们则称之为有说话的艺术，等等。也就是说做某一件事，做到比较极致的状态，能唤起我们的某种惊讶，这样的感性形式，就是艺术，不管它是不是艺术品。比如月亮、太阳，它们也并非艺术品，一朵白云也不是艺术品，但如果它引起我们的美感，唤起我们的惊异，它就成了一种形式上的东西。因此艺术的定义有两个前提，一个是必须是感性形式，另一个是能够引起我们惊异和唤起我们的生命冲动，我们就可以称之为艺术。因此我们也就在日常生活中努力寻找能引起我们惊讶的感性形式，比如说喜欢一个女孩，也是因为她带给我们惊讶。我希望你能找到你的惊讶，谢谢！（掌声）

问：请问艺术学系是否开设过有关中国戏曲史和中国音乐史的公选课？因为我想更多地接触一些中国传统的艺术，而并非一味地接受西方的艺术，比如西方音乐。谢谢！

答：多谢你的提问！《中国音乐史》这门课我们以前也开过，授课的是一位来自香港中文大学的博士，这门课开了半个学期，后来因为这位老师调动工作到了另一所大学,因此这门课就没再开过。而我们现在的老师们开的更多的是有关西方音乐的课程。这位同学很热心,也很细心,我很感谢你对艺术学系的关心。你的这个问题也提醒了我们,我们应该加强对民族音乐和文艺的教育,以我们现有的师资,是可以承担这样的课程任务的,我也希望以后能有更多的机会开设有关音乐史的课程。而说到戏剧史的课程,系里是一直都有的。包括中外戏剧史和电影史,课程是比较多的。你可以查阅一下课表,它是在不同年级和不同时段开设的。由于我们系里有表演专业和音乐专业的本科生,因此我们会给他们开设中国音乐史,至少是中西音乐史的课程,这是他们的必修课。请你到时候留心一下我们的相关课表。请问你现在是几年级的学生?(我是研究生了!)研究生能不能选这门课,选了之后有无学分,我不太清楚,不过你有这样的兴趣爱好,我觉得很好。我会把你的这个意见带给教研室的老师,希望他们能够面向全校开设中国音乐史的课程。谢谢!(掌声)

问:彭老师您好,我想请问您两个问题,第一个问题是您如何看待美和艺术的关系,第二个问题是您认为我们学生如何在日常生活中培养自己的艺术鉴赏力?谢谢!

答:谢谢!看来这位同学对我刚才的演讲听得很认真。关于美和艺术,在学术界对这两个概念也分别有一些定义,美学有美学的定义,艺术也有艺术的定义。说到美学,它的历史很长,从德国的鲍姆加通开始,可以梳理出一部美学的历史。你可以去看看蒋孔阳先生的《美学研究的对象、范围和任务》这篇文章,可以得到一些关于美学的基本的了解。而艺术也是一个独立的概念,把艺术作为一门科学来对待的是德国的格罗塞,他认为艺术史和艺术哲学的结合就是艺术科学。然而,具体在美学和艺术的研究上,则两者的研究对象和范围多有重复之处,而历史上著名的美学家也差不多是艺术理论家。目前国内许多学者试图将美学与艺术学分离开来,使艺术学获得独立的发展。然而在实际操作中又很难将它们分离开来。我认为美学的范围比艺术学更大一些,艺术学更多指一种门类学,如音乐、舞蹈、绘画等,属于艺术的东西必然属于美学的,但属于美学的不一定是属于艺术的。

现在回答你所提到的第二个问题，即关于艺术鉴赏力的问题。我想如果我能告诉你培养艺术鉴赏力的诀窍的话，我就成大师了。鉴赏能力确实很重要，比如说你谈恋爱，找个女朋友有个鉴赏力的问题，找个男朋友同样有鉴赏力的问题。但是对于什么样的艺术是高级的什么是低级的，那是萝卜青菜各有所爱。有些人觉得某人长得宛如天仙，但另外的人可能觉得不过如此，这样有人就会觉得你的鉴赏力有问题。因此这个问题不是那么好说，不过我想还是应该有一个基本判断的。艺术鉴赏力的形成，还是要求你多读、多看、多听，在实践中去摸索、去总结。俗话说熟读唐诗三百首，不会作诗也会吟。也就是说你的鉴赏力只有在实践中才能得到提高和锻炼。要说窍门的话，的确没什么窍门，只有平时多听音乐、多看戏剧和舞蹈、多欣赏绘画和雕塑，才能不断地在实践中提高自己的欣赏力。谢谢！（掌声）

问：彭老师您好，我有三个问题想请教您。第一个问题是关于艺术的定义，您刚才讲到，凡是能引起惊讶的都可以被称为艺术，我想提一个反例，即陈水扁在台湾搞台独，我听到后也很惊讶，那这个难道能被称为艺术吗？第二个问题是您提到应在全国各大高校开设艺术类的课程，那么是否有足够的、艺术修养比较高的老师来教授课程呢？第三个问题是我觉得艺术的学习也是技术性的，比如学习绘画的人整天就要坐在那里画，我想请您讲解一下这个问题。谢谢！

答：我觉得这位同学很善于思考，在我们武汉大学有很多这样的学生，他们具备很好的思维能力和水平。先说师资问题。我可以告诉你，我们目前还没有那么多师资，但是不能因此而不开办艺术类的课程，因为别人在发展，整个世界也在发展，所以我们应该同样一步步地去发展，通过若干人若干年的努力，而获得比较好的一个环境。这是对于这个问题的回答。

第二个问题，就是关于艺术定义的问题。所谓的惊讶其实是比较宽泛的，引起我们惊讶的，既有正面的，也有反面的。但是我的定义里还有一个关于感性形式的提法。如果从美学史的角度来讲，我可以给你讲一点。英国艺术家将艺术称为有意味的形式，卡西尔则称之为符号的形式。而我所提到的惊讶，也有两个人提到过，一个人是亚里士多德，一个是20世纪的德国戏剧家布莱希特。这两位在探讨戏剧问题时，都提到了"惊讶"这个概念。如果我所接触到的东西，没有引起我的惊讶的感情，那么它是不会对我产生影响的。只有引起我惊讶的审美对象，才能对我产生比较大的影响。而你所说的陈水扁的例子，它不属于感性形式，它是个政治事件，而我的艺术定义里的两个前提是缺一不可的，一个是能唤起我们感性冲动的，另外一个，它必须是感性形式。对于一些丑恶的现象，是不能作为形式的，至少陈水扁事件是不会引起我们美感的（笑声）。他也许会引起我的惊讶，但绝不会唤起我的美感。所以他不会进入我的审美系统。

　　第三个问题，我也曾考虑过。因为我今天所面对的听众，大部分是非艺术类的同学，而学艺术类的同学，艺术也就成了他的专业。学钢琴的，钢琴就成了他的专业，但我所要讲的，是一个人的素质问题。比如说爱因斯坦，6岁就拉小提琴，12岁就学钢琴。艺术在他生活中扮演了很重要的角色。像你们现在的年纪，学习艺术已经有些晚了（笑声），最好的学习艺术的年龄是在十岁之前。因为我们要进行一代一代人的艺术培养。国外的儿童艺术教育是比较发达的，但国内如果要一个女孩子去学习跳舞和钢琴，那是很苦的，一般的孩子都不会愿意去学。但是过了这段时间就好了。你们都是研究生，过两三年都会有孩子了（笑声），你们要让你们的孩子多学点儿艺术。在五六岁之前给予他们非常良好的艺术教育，这有益于他们的发展，你们到时候会感谢我的。若干年之后，说不定你的孩子就是诺贝尔奖获得者。年龄对于一个人的学习太重要了，过了一定年龄，学习就很困难。因此我在这里要说这一点，等你们有了孩子后，要对他进行艺术素质的教育。谢谢！（掌声）其实，对于以艺术为专业的人来说，他有时是把对艺术的美感和专业素养结合起来了，他也可能会对别的领域感兴趣，他当不了艺术家但可以成为别的领域里的专家。比如说一位舞蹈家，在他30多岁以后他就不跳舞了，但他还有半辈子要生活，他要去做别的事情。但是艺术的修养对于他以后去做别的事情也是有帮助的。因此不论是作为专业的学习还是一种兴趣爱好，我觉得最重要的在于人的素质问题，我们要塑造一种全面发展的素质的人，既有良好的科学素养，又有良好的艺术素养，我希望我们的同学都能成为感性和理性均衡发展的完美的人，在以后的人生道路上取得更好的成就。谢谢！（掌声）

问：彭老师您好，我知道你开设了一门有关西方电影的公选课，我有几次也想来听，但是每次都是人山人海，我想请问您关于一部经典电影我们究竟欣赏些什么？此外，刚才有位同学提到现在社会有种审丑的趋势，喜剧在现代社会也是很受欢迎的。我记得有人说过，喜剧是将没有价值的东西撕碎给人看，那么现在人们如此地喜欢喜剧，是否可以说是现代人缺乏审美素质呢？谢谢！

答：不能这样判断。艺术的修养也是一个发展的、历史的阶段，喜剧在历史上也不是某一个时期就形成的，比如说意大利的即兴喜剧，演员没有剧本，上台就演，要求是非常高的，要在很短的时间里就能把观众吸引住，这些基本上都是搞笑的。很多搞喜剧的大师，他们自己的生活却往往不是喜剧性的，比如莫里哀。我觉得喜剧还是和一段时间里社会的发展有密切关系的。因此现代人喜欢喜剧，我并不认为这是一种审美素质的低下和滑坡导致的，而是因为现代的人们，由于某种情感的、心理的和精神上的需求，需要喜剧，需要审丑。喜剧更能充分地满足他们的心理，或者大致满足，除此之外他们便得不到满足。其实我年轻时并不喜欢看喜剧，再优秀的喜剧，比如法国的喜剧，我总觉得不来劲。我喜欢看悲剧，看那些能让人眼泪直流的悲剧。直到后来伴随着年龄的增长，我才慢慢地开始喜欢喜剧，而这并非素养的问题，而是心理的问题。由于环境的变化，我就产生了新的审美需要。在一个共同的精神的文化的环境里，人们也就有了一种共同的精神负担，需要另外一种东西来安抚、排遣和发泄，所以在这个时代大家选择了审丑，觉得很搞笑，很痛快。比如赵本山，他成了人们共同喜欢的精神的东西。这是与人在特定历史阶段的心理活动、精神活动、生活情境密切相关的。法国有位文艺理论家叫戈德曼，他说过一句话，即文学艺术作品的结构和它的社会经济结构具有一种结构上的同源性，我觉得很有道理。你可以体会一下他所说的话，然后把这两者关联起来，做一些思考，这是我对这个问题的解答。

　　至于你说到的电影课,这门课是我在教务部申请的,要求我连续上四个学期,我已连续上了两个学期了,最近忙得一塌糊涂,但是我还是要去上,这两个学期都有两百多个学生选了这门课,学生们比较喜欢听吧。至于经典电影我们要欣赏些什么,这个很难说。我上课时挑选的电影,经典的比较多,但是也有一些共通的东西,这个问题我在课程的第一讲里曾谈及。如果有兴趣的同学可以看看我发表在《电影艺术》上的一篇名为《电影史中的电影大师》的文章,里面告诉大家什么叫电影大师,评价他们的标准是什么,这个就是我对于经典电影的大致的标准,你可以参考这篇文章。由于时间关系,我在这里不可能讲得很详细,请谅解,谢谢!(掌声)

(原载《珞珈讲坛》2007 年第 2 辑)

艺术教育与国家发展战略

——在武汉大学质量发展研究院的演讲

各位同学：

非常高兴来到这里跟大家交流，我今天演讲的题目是"艺术教育与国家发展战略"。我不知道在座的诸位有没有学过艺术的，或者说与艺术接触多不多。我的题目有点风马牛的感觉，一个是艺术教育，一个是国家发展战略。当初程虹院长跟我说，希望我来作个报告，我不知道讲个什么题目适合你们。这个学期我做过很多次报告，但把这两块合在一块儿讲还是第一次。我在武汉大学从事艺术教育已经有些年头了，2003年武汉大学成立艺术学系，我就开始做管理的工作，接触到很多相关的情况和问题。今年4月份，我在中共中央党校学习，也听过一些高层领导的报告，听到他们的宏观研究和探讨，这促使我从更宽阔的视野来看待自己从事的专业。在学习过程中，我自己感觉到国家的发展是方方面面的事，是一个综合性的事情，必须把某一个专业、某一个行业放在整体上去观察和思考，才能看得清楚其中的价值。基于这个想法，我今天做这个主题的演讲。我演讲的内容有四个部分：第一个部分，艺术教育与中国的艺术教育；第二个部分，国家发展战略与人的素质；第三个部分，艺术教育在国家发展战略中的作用；第四个部分，创新型国家建设与艺术教育建构。

一　艺术教育与中国的艺术教育

先给大家介绍一下艺术教育、中国艺术教育的情况。在我的实际工作中，在教学、研究以及与社会的接触中，我感到中国的艺术教育才刚刚起步，并没有得到很好的发展。这与我们国家近几十年来，对艺术教育的处理，对艺术教育的态度有相当紧密的关系。很多人——不管是社会人士还是家长——对整个艺术教育的认识可以说相当落后，大家一般把艺术教育看作是休闲娱乐，这可能在整个世界范围内都是一种非常罕见的对艺术教育的态度。我这样说是有一些根据的。比如我们的家长，看到他们的孩子在学习语数外会非常高兴，但如果他没学习而在弹琴、唱歌、跳舞便会忧心忡忡，觉得这个孩子不务正业，觉得会影响他的学习，耽误他的精力。这是一种普遍的现实。

整个社会对艺术专业持一种可有可无、无所谓的态度。在整个教育环节里面，中小学有艺术教育，但仅限于音乐和美术。到了高中，艺术课程形同虚设，大学基本上就没有了。所以从学科结构来看，我们把艺术教育放在非常次要的、可有可无的位置。当然，之所以产生这种社会现实，与我们中国的社会环境有关系。1952年，中国高等院校做了一件破天荒的事情，这就是进行院系调整。院系调整的直接后果就是把艺术专业从普通高等院校剥离出去，成立单独的艺术院校，比如当时就成立了中央戏剧学院，中央音乐学院，中央美术学院，中央工艺美术学院。这些院校的师资相当一部分来源于普通高等院校的师资。比如，调整之前，北京大学有艺术学院，四川大学、山东大学、南京大学等高校1949年以前都是有艺术专业的。这些院校的师资，在新中国成立后全部分流到单个艺术院校，使中国普通高等院校不再有艺术教育这个环节了。这个现象一直持续到1995年结束。也就是说，从1952年到1995年40多年的时间，中国的普通高等院校是没有艺术教育的。而目前中国各个阶层的决策人基本上是1952年到1995年间毕业的，这些人绝大多数是没有接受艺术教育的。这个损失是相当大的，它的影响会非常久远。因为至少是40年的时间里面，我们一代一代的本科毕业生没有接受到艺术教育，他不知道艺术对他有什么用，不知道有什么好处，不知道学了以后对自己的发展有什么好处。所以在决策层里，产生对艺术教育这种无知的偏见就非常正常。这是我们的高等教育，这就是我们的教育传统——一个没有艺术教育的传统。

所以，反思 1952 年的院系调整对我国高等教育究竟产生什么影响，这是一件十分重要的工作，可惜目前没有人进行。

另外我们再来看看我们国家的教育方针。我们读小学的时候，那个时候我们知道有评"三好学生"的说法，即德、智、体，没有艺术教育。这个"三好学生"的提法一直延续到 20 世纪 80 年代中后期，大学里有，中学小学里也有。我们强调的是德育、智育和体育。这个方针影响了很长时间。到了 20 世纪 90 年代，很多人开始呼吁，又把美育加进去了，又形成了"德智体美"的方针。即使这样，在中国也没听说评"四好学生"。所以，中国的教育方针在相当长的时间内是没有艺术教育的，这是从整个国家的体制反映出来的。最近我们国家有一个 2010 年至 2020 年的教育发展规划，初稿里把美育删去了，后来有人提意见，就又加进去了，所以，10 年教育中长期发展规划里才有"德智体美"这个说法。我们再往前回溯一下，五四时期，蔡元培先生倡导的国民教育至少包括四类：德育、智育、体育和美育。这不是他最先发明的，再往前可以追溯到一个德国人，叫席勒，在他的教育系统里面，"德智体美"已经全部包含进去了。再看一看我们国家的教育方针，跟五四时期相比，是一个倒退，跟 18 世纪席勒的时代相比，也是一个倒退，因为我们强调的是德育、智育和体育，没有美育。

从各个方面评价和观察，我们国家对艺术教育相当不重视。为什么呢？这么大的一个国家总有一些聪明人，总有一些具有世界眼光的人，总有一些对人类文明发展史非常熟悉的人，但这些人的观念并没有影响到中国的决策层。所以，这使我们整个国民的艺术教育基本上处于一种空白状态，这个后果非常严重。你们不信可以看一看，乘火车时火车带你穿过一个又一个城市，走过一个又一个村庄，你会发现那些建筑怎么都是那个样子呢？没有一点美感可言。我们的城市建筑也是如此，除了少数几个城市还有那么一点美感，大部分城市的建筑是乱七八糟的。不管你是到南方还是北方，到东边去还是西边去，除了极少数地方，比方安徽，农村的民居还有点美感，其他地方尤其是农村的建筑，基本上就没有美感。再扩散一点来讲，20 世纪 80 年代初，整个中国的服装绝对非常单一，黑白灰绿，就这几种颜色，款式、色调、面料,绝对非常单一,更不要说我们的思想观念,千人一面,万众一腔,成为中国的主要社会现实。

不仅如此,我们还有很多感叹,为什么中国本土培养不出诺贝尔奖得主?各行各业的诺贝尔奖得主都没有,我们也不习惯从艺术的角度来探索他究竟与这个奖有什么关系。钱学森先生在临死之前写了一个纸条,纸条上说,中国为什么没有一所世界一流大学,他认为,我们中国所有的大学都没有按照科学技术发明创造的模式来培养人。他断言我们的大学培养出来的都是千人一面、人云亦云的学生,他认为这主要受封建思想的影响,这是中国当前社会很大的一个问题。这个纸条后来在网上被发布出来后立即震动了全国。中国人的智力水平肯定是不成问题的,那么问题在哪儿呢?我认为这个问题与我们的艺术教育有非常紧密的联系,因为诺贝尔奖只授予那些具有原创贡献的人。我们知道诺贝尔奖从1901年开始设置,到现在一百年了,世界上所有国家里,美国是获奖最多的国家。这说明了美国是具有强大的、持续的创新能力的国家。难道是美国人比中国人更有智慧吗?我不这样看。我认为在智力水平上中国人和最聪明的西方人也没有什么差距,但在另一个方面,在艺术教育方面,我们是远远不及西方人的。美国目前已经有超过三百人获得诺贝尔奖,一百年时间里,美国贡献了这么多的获奖者,这既是对整个人类发展作出了贡献,也是对美国这个国家的发展的贡献。由于它需要原创,需要新的发明、新的突破、新的贡献,就要解决前进道路上从来没有人解决过的问题,这个是非常重要的。

在中国,这样一种社会现实还会持续。我记得在20世纪80年代末期,杨振宁先生当时预测,20年后中国人会获诺贝尔奖,国人无不受到鼓舞,但20年后,仍然没有人获奖。应该说他是见多识广的,也知道诺贝尔奖获得者应该具备什么样的素质,但是这种美好的期望并没有变成现实。我觉得这应该引起我们深思和反思,但是可悲的是,目前中国没有几个人真正意识到这个问题。

那么,基于这么一个认识和现实,我们对艺术教育的态度不仅伤害到了整个中华民族的发展,而且伤害到了整个国民素质的培养和提高。我们不知道艺术这个被我们轻视的玩意儿对我们有什么用，我们从来没有享受过它给我们的人生带来的好处，我们又如何进一步的深刻地认识艺术？不可能的。从来没有享受过艺术，就不可能去肯定艺术。我不知道在座的诸位有几个人从艺术里面得到过它的惠泽的，我不敢断言。

所以，总体上来看，中国的艺术教育，目前刚刚是起步的阶段。从1995年发展到现在，中国的普通高校里办艺术专业的学校已经达到1000多所，这是一个进步。但是如果仅仅这样是远远不够的，我们要使我们的国民，使那些不学艺术专业的人也能接受艺术的熏陶。大家想想，哈佛大学、耶鲁大学、普林斯顿大学，人家在两三百年前，就已经在大学里面普及了艺术教育，不一定有专业，但有相当多的艺术类课程提供给学生。1947年时，美国的一所普通高校为学生提供的艺术类课程达到了800多门。更不要说现在了。我们武汉大学也有艺术专业了，有两个本科专业，三个硕士点，一个博士点，但这种教育仅仅针对极少数人。那么其他人呢？我觉得其他人恐怕比艺术专业的人更需要艺术教育。但是，我们的课程体系并没有涉及艺术教育，没有强制实行。这个问题我等一会儿在最后一个题目里面再讲。所以我觉得中国的艺术教育只是一个刚刚起步的阶段，远远没有达到对整个国民开放的水平。应该是这个国家的国民，只要有意愿和能力，就可以进行艺术专业的学习、艺术课程的学习，我们没有提供相应的课程；提供了，人们也没有认识到这个问题。所以，想要中国人在短时间里达到一个什么样的水平，我觉得是非常困难的事情，因为没有这样的环境和条件，我们只是一厢情愿地进行一种美好的期待。这是我要说的第一个方面的问题，也就是艺术教育的现实问题。

二　国家发展战略与人的素质

如果我们对国家发展战略给出一个定义可以这样说，国家发展战略就是整个国家的社会经济发展总体的、全局的、根本性的一个部署或一个谋划，这就是战略的问题。当然，国家发展战略是从整体上来说的，局部也有发展战略问题，比如深圳特区的设立就是战略问题。

大家不要小看这个问题，以为就是深圳的一个小渔村的事，不，这是在国家发展的层面，对深圳这个小渔村进行的一个国家层面上的战略规划和部署。后来我们有了 14 个沿海特区的战略，有很多很多这样那样的战略，包括浦东新区，振兴东北老工业区，西部大开发，广西的北海、西海发展战略，武汉建设两型社会的发展战略，都是国家发展战略，这些战略还是局部性的，以某一个地区为主要焦点来提升到国家层面的布置和规划。那么达到这个层面意味着什么呢？意味着国家可以将人力、物力、财力、政策、资源在一个时间内进行总的聚合，进行配给和覆盖。所以为什么很多地方来争，想把自己的地方争取到国家发展战略里，原因就在这。这就意味着社会资源、经济资源、政策资源、人力资源、财力资源的总的聚合。谁都愿意这样，每个地方都想这样。

那么国家发展战略的要害是什么呢？胡锦涛总书记在十七大报告里提到一句话，我们要提高自主创新能力，要建设创新型的国家。他一共提了七八个战略，最为核心的战略就是建设具有创新能力的国家，这是整体战略中的核心战略，也就意味着中国未来的发展是以创新为主旋律的，这是"十七大"报告里白纸黑字写出来的。我也看了很多人对报告的解读，但基本上都是从结构的角度来理解和认识，怎么讲呢？就是说，我们很多文章都这样写的，我们的工业战略如何发展，我们的文化战略如何发展，我们的军事战略发展，我们的农村战略是什么，等等，也就是从整个社会结构的角度来谈战略。实际上这种解释我觉得偏离了创新型国家战略中的核心战略，没办法把握创新的问题。创新型国家是我们国家发展战略的核心战略，那么这个核心战略的核心又是什么呢？没有人问这个问题。我认为这里面的核心问题就是人的问题——人的素质的问题。没有相应的人、不具备创新能力的人，谈什么创新？谈不出来，也没用。我认为，人的素质对一个国家的发展是核心中的核心。我看了许多文章，基本上没有人从这个角度来进行论述。

那么，怎样培养具有艺术素养或者说具有创新能力的人，使这样的人在中华大地上像泉涌一样出现呢？这就是教育的关键问题。我也看了我们国家 2010 年至 2020 年的教育中长期发展规划，里面也很少从这个角度谈这个问题。所以我也不太乐观。全中国没有几个人意识到这个问题，写报告的人没有这样的意识。我估计这个战略报告，它的实现期限还要往后延伸。除非这个国家特别走运，碰到了几个天才来进行自我艺术教育，这种人是有的，却不是一种全民族的自觉意识。

三　艺术教育在国家发展战略中的作用

首先，来看一看人。在座的诸位也都是硕士研究生了，应该说具有相当高的层次和水平了，那我们如何来评价？从哪些方面、哪些层次、哪个结构来进行自我评价？我在这里提供一个评价尺度。我认为人最根本的素质是两条，一个是这个人的理性能力，另一个是这个人的感性能力。一个人如果在这两方面具备良好的素养，只要他愿意，只要他努力，他是一定可以干出一些事情来的。如果我们想干一番大事，如果我们想干一番惊天动地的事，那把这两个能力训练得比一般人更好就可以了。如果这两个能力你只具备一个，你可以干成一点事，但是，你绝对干不成什么大事。如果你运气好，你选择的那个行业或职业所需的素质，与你多年进行的培养相吻合，你可以做得好一些，但是如果要成为具有创新能力的人，还是比较难的。

我把人的能力分为这两个最根本的能力是有根据的。我们可以往前追溯一下，公元前 2000 多年，柏拉图就谈到了人的素质问题。他认为一个人的能力包括两个方面：一个是他的理智，思维能力；另一个是他的情感，感性能力。古希腊人已经从感性和理性这两者来综合把握一个人，但是，柏拉图是有偏见的人，他肯定理性，否定感性——至少在一定的程度上他是否定的——他要把诗人和艺术家驱逐出理想国，这对后世产生了一些消极的影响。但整体上看，他对西方文明发展的正面作用大于负面作用。我们看后来的康德。康德有三本著名的书，被称为三大批判：一个是《纯粹理性批判》，另一个是《实践理性批判》，还有一个是《判断力批判》。这三本书的结构实际上就脱胎于柏拉图。《纯粹理性批判》就是谈的人的理性能力和思维能力，他试图把哲学上升为一门科学，并做了卓有成效的工作。从他开始，哲学也成为了一门科学。而《判断力批判》谈的是人的感性、美和艺术形式，这也是从柏拉图来的。在理性和感性这两者之间，如果人要进行活动，就会产生行为的问题，这就涉及道德，涉及伦理，所以才有了他思想结构上的《实践理性批判》。再往后看，黑格尔的哲学是古今中外所建筑的最为雄伟壮观的哲学大殿，它里面的支柱是什么？是三个东西，科学、艺术和宗教，这就是黑格尔对整个人类文明发展的最集中概括。我们看看他涉及的内容，一个是理性的问题，另一个是感性问题，还有一个实际上就是康德的宗教问题、实践问题、伦理的问题、道德的问题，只不过他从宗教的角度来进行切入。所以，我们可以看到，西方文明基本上是按照这种结构来构建的。所以，西方人能够在充分注重人的理性能力的基础上，对人的感性能力给予足够的关注。

　　但是中国却没有这么幸运。1952 年的高校院系的调整是一个非常短视的行为。我们当时学苏联，要在很短的时间内赶英超美，要把这个国家的技术人员极快极多地培养出来，所以把艺术教育都去掉了，多快好省呀，培养人也求短平快，让他快点毕业，快点进行工业农业方面的建设。我们没有把他当作全面发展的人来看待，只是从某一个专业、某一种技能上凸显这个人的重要性。这实际上是对一代又一代人的损害，会带来多严重的后果，没有人意识到，没有人追究过，过去就过去了。我们要成为一个完善的人，就必须要在人的理性能力和感性能力两个方面综合发展，平衡发展，否则我们只是一个"跛腿"的人。

　　其次，艺术教育如何参与国家发展战略。我刚才把人的能力定义为两种能力的平衡，我们的教育从小学到大学基本上是培养人的智力，培养人的理性能力，很少的课程涉及人的情感教育或感性教育，小学中学的语文课程偶有涉及，舞蹈、音乐、美术本来可以涉及，但我们认识不到位。前几年我写过一篇文章，谈感性能力和理性能力在一个人的发明创造中起什么作用。我认为，你学什么专业，比如学计算机、经济、法律等专业，学这些东西只能决定你在这个领域里从事创造。你创造的能力从哪里来，创造的动力从哪里来？这是学科所不能提供的。创造能力、创新能力只能来源于感性能力、感性积累和感性冲动。你能够在某一个领域里进行创造，你学的专业只能保证你在这个领域里创造，创造能力有多大，能进行什么程度的创造，不取决于专业素养，而取决于你的感性能力，创造能力的强弱由你的感性能力来决定。所以我们看到很多杰出的科学家，他们同时也是很杰出的艺术家。达·芬奇就不用说了，我们只知道他是画家，其实他对科学也有独到贡献。歌德就不用说了。爱因斯坦既是伟大的物理学家，同时也是杰出的音乐家，六岁开始拉小提琴，十二岁弹钢琴。还有一位物理学家——海森堡，音乐精通非常。普朗克，伟大的物理学家，钢琴弹得非常了不得，他可以和爱因斯坦联手弹钢琴协奏曲。我们国家的科学家钱学森，他是两弹功勋奖章的获得者，他艺术修养也是非常好的，他从小学画画，如果按照天性，他可能就成为画家了。他的夫人蒋英是学声乐的，唱歌唱得非常好，很专业。这些人既是伟大的科学家，又是杰出的艺术家，他们的感性能力与理性能力发展得非常平衡。从智慧的角度来说，从人的智商角度来说，可能这些人并不是人类中最聪明的人。爱因斯坦四岁还不会说话呢！要是我们哪位家里的孩子四岁还不会说话，家长估计就会担心孩子是不是哑掉了，这肯定是有问题的。但不会说话并不妨碍爱因斯坦成为一个杰出的科学家。我觉得我们应该从这些人的身上总结出他为什么能够创造，这些人推动了人类文明的发展，这就是我所确立的人的理性能力和感性能力的平衡问题。

　　如果对这些人不熟，我们可以看看我们身边的人。我们党和国家的领导人，虽然他们不是学艺术的，但或多或少与艺术有关系。为什么这些人能成为党和国家的领导人？江泽民是上海交大毕业的，他会弹钢琴，会拉二胡；李瑞环是学木匠出身的，是铁杆的京剧迷，振兴京剧的口号就是他提出来的；朱镕基是铁杆京剧迷，大家可以看看他和浙江京剧团的报道，长篇大论的报道，退休以后就是票友了；李岚清是上海复旦大学学经济的，钢琴弹得非常好，也写过《李岚清音乐笔谈》这样的著作；胡锦涛学的工科，高中就表演过话剧，清华大学读本科时，是清华大学舞蹈队的队长，而且会跳拉丁舞。这些人虽然不是学艺术的，但我们可以找得到他们与艺术的关系。难道我们不能从中获得一些启示吗？一方面，他们接受了科学的训练和熏陶；另一方面，他们通过自己的学习、自我教育来达到对艺术方面的接近。回到刚才的话题，我认为我们的艺术教育可以在国家发展战略中发挥它的独到作用。

四　创新型国家建设与艺术教育建构

我们国家建设创新型国家如何开展艺术教育方面的工作？这些工作，实际上我在这里说也没多大用，因为涉及决策的事情。我们只能从自身来提高我们的认识，在我们自己能够做工作的范围和层面上来做这个工作。那么在目前这种环境和条件下，要在中国国家层面上，把艺术教育纳入国家的发展战略里面，我估计这种可能性基本上不存在，必须通过立法解决这个问题。但是也不能说世界上没有国家这样做的。美国就是一个给艺术教育立法的国家。1993 年，克林顿政府就颁布了一项法律，把艺术教育提高到和英文、数学、历史、公民与政治、地理、科学、外国语等同等重要的地位。也就是说艺术作为一个学科在美国是受到法律保护的，你不做这个就是违法，那他当然要做。我们国家没有为艺术教育立法。我估计迟早有一天我们也会立法，但记住今天是什么时间，2010 年 6 月 17 日，我们看看我们国家哪一天会为艺术立法，我估计这个时间不会太短。那么立法是对这个国家普及艺术教育的一个绝大推动，作为一个行政机构，你不做就是违法的，那你肯定就是要做，对不对？所以是一种强制性的。

那么在国家不能立法的前提下，我们如何来做工作呢？那就取决于某一个地方，某一个省，某一个部门，他的领导人和决策人对艺术的认识，这就是机会主义多一点。对此，我并不持乐观的态度。我们看看我们的古人，孔子强调"六艺"，大家知不知道"六艺"？好，这位同学说一说，刚才好像听到你说了几种，你说说看。（学生答：礼、乐、射、御、书、数）对，很对。孔子确实很不简单。公元前三四百年前，他谈到礼、乐、射、御、书、数。礼，实际上就是道德的问题；乐，我们可以说它是音乐；射就是射箭，御就是驾车；书，有几种说法，按一般说的就是书画；数，就是数学，我们现在说的就是理科。

他的六艺里面实际上把席勒的四条包括进去了，而且还加了一条，就是职业教育——职业教育现在德国和加拿大是全世界做得最好的——他的射就是职业教育，生产打猎要射箭、驾车，这就是职业教育。所以，除了我们说的，德，就是礼；智，就是数；体，也可以说是射，也可以说是御；美，就包括乐和书，范围很广。作为一个完善的人，一个有高度素养的人，在孔子的时代他应该有这六种技艺。

那么回到现实，我们在现实中如何做这一工作。在中小学中，我们有音乐课、美术课，只不过各个学校的认识程度、重视程度不一，导致结果有很大区别。因为中小学就是六七岁才开始上学嘛，这个时侯实际上是接受艺术教育最好的年龄段，所以我认为一个人学艺术越早越好，但有些可能要迟一点，表演、声乐可以迟一点，因为声乐还有一个变声期。那么一般就需要在 10 岁，最迟 12 岁要进行艺术教育，完成艺术教育。至于他以后当不当艺术家是另外一个问题，但作为一个人，作为一个全面发展的人，他应该在 12 岁之前完成最基本的艺术教育，俄罗斯人就是这么做的。我们不要小看这个做法，1957 年，俄国人加加林飞上了太空，这个事件震动了全世界，对美国的刺激特别大。美国有个著名的咨询公司叫蓝德公司，这家公司做了一个报告，调查为什么是俄国人而不是美国人首先进行太空遨游。调查中有个子课题——美国科学家和俄国科学家有什么不同。调查结果显示，美国科学家和俄国科学家没什么不同，唯一不同的是俄国科学家的艺术素养普遍高于美国科学家。你说博士学位，大家基本上都有博士学位；你说专业，也都差不多。因为俄国人注重艺术教育，所以在 10 岁之前或者 12 岁之前基本上已经让孩子接受了艺术教育。为什么俄国人的研发创新能力比较强，即使他的国力衰弱了，它仍然还很强，它的老底子还在。

我刚才问了主持人，在座的很多人都结婚了，很多人也刚有小孩，一定要让小孩在 12 岁之前进行艺术教育，过了这个时期以后再培养特别困难，说不定诺贝尔奖就从你们的孩子中产生。因为这个太重要了，到了他成年以后再进行艺术教育则为时已晚。所以我觉得在幼儿园、小学时候这个环节特别重要，但没有多少人意识到这个问题。所以我作为朋友或者是一个从事艺术教育的人,我建议大家抓住这个艺术教育的黄金时代,就是在你的孩子 12 岁之前给他提供完整的艺术教育。你不要因为自己没有受过这个教育就忽略了这个教育,也不要因为自己没有体会到艺术教育的好处而意识不到这个问题,迟早有一天,你的孩子会感谢你。那么到了高中,中国的高考制度如果不变革,艺术教育就不可能在高中阶段有实质性的发展。到了高三,这两门课就基本不存在了;高二就成了一个休息课;高一有那么一点新鲜名堂,有那么一点热衷。所以整个高中阶段,你别想中国的孩子在那接受比较好的艺术教育,我对此不乐观。虽然我们有的政协委员提议想把戏曲等课开到中学课堂去,这个实践起来太困难了。我觉得大学是可以有办法做一做的,大学是我们作为一个人的人生教育的最后阶段,如果一个人在大学都没有接受一点这一方面的教育,那么他这一辈子基本上是跟艺术拜拜了。大学里面,你可以去进行专业技巧不那么强的艺术方面的学习。这就要求我们提供大量的公共艺术选修课,美国人就是这么做的,大量艺术类的公共选修课提供给学生。前不久《武汉大学学报》有一篇采访我的报道,我在里边提到了大学的学科结构三个支柱的问题,我估计这个说法是我在全国第一个提出来。我认为一个大学的学科结构就是三个方面:科学教育、专业教育和艺术教育,这是大学学科的三大支柱。科学教育包括我们现在所说的一般的通识课——人文社会科学课程和自然社会科学课程。我们要在这样一个课程、系统里面得到一个人类文明发展的基本脉络,让学生知道人类文明曾有怎样的创造。专业教育,只要是一个本科生就会存在一个专业,这个不存在太大问题。最薄弱最不容易解决的就是艺术教育。

那么,艺术教育如何切入?艺术的门类很多,有诗歌、音乐、舞蹈、美术、建筑、电影、戏剧等。任何人都不是万能的,除了极少数天才,很少有人精通所有艺术门类,当然也有,但很少。所以一般人会选择自己感兴趣的、擅长的。比如说有的人乐感好,他可以接受音乐方面的教育;有的人美感很好,他可以接受美术方面的教育;有的人身体协调性好,他可以接受舞蹈方面的教育。所以,每个人根据自己的环境、条件来接受艺术方面的熏陶。那么,刚刚所说大学的教育的三个结构，科学教育，完成我们对整个人类文明发展的了解、认知。专业是以后工作的饭碗，当然很多人以后不从事这个专业，比如说我们国家的领导人，他们的本科专业后来基本上都不搞了。这个无关紧要，几年前有一个调查，说的是诺贝尔奖获得者，我们一般以为诺贝尔奖获得者一定是本科就学这个专业的，其实不然。物理学诺贝尔奖获得者本科不是物理专业的人达到20%；生物学诺贝尔奖获得者本科不是学生物而学其他学科的达到57%；诺贝尔医学奖获得者84%本科不是医学专业，甚至1989年的获奖者本科学的是文学。所以，我觉得本科学什么不是特别重要，但学这个专业的好处是可以举一反三，通过这个专业达到另一个专业的捷径。所以在钱学森看来，从一个专业转到另一个专业，需要多少时间，说出来你们大吃一惊，一个人从一个专业跳到另一个专业只要一个星期就够了。如果不是钱学森，是其他人说这个话，别人肯定觉得他是一个疯子，但钱学森太伟大了，他见多识广，所以人们相信他的这番言论。所以，本科专业对你以后学其他专业有一个直接的参考、借鉴作用。如果说科学教育上，我们完成的是一个"面"上的教育，那么专业教育上，我们完成的是一个"点"的教育，你可以通过这个专业的学习深入进去，这样"点"、"面"都完成了。此外，艺术教育关涉我们的感性能力，我们对于形式感的能力，我们对形式的那样一种直观能力、直觉能力。这个太重要了，如果对爱因斯坦有一些了解的话，就知道他对艺术的强调远远高于他对科学的强调。他曾深有感触地说，陀思妥耶夫斯基给予他的东西，比任何科学家给予的都要多，比高斯还多。高斯是谁？伟大的数学家、物理学家、天文学家。爱因斯坦就是数学好、物理好，其他几门功课也不行。但是，因为爱因斯坦数学和物理好，校长破格让他进大学，如果是在中国，他就废掉了。再来看看我们国内的，浙江大学有个校长叫潘云鹤。这个人从小很喜欢美术，他当时本科填报志愿的时候就想填报一个美术专业，但他父母坚决不同意。后来他拗不过父母，怎么办呢？他选了一个既跟艺术挂边又不是艺术的专业——建筑学。潘云鹤本科学的就是建筑学，但后来我们知道他成就的领域是在计算机领域，现在是中国工程院副院长。他一辈子都感谢美术给他的营养与教益。袁隆平是个水稻专家，一般人看到他觉得他老土，但是袁隆平其实爱好挺多，打球，也拉小提琴。你无法想象他穿套鞋拉小提琴的样子，但他确实喜欢小提琴。我觉得大学里面，我们要通过大学的艺术教育给大学生灵魂的东西、直觉的东西、感性的东西、冲动的东西，这是专业没办法给的。前面提到，专业只能决定我们在某个领域去进行创造，但你创造能力的大小、强弱取决于你的感性能力，而感性能力直接培养的方法、渠道就是艺术教育。

　　我相信有一天，中国的艺术教育会走上健康发展的道路。我希望这个时间越短越好。因为中国的发展已经到了一个刻不容缓的时期。我有一个基本判断，一百多年来，中国人做的工作就是模仿别人。什么东西好什么东西先进我们都拿过来，我们很快就可以赶上。别人有了火箭、原子弹、卫星，我们都有了，马上就有航母了，别人到火星去了，我们过了 10 年或者 20 年也可以到火星去。我们永远在别人后面亦步亦趋。我们的整个政治体制、经济结构、科学管理，包括大学教育，基本上是模仿西方建立起来的。我们中国人没有太多贡献，并没有多少原创的工作。今天我们的 GDP 已经到达世界的第三位，今年可能会到达第二位，我估计再有 20 年，保守一点再有 30 年，我们的GDP 会与美国接近。到那个时候，西方可以供我们模仿的东西已经不多，那个时候中国人需要进行自我的创造。所以十七大报告指出，我们要看到艺术教育在整个大学学科结构中发挥的作用，即发挥理性教育所不能培养出来的感性能力，使我们自身素养得到平衡、完善的发展，这就是我们大学教育要谈到的问题。我们要利用一个人在他人生教育的最后阶段给他们最后一点艺术教育。否则，他们这一辈子可能再也不会与艺术发生关系。那么，对于艺术教育，我认为它能在大学学科的结构上进行一个互补，中国高等教育的发展就应该是学科结构不断完善的过程，就是要艺术教育不断强化达到一定的水平。艺术教育在一个学校也许是一个很小的专业，但是它发挥这个学校强大的专业所不能发挥的作用。那些学科强大，但无法解决感性问题，对艺术的形式感的问题，看到那种形式、那种感觉就能冲动的问题。这个图形、方案、色调，他认为能够给他带来非常美的刺激，这是别的专业可能不能带来的。这里我说了从幼儿园、小学、中学、大学，我们的艺术教育在整个国民素质教育中能发挥的作用，或者说我们怎么样去建构这一问题。但我们目前也只能讲讲，只能通过我们身边的人慢慢去发挥作用，让他们感觉到这一方面的教育的重要性，从而影响到他们身边有限的人，最后通过若干年努力，也许是 30 年，也许是 50 年，甚至更长时间。但提出要建设创造性国家，我觉得是有眼光的，看到了我们时代发展的症结所在。

但我们的教育，尤其是艺术教育，我们不能给国家提供一批具有原创能力的人，我们永远是在模仿别人建立自己。20 年后我们没有模仿的对象了，只能通过自我创新去解决自己的问题。这非常现实，但没有几个中国人将这二者关联起来。时间是非常快的，10 年，白驹过隙，20 年也很快，30 年，等你们像我这个年纪的时候，你们就知道快得很。所以，中国未来的 20 年、30 年实际上就看你们的创新能力。如果这个问题没有解决好，中国想成为和美国并驾齐驱的强国，我觉得是天方夜谭。因为你的教育体制没有从结构上解决人的素质培养这一关键问题。所以说，艺术教育很小很小，但我们把眼光放远，会发现是一个很大很大的问题，我觉得中国还是有一拨聪明人也看到了这一问题，不然不会写进十七大报告。但我看到大量解读十七大报告的人，没有一个从艺术教育的角度来提出自己的见解。我对这一问题抱着深刻的忧虑。

我想，未来中国的 20 年、30 年，是中国发展的关键时期，我们必须依靠自己的力量，依靠自身强大的力量才能支撑我们国家往前发展。大家想想看，一个小小的法国，一个人口不及我们一个省的法国，从 20 世纪 40 年代中期开始，一直到 20 世纪 90 年代，为世界贡献了多少一流的学者。从 1943 年开始，萨特、梅洛·庞蒂、福柯、保罗·利科、阿尔都塞、杜夫海纳、德里达、利奥塔、布尔迪厄……还有很多一流的学者。一个小小的法国，人口只有 6380 万，我们国家找不到一个可以跟他们比肩的学者，14 亿中国人找不到一个可以拿出来跟他们比肩的学者，难道我们不应该汗颜吗？实际上这些人是对整个人类的发展做出贡献的。中国人，不谈对人类的发展，能对中国的发展做出贡献都不得了了。所以我们需要这样的思想家，这样的学者，各行各业都需要这样的人物，具有原创能力的人物。如果我们不从教育结构上来完善教育体系，我觉得我们培养创新性人才只会是一句空话。

　　这就是我今天演讲的基本内容，我希望借此机会，通过你们去影响你们身边的人，让更多的人意识到这个问题对我们个体的发展，对我们行业的发展和对整个中华民族的发展所具有的深刻意义。我的演讲到此结束，谢谢。(本文由袁宏琳现场录音并整理，在此致谢!)

(原载《艺术教育》2011 年第 3 期)

综合性大学艺术教育的现状与发展趋势

改革开放以来，综合性大学开办艺术专业，如果从 1983 年厦门大学设置艺术学科算起，已走过 26 个年头了。此后成立艺术院系的重点综合性大学有：北京师范大学（1985 年）、南开大学（1988 年）、东南大学、四川大学、山东大学（1994 年）。1995 年，时任国务院副总理的李岚清在主管教育时曾给全国省市教委主任美育学习班的一封公开信中指出：为培养面向 21 世纪全面发展的优秀建设人才，就必须重视和加强学校的美育和艺术教育，将艺术教育作为应试教育向素质教育转轨的重要途径之一。此后，教育部以文件形式要求各高等院校普及艺术教育，中国普通高等院校的艺术教育才蓬勃开展起来。1997年，北京大学成立艺术学系；1998 年，清华大学成立艺术学院，浙江大学也于同年开办艺术专业；2001 年，吉林大学、兰州大学成立艺术学院；2002 年，同济大学成立艺术学院；2003 年，武汉大学、中国人民大学成立艺术学院；2005 年，复旦大学成立视觉艺术学院。到目前为止，除中山大学外，全国重点综合性大学都成立了艺术学院或开办了艺术专业。

一　综合性大学为什么要办艺术专业？

许多人不理解综合性大学为什么要办艺术专业，他们认为艺术生的收费高，学校为了解决办学经费紧张的问题；艺术生的入学门槛低，可以扩大学校自主招生的渠道、拓宽教育资源；艺术专业是休闲、娱乐专业，可有可无；特别是单科艺术院校，从本位的立场出发，认为是与他们争夺饭碗。这些看法都是糊涂的。综合性大学开办艺术专业，绝不仅仅是个别学校的个别行为，而是带有普遍性和根本性的问题。它是中国普通高等教育发展到一定历史阶段的结果，是中国高等教育学科结构调整与深化的结果，是中国高等教育人才培养理念与培养方式变更的结果，是中国高等教育与国际高等教育发展潮流接轨的结果，是中国建立创新型国家对人才素质要求的结果。

在中国高等教育发展史上，综合性大学并不是从来就没有艺术专业。1952 年，全国进行了一次高等院校院系调整，将许多综合性大学设置的艺术学院拆分为单科艺术院校，形成了中央美院、中央音乐学院、中央戏剧学院等。如北京大学、南京大学、四川大学、山东大学原来就有艺术学院，但院系调整后不复存在。我认为这是中国高等教育发展史上的一次重大失误。这个问题我下面将会讲到，此处不赘。那么，综合性大学为什么应该办艺术专业呢？

首先，是人的全面发展的需要。这涉及高等教育解决人的什么问题，是解决人的素质问题呢，还是解决人的专业能力呢？这是一个有争议的问题。中国人实用理性精神太强，体现在高等教育上就是更注重培养实用性的人才。1952 年的院系调整，就是为了在短时间内培养更多的专业技术人才，以解决新中国成立初期各行各业人才短缺的问题，但这是以牺牲人的全面发展的素质为代价的。人的素质说简单一点就是人的理性能力和感性能力，理性能力可以从专业培养中获得，但感性能力呢？感性能力最好的培养方式是从艺术教育中获得。进行艺术教育并不一定是培养艺术家，更重要的是让人从艺术教育中获得敏锐的感受力和创造力。专业教育对人解决现实的问题确有很大优势，但专业的发展必须依赖于创造，创造动力和创造源泉从哪里来？从艺术教育中来，那就是激发人的创造灵感，敏锐捕捉专业发展方向的能力，把握专业中那些前沿的和重大的并影响未来的方向的觉察力，解决既往知识体系中没有的或不适应现实的新问题，尤其那些在新的历史条件下所出现的现实困惑。这些与专业有关，但并不是专业能解决的。我认为，专业素养只能决定人在哪个领域去创造，但如何创造，创造的水平有多高？这往往不是专业素养决定的，而是由人的感性能力决定的。创造的方向由专业决定，创造能力的强弱由感性能力决定。这就是为什么许多大科学家既是科学家又是艺术家。

其次，综合性大学办艺术专业是学科结构优化的需要。李政道说："科学和艺术是不可分割的，就像一个硬币的两面。它们共同的基础是人类的创造力，它们追求的目标都是真理的普遍性。"① 李政道在这里只强调科学和艺术，而没有说科学和历史、新闻、法律、经济等，他把科学和艺术放在同一层级上来考虑。也就是说，科学包括数理化生是学科结构的一个方面，因为科学也有盲点，也有它自身无法解决的问题，埃德加·莫兰曾说："科学发现的行为是无法用逻辑分析来掌握的。"② 他甚至认为科学是建立在非科学之上的，他说："科学理论如同冰山，有一个巨大的被淹没的部分，这个部分是非科学的，但对于科学的发展又是不可缺少的。"③ 而学科结构的另一方面则是艺术，艺术包括音乐、舞蹈、戏剧、诗歌、绘画、建筑、电影等。美国的绝大多数大学都有艺术专业，即使少数院校没有艺术专业，它们也开设了大量的艺术类的公共选修课，从而使学科结构趋于完善。"应该建立科学和艺术之间的十分密切的联系，而结束它们之间的相互蔑视。因为在科学活动中有一个艺术方面，而且人们经常看到科学家也是艺术家，只是他们把他们对音乐、绘画、文学等等的爱好降格为业余爱好或消遣。"④ 但是，中国的综合性大学曾几何时将艺术专业全部砍掉，致使几代人的学科结构得不到优化，除了知道自己专业的某些东西，对世界则所知甚少。

最后，综合性大学办艺术专业有助于学生提高他的艺术品位和能力。我们知道，学艺术越早越好，最好在 10 岁之前，对音乐、美术和舞蹈都有所涉猎，至于他将来学不学艺术都不重要。1993 年 3 月，克林顿政府提出的《2000 年目标：美国教育法》被国会批准，在美国历

① 李政道：《科学和艺术不可分割》，《光明日报》1996 年 6 月 24 日。
② ［法］埃德加·莫兰：《复杂的思想：自觉的科学》，陈一壮译，北京大学出版社 2007 年版，第 31 页。
③ 同上书，第 8 页。
④ 同上书，第 41 页。

史上第一次将艺术列为基础教育的核心学科，从而将艺术列为与英语、数学、历史、公民与政治、地理、科学、外国语等同等重要的课程。但是中国的情况特殊，绝大多数的中国孩子没有接受良好的艺术教育，即使学校开设了艺术课程也是一门副科，可有可无的，学校、学生、家长都不会重视，因为中国基础教育的重心仍然是为了高考。当少部分孩子上大学后，接受艺术教育就成为他们此生接触艺术的最后机会。可现实是，我们绝大部分高校并不能完整地为大学生提供艺术教育。据我了解，大部分大学生并没有选修艺术类课程，因为他们的课程体系或学分结构里并没有艺术。少部分学生对艺术怀有浓厚的兴趣，在接受专业教育的同时选修了相应的艺术课程，但是没有很好的教师来培训他们。综合性大学办艺术专业则有助于将优秀的师资吸引到教师队伍中来，艺术专业的有无决定了这所学校的艺术师资的水平；艺术专业的水平越高，吸引优秀师资的能力就越强，所在大学的学生就越有可能接受高水平的艺术教育。

二 综合性大学办艺术专业所面临的困难

观念问题。这是综合性大学办艺术专业遇到的首要问题，要不要办？为什么办？办了何用？怀疑、质疑、无所谓、不屑一顾、可办可不办的目光是所有综合性大学都碰到过的。中国高校的管理体制是行政化的管理体制，党委领导下的校长负责制，学校主要领导和常委会是学校的决策机构，他们将决定某一所大学办还是不办，办大还是一般性办。而有战略眼光的管理教育家少之又少，他们难以超越自身和现实的局限来解决这一问题，已经形成了对艺术和艺术教育既定且不正确的观念，像谢和平那样对艺术怀有尊重情感的校长是极为罕见的。现在各大学的主要决策者，除偶然机缘接触过艺术外，大都是从1952年到1995年中国高校在没有艺术教育的环境中培养出来，他们对艺术教育没有感情，也不懂艺术教育，更没有享受到艺术教育对他们人生的惠泽，所以令其自生自灭是他们的普遍心态。除非国家有宏观政策或者像美国那样制定一个法律，否则在10年之内，我们看不到高校艺术教育的观念发生根本改观。这就意味着中国高校的艺术教育的繁荣局面要等上若干年。所以，改变现在的艺术教育观念，提高对艺术教育的认知水平，把它上升到对国家对民族发展的战略高度，成为综合性大学办艺术教育迫在眉睫的问题。

师资问题。没有一流的师资也就没有一流的教育，艺术教育也不例外。当前绝大部分综合性大学都开办了艺术专业，这对改善目前高校教育学科结构、优化高校的课程体系、满足学生接受艺术教育的需求无疑起到了积极作用。但优秀的生源对优质的艺术教育提出了更高要求，高水平的艺术师资在提高学生的艺术鉴赏力、培育学生的艺术气质和艺术境界、提升学生的艺术技能和艺术水平方面具有极为重要的意义。下面是我在 2008 年对重点综合性大学艺术师资的一个初步的统计数据：清华大学艺术教师总数 191 人，其中教授 55 人；厦门大学总数 161 人，教授 18 人；四川大学总数 108 人，教授 16 人；吉林大学总数 65 人，教授 14 人；同济大学总数 60 人，教授 10 人；北京师范大学总数 58 人，教授 20 人；中国人民大学总数 54 人，教授 10 人；浙江大学总数 40 人，教授 5 人；武汉大学总数 37 人，教授 6 人；山东大学总数 33 人，教授 5 人；东南大学总数 32 人，教授 10 人；北京大学总数 30 人，教授 10 人；兰州大学总数 30 人，教授 4 人；复旦大学总数 15 人，教授 5 人；南开大学总数 12 人，教授 4 人；南京大学总数 11 人，教授 7 人。从我调查统计的情况来看，这个数据与所在学校的专业设置数、招生数有很大关系，除了少数高校，绝大多数高校在师资总量、高级职称师资量方面严重不足，尤其是艺术学科带头人普遍匮乏，制约了所在大学艺术专业的长足发展；另外，大部分综合性大学艺术师资在学缘结构、学历结构和年龄结构等方面亟待改善，也影响了所在高校艺术专业难以担当与其他专业相匹敌的学科建设的重任。

教学场地与设施问题。艺术教育离不开相应的硬件，教学基础设施落后是一个突出问题。当然也有不少高校得到初步解决，有艺术大楼的综合性高校：厦门大学、南开大学、清华大学、北京师范大学、四川大学、吉林大学、山东大学、兰州大学、浙江大学。其他一些大学的办学条件则相对落后，甚至很落后。像北京大学、复旦大学、南京大学、武汉大学等这些老牌的学校要建一栋艺术大楼太困难了。教学场地和设施毕竟是现代高等教育的一项重要条件，光有大师没有大楼，我认为还不是真正意义上的现代高等教育。大家想想，现在的理工科的大师，有几个没有大楼？不历史地理解梅贻琦的"大学者，非大楼也，大师之谓也"，我认为是错误的，甚至把大师与大楼对立起来，更是与历史的潮流不相符合。

三　综合性大学艺术专业的发展趋势

综合性大学办艺术专业已经成为一个普遍的教育现实，谁想阻挡这个现实的发展已经不太容易了。但发展有快有慢，有强有弱，也就是说，不均衡的发展将成为未来的一种基本形态。这体现在学科建设的竞争上，学术大师的产生上，学术影响力的扩大上，学科特色的追求上。可以说，综合性大学的艺术教育呈现出百花齐放的新态势已经和正在形成。

第一，依托综合优势，创建特色学科。

综合性大学办艺术专业，最大的优势就是学科的门类齐全、历史悠久、积淀深厚，武汉大学就是110个本科专业，这些学科彼此独立、相互依托、彼此交叉、相互渗透，形成了一个完整的学科布局，这是办艺术专业的根基。紧紧地抓住这个基础，开掘这个基础提供的可能的东西，艺术专业发展就有望开拓出一个新局面，离开了这个基础，综合性大学的艺术专业就什么也不是。记得前些年，我在中国传媒大学开会，与曾庆瑞教授交流，他就羡慕地说："武汉大学办艺术专业，具有我们这样的单科艺术院校不可比拟的学科优势。"我想他谦逊的话语道出来的就是我们的综合的学科优势。那么，如何将学科优势转化为现实的艺术办学特色？这些年我们一直在探索。这个优势首先体现在艺术专业学生的学分上，艺术专业的学生必须修满本专业领域以外的包括自然科学在内的其他专业的学分达16分以上才能毕业，也就是说，学校通过学分结构对艺术专业的学生提出了不同于一般单科艺术院校的学习要求，从而保证了我们的学生必须在注重专业学习的同时，对其他学科保持一个最基本的了解，这对开阔学生的视野，拓展学生的知识体系具有相当重要的意义。这个优势是综合性大学都具有的，如何利用好这个优势，每个学校都在探索，在思考。北京大学办一个本科专业，影视编导专业，就试图把北大深厚的学术传统渗透到专业中去，并在招生形式上进行探索，一半学生按艺术类招收，一半学生按普通类招收。东南大学是一个以工科见长的综合性大学，这所学校的优势在工科，他们的本科专业设置就与工科具有非常强的关系——工业艺术设计、美术学和动画，这就使他们的本科专业获得了其他学科的强力支撑。武汉大学有两个本科专业，戏剧影视表演和戏剧影视文学，如何办出特色呢？我们确立的方针就是以原创带动我们的本科教学，在学校学分结构框架下，我们设置了 4 门这两个专业的通开课，使这两个专业连通起来。戏剧影视文学专业的学生写剧本，戏剧影视表演专业的学生表演，让学生们自编自导自演，每年我们都有十几个学生以剧本形式完成他的毕业设计。今年我们表演了一台大型话剧《西望乐山》，表演的主体基本上就是我们的学生，获得了极大的反响。通过演出，他们学到了课堂上学不到的东西，而且我们是按照艺术品的规格和要求来进行的，对学生的编创能力和表演能力都是极大的锻炼。我们艺术专业的学生在武汉大学本科生中脱颖而出，戏剧影视文学专业的学生获得武汉大学十大风云学子称号；表演专业的一人获得武汉大学最佳风采男生称号，一人获得武汉大学最佳风采女生称号。

第二，注重学科建设，争创学科高地。

综合性大学的学科门类众多，很多学科在全国都极具影响力，这对其他学科既是压力也是动力。艺术学科处身其中自然也会受到影响，相比艺术院校，综合性大学在学科建设上有更强大的内驱力。这是他们自身的环境造成的，同时他们也依托所在学校相邻相近的学科来进行艺术学科的建设。全国综合性大学获得一级学科博士授权点的学校有：北京大学、北京师范大学、东南大学、清华大学。这些学校在短短十来年的时间里就取得了艺术院校几十年也没有的成绩，一方面在于他们自身学科意识的强大；另一方面在于他们借助了其他学科的力量。有二级博士学位授权的学校有：厦门大学、南京大学。这两所学校也是充分整合了相邻相近学科的优势才取得如此突破的。另外,通过自主增设获得博士招生的学校有:南京大学、武汉大学、山东大学,这也是整合学校资源来进行学科优化布局的一种有益尝试,从而在短期内把整个学科的水平上升到一个新的高度。另外,还有一些学校通过挂靠形式让有经验有水平的导师获得博士生招生资格,这些学校有:南开大学、浙江大学、四川大学、中国人民大学。总之,通过上述工作,大部分综合性大学都具有博士招生权,这反过来对艺术学科本身的发展又产生的极为重要的影响,它使得硕士生的出口加大,有利于在高端层次上培养本校艺术教师,还有利于全国专业同行进行学术交流。

第三,注重学术积累,创建学术品牌。

综合性大学非常重视学术积累,特别注重学术品牌的创建。沐染其中,艺术专业的教师也受到深刻的影响与激励,那就是注重学术的原创和开拓性工作,试图推出一些可以和所在学校在全国地位相称的学术精品。这与艺术院校有很大不同,艺术院校的优势在办学历史和经验、人才培养与品牌上,学术建设似乎并没有成为它们的重点,不少学校和教师甚至轻视学术,更重实践,导致有"术"无"学",或者"术"多"学"少。综合性大学在学术建设上则有一种当仁不让的勇气,学术声誉和学术影响力日渐深厚,在这方面,如北京大学、北京师范大学、南京大学、厦门大学、清华大学、东南大学、武汉大学等不少学者推出了为学界所重的学术力作,经过十来年的努力,初步确立综合性大学在艺术研究领域独特的学术地位,可以说形成了与艺术院校双峰并峙的研究格局。我估计下一个10年,艺术界的学术精品、学术大师将会更多地在综合性大学中产生。我还估计,综合性大学将会以学术团队的面貌向学术界发起一波又一波的冲击,从而汇入中国哲学人文社会科学界的思想文化创新大潮。

第四,多方吸取营养,加强专业建设。

先天不足可以说是综合性大学办艺术专业的共同特点,办学时间不长,办学经验不够丰富,师资匮乏,实践环节和机会相对偏少,这些都严重阻碍了综合性大学办艺术专业发展步伐。综合性大学办艺术专业,要想赢得社会认可和艺术院校的尊重,必须向两个老师学习,一个是单科艺术院校，它们培养了大批杰出人才，拥有丰富的办学经验以及趋之若鹜的考生，形成了巨大的品牌优势，综合性大学必须谦恭地向它们学习，在内涵上苦下功夫，在尊重基本的艺术教学规律的前提下，形成自身的后发优势和比较优势，确保艺术专业的"专业性"，当务之急就是要在人才培养的质量上和艺术作品的创作上取得突破；另一个老师是国外的综合性大学的艺术学院，这些学院具有宽广的文化视野、先锋意识和全球生源，随着综合性大学师资国际交流的频繁，综合性大学要充分地利用这一机遇，研究这些大学艺术专业的发展历程，研究他们先进的教育理念与教学方法，在不丧失自我的前提下，尽可能地吸收外来艺术教育的有益养料，确立民族文化与异质文化的比较优势，从而获得一种国内单科艺术院校所欠缺的开放视野与心态。

第五，立足本专业，辐射其他学科。

一所综合性大学有一个好的艺术专业是这所学校的福气，也是全体学生的福气。所有的专业教师应该明确这样的意识，那就是竭尽全力来办好自己的专业。艺术专业办好了，它所发挥的作用就不是一个专业本身。办好艺术专业要有这样的眼光，那就是艺术专业是在整个学校的众多专业结构中的一个专业，它不是孤立的，而是开放的。综合性大学办艺术专业，不能仅仅满足于艺术专业本身，而必须向全校各个专业辐射，向所有的学生辐射，让更多的学生得到人生最后教育阶段的艺术熏陶，这个意义非同小可。从小的方面来说，它关系到学生个体的全面发展，关系到他的感性能力的培养，关系到他的鉴赏力和创造力的提升。从大的方面来说，它关系到一个民族整体素质的提高，关系到中国民族创造能力的培育。综合性大学的艺术专业可能是所在学校的一个弱小专业，但它所发挥的作用却是一个强大专业所不具备的。不明白这一点，我们很可能将艺术专业办小了，办封闭了，只是在艺术院校某一个专业的基础上从量上增加一个专业，而看不到量的增加所带来的质的改变。

（原载《艺术教育》2010 年第 1 期）

让关于灵魂的教育惠及广大学子

——艺术学系主任彭万荣教授访谈

(本报记者 冯林)

从 1995 年开始，艺术教育大规模地进入中国普通高校，武汉大学根据教育部有关文件精神开始在原文学院设置艺术学系，后来成立人文科学学院，下设文史哲艺 4 个系，郑传寅教授任艺术学系系主任。2003 年，武汉大学将艺术学系从原人文科学学院独立出来，成立了现在的艺术学系，彭万荣被任命为系主任。

冯林：请您说说我校独立设置艺术学科的初衷，这对于学校的发展有何意义？

彭万荣：艺术学系是有学术传承的，是从原文学院和原人文科学学院孕育而出的。目前除中山大学外，全国几乎所有的重点高校都开办了艺术学院。这并不意味着各个高校要开办所有的艺术专业，事实上每个学校都各有侧重。清华大学偏重于工艺美术，北京大学开设了影视编导。

为什么要让艺术专业在各个高校建立起来？这不只是个艺术专业问题，而是大学生素质教育的必然要求。李政道说，科学与艺术是不可分割的，就像一个硬币的两面，它们共同的基础是人类的创造力，它们追求的目标都是真理的普遍性。这是一个科学大师对人类文明发展的深刻洞察。综合性大学办艺术专业是学科结构调整深化的结果，是国家培养创新型人才的必然要求。艺术教育在全面完善人的素质方面的作用是其他学科不可替代的。

冯林：看来办好艺术系关系一个学校的整体发展。

彭万荣：是的，它关系到我们培养什么样的人才的问题。艺术能提高人的鉴赏力，陶冶人的情操，培养人的创造力，特别能培养人的形式感受力和直觉判断力，这或许是美国大学几乎都有艺术教育的原因。艺术教育不一定要把每个学生培养成艺术家，但作为一个全面发展的人必须接受艺术教育。像爱因斯坦、海森堡、普朗克……既是伟大的科学家，也是杰出的艺术家。

冯林：可不可以这样说，作为一种潜在的力量，艺术是各个学科关乎人的创造力培养的最重要的学科。创造力，从长远来看，直接关涉一个国家或一个民族的竞争力？

彭万荣：按照目前的发展速度，中国在不远的将来会成为影响世界结构的最重要的力量。近百年来，我们模仿西方建立起了自己的国家体制，包括政治、经济、科学、军事、文化、管理等体制。再过20年至30年，如果我们发展到了和美国差不多的水平，就急需一大批有原创力的人。因为那时我们没有可模仿的对象了，没有"导师"了。

"二战"以来，世界进入美国世纪，美国成为全球最强大的国家，其根本原因在于美国拥有强大的创新能力。美国先后有300多个诺贝尔奖得主，是全球获得诺贝尔奖最多的国家。这表明美国是一个具有持续创新发展能力的国家，因为诺贝尔奖只授予有原创能力的人。30年后，我们国家必须依赖有原创能力的人，才能解决我们前进道路上从来没有遇见过的问题。我们不急不行，它关系到我们民族和国家的前途和命运。

冯林：艺术也关乎我们的公共生活和私密生活的各个方面？

彭万荣：是的，比如在当今现实里，我不是艺术家，但我不得不像艺术家那样去生活，因为艺术已从博物馆走进了平常百姓家。我们居家、装修、打扮，甚至我们的身体语言，都有一个艺术鉴赏力的问题。比如我们坐火车穿过城市和乡村，发现满目尽是些没有什么美感可言的建筑，这表明我们民族的审美鉴赏力在集体丧失。我们城市建筑的决策者们，他们也想把城市建设搞得美一点，但他们缺乏支撑他们决策的艺术能力，因为现在的决策者基本上是在我国高校艺术教育缺失的 40 年里培养出来的。1952 年，我国高等教育进行院系调整，艺术专业从综合性院校中被剔除出去，从而导致 43 年的时间内，全国大学生在他们人生教育的最后阶段完全失去了接受艺术教育的机会。为什么钱学森说中国没有一所大学是按照科学技术发明的人才培养模式来办的？为什么我们培养不出一流的大师？我认为不是中国人的智力出了问题，而是我们的感性能力出了问题，支撑我们进行创造的直觉感受能力出了问题。一个缺乏艺术教育的民族必然是缺乏学术原创力的民族。

那年我当艺术学系主任时说，武大设立艺术学系是武大教育史上具有里程碑意义的事件。我们要很好地发展艺术专业，让它和学校的其他学科一起形成彼此影响、彼此支撑的学科群落，必将对大学生的素质教育产生深远的影响。通过艺术教育，让这些综合院校的学子们能够接受本专业所不能提供的事关创造力培养的感性训练和熏陶。在武大有许多学者认识到了艺术教育的独特功能，像刘纲纪先生、冯天瑜先生、郭齐勇先生。比如冯天瑜先生就说过，艺术是关于灵魂性质的专业。

冯林：设立艺术学系之前我们的艺术教育是相当欠缺的。

彭万荣：以前我们学校的艺术教育主要靠学生艺术社团来进行自我教育。没有艺术专业就不可能有高水平的艺术教师，所以必须通过艺术专业来吸引、留住高水平的师资，只有高水平的师资才能把学生引向更高的艺术境界里去。这就是我们为什么要办艺术专业的原因。也许目前的艺术专业在许多综合性大学里是最弱小的一个专业，它却能发挥一个强大的专业所不可替代的作用。

冯林：现在你们开多少公选课？

彭万荣：30 多门，全校的学生都可以进入我们的本科课堂来听课。我们学校很多人还没有充分意识到办好艺术专业对造就国民素质、提升学校综合实力、建设国内外高水平大学的深远意义，有些人甚至以为艺术专业可有可无。在此，我呼吁校领导和全校师生，应从培养民族的原创力的角度，少点对艺术的偏见与无知，使我校的艺术教育与整体学科发展相平衡。但目前我校艺术专业在硬件设施上远远落后于全国绝大多数综合性大学。

冯林：全国有多少个高校有艺术专业？我们学校的排名如何？

彭万荣：1000 多个，2008 年我校艺术学系在全国排名第 14 位，2009 年排在第 15 位，我不认为这个排名目前能说明多少问题，我们的硬件是全国最差的，一般的学校都有栋艺术大楼，浙江大学还有自己的剧院。如果我们有座剧院，我可以每周组织一次演出，让全校更多的学生来沐浴艺术的阳光。有了艺术大楼和剧院，受惠的不仅是艺术专业的学生，而且是全校所有希望接受艺术教育的各个专业的学生。认识到这一点并不需要多大的智慧。武大急需艺术大楼和剧院，就像人需要空气、阳光和水……此外，武大更急需可以拍板建艺术大楼和剧院的决策者。

冯林：最后一个问题，艺术教育在整个学科结构中占有什么位置？

彭万荣：我认为，一所综合性大学的学科结构必须从三个方面来设计：科学教育、专业教育和艺术教育，这是大学教育体系中的三大支柱。科学教育是"面"的教育，它是知识系统化的教育，包括人类文明的发展史，自然科学和人文社会科学的知识系统。专业教育是"点"的教育，是某一具体学科的系统化教育，也许他将来不从事这个学科的工作，但他学习到了一个学科的历史与理论知识，以此举一反三，他就可以学习其他任何他想学的知识。艺术教育是"灵"的教育，艺术门类很多，但至少要保证学生懂得一门艺术。它是关涉到学生的灵魂、心性与趣味教育，更关涉到学生的鉴赏力和创造力的培养。

（原载《武汉大学报》2010 年 5 月 28 日）

后　记

收入本选集的论文是我从 1985 年至 2016 年间所写的部分文章。

这些文章基本发表过，此次收录订正了一些错讹，对个别篇章作了少量修订，绝大部分仍保持了原状。

30 年，30 来篇文章，确乎不算多，但忠实地记录了我学术上调整、适应与变化的轨迹。我这一代学人经历了千年一遇的社会巨变，从文革到改革开放、从市场经济到全球化，每一次变化无异于天翻地覆、乾坤挪移，虽不是战争与灾荒，然而它带给心灵与思想的冲击，却丝毫不亚于兵燹与饥馑。而每一次冲击都会带来学术上的调整与适应，既有思想上的，也有方法上的。回首过往，我不敢设想，如果停留在某一时期，或者只适应于某一次调整，那结果必然是我被拍死在沙滩上。可以说，正是不断地调整与改变，不断地接受浪潮的刺激与碰撞，才使我得以保持对学术的执着、信念和热望。

我是从文学步入学术堂奥的。大约在大学三年级，我萌发了对文学的反思，文学是什么？一部作品是如何被创造出来的？文学是如何演化的？时代、环境和作家分别扮演着什么角色？文体是如何演变的？每一次演变的动力又是什么？如何判定一部伟大作品？是作品本身，还是判定标准？支撑一部作品脊梁的，是语言、人格，还是境界？我试图从文学作品本身来寻找答案，如饥似渴地阅读了大量的文学作品，每年暑假我最多在家里过一星期，然后就迫不急待地返回学校读书，摘抄的笔记本达 26 本之多。然而，我没有找到答案。

于是我转到理论中去寻找，大学毕业后几年的时间里，我艰难地阅读起黑格尔，继而阅读康德，这种阅读不仅没能使我找到答案，反而使原来的困惑更加迷惑。哲学家和文学家在两个完全不同的世界里，或者说，他们透过文字分别创造了两个世界，一个概念世界，一个想象世界。这两个世界几乎没有交集的可能，从康德和黑格尔去看文学，看到的根本就不是我感受到的文学，反过来，从文学里，也不会看到康德和黑格尔。直到 20 世纪 80 年代末，我找到了现象学，最先从萨特那里，继而从海德格尔那里，最终溯源到胡塞尔的现象学，第一次发现概念世界和想象世界是可以完美贴合在一起的。

可随后的日子里，因整个时代的演变，我沉浸在形式、叙事和符号里，这些失去了灵魂的概念固然能解释某些文学技艺，但从骨子里来说它们是漂浮的、无根的。我也不认为结构主义、符号学、叙事学是对文学最高和最后的阐释，矩阵和建模方法当然有裨于建立科学的文学理论，然而文学的魅力却在这种近似益智游戏的诠释中被消耗殆尽了。促使我进行转向的契机是我由文学转入戏剧和电影研究，尤其是对表演的研究，我发现表演中最重要的范畴不是演员、不是角色、不是观众，而是表演关系，正是表演关系将戏剧中的各个要素联系起来，演员、自我、角色、导演、作者、舞美、服装、观众，这些概念全都可以通过表演关系联成一个整体。而表演关系则是通过各种各样的相遇来实现的，相遇，才是戏剧的真正起始点，也是戏剧理论的逻辑基点。这是我经过沉迷形式的漂泊重新回到现象学所发现的，现象学本身没有相遇这个概念，但如果没有现象学，我就压根儿得不到这个概念。

相遇不是一个凝固的概念，与纯粹的哲学概念是不一样的，而是一个敞开的趋向无限的活动或事实状态。它与新近的热词"量子纠缠"极为相近，当你想定义它为波的时候，它却是粒子，当你想确定它是粒子的时候，它却是波。相遇所揭示的就是这种不确定的事实状态，一种随时随地都可能发生改变的可能性。它不能被定性，任何企图对它的定性或定量的分析只会偏向它本身。因为自由意志不是先天被定义出来的，而是在相遇之后，人与人，或人与物，一连串的刺激与反应过程中逐步展示出来的。我知道，这是一种全新的戏剧观，由此将引发戏剧理论与实践的重大改变。

从 2003 年起，我在《表演诗学》中第一次使用相遇这个概念，2016 年，我在《戏剧编剧》中进一步阐释了这一概念，最终将其上升为一种理论与方法。由此普泛到所有文学和艺术门类中去，我真的获得了全新的理解与体悟文艺真谛的新视界。这本自选集虽然主要不是呈现我的这一理论，但却记录了我这一理论思考的全过程。这就是我将本选集命名为《与艺术相遇》的原因。

彭万荣

2017 年 1 月 20 日于南湖